PANDORE AU CONGO

LETTRES HISPANIQUES

DU MÊME AUTEUR

LA PEAU FROIDE, Actes Sud, 2004 ; Babel n° 781.

Ouvrage traduit avec le concours
de l'institut Ramon-Llull

institut
ramon llull

Titre original :
Pandora al Congo
Editeur original :
Edicions La Campana, Barcelone

ISBN 978-2-7427-6907-0

Illustration de couverture :
Martin Johnson Heade,
Passion Flowers and Humming Birds

Albert Sánchez Piñol

PANDORE AU CONGO

roman traduit du catalan
par Marianne Millon

ACTES SUD

Ils cherchaient de l'or et des diamants et ils découvrirent un monde terrifiant dans les entrailles de la Terre.

Le Congo. Imaginons une superficie aussi vaste que l'Angleterre, la France et l'Espagne réunies. Imaginons maintenant toute cette superficie recouverte d'arbres de six à soixante mètres de hauteur. Et, sous les arbres, rien.

*

Pourquoi écrire le même livre, la même histoire ? Je l'ai écrit pour la première fois il y a plus de soixante ans. Il a fait du bruit en son temps, il a reçu des éloges, toutes sortes de grâces ont plu sur lui.

Hier, si longtemps après, je l'ai relu. J'en étais l'auteur. Cependant, je ne me reconnaissais pas dans le jeune homme qui l'avait écrit. Ces pages avaient traversé le temps, tout mon temps. Mais elles ne parvenaient pas jusqu'à moi.

Pourquoi devrais-je réexpliquer l'histoire, écrire le même livre ? A cause d'elle ? Je ne sais pas. Peut-être à cause d'une chose encore plus grande qu'elle.

Quand tout fut terminé, je lui consacrai un poème.

Amgam aimée,
Le Congo. Un océan vert. Et, sous les arbres, rien.
Toi : brouillard sous la terre.

Moi : taupe sans ailes.
Entre toi et moi : toutes les pierres du monde.

Trop vu :
Winchester & Smith & Wesson,
confiture d'yeux
et scarabées noyés
dans une bouteille de champagne.

Jamais vu :
guerres verticales,
torches sous la pluie,
et la chaleur d'une cafetière
derrière une peau de farine.

Il est très mauvais, je le sais. Mais c'était l'autre livre, qui s'adaptait au scénario. Maintenant nous allons tout nous permettre.

1

Cette histoire commença par trois enterrements et s'acheva sur un cœur brisé : le mien. L'été 1914, j'avais dix-neuf ans et j'étais à moitié asthmatique, à moitié pacifiste et à moitié écrivain. A moitié asthmatique : je toussais moitié moins que les malades, mais deux fois plus que les bien portants. A moitié pacifiste : en réalité, j'étais trop mou pour militer contre les guerres. J'étais juste contre le fait d'y participer. A moitié écrivain : le terme écrivain est prétentieux. Même quand je dis "à moitié écrivain" j'exagère. J'écrivais des livres sur commande. C'est-à-dire que j'étais un nègre. (Dans le monde de l'édition on qualifie de "nègre" celui qui écrit des livres que d'autres signent.)

Qui se souvient aujourd'hui du docteur Luther Flag ? Personne. Il a sombré dans l'oubli. Mais avant la Grande Guerre il jouissait d'une certaine popularité. C'était un de ces écrivains de romans à l'eau de rose. Toutes les histoires du docteur Flag (je n'ai jamais su s'il était vraiment médecin) avaient l'Afrique pour décor et tenaient précisément en quatre-vingts pages.

Sur la quatrième de couverture figurait toujours la même photo du docteur Flag : un homme à l'épaisse chevelure blanche et à la barbe rectangulaire, que la vie avait guidé en ligne droite sur le chemin de la sagesse. Incliné sur une table où était étalée une grande carte du continent noir. D'un doigt il désignait un point inconnu, de l'autre main il tenait un monocle devant son œil droit. Son regard sous-entendait tous les mystères.

Il n'y avait pas tellement de lieux qui offraient un aussi large éventail d'éléments narratifs que l'Afrique noire. Les Massaïs, les Zoulous, les rebelles boers. La savane, la jungle. Eléphants, crocodiles, hippopotames et lions, explorateurs et chasseurs. Tout cela. Avec une telle quantité d'ingrédients, si suggestifs, et une imagination vive, il était relativement simple d'écrire une poignée d'histoires faciles. Mais le docteur Flag était devenu l'auteur le plus prolifique des lettres anglaises. Il publiait trois romans par semaine depuis vingt ans. Si chacun d'eux comportait les quatre-vingts pages de rigueur, cela voulait dire qu'il écrivait deux cent quarante pages en sept jours. Une moyenne, sauf erreur de ma part, de 34,2 pages quotidiennes. Et personne ne peut écrire 34,2 pages chaque jour pendant vingt ans. Personne.

A cette époque, je fis la connaissance d'un certain Frank Strub. Il était le nègre du docteur Luther Flag. Ce fut lui qui me proposa le travail. Etant donné que le docteur Flag le payait au feuillet, il avait intérêt à rédiger le plus grand nombre possible de pages par jour. Strub était marié, il avait trois enfants, et trois enfants constituent un grand stimulant pour faire des heures supplémentaires. Mais il y a des limites à tout.

Au service du docteur Flag depuis un certain temps, Strub était au bord de l'effondrement nerveux. Nous nous connaissions depuis peu, mais Strub était un de ces types avec lesquels on devient facilement intime. Un jour, il m'invita à déjeuner dans un restaurant bon marché du nord de Londres plein de bruit et de prolétaires. Il y avait tellement de monde que nous nous vîmes contraints de tenir nos couverts les bras collés au corps, comme les ailes des poules au poulailler. Le bruit se réverbérait et pour nous entendre, bien qu'assis l'un en face de l'autre, nous devions crier comme des gardes champêtres.

— Ecoute, Tommy, dit Strub au dessert, si je continue comme ça, je suis bon pour le sanatorium. Mais le vieux Flag exige de moi un quota de pages hebdomadaires. Si je ne m'en acquitte pas, il va me renvoyer. Il use son nègre jusqu'à la corde et ensuite il s'en cherche un autre. Je ne peux pas perdre ce travail, Tommy, j'ai trois enfants.

— Diable ! Frank, c'est terrible, lui dis-je par solidarité.

— J'ai pensé que tu pourrais m'aider. Je te paierai un peu moins que ce qu'il me paie. Je prendrai une petite commission sur les pages que tu écriras. Mais tu dois comprendre que j'ai trois enfants. Et puis, tu es un novice, tu n'as aucune expérience littéraire. Je prends un risque.

J'hésitais. Il était pressé de conclure l'affaire.

— Ne t'inquiète pas, dit-il, tu n'auras qu'à suivre les scénarios littéraires du vieux Flag. Et rappelle-toi : quatre-vingts pages, pas une de plus, pas une de moins. C'est une exigence de l'imprimeur. Tu veux ton premier scénario ? me demanda-t-il en me faisant un clin d'œil. Oui, bien sûr que tu le veux, tu meurs d'envie de l'écrire. Eh bien prends ça.

Et il me remit deux feuillets dactylographiés. Il s'essuyait encore les lèvres avec sa serviette qu'il était déjà debout :

— Garçon ! Ce jeune homme paie la note. Et, se tournant vers moi : Ça ne t'ennuie pas, Tommy, n'est-ce pas ? Après tout, je t'ai obtenu un bon travail. Plus qu'un travail : l'occasion d'entrer au Parnasse. Je m'en vais. Je n'ai pas encore achevé mon quota de pages.

— Pour quand cela doit-il être prêt ?

Strub se mit à rire :

— Pour quand ? Pour hier. Dépêche-toi.

Dès que j'arrivai chez moi, je lus les feuillets. On aurait dit que Flag était pressé même pour rédiger ses scénarios. Les pages étaient truffées de fautes de frappe et de notes ajoutées en cours de route au crayon rouge. Le scénario s'intitulait *Pandore au Congo.* Ce fut mon premier contact avec l'industrie littéraire. Je suppose que c'est pour cette raison que je l'ai conservé.

PANDORE AU CONGO

CHAPITRE I

— Faites le portrait d'un jeune pasteur de l'Eglise anglicane.

— Le héros est appelé à accompagner des pères supérieurs, de retour à leur mission africaine.

[Rappelez-vous que le héros DOIT TOUJOURS être JEUNE et SÉDUISANT, et que pour décrire la JEUNESSE et la BEAUTÉ nous aurons besoin d'ADJECTIFS. Vous ignorez totalement l'art de l'adjectif, je sais. Mais je commence à penser que votre intelligence, extraordinairement limitée, méconnaît les concepts de JEUNESSE et de BEAUTÉ.]

SOUS-TOTAL du chapitre I : 5 pages.

CHAPITRE II

— Lutte spirituelle à la Mission. Le héros constate que sa foi chancelle dès qu'il arrive en Afrique, en entrant en contact avec les misères du paganisme. Le continent noir peut facilement devenir une boîte de Pandore, d'où surgissent des monstres et des fantômes intérieurs. ((Vous comprenez maintenant la signification du titre ??))

— Le héros s'enfonce dans la forêt pour réfléchir. Un lion veut le dévorer. Héros Apprivoise Lion, qu'il baptise SIMBA.

— Héros et SIMBA (rappelez-vous, le lion apprivoisé) se promènent ensemble dans la jungle. Ils se perdent. Ils découvrent un *castrum* romain !!!

(Note : Un *castrum* est un campement militaire romain. Non pas que je doute de votre culture générale. Si j'explicite la signification de *castrum*, c'est parce que je doute de votre capacité à trouver dans le dictionnaire tout mot de plus d'une syllabe.)

— Le castrum de la jungle est habité par ce qu'il reste d'une légion romaine, égarée au premier siècle AVANT J.-C. alors qu'elle cherchait les sources du Nil. La colonie a diminué et aujourd'hui il n'y a plus que deux légionnaires modèles, très blonds et très militaires.

(Nous N'avons évidemment aucune explication plausible afin de justifier que des légionnaires romains se soient perpétués dans une jungle et sans le concours d'une matrice féminine. Eh bien, c'est l'incident de narration typique où il n'y a pas d'autre solution que de recourir à la THÉORIE DES SPORES.)

— Les deux légionnaires romains livrent une guerre à l'issue incertaine à des tribus de pygmées des environs extrêmement belliqueuses, anthropophages et réductrices de têtes.

SOUS-TOTAL chapitre II : 25 pages.

CHAPITRE III

— Héros hésite à communiquer la BONNE NOUVELLE DIVINE aux deux légionnaires (qui l'ignorent, car leurs ancêtres remontent à l'Empire romain du Ier siècle AVANT J.-C., rappelez-vous). Etant donné qu'il ignore s'il a perdu la foi, il lui semble contradictoire d'évangéliser les légionnaires.

[VOUS COMPRENEZ CETTE SUBTILITÉ SPIRITUELLE ??????? Je l'espère.]

SOUS-TOTAL chapitre III : 5 pages.

CHAPITRE IV

— Grande bataille entre horde de Pygmées anthropophages qui assaillent le castrum et légionnaires romains qui le défendent. Héros participe activement à la défense, Simba aussi.

— Héros fait une expérience scientifique avec deux Pygmées capturés pendant la bataille. Il les trépane et les opère sans anesthésie en public, démontrant qu'ils N'appartiennent pas au genre humain, contrairement aux légionnaires qui, comme je l'ai déjà dit, sont blonds et parlent latin.

— Auparavant, j'ai oublié de vous dire que les deux légionnaires protégeaient une princesse bantou, très jolie mais noire, qui s'était égarée elle aussi et avait abouti au castrum. Les deux frères l'aiment beaucoup, mais comme ils sont très chastes ils NE l'ont JAMAIS touchée (NOTEZ cela). Notre héros en tombe amoureux lui aussi. Grand combat intérieur entre désirs libidineux et désir de sainteté.

SOUS-TOTAL chapitre IV : 15 pages.

CHAPITRE V

— Nouvelle attaque des Pygmées, cette fois en masse. Des milliers de Pygmées prennent le CASTRUM d'assaut et, malgré leur résistance héroïque, ils exterminent les deux légionnaires. Ils ne tuent pas le héros, bien sûr, car sinon ce serait la fin du roman. Ils se contentent de le faire prisonnier. Ils blessent Simba à une patte. Devant la catastrophe, le héros l'oblige à fuir, malgré la résistance du fidèle Simba, qui refuse d'abandonner son maître. Malgré tout, Simba finit par obéir et s'enfonce dans la jungle.

Avant de regagner leur ville arboricole, les Pygmées passent la nuit au castrum. Le héros et la princesse sont attachés à des pieux parallèles. La princesse confesse à notre homme qu'elle est follement amoureuse de lui !!! Mais ses liens empêchent ce dernier de succomber aux passions de la chair. [[[En plantant la scène de si habile façon, on évite qu'apparaissent dans le récit des scènes de péché, toujours gênantes. Jugez de mon habileté narrative ! Cela, monsieur, porte un nom que vous ignorez sous toutes ses variantes : T-A-L-E-N-T.]]]

— Pygmées emmènent le héros comme trophée. La princesse bantoue reste au castrum avec un petit détachement de pygmées, chargés de négocier sa vente aux trafiquants d'esclaves arabes. Quand le héros arrive à la ville arboricole des Pygmées, on organise une grande fête. (Ils vivent dans des cabanes construites entre les branches des arbres, dépeignez-les comme des singes avec une certaine intelligence manuelle.) Horrible spectacle nocturne. Pygmées préparent la marmite dans laquelle ils vont faire cuire le protagoniste. Pygmées boivent du sang dans les crânes des légionnaires morts au combat. Bacchanale : des milliers de Pygmées dansent et forniquent partout comme une nuée de moustiques. [Bacchanale, effectivement, mais en modérant les descriptions érotiques. D'un dégénéré comme vous, il faut s'attendre à tout.]

SOUS-TOTAL chapitre V : 10 pages.

CHAPITRE VI

— Le matin, les Pygmées veulent faire cuire et dévorer notre homme. Héros les avertit que s'ils essaient "il éteindra le Soleil". (Naturellement, il s'agit d'une éclipse qui figure dans le calendrier astronomique.) Grande terreur des Pygmées quand le soleil se cache. Simba, qui est fidèlement revenu chercher notre homme, attaque férocement les Pygmées et ajoute à la confusion !

— Héros et Simba s'enfuient.

SOUS-TOTAL chapitre VI : 15 pages.

CHAPITRE VII

— Protagoniste et Simba liquident avec une facilité insultante les rares pygmées restés au CASTRUM romain pour garder la prisonnière. Sauvetage en apothéose de la princesse.

— Les événements ont fait retrouver la FOI en Dieu au Héros. Grande déception de la Princesse quand le héros repousse proposition de mariage (invoquez un motif raisonnable, celui que vous voudrez, mais qu'ils NE se marient PAS. Les Noires n'épousent pas des Anglais. Et les amours malheureuses sont littérairement plus rentables, SOUVENEZ-VOUS-EN TOUJOURS). Princesse bantoue, Simba et héros regagnent l'Angleterre. Ils emmènent avec eux un pygmée particulièrement petit, c'est-à-dire, un Pygmée affecté de nanisme, comme trophée scientifique.

— Princesse bantoue est très heureuse au couvent. Lion Simba est très heureux au zoo. Pygmée nain est très heureux au zoo. Héros leur rend visite régulièrement et il entretient avec tous les trois une amitié indicible.

Héros se rappelle cette aventure de très nombreuses années plus tard, quand il est devenu archevêque de Canterbury et jouit d'une grande réputation dans le monde religieux.

SOUS-TOTAL chapitre VII : 5 pages.

TOTAL LIVRE : 80 pages.
FIN DE *PANDORE AU CONGO*.
NE VOUS ÉCARTEZ PAS DU SCÉNARIO !
NE LÉSINEZ PAS SUR LES ADJECTIFS !!
N'OUBLIEZ PAS LES DÉLAIS DE REMISE !!!

Quand je me rappelle les jours suivants, je n'arrive pas à croire à ma naïveté. J'étais très jeune. Et la publication m'inspirait une sorte de crainte déférente. Le fait de ne pas avoir signé le livre, ou que la couverture soit cartonnée, n'avait guère d'importance. Si le docteur Flag n'aimait pas l'ouvrage, Frank Strub et ses trois enfants en subiraient les conséquences. Et je ne voulais pas que mes velléités littéraires causent du tort à une famille pauvre. Pour ce qui était du sujet, je me dispenserai de commentaires. *Pandore au Congo* était une nullité typique du docteur Luther Flag. Mais j'ai déjà dit qu'il s'agissait de mon premier livre, bon ou mauvais, et j'étais disposé à faire des efforts. Je voulais me documenter consciencieusement et je m'enfermai dans une bibliothèque publique.

Au troisième jour d'étude j'étais parvenu à peu de conclusions, mais elles étaient irréfutables :

1. Les Pygmées n'étaient pas anthropophages.

2. Il n'y avait pas de lions dans la jungle.

3. En quoi pouvait bien consister la théorie des spores ?

Au nom de la fantaisie, et avec des licences littéraires très élastiques, je pouvais admettre que le protagoniste apprivoisât un lion. Ou qu'une légion romaine entière se perdît en descendant le Nil. Quant aux Pygmées, je ne m'étais jamais posé la question de savoir s'ils appartenaient ou non au genre humain. Le pire de tout était que les témoignages ethnographiques s'accordaient à les décrire comme la communauté humaine la plus affable et anarchiste de l'univers. Comment pouvait-on supposer qu'ils aient bâti un empire ? En résumé, les Pygmées de Flag n'existaient pas. Et sans hordes de Pygmées cannibales, nous n'avions pas de livre. Je n'osais cependant toucher à un scénario littéraire émanant du docteur Luther Flag en personne. De sorte que le soir même j'allai rendre visite à Frank pour lui exposer le problème.

Il était très tard. Je me repentais déjà d'avoir tiré sur la clochette quand la porte s'ouvrit. Frank me reçut en maillot de corps et avec ces caleçons si ridicules que nous portions tous avant la Grande Guerre. Il commença par sourire. Mais quand il apprit le motif de ma visite l'expression de son visage changea :

— Moi qui pensais que tu venais me remettre le roman, fini et bien fini ! dit-il dans l'entrée.

— C'est qu'il n'y a pas de lions dans la jungle, Frank… répliquai-je, timidement.

— Des lions ? Quels lions ? Bien sûr que si, il y a des lions dans la jungle ! Si le docteur Flag affirme qu'il y a des lions dans la jungle, c'est qu'il y en a ! Putain, Tommy ! Si une légion romaine n'est pas capable de retrouver son chemin, pourquoi une saloperie de lion ne pourrait-elle pas se perdre ? Ils ont une boussole, peut-être ?

— Mais Frank, les Pygmées ne sont pas cannibales…

— Et qui ça intéresse, putain, que les Pygmées soient cannibales ou végétariens ! m'interrompit-il. Tu es devenu fou, Tommy ? Tu veux que Flag me pende ? Il est capable de me traîner devant les tribunaux. Il pourrait m'accuser de n'importe quoi, s'il le voulait. Même de plagiat !

Derrière une fenêtre, une lumière s'alluma. Frank la vit et s'exalta encore plus :

— Regarde ce que tu as réussi à faire ! Tu as réveillé les enfants. Tu veux qu'ils finissent sous les ponts ? Tu veux provoquer la ruine d'une famille entière ? C'est ça, Tommy ?

— Non, Frank, bien sûr que non…

— Alors rentre chez toi et écris ce foutu roman ! Trois jours de plus, Tommy, trois jours et je le veux tapé à la machine et en trois exemplaires. Maintenant, tire-toi d'ici ! Utilise des rubans neufs, ou le papier carbone n'imprimera pas comme il faut la troisième copie.

Avant de fermer la porte, il baissa la voix. Mais aujourd'hui, plus de soixante ans plus tard, je peux encore l'entendre :

— Pour qui est-ce que tu te prends, Tommy ? Pour un scientifique ? Un philosophe ? Pour l'instant, tu es un écrivain, Tommy, un pauvre petit écrivain.

Que croyez-vous que je fis ? Eh bien je rentrai chez moi pour écrire *Pandore au Congo* en trois jours et deux nuits. Strub ne m'avait pas même laissé lui demander en quoi consistait la théorie des spores.

Au début, j'ai dit que cette histoire avait commencé par trois enterrements, et il n'y a pas de morts. Mais c'est parce que l'histoire n'a pas encore commencé. Je n'explique tout cela que pour situer mon travail à sa juste place. En d'autres termes : si quelqu'un pensait qu'être un nègre présentait le moindre attrait, j'espère l'avoir détrompé.

Après *Pandore au Congo* vinrent de nombreux petits romans semblables. Tous aussi abominables que celui-ci, voire davantage. Je sais, on a du mal à le croire, mais c'est vrai : ils auraient pu être pires. La structure ne variait pas. Patriotique jusqu'au délire : les explorateurs britanniques étaient glorieux ; les Français, pédants ; les Italiens, maniérés ; les Portugais, troglodytes. Bibliquement militariste : la grande majorité des protagonistes était soit des missionnaires, soit des militaires, parfois les deux : des chapelains militaires. Et d'un racisme réactionnaire même pour l'époque. Tous les personnages africains répondaient à deux catégories : les nobles sauvages et les sauvages cannibales. Les premiers pouvaient aspirer à être des domestiques soumis, avec une intelligence qui ne dépassait jamais celle d'un enfant de huit ans. Les autres, je préfère les oublier. En ce qui concerne mes revenus, je n'avais pas à me plaindre.

Il est vrai que Frank me payait peu, très peu. Le vieux Flag exploitait Frank de façon éhontée. Et comme j'étais le nègre d'un nègre, je subissais une double exploitation. Je ne discutais pas le fait que Frank empochât une partie de mes bénéfices théoriques. D'autre part, je pouvais comprendre la situation d'un père de famille nombreuse. Mais un jour Frank ne se présenta pas à notre rendez-vous.

Nous nous retrouvions habituellement dans un petit pub où nous échangions le matériel. Je lui remettais le roman que j'avais écrit et lui le scénario du suivant. Nous avions tous deux intérêt à être ponctuels, aussi au bout de trois quarts d'heure je me sentis déconcerté. Seul un cas de force majeure pouvait justifier l'absence de Frank. Je pensai qu'il devait être malade, ou que l'un de ses enfants avait la varicelle, ou tous les trois à la fois. Je finis par décider de me rendre chez lui. La femme qui m'ouvrit était noire. Je fus surpris que Frank eût épousé une Noire. En 1914, les couples mixtes étaient extrêmement rares, mais je pensai que son goût pour l'Afrique avait peut-être commencé avec ce mariage. La femme était très nerveuse et parvint juste à dire :

— Vous êtes un ami de Frank ? Entrez, je vous en prie !

Elle me conduisit précipitamment dans la chambre et me désigna le lit. Effectivement, si Frank ne s'était pas présenté, c'était pour un cas de force majeure : il était mort. Il avait un œil ouvert et l'autre fermé, comme s'il avait adressé un clin d'œil à l'éternité. J'ai déjà dit que Frank n'entrait pas dans mon cercle d'amis intimes, loin de là. Mais tout le monde est ému devant ce genre d'événement.

— Oh, madame Strub ! Toutes mes condoléances ! m'exclamai-je, tout en l'étreignant avec un amour fraternel. Si vous avez besoin d'aide, pour vous ou vos trois enfants, n'hésitez pas, je le répète, n'hésitez pas à demander, vraiment, croyez-moi. Pauvre Frank ! Pauvres enfants !

Cependant, la femme fronçait les sourcils et je remarquai immédiatement que mes paroles détonnaient.

— Quels enfants ? fit la femme noire. Frank n'a pas d'enfants, que je sache, il est célibataire. Elle se reprit : Il était célibataire.

Je n'y comprenais rien. La méfiance me fit reculer d'un pas :

— Strub célibataire ? Alors à qui ai-je l'honneur ?

— Nous avions un accord. Nous passions ensemble la nuit du jeudi. Ce matin, je me suis réveillée et il était mort, dit-elle, évitant de me regarder dans les yeux. Soudain son ton s'anima : Je crois que je vous connais. N'êtes-vous pas le jeune homme qui a sonné un soir à la porte ? Je vous ai vu par la fenêtre.

A ce stade, presque toute la production littéraire de Luther Flag me revenait. J'avais perfectionné le système et j'étais capable d'écrire les trois courts romans hebdomadaires. Frank se contentait de corriger la ponctuation (j'ai toujours été très mauvais avec les points et les virgules, et surtout avec le point-virgule), d'arranger les paragraphes où les personnages n'étaient pas assez patriotiques et de censurer ceux où les Noirs étaient trop intelligents.

Désorienté, je m'assis sur une chaise, mon chapeau entre les mains. Je regardais le lit et je pensais à beaucoup de choses, ou peut-être que je ne pensais à rien. Je ne m'en souviens plus. Frank Strub est mort depuis plus de soixante ans.

— Quel grand écrivain perd le monde ! dit la femme, maintenant plus triste.

— Oui, un grand écrivain… dis-je d'une voix inexpressive.

— Vous connaissez le docteur Flag ? me demanda-t-elle, un peu plus joyeuse. Elle avait vraiment un caractère versatile.

— Je vois qui c'est, effectivement, répondis-je, en ne lui prêtant guère attention.

— Vous savez quoi ? Eh bien le docteur Flag n'écrit pas ses livres !

Et elle se mit à rire, encore plus joyeuse.

— Vraiment ? demandai-je.

— Oui. Mais vous savez ce qui est le plus drôle ?

— Laissez-moi deviner : c'était Frank qui écrivait les romans du docteur Flag.

— Non ! Ça, c'est drôle, mais juste drôle. Le plus amusant, c'est que le docteur Flag croit que c'est M. Spencer qui les écrit !

Je me redressai d'un bond :

— Et qui est M. Spencer ?

— Le monsieur qui remet les scénarios littéraires à Frank. M. Spencer était le nègre du docteur Flag, jusqu'au jour où il a proposé à Frank d'écrire les romans. A partir de ce jour, Spencer s'est contenté de passer les scénarios du docteur Flag à ce pauvre Frank.

Elle retomba dans la mélancolie :

— Pauvre Frank. Tout le monde peut faire un scénario. L'important est d'écrire le roman, vous ne croyez pas ? Et, indignée : Ce Spencer n'avait pas honte ! Je n'arrêtais pas de le dire à ce pauvre Frank...

Je lui réclamai sans trop d'égards l'adresse du dénommé Spencer. Je mis mon chapeau, elle comprit que je m'en allais et désigna le lit :

— Qu'est-ce que je fais de Frank ? Vous avez dit que vous m'aideriez, n'est-ce pas ?

Mais je pensai à toutes les commissions que Frank Strub s'était mises dans la poche sur mon dos, en se contentant de servir d'intermédiaire entre le dénommé Spencer et moi, et je répondis :

— Je crois, mademoiselle, que je vous ai suffisamment aidée.

La femme me retint un instant, me tenant par le coude. Elle avait peut-être compris qui j'étais et ce que je faisais là. Comme pour confirmer ses soupçons, elle me dit :

— Vous êtes un écrivain.

J'ignore pourquoi, mais je me sentis comme un délinquant surpris en flagrant délit.

— Oui, et vous une pute, répondis-je.

Les deux accusations s'étaient équilibrées et je partis. En direction du domicile de M. Spencer, bien entendu. J'étais sûr que le dénommé Spencer était le premier intéressé à me voir remplacer Frank Strub. A y bien réfléchir, il ne s'agissait que de rendre officielle une relation existant de fait. J'espérais naturellement qu'une fois débarrassé de la charge que supposait la médiation de Strub mes revenus augmenteraient.

Chez Spencer, il n'y avait personne. Un voisin, appuyé à la grille qui séparait les deux jardinets de l'entrée, me vit. Il me désigna d'un doigt et dit :

— Vous venez présenter vos condoléances à la famille Spencer ? Dépêchez-vous ! Cela fait dix minutes que le cortège funèbre est parti au cimetière.

Je ne pouvais le croire : le dénommé Spencer était mort lui aussi ! Le voisin me donna les détails. Il avait été renversé par un tramway le matin même.

Les roues avaient coupé le corps en deux moitiés, comme une guillotine à moteur.

Je me dirigeai vers le cimetière, je n'avais rien à perdre. J'espérais y rencontrer quelqu'un qui serait au courant des affaires de Spencer, lui expliquer qui j'étais pour qu'il me recommande à Flag. En fait, je n'étais pas tellement sûr de ce que j'allais faire là. Mais je m'y rendis.

Il ne me fut pas très difficile de trouver l'enterrement de Spencer. Entre les pierres tombales qui ressortaient sur l'herbe, il y avait un chœur de personnes, rassemblées autour d'un pasteur qui lisait la Bible et mentionnait le nom du défunt. Un gros homme aux joues rouges et au cou bas se tenait au dernier rang de la foule. Il était si petit que pour voir quelque chose il devait faire un petit saut de temps en temps, s'élevant au-dessus des têtes qui se trouvaient devant lui. Je m'en approchai.

— Quel malheur, quel accident stupide, murmurai-je pour engager la conversation. La mort emporte toujours les meilleurs.

L'homme tourna le cou :

— Spencer, quelqu'un de bien ? C'était un ingrat. Je suis là pour me rembourser d'une dette. De façon surprenante, il se mit à rire à voix basse : On dit que les embaumeurs ont eu beaucoup de problèmes.

— Des problèmes ?

— Oui. Spencer n'a pas été la seule victime du tramway. Les roues ont coupé deux hommes à la taille, Spencer et un autre. Ils portaient des pantalons très semblables, si bien que maintenant on les enterre avec leurs véritables jambes ou celles de l'autre.

En disant cela il dut se couvrir la bouche de la main pour étouffer un petit rire obscène. Je pensai à voix haute :

— Quelle coïncidence…

— Pas si grande. On pourrait dire qu'il s'agit d'un accident du travail. Spencer était écrivain et l'autre homme lui remettait les instructions pour écrire un de ses livres.

— Le scénario ?

— Oui, enfin, pour ainsi dire. Scénario, instructions, manuel, qu'est-ce que ça peut faire. Ils ont eu un instant de distraction. Et c'était fini ! C'est la vie.

— Et comment êtes-vous au courant de tout ça ?

— Parce qu'il me l'a expliqué lui-même. Je lui ai consenti un prêt sur la promesse qu'il me rembourserait le mois suivant avec des intérêts, quand il aurait été payé pour les trois livres qu'il était en train d'écrire. Imaginez-vous ça ! Il écrivait trois livres à la fois ! Mais pour les écrire il avait besoin d'un guide.

— Et comment êtes-vous au courant de tous ces détails concernant l'accident ?

— Parce que j'étais là. Je le suivais depuis des semaines pour me faire rembourser, je connaissais tous les détails de sa vie. Spencer et l'autre homme se séparaient après avoir échangé les documents habituels. J'ai vu le tramway les couper en deux morceaux. Quatre, pour être précis. Il fronça les sourcils : Mais je dois rentrer dans mes frais et je vous jure que j'y arriverai…

J'eus une révélation. Je serrai si fort la manche du gros homme qu'il me regarda comme si j'allais le frapper :

— Et qui était l'autre défunt ? m'exclamai-je. Le docteur Flag ?

— Le docteur Luther Flag ? Bien sûr que non ! Le docteur Flag est un grand écrivain ! Par les clous du Christ ! Je ne sais pas ce que pouvait bien écrire Spencer, mais s'il avait su écrire aussi bien que le docteur Flag il n'aurait pas eu de dettes. Il s'approcha un peu plus près : Vous connaissez l'œuvre du docteur Flag ?

Je regardais les nuages, pensant à voix haute :

— Alors, si l'autre mort n'est pas Flag, qui cela pouvait-il être ?

— J'ai la collection complète des œuvres du docteur Flag. Entière à l'exception d'un numéro d'avril 1899 qui est épuisé. Vous ne l'auriez pas vu, par hasard ? Je paierais un prix raisonnable. Et il commença : On envoie un régiment espagnol de Cuba à la poursuite d'un bateau d'esclaves mutinés. Les Noirs se sont emparés du navire et retournent en Afrique. Mais les Espagnols persévèrent et les suivent jusque dans la jungle. Là, il y a une grande bataille rangée entre la tribu de Noirs et le régiment espagnol.

Je parvins à la seule conclusion possible : Spencer n'était guère qu'un autre Frank Strub. Il se bornait à recevoir les scénarios, qu'il remettait immédiatement à Frank, et ce dernier à moi. Donc, au-dessus de Spencer, il y avait encore un autre homme. Un homme qui recevait les scénarios directement de Flag ; des scénarios qu'il donnait à Spencer, Spencer à Frank et Frank à moi. Et cet homme était mort lui aussi. Sous les roues du même tramway que Spencer.

— Dans le fracas du combat arrive un missionnaire anglais, annonçant aux deux partis que Cuba a été libérée par les Yankees et que l'esclavage est aboli. La bataille devient absurde !

Cet individu était une plaie. Il ne me laissait pas réfléchir :

— Mais bon sang, de quel régiment me parlez-vous donc ? grognai-je. Que vient faire cette guerre entre des tribus d'Afrique et des Espagnols de Cuba ?

— C'est le sujet du roman qui me manque. Ça vous dit quelque chose ? Si vous vous en souvenez c'est que vous l'avez lu, et si vous l'avez lu vous l'avez peut-être conservé. J'étudie toute proposition. Dix shillings ? Le prix est négociable.

Je n'avais rien à faire là. Je partis, en réfléchissant et la tête basse. Je me sentais vaincu, sans savoir encore très bien par qui. J'allais quitter le cimetière quand je croisai un autre enterrement.

Toutes les funérailles se ressemblent. Un cercle de gens en pleurs ; un pasteur qui déplore la mort du défunt et chante ses louanges. Je ne voulais pas m'arrêter, mais j'entendis le mot *tramway* et le mot *accident*. C'était l'autre victime. C'est-à-dire le troisième et dernier individu qui s'interposait entre Flag et moi. Et dans l'assistance, au premier rang, il y avait un homme aux cheveux plus blancs que neige. Devine-t-on de qui il s'agissait ?

Sur la photo des quatrièmes de couverture, on ne voyait pas ce nez rouge, sillonné par de très fines veines violettes. Ni qu'il boitait de la jambe droite. Mais c'était lui, c'était certainement le docteur Luther Flag. Il était venu à l'enterrement de son nègre. Son contremaître de nègres, pour être précis.

Soudain je me rappelai les scénarios, ou plutôt les notes. Je dois dire que les notes de *Pandore au Congo* étaient d'une amabilité extraordinaire. Sur certains scénarios, il en était venu à qualifier son nègre de lèpre littéraire, génocidaire d'adjectifs ou gitan analphabète. Je pensai également que, même s'il l'ignorait, le nègre à qui il avait adressé les humiliations de ses derniers scénarios, c'était moi. Je ne connaissais pas Flag personnellement, mais j'avais la certitude qu'il ne passerait pas à la postérité comme l'Abraham Lincoln des nègres littéraires.

J'attendis la fin de la cérémonie pour m'approcher. Au moment où les gens se dispersaient, je me dirigeai vers lui. Il me regarda avec méfiance dès le début. Je lui tendis la main. Les siennes reposaient sur une canne à pommeau blanc. Il n'avait aucune envie de me la serrer. Il regardait ma main en évaluant les possibilités que je lui transmette une dermatose. Tous ses soupçons se cachaient derrière une voix douce, qui parlait comme si une grande distance nous avait séparés.

— J'ai l'honneur de vous connaître, jeune homme ?

— Indirectement, monsieur, répondis-je gaiement : je suis le nègre du nègre du nègre de votre nègre.

Ce fut une grave erreur. Comment avais-je pu être aussi naïf ? Flag ne comprit pas que nous avions des intérêts communs, que je me présentais juste comme volontaire pour remplacer ceux qui étaient tombés au combat. Autour de nous il restait encore du monde. Flag dut penser qu'on m'avait entendu et que mes paroles mettaient son honneur en cause. Ou peut-être était-il d'un naturel irascible. Ou n'était-il même pas au courant de toute l'industrie que son œuvre avait générée, dont le dernier maillon était mon humble personne. Qui sait. Le fait est qu'il ouvrit à demi la bouche, indécis. Sous la barbichette de l'homme s'étendait une généreuse pomme d'Adam qui se gonfla comme celle d'un pélican qui vient d'avaler un thon. Ses joues virèrent à l'orange, son nez rougit davantage. Et au moment où son visage tout entier bouillait comme une éprouvette, au moment où l'effervescence de couleurs faisait craindre que son crâne n'explosât, il vomit alors :

— Moi, je ne vous connais pas et je n'en ai aucune envie ! Et si j'avais vingt ans de moins, je vous défierais en duel au sabre !

Il leva sa canne en acajou dans l'intention de me briser le crâne. A l'instant où elle allait me tomber dessus, par instinct, je l'attrapai par l'autre extrémité. Le vieux Flag oublia momentanément la noble cause visant à m'assassiner. Nous luttions maintenant pour la propriété de la canne, en forçant chacun de son côté. Nous avions l'air de deux enfants jouant à tirer sur la corde. Ce fut ainsi que débuta un vil combat.

— Lâchez ma canne ! disait-il. Lâchez-la !

— Mais c'est vous, qui m'attaquez ! tentais-je de le calmer.

— Hors d'ici ! Vous êtes un maître chanteur arabe ! Un corbeau pharisien ! Un scarabée sans ailes ! Lâchez ma canne !

Quelle scène pénible. Mais ces insultes débordèrent les digues de ma tolérance. J'étais un architecte qui touchait un salaire de maçon. Et Flag la cause de ma situation précaire, caché derrière un renom obtenu au prix du travail obscur des nègres. Qui sait combien d'entre eux m'avaient précédé, tous aussi anonymes et mal payés que moi. Et cet apôtre d'une littérature de caniveau se permettait de jeter sur moi davantage d'offenses que celles que subirent les sages de Sion. Je contre-attaquai en tirant encore plus fort.

— Et vous, une vieille crapule, un misérable usurier, un imposteur pharaonique !

— Comment osez-vous me diffamer ! répliqua-t-il tirant avec énergie. Mon œuvre a inspiré cinq promotions d'officiers britanniques !

— C'est peut-être la raison pour laquelle les Zoulous ont massacré l'armée anglaise à Islandwhana ! Et les Soudanais à Khartoum ! Et les Boers en Afrique du Sud ! Je m'explique maintenant tous nos désastres outre-mer !

— Lâchez ma canne ! C'est un cadeau personnel de l'empereur du Monomotapa ! Hors d'ici, sicaire opportuniste !

— Sicaire opportuniste ? Moi ? Eh bien vous, vous êtes un ambassadeur du mauvais goût littéraire ! Et un proxénète des lettres ! La voici, votre foutue canne ! Entièrement à vous !

Je me contentai d'ouvrir les mains. Mais, à cause de l'énergie accumulée, Flag tomba sur son séant et roula par terre. On aurait dit une tortue sur le dos. Il n'avait plus l'âge de fournir tous ces efforts. A mes pieds, Flag hoquetait comme un poisson hors de l'eau. Soudain il reçut de l'aide. Apercevant nos moulinets, les participants à la cérémonie, qui se dispersaient, se rassemblèrent pour suivre la bataille de près. Un admirateur tentait de le soulever par le coude, une femme se pencha pour essuyer la sueur sur son front avec son mouchoir. Inutile de dire que tous les participants étaient de féroces partisans de Flag.

Cette multitude me tançait à grands cris comme si j'avais été un criminel sur le chemin du gibet. Je me sentis complètement déplacé. J'étais très jeune, et la jeunesse est l'état d'esprit le plus sensible à l'injustice. Mais que pouvais-je faire ? Ils me détestaient tous et aucune allégation de ma part n'allait améliorer les choses. Les joues me cuisaient, je devais avoir les oreilles rouges comme des tomates. Je lissai mon pantalon de mes mains, aussi dignement que je pus, ramassai mon chapeau et m'en fus.

Soixante ans plus tard, j'en ris encore : Flag, le cimetière, l'opéra bouffe auquel avait viré la scène. Et cependant, en ces instants, pendant que je traversais la pelouse du cimetière, je ne trouvais pas cela drôle. J'étais une sorte de marmite à l'intérieur de laquelle bouillait toute l'indignation humaine. Mais je n'avais pas fait vingt pas que quelqu'un sollicita mon attention :

— Excusez-moi. Ceci vous appartient.

Au début, je ne lui accordai pas d'importance. C'était un de ces hommes que l'on ne remarque pas, foncièrement terne. Vêtu avec une élégance discrète, il semblait chauve de naissance ; c'était une calvitie totale, parfaite comme une pleine lune. Les traits du visage, très nets, rappelaient les portraits de Nietzsche jeune. Mais c'était tout. Plus une petite moustache sous le nez, mince comme un favori.

Il m'offrait un paquet de feuilles retenues par des ficelles. Je ne me rappelais même plus que cette malheureuse journée avait commencé par la faute de Flag. Je tendis les mains, étourdi et par inertie, parce que ces écrits ne m'intéressaient plus. L'homme souriait :

— Etes-vous déjà monté dans une automobile ? Je peux vous déposer où vous voudrez.

Non, je n'étais encore jamais monté dans une voiture mécanique. Et les émotions du jour me rendaient très sensible à toute aide, si inespérée fût-elle. J'étais l'une de ces personnes que les sentiments inamicaux laissent muets. Je m'assis à côté du conducteur sans ouvrir la bouche. J'avais la gorge sèche. L'homme sortit une petite fiasque de whisky de la boîte à gants. J'en bus une gorgée.

Je lui racontai tout. Mes relations avec Frank Strub. Les histoires ridicules que j'écrivais. L'ignominieuse exploitation dont j'étais victime. La chaîne d'absurdités qui culminait en moi. A chaque gorgée de la fiasque, j'abordais un nouveau sujet. Mais quand la pression de la cocotte retomba je me calmai. Que faisais-je là, dans une automobile, à raconter ma vie à un parfait inconnu ?

J'observai les mains qui guidaient le volant. Personne ne peut dissimuler l'âge de ses mains. Et mon bon Samaritain était plus jeune qu'il n'en avait l'air. Ses ongles roses comme des flamants s'enfonçaient profondément dans sa chair. La calvitie et la moustache étaient trompeuses. Les vêtements, de coupe classique, aussi. Ces airs de respectabilité le vieillissaient. Peut-être à dessein. Je me sentis mal à l'aise. Pour la première fois, je pensai qu'il savait tout de moi et que je ne savais rien de lui. Je le priai de me laisser là, nous étions tout près du centre-ville. Il répondit qu'il n'était pas pressé. Le défunt était une connaissance très lointaine. Il avait assisté à l'enterrement par pure obligation, il avait donc toute la matinée libre. Mais j'insistai. Au moment où je descendais de voiture, il me remit sa carte. On pouvait lire : "Edward Norton. Avocat."

— J'aimerais vous revoir, monsieur Thomson, me dit-il de l'intérieur de la voiture. Il est possible que nos intérêts soient complémentaires. Venez me rendre visite dès demain, je vous en prie.

— Vous pensez que j'ai dans l'idée de porter plainte contre le docteur Luther Flag ? Ces gens-là gagnent toujours leurs procès. Et je ne peux m'offrir les services d'un avocat.

— Vous vous méprenez, dit-il en riant. Je veux vous parler d'une affaire bien différente. Venez demain, vers huit heures et quart. Mon adresse figure sur la carte.

Nous prîmes congé. Mais il ne me laissa pas le temps de tellement m'éloigner.

— Thomson ! me cria-t-il. Vous oubliez quelque chose. C'est la deuxième fois que vous le perdez.

Et il me remit à nouveau le paquet qui comprenait le roman et les trois copies.

— J'ai beaucoup aimé votre altercation de tout à l'heure, avec le docteur Flag. Et il ajouta : Je cherche un homme passionné. A demain.

Dans le Londres de 1914, il y avait très peu de voitures. Je traversais Trafalgar Square quand je croisai une Rolls sans capote avec un chauffeur en gants blancs. A l'arrière, était assis un vieil homme adorable, les deux mains sur une canne à pommeau de marbre. La voiture s'arrêta à un carrefour pour céder le passage à un attelage. J'en profitai pour lancer le paquet de feuilles sur le crâne de Flag, tout en criant :

— Ceci vous appartient !

Il s'incrusta dans sa nuque comme un jet de pierre. J'espère que cela lui fit mal.

2

A cette époque, je louais une chambre dans un quartier modeste. Un lieu où les gens et les rats se livraient une guerre à l'issue incertaine. Cent ans auparavant, la maison avait constitué la résidence de classes élevées. Les ornements baroques de la façade et les deux escaliers, l'un pour les messieurs-dames et l'autre pour le service, se dressaient comme le souvenir muet de la splendeur passée. Mais la énième extension de la banlieue londonienne avait absorbé l'immeuble. Cela provoqua sa décadence irrévocable. Peu à peu, l'orgueilleuse bâtisse champêtre, aux airs de station balnéaire, se vit phagocytée par la structure urbaine de la capitale britannique. La faute en revint à la Royal Steel, une industrie qui fabriquait des locomotives et du matériel ferroviaire. L'usine s'établit tout près de là, et bientôt apparurent autour d'elle des immeubles pour les ouvriers. Les pâturages et les champs de betteraves devinrent un quartier pauvre. Le terrain perdit de sa valeur, les riches se déplacèrent vers d'autres zones et le standing de la maison périclita inexorablement.

Quand je m'installai, la propriété se dressait désormais comme une relique émaciée, une île assiégée par de vulgaires immeubles de brique rouge. J'en parle, parce que sans connaître l'histoire de la maison il serait impossible de comprendre le caractère de Mme Pinkerton. C'était la propriétaire et elle s'était vue dans l'obligation de transformer sa propriété en une pension. Mon Dieu, toute une vie s'est écoulée et je sens encore des frissons quand quelqu'un prononce ce nom, Pinkerton.

C'était une femme mince et arrogante, le dos invariablement droit et raide comme un piquet. Je n'ai jamais revu de menton aussi insolent, toujours dressé, comme si un crochet invisible avait tiré dessus. Elle avait l'air d'un lapin, remâchant en permanence, et flairant, mais sans idées. Sa façon de s'habiller me dégoûtait. Chaussures noires, bas noirs, châle noir, manteaux noirs. Un chignon en forme de noix de coco, noir lui aussi. Elle n'était pas particulièrement pâle. Mais elle ne connaissait que les vêtements noirs et, par un contraste inévitable, son visage rappelait un masque à la vanille. Elle n'était pas en deuil (je crois ne l'avoir vue triste que le jour de la mort de la reine Victoria), elle s'habillait en noir parce que c'était la seule couleur qu'elle tolérait. Je compris que ce qui l'indignait réellement était que le reste de l'humanité ne fût pas aussi aigri qu'elle. Et, comme je ne pouvais éprouver de l'estime pour rien qui émanât d'elle, je tentai, du moins, de la détester comme les scientifiques détestent les virus : sans passion.

Mais mes efforts en ce sens ne donnèrent pas de fruits. J'étais l'un des plus anciens locataires. Pour me permettre d'économiser quelques pennies, nous avions décidé que je me chargerais de quelques menues tâches domestiques. Faire venir le plombier quand les tuyauteries se bouchaient, distribuer le courrier dans les chambres des pensionnaires, ramasser les bouteilles de lait déposées devant la porte. Ce genre de choses. C'étaient de petits travaux faciles dont je m'acquittais avec plaisir. Mais avoir une conversation avec elle était comme de se promener dans une forêt de cactus. Elle avait une voix revêche, lointaine, c'était comme d'entendre une momie qui nous aurait menacés d'outre-tombe pour ne pas avoir respecté un tabou sacré.

Ce qui me faisait sortir de mes gonds, c'étaient ses embuscades dialectiques. La Pinkerton n'attaquait jamais de face, à la baïonnette, mais comme l'artillerie navale, en bombardant à des milles de distance. Le plus irritant, c'étaient ses circonlocutions, épuisantes. Elle était incapable de dire, par exemple :

— Monsieur Thomson, pourquoi n'avez-vous pas relevé le courrier ?

Ou :

— Monsieur Thomson, il n'y a pas d'eau au robinet.

Ou :

— Monsieur Thomson, où est le lait ?

Je jure que j'aurais apprécié la franchise. Au lieu de ça, elle disait :

— Il y a quelqu'un qui oublie ses obligations hebdomadaires.

Lui parler supposait un exercice compliqué, difficile à comprendre pour qui n'en avait pas fait l'expérience. Mes circuits mentaux devaient fournir le triple effort de se demander : A. Qui doit être ce "quelqu'un" ? B. Quelle "obligation" ai-je négligée ? C. Pour l'amour de Dieu, pourquoi ne s'exprime-t-elle pas clairement ?

Cela peut sembler insignifiant. Ça ne l'était pas, il y a des tortures très subtiles. Imaginons des yeux qui ne cherchent que les défauts. Des oreilles qui n'écoutent que des blasphèmes. Quelqu'un, en définitive, avec qui il n'est pas possible d'avoir une conversation détendue et banale. Chaque fois que j'ouvrais la bouche, je me forçais à me tenir sur mes gardes, à deviner par où elle allait m'attaquer. Je devais toujours penser à ce à quoi elle pouvait penser. Nous étions comme des joueurs d'échecs professionnels, obligés de prévoir les mouvements de l'adversaire cinq ou si coups à l'avance.

Autre exemple : il me fallut des mois pour comprendre qu'elle détestait être appelée "mademoiselle". Elle ne me le dit jamais, je m'en aperçus à des symptômes. Chaque fois qu'elle entendait le terme *mademoiselle*, son menton se relevait et elle regardait tellement haut que je me demandai plus d'une fois s'il y avait des fuites au plafond. Non. Cela la dérangeait juste qu'on lui rappelât qu'elle n'avait pas de mari. Un jour, je fis l'expérience, je l'appelai madame Pinkerton au lieu de mademoiselle, comme s'il existait un M. Pinkerton imaginaire, et cette tension invisible qu'elle créait autour d'elle s'allégea. Du moins un peu. Enfin, le fait que Mme Pinkerton fût un épouvantail à charbon et une vieille fille acariâtre démontre que la gent masculine est plus vive que ne le pensent certaines femmes.

Sans mari, et donc sans enfants, elle aurait aimé être l'une de ces institutrices de luxe qui éduquent les rejetons du Kaiser. Mais elle ne l'était pas. Elle n'était que la propriétaire d'une pension dans un quartier pauvre, et sa frustration ne pouvait se mesurer en termes rationnels. Elle confondait l'amour avec les bonnes manières, et si on lui avait demandé ce qui l'inquiétait le plus dans cette vie elle aurait sans doute répondu qu'elle avait peur d'arriver en retard à son propre enterrement.

Hormis la propriétaire, l'autre habitant permanent de la maison était Marie-Antoinette. Elle s'appelait comme ça, comme la reine de France décapitée. Elle appartenait à Mme Pinkerton et c'était une tortue, la tortue la plus étrange et perverse qui eût jamais existé. Elle était née sans carapace ou avait survécu à sa perte, je l'ignore.

Je ne serais pas surpris qu'un pensionnaire intolérant la lui eût brisée à coups de marteau. Il faut dire que Marie-Antoinette avait très mauvais caractère. Tout animal domestique, y compris les perruches, est capable d'apprendre quelques règles de conduite de base : "assieds-toi", "tais-toi", "dehors", etc. Avec Marie-Antoinette, ça marchait à l'inverse : elle considérait que c'étaient nous les humains qui devions lui obéir.

Une tortue sans carapace est une chose extrêmement rare. A bien y réfléchir, les tortues sont déjà en soi d'étranges créatures, avec leurs petites pattes d'éléphant en miniature, leur bec de perroquet et leur queue conique. Et Marie-Antoinette, de surcroît, n'avait pas de carapace. C'était angoissant de la voir, plus mince qu'une saucisse, sa peau de reptile tendue autour de son corps. Elle ne pouvait cacher la tête nulle part et, dans une réaction hautaine, elle la tenait toujours dressée comme un périscope, défiant les humains d'avoir le courage de critiquer sa monstruosité ambulante. Parce que Marie-Antoinette ne se tenait jamais tranquille, et quand elle se déplaçait on aurait dit un nageur épileptique. Il était impossible de s'habituer à une tortue qui courait comme un scarabée, libre du lest que supposait la carapace. Soudain, on apercevait une ombre farouche, accrochée aux murs et tournant au coin. Marie-Antoinette détestait tous ceux qui la regardaient d'un air étonné. C'est-à-dire : tout le monde en général et Tommy Thomson en particulier.

Mais oublions Marie-Antoinette. Ce que je trouvais incompréhensible, c'était l'extravagante relation qu'entretenaient la Pinkerton et M. MacMahon. Malgré son patronyme écossais, il était irlandais. Le cliché veut que tous les Irlandais soient ivrognes, farceurs et rustres, et je suis conscient qu'un écrivain devrait éviter les stéréotypes. Mais MacMahon était exactement comme ça. Catholique, père de sept enfants (peut-être huit, je ne m'en souviens pas), très blagueur et avec des manières, à table surtout, qui auraient provoqué des troubles graves même dans un antre de pirates.

Il arriva dans la maison après moi. Il avait les biceps un peu mous à cause de l'âge, mais épais comme des troncs du Canada. Les cheveux courts, une coiffure de marin, compacte comme une brosse. Il était venu à Londres comme tant de ses compatriotes, à la recherche d'un salaire plus digne que ceux que l'on versait dans l'Irlande appauvrie. Je croyais qu'il ne resterait pas trois jours, que la

Pinkerton le ferait mettre en prison, ou enfermer directement à l'asile d'aliénés.

Il travaillait du lever au coucher du soleil à la Royal Steel. Il rentrait très tard à la pension, sale et le visage noirci. On savait qu'il était revenu à la trace de suie que l'on pouvait suivre dans tout le couloir. Je me rappelle l'expression de la Pinkerton la première fois qu'elle la vit.

Elle ressemblait à une biologiste suivant la piste d'une espèce inconnue : un escargot d'une tonne qui laisse de la bave de goudron sur son passage. La Pinkerton avança dans le couloir penchée en avant, sans en croire ses yeux, jusqu'à ce qu'elle parvînt devant la porte de la chambre de MacMahon. Quelle frayeur ! On aurait dit Marthe transformée en statue de sel. Du sel noir, dans son cas.

Le soir, je dus me retenir de rire ; elle, de pleurer. Tous les pensionnaires dînaient déjà quand MacMahon rejoignit la tablée. Il se servit en reniflant, en toussant, éternuant et se raclant la gorge comme s'il avait avalé un os de baleine. M. MacMahon mangeait, dévorait les pommes de terre comme un crocodile de la viande de zèbre. Et il avait le mérite de le faire en combinant cinq opérations : mastiquer, gober, avaler, parler et chanter.

A cette époque, il n'y avait pas beaucoup de pensionnaires, deux ou trois, et très ennuyeux. Nous ne nous disions pratiquement rien parce que nous n'avions pas grand-chose à nous dire. MacMahon interpréta ce silence à sa manière :

— Vous êtes tristes ? demanda-t-il. Très bien, je vais vous chanter une chanson irlandaise.

Et il nous interpréta un air joyeux de chez lui. Je ne sais pas s'il fut du goût des pensionnaires, mais il eut au moins le mérite de faire passer le visage de la Pinkerton du blanc au vert artichaut.

Le dimanche matin, il aimait se promener dans la maison pieds nus, vêtu seulement d'un pantalon et de bretelles de cuir. On le trouvait dans le petit séjour. Un lieu plein de fauteuils, de très mauvais portraits des ancêtres des Pinkerton et d'un vieux piano qui ne résonnait plus depuis trois décades. MacMahon prit la liberté de transformer la pièce en une sorte d'atelier. Il réparait n'importe quel appareil ménager cassé ou abîmé. Machines à coudre, serrures, étagères ou chaussures. Il le faisait pour s'amuser et nous permettait d'économiser de coquettes sommes, la Pinkerton n'osa donc pas se plaindre. Il y passait les jours fériés, chantant et travaillant à moitié nu, se grattant le torse et le ventre, qu'il avait gros comme un tambour et aussi poilu que sa poitrine. Pour la Pinkerton, ce spectacle était la chose la plus semblable à une orgie romaine qu'elle ait vue de sa vie.

C'était un homme pratique. Au cuir tanné. Je crois que dans le désert du Kalahari il y avait des pierres plus sensibles que M. MacMahon. Un jour, il me demanda un de mes petits romans du docteur Flag. Je lui en prêtai un exemplaire, curieux de savoir selon quel critère il le jugerait.

— Merci Tommy, me dit-il trois jours plus tard, quand il me le rendit, j'ai pu arranger le pied de mon lit. Il était déséquilibré et la Bible est trop épaisse pour servir de cale.

En une autre occasion, il dut partir en Irlande pour je ne sais quelles formalités. Sur une petite table, il laissa le télégramme qu'il avait envoyé à sa femme. Il disait : "Semaine prochaine arrive par le ferry STOP lave-toi STOP."

Mais le pire chez M. MacMahon, c'étaient les pets. Ils éclataient aux premières heures de la nuit, derrière sa porte, et on pouvait les entendre sur tout l'étage et dans la moitié de la maison. Je n'exagère pas.

Après avoir vécu près de MacMahon, je parvins à la conclusion qu'il était l'inventeur de quatre catégories de vents. J'en baptisai une du nom de pets Big Ben, rigoureusement espacés, comme s'ils avaient indiqué les heures. Prout, pause, prout, pause, et ainsi de suite jusqu'à douze. Il y avait aussi les pets Vickers, de moindre intensité sonore mais avec la cadence d'une mitrailleuse Vickers. Leur principale caractéristique était qu'ils n'avaient pas de limite de quantité. Il pouvait y en avoir dix, vingt ou trente. Ils faisaient tous exactement le même bruit, MacMahon contrôlait parfaitement la dilatation du sphincter et la quantité de gaz libérée. Il perdait cependant parfois le contrôle et les vents ressemblaient à un troupeau de canards sauvages, couac, couac, couac. Les troisièmes étaient les pets violon : plus fins, plus longs, comme un chaton qui miaule parce qu'il a perdu sa maman. Ceux-là m'étaient insupportables. La quatrième catégorie, enfin, correspondait aux pets docteur Flag. Je les baptisai ainsi à cause d'un des petits romans du docteur Flag, dans lequel une sorte de déluge universel africain, destiné à sauver l'Afrique du paganisme, commençait par un grand coup de tonnerre ; un seul, mais tout-puissant.

Les pets docteur Flag attaquaient par surprise et il n'y avait pas d'échappatoire. Quand un pet docteur Flag éclatait, il réveillait tous les pensionnaires qui ne pouvaient plus trouver le sommeil. C'était un pet unique, mais qui prenait la forme de bombes, des bombes d'un calibre qu'aucun ingénieur militaire n'avait encore imaginé en 1914. Un tremblement de terre qui nous obligeait à ouvrir les yeux et, effrayés, à regarder avec horreur les poutres au plafond. Parmi tous les pensionnaires, j'étais le seul à le connaître assez bien pour lui poser le problème, quoique discrètement. Sa réponse ? "Avant qu'ils explosent, je les expulse."

Pourquoi Mme Pinkerton ne le jeta-t-elle pas dehors ? Bonne question. Ce qui me surprenait le plus était qu'elle ne pratiquait avec lui, même de loin, aucune de ses tactiques de mortification individuelle. Elle gardait une attitude atone, totalement neutre. La Pinkerton regardait M. MacMahon d'un œil muet, attentif et persévérant. Une expression qui pouvait tout dire ou n'avoir aucun sens. Sans s'impliquer, sans penser.

Je crois qu'il la déconcertait. D'une certaine façon, elle comprenait que sa malice sophistiquée eût été inutile contre un MacMahon, trop fruste pour la comprendre : si gênant que soit un moustique, il ne traversera jamais la peau d'un éléphant. Il est également possible que MacMahon ait éveillé en elle des sentiments contradictoires.

Comme je l'ai dit, la Pinkerton était une bourgeoise ruinée. Elle fuyait les prolétaires comme le typhus. Mais la figure de MacMahon combinait les valeurs ouvrières et l'urbanité bourgeoise d'une façon très étrange. Un exemple : quand l'un de ces horribles blasphèmes irlandais lui échappait, il ajoutait toujours un "mes excuses, madame Pinkerton" extrêmement bien élevé. Et un autre : le dimanche, il se promenait presque nu, oui, mais uniquement au retour de la messe. Et personne ne pouvait douter de sa responsabilité de père de famille : il travaillait comme une mule et tout son salaire s'envolait vers l'Irlande.

Il est également vrai que ce même homme avait des attentions. Après la messe, il revenait toujours avec un bouquet de fleurs pour Mme Pinkerton.

— Vous devriez mettre du savon dans ce vase, disait MacMahon. Comme ça, les fleurs durent plus longtemps.

— Vous en êtes sûr ? On m'a dit que le bicarbonate était plus efficace.

— Du bicarbonate au lieu de savon ? Hummm… Essayons.

Quand ils étaient ensemble, ils avaient une capacité unique à transformer tout sujet de conversation, y compris les fleurs, en une question technique. Ils s'asseyaient devant le vase, le regardant comme quelqu'un qui attend de voir pousser un arbre, et restaient des heures entières à donner leur avis sur l'opportunité de mettre du savon ou du bicarbonate. Pour qui ne les aurait pas connus, la scène aurait semblé absurde. La Pinkerton avait la capacité perverse de consommer tout l'oxygène d'une pièce. Mais MacMahon en pompait le double, et de la sorte il s'établissait une sorte d'équilibre homéostatique. Je crois qu'ils ne s'en rendaient pas compte eux-mêmes.

Restait la question des pets. Mais, à y bien réfléchir, MacMahon ne lâchait des pets que dans sa chambre. Le droit à l'intimité est l'une des grandes conquêtes de la culture moderne. Pourquoi un homme ne pourrait-il pas lâcher des pets dans sa propre chambre ? Dans sa chambre, un homme a le droit de lâcher des pets et il a le droit de pleurer.

Au début du mois, quand il touchait sa paie, MacMahon se saoulait. C'était la seule grosse dépense qu'il s'autorisait. Nous l'entendions pleurer toute la nuit, pompette. Il récitait les prénoms de sa femme et de ses sept ou huit enfants, entre hoquets, gémissements et soupirs. Cela me permet de transcrire un de ces dialogues typiques, alambiqués et exaspérants que Mme Pinkerton et mon humble personne pouvaient échanger.

— M. MacMahon pleure, me dit-elle.

Naturellement, Mme Pinkerton visait à autre chose qu'à décrire un fait objectif. Ce qu'elle tentait de me suggérer, c'était que "cela" la dérangeait elle et les autres pensionnaires, et que "quelqu'un" devrait arrêter, réprimer ou censurer les pleurs de M. MacMahon, et que ce "quelqu'un" était précisément moi, Thomas Thomson.

Il faut dire que Mme Pinkerton éprouvait sa plus grande émotion quand elle recevait la carte de vœux pour Noël : celle d'un cabinet qui envoyait la même carte à tous ses clients qui avaient contracté depuis plus de vingt ans une police d'assurance pour leur immeuble. Ce genre de femme avait du mal à comprendre une chose aussi élémentaire que le fait qu'un homme, loin de sa terre et de sa famille, pleurât de chagrin. Je crois que les sentiments lui causaient la même frayeur que la jungle africaine aux lecteurs du docteur Flag. Elle ne savait pas, par pure ignorance, quels dangers ils recelaient, et toute aberration était donc possible. Et si un quelconque sentiment osait s'exprimer imprudemment, elle l'étouffait comme une tribu de cannibales guerroyant contre l'administration britannique.

Ma réponse fut très laconique :

— Allez le lui dire vous-même.

Bref, si je me rappelle ce dialogue en particulier, c'est parce qu'il eut des effets très positifs : Mme Pinkerton ne fit plus jamais allusion aux pleurs de M. MacMahon, et elle ne me demanda plus rien.

D'après ce que je viens de raconter, on pourrait en déduire que j'étais malheureux. Rien de plus éloigné de la réalité. Il ne faut pas confondre l'allergie et le printemps. Ce fut, en fait, l'époque la plus joyeuse et insouciante de ma vie.

Ma chambre était la plus éloignée, au bout d'un couloir. Cela créait une sorte de distance de sécurité par rapport à la Pinkerton, et autres MacMahon. De la fenêtre, à l'horizon, je pouvais voir surgir les cheminées de la Royal Steel. Leurs horaires marquaient le rythme du quartier tout entier. Je pouvais compter jusqu'à dix-huit tons de gris. Celui des nuages, des façades, des toits des maisons, de la rue, des trottoirs et des pavés. Quand il pleuvait, chaque ton se dupliquait dans une autre nuance. Cela ne me dérangeait pas.

Mon mobilier était aussi simple, voire davantage, que celui de la chambre de Van Gogh. Une table, une chaise, un lit, une armoire et mon bien le plus précieux : une très moderne machine à écrire. Pour qui ne comprendrait pas, rappelons qu'on était en 1914 et que j'écrivais.

J'avais été élevé dans un orphelinat public où j'avais reçu une éducation acceptable, à l'opposé de l'esprit ambiant. A l'époque, l'âge légal pour rester à l'orphelinat était quinze ans. Cependant, je m'y sentais tellement heureux et j'étais tellement apprécié par le personnel, que par le biais de diverses subtilités ils parvinrent à me garder quatre ans de plus. Pendant ces quatre ans supplémentaires, je travaillai à la bibliothèque du centre. Cela stimula mon amour des livres. A tel point que, lorsque je décidai de quitter volontairement l'institution, à dix-neuf ans, je le fis avec la ferme volonté de me consacrer à la vie littéraire. Le jour où je passai les portes de l'orphelinat, on me paya, avec une stricte rigueur comptable, les quatre ans où j'avais travaillé comme bibliothécaire auxiliaire. Ce fut un beau cadeau de départ. Ce matelas financier allait me permettre de vivre un temps sans soucis et en me consacrant à l'écriture.

J'étais de toute façon arrivé à la pension dans la saine intention de devenir écrivain et je m'y consacrais avec une discipline spartiate. Je profitais de la sirène de la Royal Steel pour établir mes horaires. Le matin à la première heure, mon index était déjà prêt, attendant ce hurlement aigu afin de commencer à taper à la machine. J'écrivais sans trêve, et ma journée de travail ne s'achevait que lorsque la sirène annonçait l'heure du repos. Je vivais littéralement comme un ouvrier de la plume.

A l'époque, j'appartenais à un groupe de jeunes écrivains débutants qui suppléaient au talent par la pédanterie. Ce fut là que je rencontrai Frank Strub. Il vint une fois seulement. Quand je récapitule, je comprends qu'il venait chasser un novice comme moi. Nous nous présentâmes, il lut sur place quelques pages que j'avais écrites et me donna rendez-vous dans un restaurant populaire du nord de Londres. Le reste de l'histoire, on le connaît. Pauvre Strub ? Pauvre de moi.

Edward Norton en personne m'ouvrit la porte de son bureau. Il était vêtu avec autant d'élégance qu'au cimetière, portant cravate, une chemise d'un blanc immaculé et sur celle-ci un gilet en soie. Le couloir d'entrée donnait directement dans une pièce aménagée en bureau. De fait, c'était l'antichambre de l'appartement où il vivait, qu'il avait transformée en bureau. Cela ne nuisait pas à l'image du professionnel. Tant de modestie austère l'anoblissait, justement parce qu'il ne faisait aucun effort pour cacher ce que c'était : le cabinet d'un avocat en début de carrière. Les murs étaient recouverts de bois jusqu'à la hauteur des yeux, et le bois est toujours chaleureux.

Le jour où nous avions fait connaissance, j'étais sur la défensive. Cette fois, je ne voulais pas que Norton me prît au dépourvu. Je savais que j'aurais devant moi un professionnel qui exerçait son métier à l'intérieur et à l'extérieur des tribunaux. Un homme qui mesurait chacun de ses gestes avec un compas. Quelqu'un qui dosait l'information, qui disait ce qu'il fallait dire et pas un mot de plus. Le lui reprochais-je ? Oui et non. En fin de compte, les avocats sont comme les médecins : s'ils sont bons, on ne sait jamais ce qu'ils pensent.

Il ne tarda pas à utiliser ses stratégies de sape. Il me fit asseoir devant lui et dit :

— Un instant, s'il vous plaît.

Pendant une minute, une longue minute, il écrivit quelque chose avec un stylo de prix. J'eus la certitude qu'il s'agissait d'un truc, que ce n'étaient que des gribouillis. Mais il me faisait attendre. De la sorte, il soulignait son importance et diminuait la mienne, parce que celui qui fait attendre est toujours au-dessus de celui qui attend. Je n'avais pas d'autre alternative que de regarder sa moustache fine et sa parfaite calvitie.

Il posa son stylo et fit un geste, un geste que je le reverrais faire une infinité de fois : les doigts joints comme s'il priait, formant une petite pyramide, touchant le bout de son nez. Je n'existais pas. Quelques secondes de méditation et il revint à moi :

— Regardez ce que j'ai lu cette nuit.

Et il désigna un petit roman du docteur Flag qui reposait à une extrémité de la table. C'était par hasard celui qui avait inauguré ma carrière de nègre : *Pandore au Congo.*

— C'est vous qui l'avez écrit ?

— Le nom de l'auteur n'est pas le mien, mais c'est effectivement moi qui l'ai écrit, m'excusai-je.

— Eh bien, vous avez la plume vive. J'ai toujours admiré les écrivains vifs. J'aurais bien tenté ma chance dans le monde littéraire, n'eût été un manque d'imagination congénital. Vos penchants littéraires sont-ils le produit de votre entourage familial ?

— Je ne connais pas mes parents, dis-je. J'ai été élevé dans un orphelinat.

— Je suis désolé. Je suppose que vous avez eu une enfance très dure.

— J'ai été prodigieusement heureux.

Les orphelinats avaient très mauvaise réputation. Ma réponse le surprit donc. S'agissant d'une personne aussi sûre d'elle-même, je me sentis fier de l'avoir déconcerté. Il revint à la littérature.

— Comment faites-vous pour créer toute une histoire à partir du néant ?

— Je ne le fais pas. Je me contente de suivre un scénario, exposai-je sèchement. Je ne crée rien, je me contente de remplir des trous.

Norton fit un geste de la tête :

— Vous avez peut-être raison, dit-il comme quelqu'un qui reconnaît qu'il ne domine pas une matière, mais je continue à penser que vous possédez une plume vive.

Je suppose qu'on ne pouvait faire d'autre éloge de cette littérature ridicule. De toute façon cela n'avait été que pure politesse, les prolégomènes de l'affaire qui avait réellement réuni deux hommes si différents. Il changea de sujet :

— Combien le docteur Luther Flag vous payait-il pour chaque livre ?

— Flag ne me payait pas, répondis-je. J'eus besoin d'entendre ma propre voix pour comprendre que j'étais encore indigné et fâché : Flag payait un autre homme, cet homme un certain Spencer, Spencer un certain Strub et Strub moi. Chacun d'eux m'exploitait un peu plus que l'autre.

— Eh bien, moi, je vous paierai trois fois plus. Ainsi nous compenserons cette triste exploitation.

Je ne dis rien. Norton se pencha un peu au-dessus de la table.

— J'aimerais que vous écriviez une histoire, une histoire africaine. Le jeune homme qui vous la racontera s'appelle Marcus Garvey et il est en prison.

— Et comment y est-il arrivé ?

— Il attend son procès. On l'accuse de l'assassinat de deux frères, Richard et William Craver. Ça se présente très mal.

Je m'intéressai à la question :

— L'échafaud ?

Norton laissa échapper un soupir désenchanté, ouvrit un dossier et dit :

— Les preuves l'accusent. Le pire de l'affaire est qu'il ne s'agit pas de deux victimes quelconques. C'étaient les deux fils du duc de Craver.

Je ne savais pas de qui il me parlait. Norton me rafraîchit la mémoire :

— Le Soudan, le siège de Khartoum... vous vous souvenez ?

— Oh, bien sûr, je fis un bond. Craver, l'officier qui ne put sauver le général Gordon, assiégé à Khartoum. Des années plus tard, on le réhabilita. Et il fut nommé duc.

— Effectivement, acquiesça-t-il. William et Richard étaient les fils d'un notable. Et Marcus un garçon d'écurie insignifiant. Je ne crois pas qu'il ait beaucoup de chances. Pour l'instant, je n'envisage qu'une stratégie : présenter des recours pour vice de forme et ralentir ainsi la procédure.

Mes sourcils se haussèrent comme un pont-levis :

— Mais je ne connais pas le monde légal. Je n'ai jamais rédigé de documents juridiques.

Une fois sur son terrain, Norton redevenait l'avocat infiniment sûr de lui :

— Ce ne sera pas nécessaire. Vous êtes le littéraire, moi l'avocat. Rapportez les faits selon la version de Garvey, écrivez comme s'il s'agissait d'un roman. Le sujet en est digne – ici Norton adopta un ton plus solennel : Richard et William Craver sont partis au Congo à l'été 1912. Marcus les accompagnait comme assistant. Ils pénétrèrent tous les trois dans les confins les plus profonds de la jungle. Mais seul Marcus est revenu. Il s'est tenu à l'écart de la loi jusqu'à ce qu'on l'arrête ici même à Londres, à la fin de l'année dernière.

— Et les preuves ?

— Accablantes. Il y a la déclaration sous serment de l'ambassadeur d'Angleterre au Congo. On a aussi réquisitionné deux diamants gigantesques d'une valeur inestimable : le mobile du délit. Le ministère public possède même la confession de Garvey. Une seule de ces preuves suffirait à faire pendre dix fois une personne aussi insignifiante que Marcus Garvey.

— A quoi cela vous servira-t-il que j'écrive une chronique complète de ce qui est arrivé au Congo ?

— Je ne sais pas, répondit laconiquement Norton.

— Alors ? Pourquoi voulez-vous que j'écrive la version de Garvey ?

Il fit une déclaration plus rhétorique que sincère :

— Parce que je suis désespéré. Norton fit une pause. Il médita longtemps ses paroles : Je n'ai pas le temps de lui demander une déclaration exhaustive. En lisant le récit intégral nous pourrons peut-être en tirer une ligne de défense raisonnable.

Je ne savais que dire. Il sourit :

— Vos petits romans ont distrait de nombreuses personnes. Vous avez maintenant l'occasion d'en sauver une.

De son point de vue, ce devaient être des arguments suffisamment solides parce qu'il ne me demanda même pas si j'acceptais ce travail. Il est également vrai que je n'y opposai pas d'objection. Nous réglâmes quelques détails et il me raccompagna.

Norton pouvait être très chaleureux et très froid. Je le découvris à cet instant. Lors du bref trajet jusqu'à la porte, dans le couloir, il me dit sans me regarder et sur un ton à la fois donneur de leçons et récriminatoire :

— Ne redemandez jamais à un avocat si ses clients sont coupables. Si Jack l'Eventreur était mon client, je défendrais ses intérêts. Mais nous ne devrions pas mêler la vocation de défendre quelqu'un à la possibilité de croire en lui. Ce dernier point appartient à la sphère privée. Et mes convictions les plus intimes sont contre la peine de mort. Quand l'Etat tue, il nous assimile au pire des assassins.

— Vous êtes en train de me dire que Marcus mérite le gibet ?

— Je veux dire que vous êtes suffisamment intelligent pour vous faire votre propre opinion. Personne n'a été aussi proche de Marcus Garvey que vous le serez.

Il m'ouvrit la porte. Il avait encore la main sur la poignée quand il sourit. Chez quelqu'un d'aussi sérieux que Norton, ce demi-sourire était une nouveauté.

— Vous savez quoi ? se confia-t-il. Maintenant que je compte sur vous, nous sommes désormais trois à être impliqués dans cette affaire. Un homme, un esprit noble et un monsieur. Mais je ne sais pas exactement qui est qui.

— Je ne vous suis pas, dis-je.

Le sourire de Norton s'effaça.

— Ce qui s'est passé au Congo dépasse l'entendement humain, Thomson. C'est une de ces histoires qui nous font douter de tout. Ecoutez-la et écrivez-la. Je n'ai jamais rien entendu d'aussi extraordinaire. Jamais. Et vous non plus.

J'ai déjà dit que Norton se présentait devant le monde comme un avocat jeune et ambitieux. Mon intuition m'en disait davantage : derrière ce sang d'escargot battait un rouleau compresseur rationnel, sans amis ni ennemis ; un cerveau privilégié et une volonté obstinée au service d'intérêts fondamentalement égoïstes. Ce genre d'homme ne pouvait appartenir au camp de Tommy Thomson. Nous devrions écouter davantage nos intuitions.

3

Dès le début, je me heurtai dans ma tâche à de graves difficultés. Marcus Garvey n'avait pas encore été jugé. Et cette situation, bien que cela semble contradictoire, m'offrait moins d'avantages que d'inconvénients. Il n'y avait pas eu de jugement définitif, Garvey ne pouvait donc bénéficier des droits découlant de la condition de prisonnier. Sur le plan légal, il n'était retenu que dans l'attente du jugement. Et le régime des prisonniers condamnés était plus généreux sur un point fondamental pour moi, celui des visites. Les détenus provisoires n'avaient droit qu'à une visite de deux heures par semaine. Ainsi donc, pour m'entretenir avec lui, j'allais devoir me contenter de ces brèves rencontres.

Deux fonctionnaires m'escortèrent à l'intérieur de la prison. Nous traversâmes des ateliers de menuiserie, et je vis que les scies, les rabots et les équerres des prisonniers étaient attachés au mur avec des chaînes. Un détail aussi infime me déprima de façon incroyable, peut-être parce qu'il était manifeste qu'à l'intérieur les objets eux-mêmes purgeaient leur peine. Nous finîmes par arriver à une pièce presque nue. Une cellule pourvue de deux chaises et d'une grande table rectangulaire.

Un sergent avec de grosses moustaches de Portugais et au dos très droit m'attendait. Le bouton de son col et la boucle de sa ceinture étaient séparés par une distance exagérée. Je pensai que l'administration publique avait dû dépenser un supplément dans le tissu de cet uniforme, mais que l'investissement était amorti grâce à l'autorité qui émanait d'un torse aussi long. Cet homme allait être mon interlocuteur lors de mes visites et je le baptisai mentalement du nom de sergent Long Dos.

J'entendis Marcus Garvey avant de le voir. Du couloir me parvenait un son rythmique, comme du bois et du fer en mouvement. Et c'était le cas : Garvey entra dans la pièce les poignets et les chevilles reliés par des chaînes plus bruyantes qu'odieuses ; ses pieds étaient chaussés de sabots en bois, ce qui expliquait cette combinaison de sons particulière.

Il portait un uniforme gris qui transformait les accusés en âmes du purgatoire. Mais ce gris, si triste, ne parvenait pas à effacer Marcus Garvey. C'était un homme exotique. Et cette croûte grisâtre donnait, par contraste, plus d'éclat aux autres couleurs de son corps. La première chose que l'on appréciait chez Marcus Garvey, c'étaient ces cheveux marocains que certaines femmes aiment tant, frisés et épais. Et une peau brune, brillante, comme du cuir graissé à l'huile, dans laquelle deux yeux verts brillaient avec la phosphorescence des vers luisants en été.

Il devait avoir quelques années de plus que moi, mais l'esprit conducteur de notre relation fut toujours le mien. D'abord, j'étais conscient que la première impression que nous produisons sur les autres exerce une influence décisive. Un homme bien coiffé et bien habillé est un homme et demi. Je préparai donc parfaitement ma première visite à la prison. J'avais les cheveux très courts et imbibés de lotion hydratante. Je regrette de le dire, mais à dix-neuf ans ma belle chevelure blonde était déjà violemment menacée aux tempes, deux estuaires si profonds que les cheveux qu'il me restait à la base du crâne se concentraient sur une frange jaune. Je me faisais une raie parfaite. Chaque cheveu était incliné dans la direction qui lui correspondait, comme une armée en formation. Je ne pouvais pas m'offrir de vêtements coûteux. Mais qui a dit qu'il fallait beaucoup d'argent pour s'habiller avec soin, dignité, voire avec une certaine élégance ?

Marcus, en revanche, partait avec un handicap. Il était inculpé, avec toutes les servitudes que cela impliquait. Il y avait de surcroît un autre élément : le torse de Garvey, d'une indéniable beauté bâtarde et gitane, présentait une asymétrie qui le diminuait. L'origine exacte du défaut n'était pas simple à déterminer.

Marcus semblait bien proportionné. Alors, d'où venait le problème ? Les deux gardes qui l'escortaient n'étaient en aucune manière des géants, mais ils le dépassaient d'une bonne tête. Je finis par remarquer que ses fémurs étaient plus courts que la normale. Cela aurait gâché la plus gracieuse des silhouettes. Et ces genoux indécis éclipsaient tout mérite esthétique. Quand il marchait, il me rappelait un pantin en bois manipulé par un artiste maladroit.

Je m'apprêtais à m'asseoir quand le sergent Long Dos m'arrêta :

— Non, pas ici, s'il vous plaît.

Il ordonna aux deux gardes de placer les chaises aux extrémités les plus distantes de la table rectangulaire. Ainsi nos mains seraient séparées, garantissant l'absence de tout contact entre nous. Nous nous assîmes et je me sentis comme un membre de ces couples aisés, plus éloignés que réunis par la table autour de laquelle ils mangent. En guise de couverts, Marcus avait ses chaînes et moi des feuilles vierges et un crayon. (On m'avait confisqué mon stylo parce qu'il était en métal et pointu.)

— Nous maintiendrons la surveillance, annonça le sergent Long Dos. En cas de problème.

A en juger par son intonation, on ne savait pas si le problème venait de Marcus, de moi ou de la conjonction des deux. J'eus de nombreux, très nombreux entretiens avec Marcus Garvey. Et ce sergent élancé ne perdit pas une minute de nos séances, il se tint toujours derrière la grille, assis, sourd à nos paroles de façon courtoise, incroyablement attentif à nos mains. Il n'était jamais remplacé, ne prenait pas de jours de congé et ne tombait pas malade. C'était un parfait sphinx humain. Je me demandais souvent : Cet homme ne se repose-t-il donc jamais ? N'a-t-il pas de besoins physiques, de paupières ?

Dans les prisons, il y a un univers de bruits particulier. Nous nous assîmes et, d'endroits inconnus, nous parvint l'écho lointain de grilles qui s'ouvraient et se refermaient. Des bribes de phrases aussi, tellement amorties par les couches de ciment qu'elles en étaient inintelligibles. Mais pour quelqu'un d'aussi habitué à la geôle cela constituait le silence. De fait, nous étions assis l'un en face de l'autre et il se produisit un blanc. Je n'étais pas très sûr de mon introduction. Je tournai des papiers pour gagner du temps. Il est possible que Garvey ait capté mon incertitude. Il ouvrit ces yeux si verts et dit :

— On va me pendre, n'est-ce pas ?

Il avait la capacité de faire fusionner la tristesse et la beauté. Je ne sais comment décrire la candeur et en même temps la profonde certitude avec lesquelles il prononça ces mots. Il aurait apaisé la fureur d'un Attila.

— Vous devez faire confiance à Norton, dis-je de façon concise. Il m'a envoyé pour écrire votre histoire. Toute l'histoire. Il a été très explicite sur ce point.

Marcus regarda de part et d'autre de la table comme s'il cherchait un objet qu'il avait perdu. Lors des séances suivantes, je m'apercevrais que c'était sa façon d'exprimer son désarroi. Il finit par me demander, en haussant les sourcils :

— Comment fait-on ?

Je n'en avais pas la moindre idée. J'étais censé être un professionnel. Mais je n'avais jamais écrit de biographie. Et l'on pourrait presque dire que j'étais sur le point d'inaugurer un genre nouveau, à mi-chemin entre la biographie et le testament.

Qu'est-ce que la vie d'un homme ? Ce qu'il croit qu'elle a été. Et je ne désirais pas le juger, ce n'était pas mon travail. Je m'étais fait la promesse de parler peu et de beaucoup écouter. Je voulais me borner à être une oreille cosmique et non critique. Des heures en commun nous attendaient, qui finiraient inévitablement par créer une certaine intimité, et je ne voulais pas éprouver de sympathie pour lui.

— Commençons par le début, dis-je.

— Je n'ai pas tué les frères Craver.

— Non, dis-je. Par le début.

— Si je me souviens bien, nous avons débarqué au Congo en…

— Non, s'il vous plaît, l'interrompis-je. Quand et où êtes-vous né ?

Marcus Garvey ne savait pas quel âge il avait ni où il était né précisément. Il mentionnait une petite localité du pays de Galles, mais avec tant d'hésitations qu'il était évident que ce nom ne signifiait rien pour lui. Son père était originaire d'une région des Balkans. Garvey n'était pas non plus très explicite sur ce point. Il vouait en revanche à sa mère des sentiments puissants, reconnaissants et affligés. Il avait hérité la peau et les yeux de son père, et cette faiblesse candide particulière de sa mère. Il ne me parla pas de ce dernier point. C'est moi qui le fais.

Personne ne saura jamais comment, quand ni pourquoi Mirno Sevic vint en Angleterre. Le fait est que, une fois là, il vécut en concubinage avec Martha Garvey (il n'y eut jamais de mariage, ni civil ni religieux), une orpheline sans passé que Mirno connut à l'époque où elle venait de sortir de l'institution dans laquelle elle avait été élevée.

Martha était très mince. Je fus surpris que le premier souvenir de Marcus fût si lointain et qu'il ne s'agît pas d'une image, mais d'un contact : quand il tétait, les doigts de Marcus se déplaçaient sur les seins et frottaient des rugosités recouvertes de peau : les côtes saillantes de Martha.

Martha était un peu dérangée. Elle s'entretenait souvent avec de petites fées qu'elle était la seule à voir. Des êtres en forme d'allumette enflammée qui lui apparaissaient les mardis et les jeudis. Elle expliqua un jour à Marcus que les fées fumaient des feuilles de chêne broyées, étaient anti-catholiques et détestaient monter des moustiques, pratique à laquelle elles étaient contraintes par le dessein du dieu des bois. Martha était une grosse fumeuse, l'orphelinat où elle avait été enfermée était catholique, et Mirno, un amant insatiable. Nous pouvons donc deviner que cette femme projetait ses phobies sur ces fées imaginaires.

Cette déshéritée du monde parlait français à son fils. Peut-être parce que c'était la seule bonne chose qu'elle avait apprise à l'orphelinat. Peut-être parce qu'elle s'évadait ainsi des relations orageuses qui l'unissaient à Mirno. Lors des violentes disputes entre Martha et Mirno, aussi fréquentes que les réconciliations, il finissait par vociférer dans une langue balkanique. Elle criait en français. Qui a dit que les enfants n'avaient pas de discernement ? A cinq ans, Marcus avait opté pour le français, qu'il parlait aussi bien (ou aussi mal) que l'anglais. En revanche, il n'apprit jamais un seul mot de cette “langue des forêts”, comme il la définit lui-même.

Trop pauvre pour louer une maison, Mirno acheta une charrette qui allait devenir la résidence familiale. Et grâce à une amitié passagère, il acheta un vieil ours à un cirque qui le destinait à l'abattoir. Cette bête sauvage était aussi mince que Martha et avait aussi peu de dents que le petit Marcus.

Ainsi commença la carrière artistique de la famille Sevic. Mirno était équilibriste. Le pire équilibriste que l'on ait jamais vu, selon les termes de Marcus. Les coups que prenait cet homme, capable de sortir indemne de la violence de certaines chutes, remportaient davantage de succès que la prouesse consistant à marcher sur une corde à deux mètres de hauteur. Il opta bientôt pour un numéro comique. L'ours Pepe dansait comme les chèvres. Et avec très peu de grâce, certes, puisque l'animal se contentait de poursuivre la carotte que Marcus agitait au-dessus de son nez comme un bâton. On lui mettait un béret rouge, comme les carlistes espagnols, et les mineurs gallois se contentaient de cette mascarade.

Quant au danger que représentait l'ours, il suffit de signaler que les nuits d'été Marcus dormait avec lui sous la charrette. En sus de faire danser Pepe, Marcus interprétait des passages de Shakespeare. Cela attendrissait les mineurs de voir un enfant aux jambes aussi courtes interpréter *Othello* ou *Macbeth*. Les hommes applaudissaient. Les femmes pleuraient.

Le cadre général évoquait une existence erratique et malheureuse. Mais ce n'était pas la perception de Marcus. Il m'expliqua toutes les péripéties de la compagnie MMM (Mirno, Martha, Marcus) un sourire aux lèvres. Cela représentait son âge d'or. On peut le dire de toutes les enfances. Nonobstant, il y ajoutait un manque absolu de malice ou de rancœur.

Les enfants pauvres sont aussi heureux que les riches. Ils ne peuvent pas regretter une forme de bien-être qu'ils ne connaissent pas. Plus tard, quand la vie les confronte à l'injustice, ils peuvent devenir des êtres aigris, vindicatifs ou militants. Pas Marcus. C'était comme si tous les péchés du monde l'avaient traversé sans le blesser, sans l'endurcir. Je remarquai juste une certaine acrimonie lorsqu'il mentionna une correction que lui avait administrée son père.

Un jour, la compagnie campa à proximité d'un petit village semblable à tant d'autres. C'était l'été et Mirno installa la charrette sous un grand chêne. Lors de ses moments de liberté, Marcus y grimpait comme un singe. Il était fasciné qu'une chose aussi grande et aussi solide pût être vivante. Après quelques représentations, la compagnie MMM décida de poursuivre son chemin. Mais Marcus refusait de descendre du sommet. A la fin, Mirno dut lui donner une raclée.

— Je ne sais pas pourquoi j'ai désobéi à mon père, ce n'était qu'un arbre, dit Marcus avec un demi-sourire.

Moi, je le savais. Ou je le devinais. Marcus n'appréciait peut-être pas tant le chêne que les racines du chêne. Cet arbre lui avait peut-être fait souhaiter une vie plus sédentaire. Avec d'autres amis que l'ours Pepe. Avec un toit décent sur sa tête. J'ai dit que la vie d'un homme est ce qu'il croit qu'elle a été. Je devrais ajouter que les hommes sont souverains quand il s'agit d'attribuer un ordre à leurs vies.

Puis je relus mes notes : sur les deux heures de conversation, Marcus avait consacré quarante-cinq minutes à parler de sa mère, une grosse demi-heure à Pepe. Le reste du temps était occupé par son père et les événements familiaux, dans cet ordre.

— Messieurs, le temps est écoulé.

C'était le sergent Long Dos. Il prononça ces mots comme quelqu'un qui annonce une exécution. Garvey se leva. Avant cet instant, je ne m'étais pas rendu compte qu'on ne pouvait pas distinguer l'uniforme de prisonnier du gris des murs. Je me levai moi aussi.

— C'était un plaisir, croyez-moi, dit Marcus, et il avait vraiment bien meilleur moral qu'au début de l'entretien. Je n'avais jamais raconté autant de choses sur moi.

Long Dos dirigea les opérations des deux gardes tandis qu'ils soulevaient Marcus, le surveillaient et le lui amenaient tranquillement. Long Dos n'avait pas besoin de bouger. Il guida Marcus de la même façon qu'il aurait guidé une vache. Sa cruauté s'exerçait dans les limites fixées par le règlement. Il me sembla être un bon bibliothécaire d'hommes, aussi le sondai-je.

— Il est difficile de croire qu'on l'accuse d'avoir tué deux aristocrates, dis-je, tandis que Marcus s'éloignait dans le couloir. Il est si petit, si noir… Le sergent remettait les chaises en place avec des gestes mécaniques. En m'entendant, il s'arrêta une seconde. Les mains posées sur le dossier d'une chaise, sans me regarder, il me dit :

— Oui. Noir et petit. Comme les tarentules.

Et il continua à ranger les chaises sur lesquelles nous nous étions assis, Marcus et moi.

Si Garvey ou Norton, indistinctement, avaient été un peu plus forts ou un peu plus faibles, j'aurais abandonné l'affaire le soir même. Mais aucun des deux n'était suffisamment fort pour se passer de mes services. Et aucun des deux n'était assez faible pour déduire, en toute conscience, que sa cause était sans espoir et que ce n'était pas la peine que je m'y engage.

Nous avons tendance à croire que nos décisions sont fondées sur des critères parfaitement réfléchis. Je pense que ce sont d'abord nos émotions qui agissent, comme un levier invisible de la raison. "On va me pendre, n'est-ce pas ?" Mon problème était que, après avoir écouté Marcus, je ne pus me libérer de son influence, si ténue par certains aspects. Quel paradoxe ! De Marcus Garvey n'émanait que de la faiblesse, mais une faiblesse indestructible.

S'il avait été un prisonnier rude et obstiné, décidé à lutter pour sa vie jusqu'au dernier souffle, je l'aurais laissé affronter le défi avec ses propres forces. En revanche, l'image qui m'apparaissait était celle d'un enfant qui se débat contre les vagues d'un typhon. Et on ne demande pas à un naufragé s'il est innocent ou coupable, on lui tend la main.

Quant à Norton, sa faiblesse ne découlait pas tant de son caractère que de sa position. Comme il l'avait reconnu lui-même, il était désespéré. Qu'il sollicitât mon aide en était la preuve la plus évidente. Il ne voulait pas que j'écrive un autre livre, il voulait que j'explore une carte obscure. Il interpréterait l'aire cartographiée avec des yeux de juriste. Ainsi, peut-être, sortiraient à la lumière des reliefs cachés qui plaideraient la cause de Garvey.

Il n'y a pas grand-chose à dire du récit de la première séance. On n'accordait à Marcus qu'une visite de deux heures tous les quinze jours. C'est-à-dire que j'avais deux semaines entières pour transcrire le premier entretien.

Habitué aux délais que m'imposaient les romans de Flag, j'étais serein. Je récrivis même ce chapitre cinq fois, pour en améliorer le style. J'étais encore sous l'emprise de mes vieilles pratiques. Sans m'en rendre compte et par inertie, comme un automate, lors de la première version, j'étais resté fidèle aux dogmes de Flag. J'ouvris les yeux. Flag, c'était de l'histoire ancienne, le docteur Luther Flag n'existait plus. Et je me permis, avec une satisfaction unique, de supprimer des douzaines d'adjectifs.

Chaque adjectif éliminé représentait une vengeance personnelle. Je me rappelle que, armé d'un crayon rouge, je tuais tous les adjectifs et l'on entendait mes éclats de rire dans toute la pension.

— Tommy, mon garçon, qu'est-ce qu'il se passe dans ta chambre ? me demanda un jour MacMahon.

— Une révolution, monsieur MacMahon, une révolution !

De toute façon, mes joies d'auteur étaient inversement proportionnelles aux espoirs que le texte m'apportait. Tout le mérite qui pouvait me revenir ou l'émotion transmise était dû à la sympathie totalement irrationnelle que j'éprouvais pour le personnage de Marcus.

Que prétendait Norton en faisant rédiger une histoire affectée et geignarde, propre au Dickens le plus mollasson ? En appeler à la larme la plus facile ? Implorer la clémence sociale ? Si les juges s'étaient montrés compatissants, les prisons auraient été vides, or elles débordaient. On dit que la justice éclaire la civilisation comme un soleil radieux. C'est vrai. On dit aussi qu'on ne peut pas demander de larmes au soleil.

Quand on observe la tragédie que génèrent les homicides, même du point de vue le plus neutre, on se heurte toujours à un conflit insoluble : l'assassin peut se défendre, pas ses victimes. Je m'emballai. Je ne pouvais pas rendre la vie à William et à Richard Craver, mais je pouvais donner la parole à un de leurs proches. Qu'est-ce qui m'empêchait d'aller rendre visite au duc de Craver ? Rencontrer le duc fut plus facile que je ne l'escomptais. Je fixai un rendez-vous au téléphone, et une semaine plus tard j'étais devant la grille de l'entrée.

La résidence des Craver était une maison de maître, à trente kilomètres au nord de Londres. Peut-être trop chargée pour le goût actuel. Mais le visiteur avait la sensation que derrière ces murs bienveillants avaient vécu une infinité de générations de Craver, protégées par une placidité statique, insensibles aux convulsions du monde. Quand je fus entré, le majordome me conduisit dans une petite salle d'attente. Il m'assura qu'on allait bientôt me recevoir. Qui ? Le duc en personne, naturellement. Je n'aurais jamais imaginé qu'il fût si facile d'accéder aux grands de ce monde.

C'était un homme ample comme une mappemonde, d'une énorme vitalité. Sa corpulence conciliait parfaitement corps et âme. Il avait des cicatrices et des mutilations, la moitié d'une oreille arrachée par une balle de mousquet arabe, par exemple. Mais le duc était une sorte de Colisée romain, dont les dégâts de l'histoire, loin de lui nuire, en définissaient les contours. Il émanait de lui une autorité naturelle : quand Charles Craver entra, j'eus l'impression que les meubles se redressaient et que les dalles souhaitaient qu'il les foulât. J'eus moi-même le réflexe de me mettre au garde-à-vous.

— Eh bien, encore un livre sur le général Gordon et le Soudan. Quand se lasseront-ils ? Jamais, bien sûr. Au début, il venait des journalistes, puis des biographes. Je suppose que vous appartenez à la corporation des historiens.

Il parlait tout en marchant. J'ouvris la bouche juste au moment où il s'arrêtait à un pouce de moi.

— Ce n'est pas la figure de Gordon qui m'amène, lui dis-je.

Il me regarda pour la première fois. Il m'observait attentivement, tentant d'élucider qui j'étais en réalité et ce que je faisais chez lui. Je pesai soigneusement mes paroles. Je ne voulais pas blesser davantage un homme à qui l'Afrique avait volé ses deux fils.

— Ce n'est pas le Soudan qui m'intéresse. Je voudrais parler du Congo.

Nous conservons la douleur dans des boîtes. Il est surprenant de voir de quelle façon un simple mot peut les ouvrir et nous jeter leur contenu à la figure. Les deux syllabes du mot "Congo" transformèrent l'homme qui se trouvait en face de moi. Des doigts invisibles étirèrent la peau des joues vers le bas comme si la fermeté de la gravité s'était soudain accrue. Ses pupilles se dilatèrent. Le duc voyait un paysage privé et épouvantable. Je ne désirais pas lui faire de mal. Mais Craver était un militaire de carrière et il réagit en bon militaire, en prenant l'initiative dès que la douleur entrait en scène.

— Comment vous appelez-vous ? demanda-t-il d'une voix soudainement énergique.

— Thomson, monsieur.

— Votre nom complet, s'il vous plaît.

— Thomas Thomson.

— Vous étiez un ami de mon fils William ?

— Non.

— De Richard ?

— Non.

Craver commençait à perdre patience :

— Je dois vous arracher les mots un par un ?

Cette hostilité me causa une vive impression. Nonobstant, après quelques instants d'hésitation, je me décidai à parler :

— Je suis en train d'écrire un livre, un livre sur certains tristes événements survenus au Congo il y a deux ans. Je m'arrêtai là et poursuivis : Mais je ne peux refléter qu'une vision des faits très partielle.

Craver ne comprenait pas de quoi je lui parlais. Et comme il ne me comprenait pas, il s'excitait de plus en plus. Il contenait à grand-peine la fureur qui bouillait en lui. Il fit un pas vers moi. Je dus résister à la tentation de reculer de deux.

— Quel livre ? A quelle vision des faits vous référez-vous ? Vous êtes en train de me dire que…

Il comprit.

— Vous ne m'avez pas invité, je ne suis pas votre hôte, dis-je. Rien ne vous oblige à m'écouter. Un mot de vous, et je quitte cette maison.

— Comment osez-vous vous présenter ici et… !

Il aurait pu m'agresser, mais quelque chose lui fit garder son calme. Pendant un instant, il regarda les dalles. Il se frottait le menton. Il leva enfin les yeux :

— Vous écrivez vraiment un livre pour l'assassin de mes enfants ? Pourquoi ?

— Je crois que c'est la dernière chose qu'il fera en cette vie. Même un condamné à mort a le droit d'exprimer ses dernières volontés.

Il me sembla qu'il hésitait entre m'expulser ou me donner une correction et m'expulser. Non. Il leva une main pacifique :

— J'ai toujours apprécié l'audace. Même chez l'ennemi.

Il se mit à marcher si vite que j'avais du mal à le suivre. Je me trouvais obligé de parler dans son dos :

— Je ne voudrais pas que vous interprétiez mal ce que je vous ai dit. Je sais que cela peut ressembler à une intrusion, mais ce n'est rien d'autre qu'un effort d'équité.

— Vous avez des enfants ? vociféra Craver, sans même m'adresser un regard.

— Non, mon général.

— C'est bien ! N'en ayez pas. Ils peuvent mourir avant vous. Et de tous les actes anti-naturels, le plus aberrant de tous est qu'un père enterre un fils, deux fils.

Nous arrivâmes dans un vaste bureau. Un lieu sombre, bien qu'il fût midi : de grandes baies vitrées étaient masquées par de lourds rideaux en velours. Il désigna un mur sur lequel étaient accrochées deux photographies encadrées, de la même taille et la même forme qu'un ballon de rugby. La légende de la première photo, couleur sépia, disait : "Richard Craver. Caserne de Leicester, novembre 1907." Avec cette lumière si faible, j'avais du mal à apprécier toutes les nuances des images.

— Vous voulez que j'ouvre les fenêtres ? lui demandai-je.

— Non, fut sa surprenante et laconique réponse.

Dehors, il faisait un soleil magnifique. Je ne comprenais pas d'où provenaient ces ténèbres. Mais on ne répliquait pas aux désirs d'un duc de Craver, on y obéissait.

La photographie de Richard Craver était un gros plan de son torse. Sur le visage de l'immense majorité des hommes on peut retrouver l'enfant qu'ils furent un jour. Pas sur celui de Richard Craver. Son image évoquait plutôt un sergent de caserne qu'un aristocrate. Des traits grossiers, en pierre mal sculptée, et une frange flasque de cheveux noirs et huileux. Personne ne doutait que le duc de Craver fût habitué à commander depuis le berceau. Son fils aussi s'était consacré à donner des ordres, oui, mais une matraque à la main.

Il est difficile de trouver des personnes avec les deux yeux identiques. Dans le cas de Richard Craver, l'œil droit était visiblement plus grand, plus rond, plus ouvert. L'œil gauche, en revanche, était un dépôt où se concentrait la partie féminine de l'homme que, bien que cela fût difficile à croire, il possédait également. La pupille plus basse, le regard plus sensible, triste, pratiquement sans défense. De même, on observait un léger strabisme, peut-être plus facile à détecter sur le portrait que sur la personne. D'épaisses moustaches tombantes réaffirmaient les aspects les plus circonspects de l'individu. La tentative de camouflage était trop manifeste, et les moustaches contredisaient l'effet honorable qu'elles cherchaient à donner.

William était un garçon très différent. L'image reflétait un corps et un caractère opposés à ceux de son frère aîné. Craver devina mes pensées :

— William ressemblait à sa mère, paix à son âme.

La photographie avait, elle aussi, une forme de miroir ovale et l'on y voyait un jeune homme en pied dans une attitude beaucoup plus détendue. Ecrit à la main, suivant l'ovale, on pouvait lire : "Le joyeux William Craver pour la fête de ses vingt-cinq ans." Sur la photo, William était habillé en blanc, de la tête aux pieds. Même ses chaussures étaient blanches. Le contraste n'était pas très marqué, mais je parierais que ses cheveux étaient presque aussi clairs que ses chaussures.

Tous les traits du visage de William se projetaient vers l'extérieur, comme la tête d'un renard. Il était assis dans un fauteuil de style Empire, les jambes croisées. Il regardait quelque chose en dehors du champ de l'appareil photo, un point de fuite que lui seul pouvait avoir découvert. J'ai dit qu'il était très difficile de rencontrer des gens qui ont les deux yeux semblables. Ce qui s'applique également aux deux moitiés d'un visage, qui ne sont jamais parfaitement identiques. William Craver constituait l'exception : les deux parties de son visage étaient aussi symétriques que le corps d'une araignée.

Il manipulait une cigarette et, plus qu'un simple fumeur, il ressemblait à un dompteur de tabac, comme si tout ce qui entrait en contact avec lui devenait naturellement son complice. William souriait, et je devinai que l'astuce était la première caractéristique de l'âge adulte que cet être avait conquise.

— Si les hommes connaissaient les risques de la paternité, ils y renonceraient. Mais ce serait la fin du monde. Et nous ne voulons pas que le monde s'achève. N'est-ce pas, monsieur Thomson ?

— Non, monsieur Craver. Bien sûr que non.

Le duc ouvrit les rideaux. Et il se justifia pour son refus précédent :

— Je n'aime pas le voir.

Le rideau dissimulait un vaste balcon. Nous y allâmes. Craver inspira profondément. De là-haut on pouvait voir le domaine dans sa totalité. La demeure des Craver avait une forme de croissant. Le mirador où nous nous trouvions se trouvait dans un solide bâtiment qui devait former le centre de la viennoiserie. Les cornes de la pâte étaient les murs qui embrassaient une grande extension du jardin. On entrait par une grille qui unissait les deux extrémités du croissant.

Craver laissa une question en suspens :

— A votre avis, quelle est la finalité du bonheur ?

— Je ne sais pas, monsieur, hésitai-je. J'ai toujours cru que le bonheur était une fin en soi.

— Vous vous trompez. La finalité du bonheur est de transmettre le bonheur.

Nous vîmes un homme conduire un cheval aux écuries. Nous pouvions entendre le bruit des quatre jambes sur le pavé ; c'était un bruit très agréable qui se combinait avec celui d'une fontaine proche. Au fond, tout près de la pointe de la corne droite, une sorte de cabane faite de troncs bruts. Craver me dit que, lorsqu'il était enfant, Richard y jouait des heures. A la pointe de la corne gauche, une rotonde blanche. Théâtre de prédilection des jeux de séduction de William, d'après le duc. (Quel triste sourire pour parler de ces deux constructions.)

Entre la cabane et la rotonde, juste devant l'entrée, un chêne. C'était un arbre si grand qu'on en avait perforé le tronc. J'étais moi-même passé par ce trou pour accéder au petit chemin qui menait à la maison.

— Les assassins sont la lie du genre humain et les pires voleurs. Ils volent aux hommes leur bien le plus précieux : leur passé et leur avenir.

Craver n'éprouvait plus aucune antipathie. Il appuya les bras sur la balustrade. Celui qui parlait était la désolation faite homme. Pouvons-nous imaginer comment parlerait la souche d'un arbre abattu par la hache assassine ? Moi oui depuis ce jour-là où le duc de Craver dit :

— Regardez bien, monsieur Thomson, regardez bien. Tout cela mourra avec moi.

4

L'enfance et le bonheur de Marcus portaient la même date de péremption. Vint un jour où personne ne s'amusait aux représentations théâtrales. Les femmes ne pleuraient plus. Personne n'applaudissait. Les spectateurs ne voyaient pas un enfant interpréter Shakespeare. Marcus devait avoir dix-sept ou dix-huit ans. Il ne pouvait pas savoir à quelle vitesse sa vie se décomposait.

Les revenus diminuaient. Les discussions augmentaient. Martha tomba malade. La fièvre ne la laissait pas s'éloigner de la roulotte. Quand elle toussait, elle tachait les mouchoirs de crachats noir et rouge.

Marcus fut le témoin de la fuite de son père. Une nuit, il dormait sous le chariot, avec Pepe pour matelas. Un bruit le réveilla. C'était Mirno. Il portait un sac sur le dos et courait. Il s'enfuyait comme un voleur qui vient de piller une maison. Père et fils ne se reverraient jamais.

Ce n'est pas le lieu pour condamner Mirno Sevic. Toujours est-il que Marcus se retrouva seul. Entre la fuite de Mirno et la mort de Martha il ne s'écoula pas six jours. Le monde de Marcus s'effondra en moins d'une semaine. Les autorités du village le plus proche se chargèrent du cadavre de Martha, qu'elles enterrèrent, et de l'ours Pepe, qu'elles sacrifièrent.

Marcus m'expliqua cette succession de catastrophes sans aucun sentiment dans la voix. Tout indiquait que les autorités locales avaient fait preuve d'une certaine humanité envers ce garçon orphelin et inconnu. La défunte Martha eut des funérailles pauvres mais dignes. Marcus fut logé à la paroisse. Il ne manquerait jamais de travail dans les mines. Mais le jeune Marcus ne tint pas très longtemps. Ce régime souterrain ne convenait pas à un esprit élevé à l'air libre. Deux mois après l'enterrement de Martha, il choisit l'aventure.

Il fit peut-être bien. Le village était plein de jeunes gens atteints de la silicose, minces comme des fils de fer, les joues creuses et d'immenses poches violettes sous les paupières. En définitive, de cette brève période il resta davantage de traces dans mes notes que dans la mémoire de Marcus : quand on lui demanda de s'inscrire à l'état civil, il le fit en tant que Marcus Garvey, et non Marcus Sevic. Nous en connaissons les raisons.

A partir de cet instant, il erra, d'ouest en est, avec Londres comme vague idée de destination finale. En chemin, il travailla comme journalier dans diverses fermes, il ne restait jamais plus de deux ou trois semaines. Et ce fut ainsi que Marcus Garvey arriva dans les propriétés du duc de Craver.

On offrait un salaire décent, un lit, le gîte et le couvert. Mais Marcus était tout près de Londres. Un pas de plus et il aurait pu connaître la plus grande métropole de la planète Terre. Marcus était jeune, il vivait un moment idéal pour s'ouvrir au monde. Pourquoi resta-t-il ?

Il disait que c'était pour se constituer des économies. Je crois qu'il fut influencé par des aspects moins financiers. Là-bas, la vie était aux antipodes de son passé de nomade. Il avait toujours connu une liberté illimitée. Et chez les Craver l'existence était parfaitement régulée dans des compartiments étanches. Les maîtres étaient les maîtres, et les domestiques les domestiques. Cependant, Marcus découvrit qu'il était possible d'obtenir du plaisir dans l'inégalité humaine, du moins quand celle-ci est acceptée des deux côtés.

Il y avait une autre raison qui justifiait l'amour de Marcus pour la maison des Craver. Peut-être n'était-il pas conscient lui-même de la force magnétique avec laquelle elle l'attirait. C'est toujours pareil : les raisons que l'on cache le plus sont à la vue de tous. Nous pouvons être raisonnablement sûrs que Marcus resta pour le chêne, ce grand chêne qui se dressait entre la rotonde de William et la cabane de Richard.

Dans ma jeunesse, j'étais séduit par la parabole du fils prodigue. Je trouvais admirable la sainte attitude du père, la joie de cet homme au retour d'un fils qui avait détourné la moitié de sa fortune. Mais je me rappelle que je pensais fréquemment : Et si au lieu d'un fils prodigue il en avait eu deux ? Les aurait-il reçus avec tant de joie ?

Cet homme existait et c'était le duc de Craver. Ses deux fils avaient un passé sombre et un avenir compromis. Et ils rentrèrent tous les deux à la maison après avoir mal employé la moitié de leur vie.

Comme domestique, le travail de Marcus se répartissait entre les écuries et la cuisine. Pendant ses moments de liberté, il escaladait le chêne, ce grand chêne qui poussait entre la rotonde et la cabane en bois. Là, il était heureux, à mi-chemin entre ciel et terre.

Marcus connaissait très bien les cochers de la maison. Des hommes parfaitement honorables, comme tous les serviteurs. Mais en ce jour de la fin octobre, quand ils conduisirent William Craver à la maison, ils avaient des têtes de contrebandiers. La voiture passa sous le chêne. William leva la tête et vit Marcus en haut, se reposant sur une grosse branche. Marcus se sentit comme un écureuil sous le regard d'un braconnier. Certaines choses peuvent à la fois être belles et faire peur, comme la froideur minérale de ces yeux si clairs.

Les jours suivants, les contacts entre Marcus et William furent minimes. William quittait rarement sa chambre, et il traitait les domestiques comme des fantômes. Il les regardait comme s'ils avaient été transparents ou comme s'ils faisaient partie des meubles, et il valait mieux : l'autre regard était celui que Marcus avait subi sur le chêne.

Les domestiques parlaient du passé de William à voix basse. Il s'était livré à des tractations financières fort douteuses. Quelqu'un qui n'aurait pas eu les relations de William, le nom des Craver, quelqu'un comme Marcus, par exemple, aurait purgé vingt ans de prison. (Il est également vrai que quelqu'un comme Marcus Garvey n'aurait jamais pu accéder au conseil d'administration d'une banque.)

L'affaire n'était pas encore étouffée et William se retranchait dans un ostracisme volontaire, dans l'attente que les relations de son père arrangent tout. La lumière éclaire différemment selon qu'elle vient d'en haut ou d'en bas. Il en va de même pour la force physique. La force qui meut certains êtres leur vient d'en haut, et la force qui en meut d'autres, d'en bas. Deux corps peuvent posséder exactement la même quantité d'énergie ; mais ils évolueront de façon différente, selon l'origine de cette force. Il n'est pas difficile de deviner d'où provenaient les forces qui animaient William Craver.

Un jour, Marcus et William se trouvèrent ensemble sous la rotonde. Marcus passait par là et il ne s'était pas rendu compte que William était à l'intérieur, en train de l'examiner.

— Toi, viens ici, l'appela-t-il.

Marcus avait entendu dire un jour que, sur cent mille personnes, une seule a les pupilles grises. Il avait aujourd'hui l'un de ces êtres devant lui, et c'était comme si un crocodile l'avait regardé : impossible de savoir ce qu'il pensait, mais quoi que ce fût cela ne pouvait être bon.

— Tu es nouveau, n'est-ce pas ? dit William.

— Oui monsieur.

— Bien sûr. C'est la seule explication possible : on ne t'a jamais dit que tu devais te découvrir quand tu parles à un Craver ?

Marcus ôta sa casquette.
— Tu es le jardinier ? lui demanda William.
— Non, monsieur. Je travaille à la cuisine et aux écuries.
— Quand tu verras le jardinier, dis-lui d'arranger tout cela – William désignait d'un doigt vigoureux la rotonde et ses environs. C'est envahi de mauvaises herbes. Qu'on les fasse brûler.
— Oui monsieur.
William cherchait sa tabatière dans sa veste blanche. Il demanda, un peu distrait :
— Alors comme ça, tu es valet d'écurie ?
— Oui monsieur.
— Et tu travailles aussi comme valet de cuisine ?
— Oui monsieur.
— Je commence à comprendre les valets. Je veux parler de votre situation économique, à la base de la pyramide. Crois-moi, tu as de la chance : c'est très rassurant, de ne rien posséder, parce que, comme ça, on ne peut rien perdre.
— C'est vrai, monsieur.
William sortit de sa poche une tabatière en argent.
— Comment t'appelles-tu ? demanda-t-il en portant une cigarette à sa bouche.
— Garvey, monsieur. Marcus Garvey.
William prit une allumette. En la frottant, elle lui échappa des mains. Il ouvrit les yeux. Il les ouvrit grands, plus grands, plus grands, et dit, la cigarette encore aux lèvres :
— Mais… on peut savoir ce que tu attends, Marcus ?
Marcus s'agenouilla et lui tendit l'allumette.

Richard Craver fit acte de présence à la maison quand son frère s'y ennuyait déjà depuis un mois. Il arriva avec son gros visage couleur pêche, et ses mains énormes. Marcus fut le témoin du premier geste de Richard quand il arriva dans la maison.

Ce grand corps cauteleux entra dans le bureau du duc de Craver. Il était décidé, mais c'était la décision de qui affronte l'échafaud avec dignité. Les portes se refermèrent derrière lui. Marcus, qui se trouvait par hasard près de la fenêtre, put entendre des bribes de conversation. Et particulièrement les cris du duc et les pleurs de Richard. Marcus se le rappelait très bien, parce qu'il avait du mal à s'imaginer un homme de la taille de Richard Craver en train de pleurer. Et quels sanglots !

Comme William, Richard passa toute une période reclus, comme s'il avait honte de s'exposer à la lumière du soleil. Les domestiques ne le voyaient qu'aux heures des repas. Quand il regardait, il était méfiant. Quand il ne regardait pas, méprisant. De graves contradictions s'affrontaient chez cet homme. Ses interlocuteurs ne savaient jamais s'ils avaient affaire à un buffle ou à un batracien. Il pouvait souffrir d'une sorte d'aboulie mortelle pendant des semaines, puis quitter soudain cette léthargie par des attaques d'une virulence spasmodique dirigée contre tous et personne.

Marcus apprit que Richard Craver avait été renvoyé de l'armée. Et, comme dans le cas de William, cela aurait pu être pire, bien pire, même si Marcus avait du mal à le comprendre. Les seuls "objets" du délit étaient Richard Craver lui-même, une écurie vide et une fillette de six ans. Marcus ne comprenait pas qu'on pût l'accuser d'une quelconque faute.

Il en fit part aux autres domestiques :

— Si l'écurie était vide, comment a-t-il pu voler un cheval ? Et si la fillette n'avait que six ans, quel juge a pu l'admettre comme témoin contre un officier de l'armée ?

Marcus ne comprenait pas pourquoi les serviteurs évitaient la question. Il cessa bientôt d'en parler. Ce qui continuait à alimenter les conversations était le laisser-aller de l'homme. Loin de la discipline militaire, la vie sédentaire et l'apathie faisaient rapidement grossir ce corps. Il gonflait de jour en jour, phénomène qui ne pouvait échapper aux sarcasmes de William :

— A ce stade, il va falloir graisser les portes avec du beurre pour que tu puisses passer.

Richard se soumettait, il ne discuta jamais le rôle dominant de William dans l'alliance qu'ils formaient. Cependant, les relations entre les deux frères ne suivaient pas un modèle figé. Aucune hiérarchie verticale au sens strict ne s'établissait entre eux. Richard était trop brutal pour le permettre. Si William dépassait les bornes, Richard se rebellait comme un taureau furieux.

— Si seulement tu avais les poches aussi grandes que la bouche ! lui assénait-il, las de ses insultes.

La subordination de Richard n'était pas tant due à un complexe d'infériorité qu'à un extraordinaire manque d'imagination. Pour Richard : en cas de danger, bouge vite et ne réfléchis pas. Pour William : en cas de danger, ne bouge pas et réfléchis. Richard était incapable de concevoir des idées ou des initiatives. Celles de son frère pouvaient être absurdes ou écervelées, mais il en avait. Et Richard, dont l'un des rares mérites consistait à reconnaître ses limites, s'enrôlait sous toute bannière que William pouvait brandir. Voilà un principe universel : qui n'a pas d'arguments obéit à qui a des délires.

William et Richard affrontaient leur retraite avec des attitudes très différentes. Richard était un train qui sort de ses rails. William un renard qui se cache dans l'attente que les chiens se fatiguent de le chasser. Mais aucun des deux ne comptait rester ; ils attendaient juste l'occasion et les moyens de revenir dans le monde. Pour Marcus, c'était incompréhensible : si quelqu'un pouvait vivre dans une maison digne d'un roi, pourquoi donc aurait-il souhaité en sortir ?

Un jour, Marcus entendit la fin d'une conversation entre les deux frères, juste la fin. Mais tout prouvait qu'il s'agissait de la plus vipérine que puissent avoir deux frères :

— De maladie ? disait Richard. On dirait que tu ne le connais pas, c'est incroyable. Cet homme ne peut avoir que des attaques de bonne santé.

Marcus n'en entendit pas davantage. Mais à partir de ce jour il devint évident pour lui que les deux frères, davantage que parler, conspiraient. Il y eut des changements. Richard maigrissait ; il faisait de la gymnastique, soulevait des haltères avec l'air d'un costaud de cirque. William semblait plus optimiste, incroyablement aimable. Maintenant sa voix chatouillait. Et quand il souriait, on voyait toutes ses dents. Blanches, bien sûr.

De cette période, il convient également de mentionner une anecdote simple, mais cruciale. Marcus ne pouvait pas savoir que cela allait marquer tout son avenir. William recevait un ami d'origine française. Ils se promenaient tous deux dans les grands jardins de la maison des Craver et, quand ils arrivèrent devant le grand chêne, William eut du mal à lui traduire un mot. Marcus se trouvait tout près, et dit spontanément en français :

— *L'arbre.*

— Eh bien ! William était surpris. Tu parles vraiment le français, Marcus ?

— Un peu, monsieur Craver.

— Comment cela se fait-il ?

— Ma mère me l'a appris.

William lui décocha un regard qui était une sonde :

— A partir d'aujourd'hui, appelle-moi William, Marcus, William, et il s'éloigna avec son hôte.

Deux jours plus tard, on le fit appeler. William et Richard l'attendaient dans l'un des grands salons de la maison. Marcus entra la casquette à la main. William jouait du piano. Richard au billard. Ils le virent et se mirent à rire. Ils étaient de bonne humeur, et en même temps ces rires mettaient en scène une étrange complicité.

— Bonjour, Marcus, dit William sans cesser de jouer du piano. Tu aimes la musique pour piano ? Et le billard ?

— Je ne veux participer à aucun crime, fut la réponse péremptoire de Marcus.

Marcus n'avait pas pu fermer l'œil de la nuit. Depuis qu'il avait entendu cette conversation entre les deux frères, il était convaincu qu'ils planifiaient un parricide. Et qu'ils voulaient solliciter sa collaboration. Il se trompait.

William cessa de jouer. Richard différa le carambolage suivant.

— Un crime ? Quel crime ? fit William. De quoi est-ce que tu parles ?

Et les deux hommes se mirent à rire. William se leva de la banquette du piano et s'approcha de Marcus. Il le promena dans la pièce, le guidant d'une main bienveillante autour des épaules :

— Viens, Marcus, viens voir ça, lui ordonna-t-il en lui désignant le piano. Tu ne t'es jamais demandé en quoi étaient faites les touches des pianos ? Ou les boules de billard ?

— Eh bien non, reconnut Marcus.

— En ivoire, dit William. L'ivoire provient des défenses des éléphants, et les éléphants se trouvent en Afrique.

Richard tenta un carambolage. Il échoua. Il but une gorgée de cognac et dit :

— Tu as raison. Je n'y ai jamais réfléchi, mais le monde est plein de pianos et de boules de billard, observa-t-il, en appuyant la queue sur le sol comme une lance, dans une pose réfléchie. Combien de boules de billard peut-il y avoir dans le monde ? Et de touches de piano ? Je suis sûr que si nous les mettions bout à bout elles arriveraient jusqu'à la lune.

— Ça te plairait, de venir au Congo avec nous, Marcus ? demanda William. Tu sais cuisiner et tu parles français. Et nous aurons besoin d'un assistant.

Le duc de Craver ne put, ou ne sut pas, s'opposer au voyage de ses fils. Le plus pathétique est que ce voyage vers l'enfer ne fut pas une entreprise préconçue. L'idée d'Afrique prit forme à mesure que le bras de fer entre les frères et le père progressait.

Las de vivre dans la demeure des Craver, William et Richard lui demandèrent un prêt. Ils lui assurèrent qu'ils pourraient ainsi commencer une nouvelle vie. Le duc refusa. Ils avaient ruiné leurs carrières et avaient de surcroît l'impudence de lui réclamer une petite fortune ! Une nouvelle vie ? Le duc savait très bien que, pour ses fils, "vie" était synonyme de "vice".

Les deux frères changèrent de tactique. Leur nouvel argument était qu'ils voulaient diriger une affaire ensemble. La réponse fut un nouveau non, et un non très tranchant. William insista. Il expliqua à son père qu'ils comptaient aller en Afrique, au Congo précisément.

Ils considéraient que c'était le dernier endroit du monde où l'on pouvait gagner facilement de l'argent, que ce fût dans le commerce de l'ivoire, du caoutchouc ou des diamants. "Tais-toi, insensé, qu'est-ce que tu y connais, à l'Afrique, toi ?", fut la réponse. "Le Congo est le seul endroit où il reste des territoires vierges, juste au centre du continent noir, répliquait William. Et là où il n'y a personne il existe une foule d'opportunités pour le premier arrivé." "Ce n'est même pas une colonie britannique", bramait le duc. "Tant mieux pour nous, nous n'entretenons pas de bonnes relations avec la loi anglaise", déclarait William.

Quand ils étaient assis tous trois à table, William et Richard parlaient du Congo comme s'ils s'y étaient déjà trouvés, ignorant leur père. C'était la vieille stratégie puérile des enfants qui crient : "Tu ne veux pas nous acheter des gants ? Eh bien nos doigts gèleront !" Ils iraient, avec ou sans son aide. Que pouvait faire le duc de Craver ? Quand il comprit que leur décision était irrévocable, il céda.

Comme père, et afin de garantir la sécurité de ses fils sur une terre aussi exotique, il ne pouvait faire qu'une chose : payer pour que ce voyage s'effectue dans les meilleures conditions possibles.

Avec le recul, tout laisse à penser qu'en fait ni William ni Richard n'avaient la moindre intention de partir en Afrique. Au début du moins, l'idée du voyage ne dut être qu'un montage destiné à délier les cordons de la bourse de leur père et à s'éloigner de la maison familiale. Mais à un moment donné, dans la tête de William Craver, la farce se transforma en une possibilité réelle. Les escrocs et les joueurs ont beaucoup de points communs. Les escroqueries bancaires de William le prouvaient.

Son instinct le portait à tout miser sur une seule carte, à tout gagner dans un coup de chance. Et cette expédition africaine avait des airs d'immense pari. Le Congo était une porte ouverte pour les audacieux. Pourquoi n'y auraient-ils pas découvert une mine d'or, un troupeau de dix millions d'éléphants, ou ne se seraient-ils pas approprié un bois d'arbres à caoutchouc plus grand que le comté d'Essex ? Qu'avaient-ils à perdre ? William avait fait tant d'efforts pour convaincre son père qu'il finit par se convaincre que cela valait la peine d'y aller.

Les bagages comportaient plus de cent malles. Cette indication, purement anecdotique, provoqua une petite commotion dans l'esprit de Marcus Garvey. Tous ses effets tenaient dans un sac, et les frères Craver avaient besoin de cent malles. William resta fidèle à sa garde-robe unicolore : l'une des malles contenait des douzaines de chemises en coton, en laine, en lin et en soie, toutes blanches. Mais cette affaire avait aussi du bon. Marcus sentait qu'il participait à une grande entreprise. A son niveau, bien sûr : William et Richard firent le voyage en bateau à vapeur jusqu'au Congo en première classe ; Marcus, en troisième.

La seule nouveauté de cette traversée fut la première vision de la terre africaine. Marcus attendait avec impatience depuis des semaines de débarquer et occupait chaque jour la proue, comme s'il s'était trouvé à l'orchestre pour une première. Un soir, enfin, la côte apparut.

Marcus crut tout d'abord qu'il s'agissait d'un mirage marin. Dans la lumière du crépuscule, le port ressemblait à une fourmilière. Des centaines de silhouettes noires évoluaient en rangs sur les quais, rapides, des emballages blancs sur la tête comme de petites fourmis qui auraient transporté des mies de pain. En s'approchant du port, Marcus put constater que c'étaient effectivement des hommes. Des hommes noirs. Et les paquets blancs qu'ils portaient sur leurs têtes, des défenses en ivoire qui disparaissaient dans les cales des bateaux à l'ancre.

A Léopoldville, un vieil ami du duc les hébergea. Marcus avait oublié son nom, mais il conservait un très bon souvenir de la nuit qu'ils avaient passée ensemble. Cet homme était un haut fonctionnaire d'une compagnie d'import-export qui vivait dans une maison en bois fraîche, avec des moustiquaires sur les portes, les fenêtres et les lits. Après avoir dîné, ils s'assirent tous quatre dans des fauteuils en osier. L'homme leur offrit des cigares et du cognac français. Il ne faisait pas de différences de classe et Marcus put jouir des mêmes plaisirs que les autres.

Il exprima ses doutes sur l'entreprise de William et Richard. Il dit que l'ivoire s'épuisait, que le caoutchouc était sous monopole d'Etat et que découvrir une mine dans les profondeurs du Congo était un hasard aussi improbable que le fait qu'une fourmi égarée découvrît une oasis dans le désert. Il ajouta que William et Richard n'étaient que deux amateurs, et le Congo le lieu le plus sauvage du monde. Mais il le dit de façon si cordiale, avec tant d'humour, que les frères Craver, même s'ils se sentaient insultés, se mirent à rire de bon cœur. Il dit également que "ces foutus Noirs" étaient les pires travailleurs qui puissent exister, plus paresseux que les Latins, plus menteurs que les Arabes et plus stupides que les Chinois.

— Traitez-les sans ménagements et avec des méthodes énergiques, leur recommanda-t-il entre des cercles de fumée qui lui sortaient de la bouche ; c'est le seul langage qu'ils comprennent.

La maison n'était pas très grande, il n'y avait pas tellement de chambres. Marcus pensait qu'il allait passer la nuit avec les domestiques. L'homme écarta l'idée d'un éclat de rire :

— Non. C'est hors de question. Les Blancs ne dorment pas avec les Noirs.

— Ça ne me dérange pas, murmura Marcus, qui ne voulait pas créer de problèmes ; mais cela eut précisément pour résultat que l'homme éleva la voix sur un ton très désagréable :

— Eh bien moi si, mon ami, ça me dérange, beaucoup ! Si je le permettais, toute la communauté européenne de Léopoldville me le reprocherait, et avec raison. Un Européen ne peut pas se mêler à des Africains. Dans cette vie, chacun doit tenir son rang.

Cela impliquait un problème. Aujourd'hui il nous en coûte de croire que les normes de notre étiquette aient été si rigides, mais en 1912 il était impensable que les frères Craver passent la nuit à côté de quelqu'un comme Garvey. C'était une chose de partager le tabac et le cognac avec un subalterne, c'en était une autre bien différente de partager une chambre. Mais Marcus ne pouvait pas dormir non plus avec les domestiques de la maison, tous noirs. Il s'écoula quelques instants d'hésitation. A la fin, trois de ces serviteurs le conduisirent à une pension sur le port, fréquentée par des marins et du personnel européen de catégories inférieures.

Le lendemain, à la première heure, Marcus dut regagner la maison pour y retrouver les frères Craver. Nous devrions excuser l'ivresse des sens qu'il éprouva. Marcus ne connaissait pas ce phénomène dont parlaient tant les voyageurs, d'après lequel l'Afrique nous montre qu'en Angleterre tout est plus faible, plus léger, comme si nous, les habitants du Nord, nous vivions avec des sens de fantôme, indolents et stériles. Le Congo, en revanche, amplifiait la puissance du monde.

La lumière ne tombait pas du ciel, elle provenait de toutes parts. Les odeurs étaient fétides ou splendides, sans nuance intermédiaire. Les bouches parlaient une langue savonneuse. Aucune tempête pendant le trajet maritime ne l'avait autant gêné. Les rues grouillaient d'hommes, de femmes et d'enfants noirs. Il n'aurait jamais cru qu'il pût exister au monde tant de femmes et d'hommes noirs. Et il s'aperçut que beaucoup d'entre eux le regardaient comme une curiosité. Il constata que, si bondées que fussent ces rues en terre rouge, les gens ne le frôlaient jamais. Ils le tenaient à distance, comme s'il avait eu la lèpre. Pourquoi ? Il heurta une femme.

Je me rappelle que Marcus était assis en face de moi, à notre table rectangulaire. Il souleva au-dessus de sa tête ses mains menottées et entravées par des chaînes :

— Vous n'imagineriez jamais, monsieur Thomson, la quantité de choses que les femmes noires peuvent porter sur la tête !

La femme n'avait pas vu Marcus. Le fagot s'était éparpillé sur le sol. Il se sentait très mal d'avoir provoqué cet incident :

— Excusez-moi mille fois, madame ! proclama-t-il. Je vais porter votre bois là où vous me le direz. Excusez-moi, excusez-moi…

Mais le silence lui fit oublier le bois. Il était entouré de plus de cent personnes, muettes. Ces gens ne comprenaient pas ce qu'il faisait là, au milieu de la rue. Surtout : ils ne comprenaient pas ce que faisait un Blanc accroupi à ramasser le bois d'une vieille Noire. Il regarda la femme. Ce qu'il vit sur son visage n'était pas de l'indignation. C'était de la terreur.

Le séjour à Léopoldville se prolongea davantage que prévu. Même pour Marcus, il était évident que William et Richard faisaient autre chose que de jouir de l'hospitalité de l'ami de leur père. Ils eurent tous trois de nombreux entretiens qui permirent aux nouveaux arrivants d'apprendre les rudiments du Congo. Comme Marcus en était exclu, il s'ennuyait. Aussi fut-il content quand l'expédition se disposa à partir, quinze jours après qu'ils eurent débarqué sur le continent.

Le même jour, on lui présenta Godefroide, un Noir rondouillard et robuste comme un crabe. Ses os semblaient deux fois plus épais que la normale. Il portait des pantalons courts et on voyait ses muscles puissants de sanglier. Il était coiffé d'un chapeau rouge et cylindrique de style turc. Il avait le visage creusé de sillons, très semblables à ceux de la terre qui a subi une longue sécheresse. Mais les fissures suivaient une géométrie intelligente, comme si une toile d'araignée en fer s'était incrustée sur son visage. Un tatouage de jeunesse. Il était recommandé par l'ami du duc. Il ne parlait pas beaucoup.

— Et les mules ? demanda Marcus.

William ignora la question. Marcus vit une centaine de Noirs à côté des ballots. Ils ne portaient que des pantalons longs. Ils étaient assis avec apathie, comme des grenouilles, les coudes sur les genoux, attendant que quelqu'un leur donnât l'ordre de partir.

— Il y a pénurie de porteurs, dit William. Il a fallu toute l'influence de l'ami de mon père pour pouvoir les recruter.

Il n'aurait jamais cru que la jungle fût aussi proche de la ville. Deux heures après avoir commencé la marche, plus aucun signe humain n'était visible. La jungle les avait engloutis.

Nous nous épargnerons ici le récit minutieux de la traversée de la jungle. Stanley la décrivit suffisamment bien quand il la qualifia d'"enfer vert".

Mais notons que l'exotisme peut s'accompagner de monotonie. Les vingt premiers jours, il n'y eut rien de nouveau. Ils avançaient toute la journée en une longue file humaine. Le sentier était si étroit et au-dessus de leurs têtes s'étendait un si épais plafond végétal qu'on pouvait dire qu'ils évoluaient à travers un tunnel vert. A certains endroits, la végétation constituait un bouclier impénétrable, à d'autres elle devenait une épée qui blessait la chair. La voûte végétale compacte empêchait la lumière naturelle de parvenir au sol et, ainsi, il n'y avait pas grande différence entre le jour et la nuit. A la dernière heure, l'expédition campait dans une clairière, et à la première heure on reprenait la marche. Tous les jours se ressemblaient.

William était habillé en blanc, comme toujours. Casque colonial blanc, chemise blanche, pantalon blanc. La seule exception était des bottes noires à tige haute qui rendaient sa silhouette encore plus svelte. Richard portait un uniforme kaki et un chapeau australien à large bord. Du chapeau pendait une étroite bande de toile blanche qui lui descendait tout au long du dos. C'était une précaution contre les rigueurs du soleil : d'après les croyances de l'époque, le soleil des tropiques consumait la colonne vertébrale des Européens. Les armes des deux hommes étaient en accord avec la morphologie de leurs propriétaires. William portait un rifle Winchester léger à répétition automatique. Richard un énorme fusil qui, d'après la publicité du fabricant, pouvait abattre un éléphant adulte d'un seul tir. Quand la hauteur de la voûte végétale le permettait, William et Richard voyageaient dans des sortes de chaises, soulevées par quatre porteurs, très semblables aux hamacs des anciens Romains. Et Marcus ? Ses petites jambes étaient-elles conçues pour résister à des marches épuisantes dans un environnement si hostile ? Contre tous les pronostics, oui.

Les canards ont eux aussi les pattes courtes et ce sont de grands nageurs. Avec Marcus, c'était pareil.

Marcher parmi les arbres lui insufflait une vigueur nouvelle, comme si la jungle avait été son milieu naturel. Les bottes d'ouvrier s'avérèrent fantastiques pour marcher dans la jungle. Sa casquette suffisait à le protéger de la chaleur. Il remontait les manches d'une chemise légère en lin, sur laquelle n'apparaissaient que les bretelles en cuir du pantalon.

Les arbres. Godefroide lui apprit beaucoup de choses. Ce fut lui qui lui expliqua, pendant les marches, que les coups de tonnerre qu'ils entendaient n'étaient pas des coups de tonnerre. De temps en temps éclatait un long grondement, un fracas qui éventrait la terre. Mais il n'annonçait aucun déluge.

— Ce ne sont pas des coups de tonnerre, lui expliqua Godefroide de façon inexpressive. Ce sont de grands arbres qui meurent. Ils tombent et le bruit se répand dans toute la jungle, loin, très loin.

Il y avait des arbres dont les troncs ressemblaient à des épines plus longues que des baïonnettes. Il y avait des arbres avec une écorce en fer et des arbres avec des rides en velours. Certains projetaient leurs racines sur le sentier, et empêchaient le passage avec une barricade en bois pardessus laquelle il fallait sauter ou qu'il fallait même escalader. Il y avait aussi des arbres assassins, qui poussaient à côté des autres, lovant leur tronc autour de leurs congénères de la même façon qu'un serpent. Dans de nombreuses sections de ce tunnel végétal, l'atmosphère était si dense, l'air si pauvre en oxygène, que les hommes s'asphyxiaient. C'était comme de respirer du gaz chaud. La colonne n'avait pas d'autre solution que d'avancer au trot et de retenir sa respiration, comme si les hommes s'étaient trouvés sous l'eau et avaient tenté de gagner la surface avant de se noyer. Et le bruit. Une sorte de vrombissement ininterrompu et en spirale auquel se superposaient des tons graves. La jungle pouvait se décider à monter le volume à tout instant, lentement, imperceptiblement, constamment. Parfois, la persistance du son faisait que les hommes se saoulaient d'une énergie trompeuse et, comme aiguillonnés par le tambour qui marque le rythme des galériens, avec l'effort nécessaire pour parcourir un kilomètre ils en avalaient quinze. D'autres fois, le bruit traversait les vêtements, et transformait les os en vapeur.

Les yeux clairs de William le faisaient souffrir. Au Congo, la lumière ne connaît pas de nuances. Dans la jungle, le jour était une pénombre verdâtre : les plafonds de feuilles obturaient le soleil. Nonobstant, de façon imprévisible, la caravane débouchait dans des clairières désertes. Là, le soleil éclatait sans limites. Obscurité verte et soudain lumière aveuglante. Les contrastes blessaient ces rétines grises si délicates.

William avait toujours été un artiste de la violence froide. Maintenant, l'excès de lumière lui provoquait des coups de sang. Un jour, il dirigea son malaise contre Marcus. Cela se passa ainsi : pendant la pause du déjeuner, les porteurs reçurent l'ordre d'ouvrir des caisses. Ils en sortirent des chaînes et des fers. S'ils voulaient manger, ils devaient se passer les fers au cou. Godefroide traduisait les paroles de William :

— Il y a chaque jour de plus en plus de désordres devant la marmite. Vous ferez dorénavant la queue, comme ça. Assez de bousculades.

Les hommes avaient faim et ils obéirent. Un instant plus tard, Godefroide et Marcus distribuaient la nourriture à une file de cent hommes enchaînés. Chaque cou était relié au précédent et au suivant, personne n'échappait aux fers. William s'approcha de la grande marmite. Godefroide remplissait les écuelles en bois avec la louche. William battait des paupières, les yeux blessés par la lumière du Congo. Il les réprimanda à grands cris :

— Qu'est-ce que tu es, Marcus ? Un garçon de cuisine, ou un chef français ?

Il était facile d'imaginer Marcus faisant ce geste tellement caractéristique chez lui, tournant la tête à droite et à gauche, regardant la marmite et les écuelles en bois sans comprendre de quoi parlait William.

— Economise la nourriture ! précisa ce dernier.

Marcus regarda la file de cent hommes, tous semblables les uns aux autres, comme des sardines.

— Mais ils sont très faibles, allégua Marcus. Ils portent vingt kilos toute la journée.

— Fais ce qu'on te dit, idiot ! le tança William. Et avant de partir il ronchonna : Il ne s'agit pas d'un pique-nique.

Ils passèrent le reste de la journée dans cette clairière. Mais après le déjeuner les Craver ne libérèrent pas les porteurs de leurs fers. Ruisselants de sueur, William et Richard fumaient, assis sur des chaises pliantes, à distance. Ils ne dirent rien, ne firent rien. Ils se comportaient comme si les Noirs avaient été enchaînés depuis le premier jour.

Le plus curieux fut que les porteurs ne protestèrent pas. Un seul, un seulement, fit un geste, prenant la chaîne d'une main et la montrant timidement aux Blancs. Mais William et Richard se bornèrent à continuer à fumer. Celui qui montrait la chaîne regarda autour de lui. Personne ne l'appuyait et il abandonna.

Marcus ne comprenait pas. Ces hommes s'étaient laissé enchaîner sans opposer de résistance. Pourquoi ? Pour une pâte de millet bouilli. Ensuite, ils ne protestèrent pas, n'exigèrent pas que l'on retirât leurs chaînes. Ils restaient apathiques comme un troupeau de moutons. Ce fut tout.

Quelles idées traversèrent l'esprit de Marcus ? Nous ne savons pas ce qu'il pensa, juste ce qu'il fit. Au centre de cette petite clairière, il y avait un arbre. Il régnait tel un empereur solitaire qui tenait la plèbe à distance. Marcus n'avait jamais rien vu de semblable. Comparé à cet arbre, le chêne de la demeure des Craver ressemblait à la canne d'un aveugle. La base avait la forme d'une monstrueuse main de grenouille ouverte. Du corps du tronc se projetaient des planches en bois latérales, comme des ailerons de requins, qui se fichaient dans le sol. Une seule de ces planches était plus grande qu'un toboggan pour enfants. Marcus leva la tête, mais l'épaisseur de la coupe l'empêchait de voir la cime de l'arbre. Il y grimpa. Il monta les premiers mètres grâce à des lianes qui tombaient parallèlement au tronc, plus fortes et sûres que des filins métalliques. William et Richard se mirent à rire :

— Qu'est-ce que tu fais, Marcus ? Il y a suffisamment de singes au Congo !

Marcus ne répondit pas. Il continua à grimper plus haut, plus haut. Il utilisait la technique des marins qui travaillent sur les mâts des bateaux : sur les quatre membres, mains et pieds, il s'accrochait avec trois avant d'en bouger un.

Quand il eut grimpé de quinze mètres, il ne pouvait plus apercevoir le sol. Plus haut, les voix moqueuses de William et Richard lui parvenaient de plus en plus faiblement. Avant qu'il ne s'en fût rendu compte, il ne pouvait plus les entendre, ni eux ni aucun autre bruit humain. Là, la vie avait des formes propres. Il croisa des oiseaux, stupéfaits de sa présence. Il n'avait pas peur de tomber. Les branches formaient une trame plus large et sûre que n'importe quel échafaudage, personne n'aurait dit qu'il se trouvait à quarante ou cinquante mètres d'altitude.

Il continua vers le haut, toujours plus haut. Les troncs étaient maintenant plus minces. Les feuilles lui frappaient le visage et lui griffaient les mains. Marcus voulait monter un peu plus haut, encore un peu plus.

Finalement, il tendit le bras et une petite branche se brisa entre ses doigts. Ce fut comme si une lucarne s'ouvrait : les yeux les plus verts de l'Afrique se heurtèrent au ciel le plus bleu du monde.

Depuis cette tour de guet naturelle, il pouvait contempler un tapis vert qui s'étendait à l'infini. Il était à une hauteur telle que la jungle ressemblait à une couche de mousse. Mais ce n'était pas de l'herbe, c'étaient des arbres, des arbres, des arbres. Ici ils ondulent, plus loin ils moutonnent, et au-dessus d'eux flotte la vapeur de la jungle, qui s'élève avec la densité d'un voile de coton.

Les arbres dominaient tout. Aucun désert, aucun océan, aucune toundra ne pouvait lui être comparé. Et en cet instant, à la cime de cet arbre, Marcus sut que le monde était peut-être un lieu très grand, mais que le Congo serait toujours plus grand que le monde.

Il parla tout haut :

— Mon Dieu, où allons-nous ?

Je crois que Marcus devinait la réponse : au-delà de la grâce divine.

5

Cinq jours plus tard, les porteurs commencèrent à mourir. Le processus était très simple. Quand un homme tombait de faiblesse, on tentait de le ranimer à coups de crosse. S'il ne réagissait pas, on lui ôtait ses fers, on l'abandonnait sur place et la caravane poursuivait sa route.

La mort se nourrit d'elle-même : plus les porteurs succombaient, plus les autres devaient supporter de poids. Mais les pertes ne révélaient que la partie la plus inflexible des frères Craver. Pendant une pause, Richard surprit un homme qui tenait entre ses doigts une bouteille de formol. A contre-jour, il regardait les scarabées plongés dans le liquide. Il y consacrait tant d'intérêt qu'il ne se rendit pas compte que Richard l'observait.

— Tu as ouvert les bagages ! s'indigna celui-ci. Comment oses-tu ?

William s'approcha. Après une brève réflexion, il émit son verdict :

— Demain, il sera l'homme au champagne.

Cette nuit-là, Marcus parla à Godefroide :

— Pourquoi sont-ils aussi idiots ? Même attachés, ils continuent à voler.

— Il ne voulait pas voler, dit Godefroide.

— Ah non ? Alors pourquoi a-t-il ouvert la malle ?

— Par curiosité.

— Dans ce flacon, il n'y avait que des scarabées.

— Il ne comprenait pas quel intérêt pouvaient éprouver les Blancs pour des scarabées morts.

Et maintenant, pour cette raison, c'est lui qui va mourir.

Godefroide parlait peu et s'exprimait toujours avec une ambiguïté artistique. Que ce fût à cause de la syntaxe bantoue, ou d'un trait de caractère particulier, il était impossible de vérifier s'il constatait simplement un fait, le condamnait ou, au contraire, apportait tout son soutien à l'autorité qui le dictait.

Transporter le champagne équivalait à une sentence de mort. Il s'agissait de trente kilos de bouteilles françaises en verre épais. On ne pouvait pas répartir le poids entre plusieurs caisses, parce que seule celle-ci était pourvue d'un capiton spécial destiné à protéger les bouteilles.

Le champagne abrutissait. Tous savaient que l'homme qui transportait le champagne mourrait avant la fin du jour, d'épuisement. Ainsi, au début de chaque jour, les Noirs s'empressaient-ils de prendre n'importe quelle charge plutôt que celle-ci. Des disputes éclataient. La conséquence, aussi logique qu'inévitable, était que le plus faible finissait par fournir le plus gros effort. Mais William et Richard favorisaient cette situation, s'assurant ainsi que les porteurs se réveillent assez tôt afin d'éviter le champagne.

Et maintenant une digression : je m'étais promis de ne pas ouvrir la bouche pendant nos séances si ça n'était pas indispensable. Mais quand apparurent les premiers cadavres, je commençai à pâtir d'une déplorable excitation nerveuse. Ecouter Marcus revenait à boire mille tasses de café. Mon cœur pompait plus vite, les veines se dilataient et des torrents de sang furieux parcouraient mon corps de haut en bas. Malgré cela, je me taisais. Et je peux jurer que l'effort de garder le silence n'avait rien de salutaire.

Marcus parlait des victimes sans aucun sentiment. Comme si tout cela avait constitué un épisode très secondaire de l'expédition. Les porteurs étaient des êtres humains. On les traitait comme des chiens et quand ils mouraient on les abandonnait comme des chiens. Et Marcus ne manifestait aucune émotion. Il me disait tout cela, et le mot Pepe me fit ouvrir les yeux.

A un moment du trajet, Marcus changea le prénom de Godefroide pour celui de Pepe, plus court et plus facile à prononcer. La trouvaille amusa William et Richard. Et il devint Pepe. Cette familiarité n'était pas aussi étrange qu'on pourrait le croire. Malgré leurs tâches quotidiennes, Marcus et Godefroide entretenaient une relation très intense. Godefroide (désormais Pepe) était le Noir qui occupait la place la plus haute dans la hiérarchie de l'expédition. Et Marcus, le Blanc avec le rang le plus bas. Ils étaient très proches l'un de l'autre. Certes, il devait exister entre eux une frontière invisible. Comme deux hommes séparés par une grille, chacun de son côté. Mais cela ne les empêchait pas d'être les deux plus proches de part et d'autre de la grille.

William et Richard dormaient sous la même tente. Au début, Pepe passait la nuit à la belle étoile, comme les porteurs. Un jour, il eut une forte rage de dents. Malgré le caractère stoïque du Noir, William décida que Pepe partagerait la tente de Marcus. Il ne voulait pas que les porteurs voient une faiblesse chez cet homme, mélange de guide et de gardien. Marcus dormait sous une tente plus humble, où s'entassaient également certaines malles qui devaient être préservées des intempéries. Il fit une place à Pepe et quand le mal de dents lâcha personne ne songea à le jeter dehors.

Dans un coin de l'esprit de Marcus, il s'établit des symétries de marbre avec son enfance. Il dormait avec Godefroide comme il avait dormi avec l'ours Pepe. Tout cela ne justifie pas Marcus mais explique son attitude. Et dans un monde où l'on considérait les hommes comme des animaux, on pouvait au moins dire de Marcus Garvey qu'il partageait sa vie avec l'un de ces animaux.

Il s'imposait de remplacer les porteurs morts. Mais c'était plus facile à dire qu'à faire. Tous les villages se ressemblaient : une poignée de cabanes rondes, avec des murs en pisé et un toit en paille. Et tous les villages étaient déserts quand l'expédition s'approchait. D'innombrables signes trahissaient un départ précipité de leurs habitants. Ils devaient avoir une certaine expérience des caravanes. Une crise imprévue survola l'expédition des frères Craver : les porteurs n'avaient aucune valeur par rapport à la charge qu'ils transportaient ; mais tant que l'on n'avait pas trouvé de filon la charge ne leur servait à rien.

Leur audace leur portait chance. A ce stade, ils étaient déjà parvenus tellement loin, tellement au cœur de la jungle, que leurs pieds foulaient des régions où l'homme blanc n'était qu'une rumeur. Les gens ne fuyaient pas terrifiés, ils s'approchaient plutôt avec curiosité, comme des manchots de l'Antarctique, sans soupçonner la menace que représentaient ces hommes blancs. Les seuls à s'alarmer étaient les enfants : ils n'avaient auparavant jamais vu d'êtres aussi pâles que des fantômes, et pleuraient d'effroi. Le plus cruel était que les habitants de ces villages se moquaient des pauvres diables de la caravane. Ils les mortifiaient de mille manières : ils dansaient autour des captifs, frottant leurs parties viriles contre leurs fesses pour les humilier, ou leur transperçaient les joues avec des poinçons. Il ne leur venait même pas à l'idée qu'ils pouvaient être les prochaines victimes.

William et Richard utilisaient toujours la même tactique. Ils arrivaient dans un village et convoquaient tout le monde. Avant le discours, ils exigeaient une distance honorable entre eux et les indigènes, qui riaient, sautaient et dansaient, espérant quelque cadeau. On finissait par obtenir que tous ces corps noirs, et tous ces sourires blancs, se rassemblent en un groupe compact. A cet instant, un bâton de dynamite tombait précisément au centre de la masse.

Une éruption de terre rouge. Bras et jambes qui apprenaient à voler. Cris et lamentations. Pepe et Marcus se jetaient sur la foule blessée. En sautant et avec des mouvements rapides, ils choisissaient les hommes les plus étourdis et les moins blessés, qui comprenaient à peine ce qui leur arrivait. Ils leur mettaient les fers au cou tandis que William et Richard les frappaient à coups de crosse. C'était ainsi que la caravane se nourrissait en porteurs.

Je me rappelle que Marcus me raconta tout cela un jour où la pluie tombait à verse. Le bruit de l'eau qui battait contre les murs de la prison pouvait s'entendre jusqu'à l'intérieur de notre cellule. Marcus leva les bras en reproduisant l'explosion de la dynamite : "Boum !" Je refermai involontairement la main, dans un spasme nerveux, et la mine de mon crayon éclata avec un craquement sec. Tout en regardant les deux morceaux, je demandai d'une voix métallique :

— Et vous, que faisiez-vous pour essayer d'éviter ça ?

Les mots traversaient encore la frontière de mon souffle que je me repentais d'avoir parlé. Trop tard. Marcus était perplexe. Je ne l'avais jamais interrompu. Ses impressionnants yeux verts battirent des paupières, comme des ailes de papillon, et il demanda sur un ton très bien élevé :

— Vous pourriez répéter la question ?

Je me fâchai :

— Qu'avez-vous fait pour empêcher William Craver et Richard Craver de jeter de la dynamite sur une poignée de gens sans défense, hommes, femmes, vieillards et enfants ?

Marcus regarda à droite et à gauche, cherchant une aide qu'il ne trouverait pas.

— M'y opposer ? dit-il enfin. J'ai l'impression que vous ne comprenez pas. C'était moi qui lançais les cartouches.

Je l'avais écouté avec une tension électrique dans l'épine dorsale. Mais quand il prononça ces mots ce fut comme si on m'avait inoculé du soufre dans le sang.

— Après l'explosion, Pepe et moi étions très occupés à enchaîner les survivants. William et Richard dégainaient leurs armes, précisa Marcus. La moindre résistance était liquidée à coups de feu. William et Richard s'amusaient. Pour eux, le recrutement des porteurs était ce qui ressemblait le plus à un sport qui pouvait être pratiqué au Congo. Pendant que Pepe et moi nous empressions d'attacher les hommes les plus étourdis, les frères Craver les examinaient. L'onde de choc leur avait arraché les haillons en paille qu'ils portaient, et Richard riait en désignant leur entrejambe de son fusil : "Oh, oh, oh, regardez bien, quelles verges ils ont, ces Noirs !"

On accusait un homme d'en avoir tué deux autres. On attendait donc le jugement. Mais la main de ce même homme avait tué des douzaines, voire des centaines d'hommes, de femmes et d'enfants. Et personne ne l'accusait de ces crimes.

Marcus haussa les sourcils :

— Vous, qu'auriez-vous fait, monsieur Thomson ?

Mon dos glissa vers l'arrière, cherchant le dossier de la chaise. Cela avait été une erreur de lui demander quelque chose. Maintenant, Marcus avait parfaitement le droit de m'interroger. Et une fois sa question formulée, je ne pouvais pas l'éluder. Mon antipathie envers Marcus se dissipa aussi vite qu'elle était apparue, certainement remplacée par un doute insondable. Je n'étais pas sûr du point où commençait sa responsabilité. William et Richard lui ordonnaient de lancer la dynamite. Aurait-il dû refuser ? William et Richard dirigeaient l'expédition, et il n'était qu'un aide de cuisine.

Quand le livre parut, quelques voix le décrivirent comme un magnifique portrait de la dégradation humaine. Elles se trompaient. Le plus incompréhensible de l'horreur est qu'il n'y a rien à comprendre. L'horreur est extraordinairement vulgaire et légère. Tuer ne requiert que deux conditions : pouvoir et vouloir. William et Richard pouvaient et voulaient tuer. Dès lors, le nombre de victimes ne comptait pas. J'aurais adoré écrire l'histoire de trois jeunes Anglais sains qui tombèrent dans la dissolution morale à mesure qu'ils s'engageaient dans la jungle. Cependant, Marcus n'y fit jamais allusion, qu'elle fût active ou passive. Il n'y eut aucun processus de conversion à la barbarie. William et Richard étaient les mêmes hommes en Angleterre qu'au Congo. Mais le Congo n'était pas l'Angleterre.

Marcus était convaincu, et à juste titre, que se procurer des porteurs avec des bombes était une pratique habituelle au Congo. Ni William ni Richard n'enfreignaient aucune loi ; la question était de savoir si on pouvait moralement accepter ce fait ignominieux. En ce cas, où commence la décence chez un homme raisonnablement honnête ? Garvey aurait-il dû refuser d'imposer les restrictions alimentaires que William avait exigées de lui quelques jours plus tôt ? Ou peut-être, une fois à la maison de Léopoldville, aurait-il dû insister pour partager une chambre avec les domestiques noirs ? Il ne faut pas oublier non plus que Marcus Garvey ne pouvait pas s'opposer de la sorte à l'autorité des frères Craver. Vouloir la mutinerie d'un garçon d'écurie, seul et au milieu de la jungle, contre deux aristocrates, reviendrait à exiger de Marcus davantage que de la décence : une forme d'héroïsme impossible.

Mais le cœur du problème était autre. Nous tendons à penser que l'importance de la douleur que l'on cause est directement proportionnelle à l'effort nécessité pour la provoquer. Non. Le Congo avait placé Marcus dans une situation insolite : afin de collaborer activement avec le mal, il fallait juste faire une concession aussi légère que de tendre la main. Aujourd'hui, toute une vie plus tard, je n'ai pas le moindre doute : cette main était la substance du XXe siècle.

La question de Marcus attendait une réponse. Je me frottai les yeux les poings serrés, comme si je sortais d'un long sommeil, et je ne pus que dire :

— Moi, je ne serais jamais allé au Congo.

6

Comme Colomb, William mentait aux autres sur la distance parcourue. Et comme Hannibal, il leur promettait toujours que leur objectif se trouvait derrière la prochaine colline. Qui voulait-il tromper ? L'opinion des porteurs ne comptait pas. Marcus et Pepe étaient des voix subordonnées. Et, de fait, celui qui décidait quand et où s'arrêter était Richard. Dans l'armée, il avait servi dans une unité logistique où il avait acquis des notions de minéralogie, et il était chargé des prospections. Mais pas de traces de diamants.

Richard était désespéré, William furieux. Ils étaient parfois désespérés et furieux tous les deux. William criait, Richard pleurait et glapissait. Dans l'affaire, le pire était qu'ils avaient pu aller si loin en cherchant leur trésor imaginaire, si à l'intérieur de cette forêt vierge, qu'ils ne trouvaient plus de villages, il n'y avait plus d'êtres humains pour compenser les pertes. Seulement des arbres, des broussailles et des cris d'animaux. Mais avec la constance des audacieux ou celle des déments ils poursuivaient leur chemin.

Ceux qui ont occasionné un problème sont généralement les premiers à exiger que l'on trouve le coupable. Et ceux qui vocifèrent le plus. William et Richard s'accusaient mutuellement. La jungle n'avait jamais entendu d'abominations aussi horribles.

Marcus remarqua que Pepe avait tendance à se tenir loin des deux frères, en queue d'expédition. Un jour, il le rejoignit.

— Pourquoi est-ce que tu marches toujours si loin derrière, Pepe ?

— William et Richard sont comme deux éléphants. L'un plus grand, l'autre avec des défenses plus longues, répliqua le Noir. Et je sais qui perd quand deux éléphants se battent.

Marcus s'intéressa à la solution de la devinette :

— Les fourmis, dit Pepe.

Marcus ne se rappelait pas le jour précis où l'expédition arriva à la clairière. Il avait perdu le compte des jours et des nuits. Et ils avaient tous un peu changé. Particulièrement les frères Craver. Ce n'étaient plus des explorateurs de fête foraine. La jungle les avait soumis à une sorte d'usure esthétique. Leurs vêtements, achetés dans les meilleures boutiques de Londres, s'étaient usés et décolorés. De grosses taches de transpiration envahissaient leurs aisselles, leur poitrine et leur dos. A l'exception des bouteilles de champagne, aucun objet en verre n'avait survécu. Et ce fut dans cet état que la caravane entra dans la clairière.

Quelqu'un donne l'ordre de s'arrêter. Les porteurs se laissent tomber, épuisés. Marcus s'assied sur une pierre. Plus loin, William et Richard se disputent férocement. L'un poursuit l'autre, qui se retire en refusant d'écouter, jusqu'à ce qu'une insulte trop grossière oblige le second à attaquer et l'autre à se retirer. Qui l'eût dit, deux nobles anglais se disputant avec des gestes de harengère italienne. Ils pouvaient à tout moment dégainer leur revolver et tirer.

La clairière est anormalement grande. Plus ou moins comme un terrain de rugby ovale. Le sol est agréable, de grosses taches de gazon sylvestre qui alternent avec des pièces de sable rouge, plus fin que celui de n'importe quelle plage tropicale. Absorbé, allongé, Marcus regarde le ciel, ce ciel si bleu qu'ils ne peuvent contempler qu'en de brefs instants où ils traversent une clairière. Il baisse la tête. Son regard s'arrête, par hasard, sur un brin d'herbe. On dirait une asperge. Marcus se demande : Y a-t-il des asperges au Congo ? Il tend la main et, sous l'asperge, explose un éclat, une lumière si jaune qu'elle lui blesse les yeux.

Marcus interrompit la guerre fratricide des frères Craver.

— Il y a quelque chose qui brille, là, dit-il en levant la main.

Ce fut comme si deux individus s'étaient disputés au sujet d'un portefeuille volé et qu'un troisième l'avait trouvé par terre. Marcus offrit ce granit doré à Richard.

— Où est-ce que tu l'as trouvé ? demanda celui-ci après une rapide observation.

Marcus fit un geste vague de la main et dit avec une certaine indifférence :

— Là, par terre.

Si les porteurs n'avaient pas été à demi morts, nul doute qu'ils se seraient mis à rire. Ils étaient parvenus aux confins du monde, et même au-delà, et les maîtres blancs, le dos courbé, se promenaient dans une clairière avec des mouvements de poules, comme s'ils avaient cherché des vers à picorer.

— Ici ! cria William.

— Ici ! cria Richard.

— Et encore ici ! dit Marcus.

Même Pepe trouve une pépite d'or, la tient entre deux doigts tout près de ses yeux, l'observant comme un horloger expert. Il la soulève au-dessus de sa tête et s'exclame :

— Une petite pierre jaune. Il y en a partout.

Quelques jours plus tard, un campement fixe avait été établi dans la clairière. Etant donné qu'une bonne partie du récit de Garvey se déroula dans cette mine ensorcelée, nous devrions consacrer quelques lignes à la décrire.

La clairière avait une forme d'œuf. Juste au centre, on pratiqua un trou de plus en plus profond de jour en jour : la mine proprement dite. Les Noirs reçurent l'ordre de creuser, de creuser et de ne se soucier de rien d'autre. Et quand le trou fut suffisamment profond, William les libéra de leurs chaînes. Elles n'étaient plus nécessaires : ils dormiraient désormais à l'intérieur. Le jour, les Noirs travaillaient sous la surveillance des fusils, la nuit on retirait l'échelle – un tronc traversé par des bâtons, comme une arête de poisson. A partir de cet instant, la sortie de la mine, en haut, n'était qu'un trou au plafond. Personne ne pouvait s'échapper. C'était une mine et une prison parfaites.

William et Richard, Marcus et Pepe, ne tardèrent pas à parler de la mine comme de la "fourmilière". De nombreux pieds en foulaient chaque jour les abords, la gueule de la mine acquit peu à peu une forme conique, de volcan nain. Ou de fourmilière géante.

L'intérieur avait la forme d'une citrouille. Les Noirs creusaient les murs et dilataient le trou. Au fur et à mesure que l'espace s'agrandissait, on plaçait des poutres verticales afin d'étayer le toit. On accrocha des lampes à huile à certaines d'entre elles. Elles dégageaient une lumière froide qui intensifiait la couleur écarlate des parois. Un espace où régnait une chaleur dépourvue de centre. Et une puanteur sale, comme de fromage brûlé.

En ce qui concerne les ouvriers, ils se répartissaient en trois catégories rotatoires. La plupart d'entre eux grattaient les parois avec des bâtons courts. Pas de piques : la capacité de soumission des Noirs semblait infinie, mais William et Richard ne s'y fiaient pas. La terre était poreuse et se détachait facilement. D'autres, moins nombreux, remplissaient des paniers en osier et étaient autorisés à les remonter à l'extérieur en accédant à l'escalier par roulements. Enfin, un troisième groupe, très réduit et encore plus privilégié (puisqu'il pouvait sortir de la mine), séparait l'or de la terre.

Richard avait construit une sorte de baignoire au pied de la mine avec du bois calfaté. Sa fonction était de nettoyer et de trier l'or. Dans la jungle, non loin de là, coulait un petit ruisseau. Avec des troncs évidés à coups de machette et raccordés les uns aux autres, comme des tuiles, Richard fit construire des sortes de canalisations qui conduisaient l'eau jusqu'à la baignoire et la ramenaient à son cours, afin d'éviter d'inonder la clairière.

Toujours est-il que, en ce qui concerne les Noirs, l'installation de la mine leur procura davantage de bénéfices que d'inconvénients. Les Craver étaient allés loin, incroyablement loin. Ils étaient allés au-delà des sauvages, jusqu'à une latitude vide d'êtres humains. Si les Noirs mouraient, qui les remplacerait ? Ainsi, en termes généraux et même si ce n'était que par pur intérêt, ils furent mieux traités. Le travail à la mine était moins pénible que le transport de charges. Et l'alimentation s'accrut grâce à ce que la forêt offrait. Maintenant, les deux frères disposaient de beaucoup de temps libre et ils pratiquaient la chasse. Marcus préparait des viandes étranges, certes, mais nutritives.

Deux semaines plus tard, William se livra à des calculs afin d'établir le rendement de la mine. A chaque journée de travail, on obtenait entre soixante et soixante-cinq grammes d'or d'une pureté unique. Cela signifiait des bénéfices quotidiens qui avoisinaient les deux cents livres sterling. Exonérées d'impôts, bien entendu.

Les Craver avaient jusqu'alors exploité les pieds de leurs Noirs comme porteurs. Ils allaient maintenant exploiter leurs mains comme mineurs. Personne ne prit la peine de compter le nombre de vies qu'il en avait coûté pour arriver là.

Il y a des jours où, avant de nous lever, nous devinons, nous savons, que tout ira mal. Ce dimanche-là commença ainsi. J'étais en retard. J'aurais dû me trouver dans le bureau de l'avocat avec une copie attestant de l'avancement de mon travail et j'étais encore en train de m'habiller. Je courus à la salle de bains et dans le couloir je trébuchai sur Marie-Antoinette, la tortue. Je ne l'avais pas vue, et ce fut un miracle si je ne me tordis pas la cheville pour la énième fois.

Furieux, d'un coup de pied je la fis voler en l'air comme un ballon. Cela peut sembler un traitement excessif pour une tortue sans carapace. Eh bien je n'étais pas de cet avis. A la pension de Mme Pinkerton il n'y avait que deux choses sûres : la patronne était déjà vieille à la naissance de Toutankhamon et sa tortue me détestait avec une passion insondable. Et Marie-Antoinette avait des pouvoirs, oui, ça aussi. Par exemple : à la suite de mon coup de pied, elle fit un vol plané d'un bout du couloir à l'autre. N'importe quelle autre tortue se serait cachée dans sa carapace. Pas elle. Comme elle ne bénéficiait pas de ce refuge, elle avait acquis l'instinct des chats et elle atterrissait sur ses quatre pattes.

Marie-Antoinette fit demi-tour, exaltée. Elle cherchait le coupable de cette agression. Elle me vit et, quand elle m'eut dans son point de mire, elle m'attaqua, la rage imprimée sur la bouche. La bouche des tortues est toujours laide. Mais celle de Marie-Antoinette était terrifiante, un authentique bec de corbeau. Et la bestiole chargeait.

D'aucuns pourraient penser que les tortues ne se livrent pas à des charges de cavalerie, principalement parce que ce sont des tortues. Mais pour les tortues la vitesse doit être un facteur relatif et Marie-Antoinette effectuait donc une charge très violente.

Le couloir était étroit. Si je voulais sortir de la maison, je devais la croiser. Naturellement, je ne comptais pas renoncer à un rendez-vous avec Norton du simple fait que j'étais attaqué par une tortue hystérique. Je n'arrivais pas à le croire : moi, Tommy Thomson, je me retrouvais là, à affronter une tortue comme si nous avions été deux chevaliers dans une joute médiévale.

Elle se précipite sur moi, et moi sur elle. Elle crache une terrifiante écume blanche par la bouche. Nous nous rapprochons. Je suis presque sur elle. Je pense : Maintenant je vais lui écraser une patte, qu'elle pleure et que la Pinkerton dépense ce que je lui paie comme loyer en vétérinaires. Mais au dernier moment, dans une manœuvre agile, Marie-Antoinette se dérobe, s'enroule autour de ma cheville et grignote mes chaussettes. J'abomine ce contact reptilien et fais un petit saut de répulsion. Elle s'enfuit. Je trébuche. Je tombe !

Dans la direction de ma chute, se trouvait la fenêtre du couloir. Je n'aurais pourtant pas dû en subir les pires conséquences. Mais je commis deux erreurs. Je portais mon dossier de feuillets dactylographiés sous le bras. Je ne voulais pas le lâcher, j'étais sûr qu'une seule main m'éviterait le désastre. Ce fut ma première erreur. La deuxième consista à oublier cette vieille leçon que l'on apprend à tous les enfants : la partie supérieure du corps pèse plus lourd que la partie inférieure. Je ne me rendis compte du danger que lorsque j'eus la tête et la poitrine suspendues en l'air, à l'extérieur de la fenêtre. Je lâchai les feuilles, qui tombèrent comme une pluie de confettis. Trop tard. Avant d'avoir pu l'éviter, j'étais au-dessus du vide. Je ne me retenais qu'en m'accrochant de mes dix doigts à l'encadrement de la fenêtre.

On suppose que c'est en vue de ce genre de situations que l'on a inventé des expressions telles que "à l'aide !" ou "au secours !". En fait, je n'ai jamais connu personne qui hurle "à l'aide !" ou "au secours !" dans une situation dramatique. Personne. Tout ce que je pouvais crier était :

— Hééé ! Hééé ! Hééé !

J'ignore combien de temps je restai comme ça, criant, accroché au-dessus de l'abîme. Un rocher humain finit par apparaître, s'encadrant dans la fenêtre. C'était M. MacMahon Merci mon Dieu ! Il portait une serviette sur l'épaule, il venait de se réveiller et arborait cette tête de veau qu'il avait toujours à la première heure. Il regarda à droite et à gauche, frotta la chassie qui s'accumulait sur ses paupières et dit, avec une lenteur incroyable :

— Tommy, mon garçon, qu'est-ce que tu fais là ?

Je ne pus que répondre :

— Hééé ! ajoutant, d'une voix larmoyante : Mac-Mahon !!!

Il me tira enfin de là. Je m'assis sur une chaise, tentant de me remettre de mes frayeurs. Marie-Antoinette avait pris la précaution de se cacher après sa victoire. Il était tard, je ne pouvais pas perdre mon temps en représailles. Il m'en coûta assez de récupérer les feuillets épars avant que le vent ne les emportât.

Norton était impatient. Parce que j'arrivais en retard et parce que cela faisait des jours que je lui avais promis les premiers chapitres du livre. Il me reçut avec une grande économie de paroles. Le silence était sa façon d'exprimer sa contrariété. Nous nous assîmes.

Il n'aimait pas. Il lisait mon manuscrit et moi je lisais sur son visage. Il était de plus en plus nerveux. Il tournait les pages de plus en plus vite. Il commença à parler tout seul. Du doigt, il signalait les passages les plus agaçants et disait :

— Mais ça..., qu'est-ce que c'est que ça ?... et ça ?... et ça ?

Et après avoir lu quelques pages supplémentaires, il décida :

— C'est Zola au Congo ! Bakounine au Congo ! Catilina au Congo ! Il attendit ma réplique, mais, voyant qu'elle n'arrivait pas, il poursuivit : Vous ne voyez pas quelle image nous donnons de l'aristocratie anglaise ? Que voulez-vous que je fasse de toute cette haine sociale ? Dans ces paperasses, je ne trouverai jamais d'arguments pour disculper Garvey. Avec cette déclaration, il y a de quoi le faire pendre dix fois !

— Je ne veux pas provoquer de révolution, je veux juste écrire un livre, me défendis-je. Et ceci est la chronique exacte des faits d'après Marcus Garvey.

— Vous prétendez me faire attaquer les forces vives de Grande-Bretagne ? Qui, d'après vous, préside les tribunaux britanniques ? Robespierre ?

J'aurais pu me taire. Je ne le fis pas.

— Je voulais aussi vous dire que je suis allé voir le duc de Craver.

Norton porta les mains à sa tête. Très lentement. Il les leva peu à peu, jusqu'à embrasser cette capsule sphérique qu'était son crâne chauve. Je poursuivis :

— Vous n'avez pas encore entendu le pire.

Norton retint sa respiration. Il n'ôtait pas les mains de sa tête. Et moi, après une brève pause afin de rassembler mon courage, je lui dis :

— Nous sommes parvenus à un pacte de gentilshommes. Il m'aidera pour les données et les dates de l'affaire, sur lesquelles Marcus est très vague, en échange de la copie de mon travail. Je lui envoie des plis certifiés depuis deux semaines.

— Quelle sorte d'irresponsable ai-je engagé ? s'exclama Norton. Mais vous ne comprenez pas, nom de nom ? Craver est l'ennemi ! Il est obsédé par la pendaison de Marcus. Et, encore plus furieux, il cria : Vous êtes fou ! Non, excusez-moi ! Le fou, c'est moi ! J'ai demandé ce travail, et je vous l'ai demandé à vous ! Un mercenaire qui, à la première occasion, livre tous les secrets de cette guerre à l'état-major ennemi !

Il se leva, il ne cessait de parcourir le bureau de bout en bout, un bras dans le dos et gesticulant de l'autre, comme un dictateur d'opérette. Ses accusations se transformèrent en monologue :

— Vous êtes un anarchiste à l'état sauvage ! La majeure partie des écrivains sont des lèche-culs professionnels. Et j'ai la malchance d'engager un terroriste de l'écrit !

Je ne l'avais jamais vu perdre les pédales, la passion le faisait déborder. En face de moi, j'avais une autre personne, un Edward Norton qui m'était inconnu. Je compris que l'avocat cachait l'homme. Oui. Il devait consacrer de gros efforts à diriger cette furie vers un empirisme juridique. Moi aussi, je me levai de ma chaise :

— Comme vous voudrez. Je ne m'opposerai pas à la résiliation de notre contrat.

Et je me dirigeai vers la porte.

— Thomson !

Je me retournai. Norton était au fond de son bureau, tranquille, décidé, les jambes bien serrées. Même cette si violente colère n'avait pas provoqué un seul pli sur ses vêtements.

— Asseyez-vous, dit-il.

Il s'assit lui aussi. Il avait retrouvé le contrôle. Son regard s'adoucit un peu. Il était redevenu l'homme que j'avais connu au cimetière, d'une amabilité spontanée :

— Vous voulez que je vous dise, Thomson ? J'ai toujours détesté les sports d'équipe. Vous pouvez être le meilleur joueur de cricket du monde, si vos camarades sont une bande de nuls, vous ne gagnerez jamais. C'est pour cette raison que je me consacre à l'art juridique. Je croyais qu'en exerçant la profession d'avocat je n'aurais à dépendre de personne, juste de mes facultés. Je vois maintenant que je me trompais. La vie est pleine d'impondérables.

— Je regrette de vous avoir déçu.

— Contentez-vous dorénavant d'écrire. C'est pour cela que je vous paie.

— Je ne peux pas, dis-je immédiatement, sur un ton décidé qui me surprit autant qu'il surprit Norton. J'ai donné ma parole au duc de Craver. Tant que j'écrirai l'histoire de Marcus au Congo, le duc de Craver en recevra copie.

Norton était suffisamment intelligent pour comprendre qu'il se heurtait à un mur. Il bâtit sa pyramide de doigts. Il cherchait froidement à reprendre en main la situation. Davantage qu'un homme, j'avais devant moi une machine. Il ignorait ma présence à un tel point qu'il me donna la sensation que j'étais devenu un objet. Je finis par me lasser :

— Si vous préférez vous livrer à des réflexions solitaires, ce n'est pas moi qui vous en empêcherai.

— Asseyez-vous ! m'ordonna-t-il pour la deuxième fois. Comment voulez-vous que je cherche un autre écrivain ? A ce stade, je ne peux pas recommencer de zéro.

— Il y a des milliers d'écrivains meilleurs que moi. Ils voudraient tous avoir la chance d'écrire une histoire aussi attrayante que celle-ci. Et j'ajoutai : Et ce sont tous des lèche-culs vaniteux. Ils ne discuteront pas votre stratégie.

Mais Norton préféra ignorer le sarcasme. Il ne m'écoutait pas. Sa voix se fit plus intérieure :

— Alors comme ça, le duc de Craver veut lire les aventures de ses petits chiots au Congo. Je crois qu'il va au-devant de nombreuses surprises.

— Encore plus de surprises ? Je n'ai pas été du tout indulgent envers les actes des frères Craver dans la jungle. Vous venez de le lire.

Norton me transperça du regard :

— Oui, encore plus. De nombreuses autres surprises l'attendent.

Puis il se mit à me tutoyer. Je me le rappelle très bien, parce que ce fut l'une des rares fois où il le fit lors de toutes les années où dura notre relation :

— Tu ne le sais pas, Tommy, mais la véritable histoire de Marcus Garvey au Congo n'a pas encore commencé, murmura-t-il.

Ce fut tout, en gros. Il ne nous aimait ni moi ni le livre, mais je restais son écrivain. Toujours est-il que je rentrai soucieux à la maison. Je pouvais noter le poids du dégoût dans mon dos, comme si j'avais porté un enfant sur les épaules. Je pensais au livre, à Garvey, à Norton, au Congo. Tout s'était transformé en un casse-tête phénoménal. Soudain, ma vie avait pris un tournant, un tournant dont j'ignorais où il me mènerait. Ceci n'était pas un livre, c'était une guerre. Je faisais partie des forces en présence, et j'étais loin d'être la plus puissante. Mais il est vrai aussi que certaines choses nous répugnent et nous attirent tout à la fois. Quand j'arrivai à la pension, je nageais encore dans un océan de doutes. En prenant le couloir, je la découvris, embusquée derrière un pied d'armoire.

C'était elle, Marie-Antoinette, qui me scrutait, sataniquement muette. Certains diront que Marie-Antoinette exprimait sa haine en silence parce que c'était une tortue. Je répliquerai aux âmes candides que la haine et les rivières font d'autant moins de bruit qu'elles sont plus profondes.

Cette tortue était allée trop loin. C'était une chose qu'elle me déteste et une autre qu'elle en vienne à cette extrémité de tenter de m'assassiner. Je la pris d'une main et la lançai par le balcon dans le style d'un lanceur de javelot. Trois secondes plus tard, un simulacre d'être humain appelé Mme Pinkerton apparaissait dans le couloir.

— Vous disiez, monsieur Thomson ?

— Qui, moi ? dis-je sur le ton le plus évasif possible. Absolument rien, madame Pinkerton.

— Je cherche Marie-Antoinette. Vous ne l'auriez pas vue, par hasard ? Ces derniers temps, elle m'inquiète. Elle est un peu mélancolique.

La Pinkerton commença à chercher Marie-Antoinette dans tous les coins, agitant une feuille de salade pour la faire venir. Moi aussi. J'agitais une feuille de salade pourrie et, en me penchant, je criais son nom avec une glorieuse hypocrisie. La porte s'ouvrit. C'était M. MacMahon, très excité :

— Madame Pinkerton ! Regardez ce qui m'est tombé dessus !

— Marie-Antoinette ! s'exclama la Pinkerton quand elle vit sa tortue dans les bras de MacMahon. Qu'as-tu fait ?

MacMahon ratifia à grands cris les soupçons de Mme Pinkerton :

— Elle a essayé de se suicider ! Je l'ai vue tomber par la fenêtre ! Je revenais de la messe, j'étais justement au-dessous et j'ai ouvert les bras. Quelle chance nous avons eue !

Je m'épargnerai ici les marques de joie qu'ils donnèrent et les simagrées qu'ils firent tous les deux. Surtout la Pinkerton. Ses yeux se mouillèrent même ! Je ne l'avais jamais vue ainsi. Elle félicita MacMahon comme s'il avait été Noé en personne. Elle protégea Marie-Antoinette avec une petite écharpe. Et elle approcha d'elle une assiette contenant de l'anis chaud pour lui en faire inhaler les vapeurs. Tandis que la Pinkerton séchait deux petites larmes avec un mouchoir, MacMahon nous demanda de l'attendre un instant et il disparut. Quelques minutes plus tard, il revenait avec un curieux instrument dans les mains :

— Regardez ce que j'apporte !

MacMahon déposa sur la table une sorte de sabot, pour ainsi dire. C'était comme une chaussure en bois pour enfants, mais plus large et avec quelques trous, répartis sur la structure. La Pinkerton ou moi, je ne m'en souviens pas, lui demandâmes de quoi il s'agissait.

— Vous ne voyez vraiment pas ? s'étonna MacMahon. C'est une nouvelle carapace pour Marie-Antoinette.

— Vous ne prétendez pas me faire emboîter la pauvre Marie-Antoinette dans un engin en bois bon marché et pourri ! grogna la Pinkerton. A qui il n'avait fallu que cinq minutes pour retrouver son humeur habituelle.

— Vous m'offensez, madame Pinkerton, dit MacMahon avec de petits yeux à la tristesse insondable. Quand nos mains créent un ouvrage, que ce soit une pièce de métallurgie qui pèse une tonne ou une carapace en bois, la seule chose qui doit nous importer est l'opinion des personnes concernées : si

Marie-Antoinette ne veut pas de la carapace, ce n'est pas moi qui insisterai. C'est à elle de décider.

Et MacMahon lui-même prit la tortue et la déposa à côté de la carapace. Nous nous penchions tous les trois sur la table comme si nous avions fait une révérence, extrêmement intéressés par la réaction de Marie-Antoinette.

MacMahon avait conçu la carapace avec une habileté artisanale incontestable. La partie postérieure était ouverte comme le col d'un pull-over, de sorte que la tortue pourrait entrer et sortir autant de fois qu'elle le voudrait. Devant, il y avait un trou pour la tête et deux pour les pattes. Je remarquai également que la partie supérieure était peinte avec des motifs géométriques très simples, verts, orange et blancs. Pendant que Marie-Antoinette hésitait, je demandai à MacMahon :

— Pourquoi avez-vous peint des couleurs sur la carapace ?

MacMahon se gratta la nuque :

— Parce que c'est joli. Tu ne trouves pas ? Il hésita un instant et ajouta : Si tu pouvais, tu ne peindrais pas le toit de ta maison de couleurs vives ?

— Mais monsieur MacMahon, lui murmurai-je à l'oreille pour ne pas être entendu de la Pinkerton, sa maîtresse n'apprécie peut-être pas que Marie-Antoinette promène les couleurs de l'Irlande de la cave au grenier de cette pension si anglaise.

Pour toute réponse, MacMahon se mit à siffler.

Marie-Antoinette renifla la carcasse. Elle s'approcha avec un rictus à la bouche qui était encore plus laid que d'habitude. Après de nombreuses hésitations, elle passa la tête par l'entrée arrière. MacMahon avait très bien pris les mesures : nous vîmes soudain que la tête et les pattes de la tortue ressortaient par les trous correspondants, qu'elles s'emboîtaient à la perfection.

— On dirait qu'elle danse, dis-je quelques secondes plus tard.

C'était vrai. Marie-Antoinette semblait danser un fox-trot vingt ans avant son invention. C'est dire si ça lui avait plu.

MacMahon applaudit. Je ne dis rien. La Pinkerton non plus. Je fus surpris de ne pas la voir se réjouir ; c'était tout de même sa tortue. Mais j'oubliais que la Pinkerton était la Pinkerton. Et cette femme, une virtuose des phrases misérables, parvint à se surpasser :

— D'accord, dit-elle, toujours aussi guindée. Si Marie-Antoinette aime sa nouvelle carapace, monsieur MacMahon, je suis disposée à négocier une location raisonnable.

— Madame Pinkerton, je ne demande pas de loyer aux petites tortues sans carapace, répondit MacMahon. Et il ajouta, avec un filet de voix : C'est un cadeau. Je voulais vous l'offrir le jour de votre anniversaire, mais je vous ai vue si triste et en pleurs que j'ai pris de l'avance.

La stupeur transforma le visage de la Pinkerton en un billet de banque, plat et vert.

Bien, si tout cela dissimulait quelque leçon de morale, ce soir-là je n'avais pas envie de vérifier laquelle. Je me rappelle être allé au lit, avoir éteint la lumière, m'être endormi et avoir fait un rêve particulièrement angoissant. J'étais à nouveau un nègre du docteur Flag. J'avais un doute sur un scénario. Et bien que la figure tyrannique de Flag me semblât horrible, je n'avais pas d'autre solution que de lui demander : "Il y a des tortues comme Marie-Antoinette au Congo ?" Et Flag, me menaçant de sa canne à pommeau en ivoire dans mon lit, répondait : "Bien sûr que non ! Même un nègre aussi incompétent que vous devrait savoir que dans la jungle du Congo il n'y a que des animaux !"

7

Ce jour-là, j'écoutais Marcus en pensant à autre chose. Cela m'arrivait parfois. Le fil de sa narration était labyrinthique, il avait une tendance prononcée à abuser des détails au détriment du cœur du récit. Il pouvait parvenir à me faire noircir des cahiers entiers de notes futiles qui n'apportaient rien à l'histoire. Et, comme j'hésitais à l'interrompre si ce n'était pas pour un cas de force majeure, ma pensée avait tendance à s'évader.

Je prenais distraitement des notes, l'esprit vide, quand Marcus dit :

— … et le lendemain matin, devant la mine, il y avait un inconnu.

Je levai la tête de mes notes :

— Pardon ?

— Un homme, l'air niais, devant la fourmilière, et Marcus l'imita en se levant, très raide, les mains collées au corps, en regardant au loin.

De l'autre côté de la grille, le sergent Long Dos nous observa, avec davantage de méfiance que de curiosité. Mais même cela ne le fit pas ciller. Il s'établit un curieux duel de raideurs, parce que Marcus ressemblait à un général au garde-à-vous devant la reine et Long Dos, comme toujours, à une statue du musée de cire.

— La mine ? Un inconnu ? Je ne vous comprends pas, dis-je.

— Nous non plus, nous ne comprenions pas, dit Marcus, se rasseyant.

— Il volait l'or ?

— Non. Il était à l'extérieur de la mine, je vous l'ai déjà dit. A l'extérieur, debout, tranquille.

— Il épiait la mine ?

— Non. Il tournait le dos à la fourmilière. Face au campement.

— Un Noir ?

— Non. Un Blanc.

— Un homme blanc ?

— Oui, blanc. Mais pas comme nous.

— Vous ne disiez pas qu'il s'agissait d'un homme de race blanche ?

— Je veux dire avec la peau plus blanche que le lait frais.

Les premiers à remarquer cette présence insolite furent les mineurs. Il était très tôt, la journée de travail n'avait pas encore commencé. Marcus ranimait les braises de la veille. William et Richard s'étaient levés encore plus tôt, décidés à ratisser la jungle à la recherche d'une pièce mémorable, peut-être un gorille, et ils étaient partis depuis un moment.

Les cris des Noirs firent oublier le feu à Marcus. Les tentes lui cachant la mine, il ne pouvait voir la raison de cette agitation. Il devina rapidement que l'affaire était sérieuse. Ces cris lui rappelèrent ceux que l'on entendait dans les villages lorsque les cartouches explosaient. Il laissa tout et courut en direction de la fourmilière.

Terrorisés, les Noirs criaient, gémissaient et gesticulaient. Ils étaient parvenus à sortir de la mine. Seul, le fusil de Pepe les empêchait de s'éloigner davantage. Il était lui aussi à demi paralysé par la peur. Tous les bras désignaient une figure humaine, longue, mince et statique comme un poteau, qui les observait avec insolence à l'entrée de la mine.

L'homme blanc était, en termes généraux, un homme. Le corps recouvert d'une sorte de toile de couleur marron, qui tombait en longs pans jusqu'aux chevilles. Des motifs géométriques faisaient le tour du vêtement à hauteur du nombril. Il avait un crâne de forme plus ovale et pointue que le nôtre, similaire à celui des momies du Pérou. Chauve, très chauve. “Et avec les oreilles à l’envers, notez-le, notez-le !” insista puérilement Marcus, me désignant le cahier du doigt. “Nos oreilles finissent par un lobe pendant ; les siennes avaient une forme de chauve-souris, avec une pointe de chair sur la partie supérieure !” La face était pleine d’angles et de recoins. Le visage tout entier rappelait un diamant mal taillé.

Marcus remarqua la longueur des doigts. Et il vit qu’il en avait un de plus. Six doigts à chaque main, au total. Mais le plus énigmatique de tout était les yeux. Ils scrutaient notre monde depuis des cavernes de chair, enterrées dans le visage. Cette créature ne regardait pas, elle focalisait. Ses yeux recueillaient des données sans âme, comme deux télescopes ou, pire encore, deux microscopes. Marcus pouvait comprendre la fuite des hommes. En voyant une créature comme celle-ci, une seule idée sensée s’imposait : partir en courant.

— Mais qui est-ce, enfin ? demanda Marcus à Pepe.

La voix de Pepe tremblait :

— Je ne sais pas.

L’inconnu dirigea son attention sur les arbres qui entouraient la clairière. Sa bouche s’ouvrit dans une attitude surprise. Puis il leva la tête vers le soleil. Sa bouche s’ouvrit davantage. Il gardait le regard fixé sur le soleil, sans cligner des yeux, et Marcus crut qu’il allait devenir aveugle.

Mais ce ne fut pas le cas. Le corps de l’homme frissonna, comme s’il n’avait pas cru à ce spectacle surnaturel, et depuis la fourmilière il avança vers l’endroit où se tenait le noyau des Noirs. Les hommes s’écartèrent en braillant, malgré les menaces de Pepe pour les faire tenir tranquilles. Et l’intrus parla.

Au Congo, on n'avait jamais entendu une langue aussi étrange. On aurait dit que sa bouche était pleine de pierres. Ce n'était plus un homme contemplatif. Il s'exprimait maintenant avec une passion sèche, en rien aimable. Il était évident que l'intrus s'efforçait de communiquer quelque chose. Il le faisait les mains levées et les douze doigts ouverts, déclamant de toute la force de ses poumons. Soudain, il sortit un objet qu'il tenait caché sous ses vêtements : un bâton métallique de cinquante centimètres de long, la partie supérieure couronnée par deux petits bâtons en forme d'hélice. L'homme blanc planta le bâton dans la terre et, avec une grande solennité, donna libre cours à un discours criard. Bien sûr, personne ne comprenait rien. Mais l'image était extraordinaire : un individu surgi d'on ne savait où, clamant les bras ouverts et parallèles au sol. Lentement, la peur se teinta de curiosité.

— Monsieur Garvey, qu'est-ce qu'on fait ?

La question de Pepe n'avait rien de saugrenu. Le travail de la mine s'était arrêté, et les mineurs, libres, pouvaient commettre n'importe quelle folie. Il se demanda : Que ferait William ? Tirer dans le foie de l'intrus, naturellement. Mais William n'était pas là, et Marcus n'aurait jamais tiré sur quelqu'un. Du moins pas sans un ordre direct.

Pepe insista, et avec raison, parce qu'ils couraient un danger beaucoup plus grave qu'il ne semblait. Les Noirs étaient plus de cent. Pour la première fois depuis leur arrivée dans la clairière, ils étaient libres. La seule défense de Marcus et Pepe était le vieux fusil de ce dernier. Le fusil et le fait que les mineurs étaient encore déconcertés par la présence du nouveau venu. Tout pouvait arriver. Pour l'instant, les Noirs regardaient l'homme, bouche bée. (Garvey ne comprenait pas que les Noirs puissent se sentir attirés par deux bâtons croisés en diagonale. Moi si. Je ne trouvais pas du tout étrange qu'ils soient disposés à s'intéresser à n'importe quelle nouveauté s'ils s'évadaient ainsi, même un instant, du traitement imposé par les frères Craver.)

Marcus traversa le cercle que formaient les mineurs en direction de l'homme blanc. Il ne savait pas lui-même ce qu'il allait faire. Mais il eut l'audace d'arracher le bâton et de le soupeser. Il approcha l'objet de ses yeux et l'observa attentivement. Il ne découvrit rien. C'était exactement ce que cela semblait être : un bâton avec deux bâtonnets supplémentaires sur la partie supérieure.

Il commença par un petit sourire timide, qui devint bientôt bruyant. Au début, les mineurs ne comprenaient pas. Pepe si, et il s'y joignit immédiatement. Ils se regardèrent entre eux, puis regardèrent l'homme blanc, et rirent tous deux à l'unisson. En fin de compte, hormis les simagrées du nouveau venu, l'exotisme de sa peau et ses vêtements, il ne s'agissait que d'un vieux. Un homme âgé, têtu et braillard qui adorait une pale. Rien de plus.

Quelques Noirs se mirent également à rire. Ils désignaient l'homme et la pale et riaient. D'autres voix s'ajoutèrent aux éclats de rire. C'était comme s'ils s'étaient peu à peu réveillés d'un rêve ridicule. L'homme blanc s'offensa et son ton se fit plus agressif. Trop tard. La clairière tout entière s'était transformée en une rumeur d'éclats de rire. C'était son acharnement à faire cesser les rires qui les faisait paradoxalement redoubler.

Les mineurs, Pepe et Marcus riaient, et personne n'avait le pouvoir d'arrêter ces éclats de rire effrénés. Certains étaient allongés par terre, se tortillant comme des fous, d'autres se tapaient sur les cuisses avec la paume des mains ou se tenaient l'estomac à deux bras. Marcus se retrouva près de Pepe. Ils s'étreignirent et tombèrent à genoux sans cesser de s'étreindre.

Garvey se rappelait très bien cette explosion de rire collectif. Je pouvais le comprendre. Mais, de mon point de vue, si le rire acquit cette dimension collective, ce fut pour une raison qui dépassait l'intrus. Ces hommes, Marcus compris, n'avaient pas ri depuis des mois. Jamais, pas même un sourire. Ils n'avaient aucune raison de le faire, esclaves d'une mine sauvage. Et maintenant, pendant quelques brefs instants, toutes les hiérarchies, angoisses et punitions s'évanouissaient derrière un voile d'humour.

Ils auraient pu rire encore pendant des heures. Mais le bruit d'un coup de feu s'élevant au-dessus de leurs têtes les arrêta. C'étaient les frères Craver. William avait tiré un coup en l'air et se dirigeait vers eux, suivi de près par Richard. Le chaos était si inhabituel que même William Craver était surpris. Il demanda, sans s'adresser particulièrement à Marcus :

— On peut savoir ce qui se passe ici ?

William n'avait pas encore remarqué la présence de l'intrus, et il se mit à tancer Marcus :

— Tu es devenu fou, Marcus ? Les Noirs sont à l'extérieur de la mine. Et détachés ! Tu es saoul, ou… ?

Il n'acheva pas sa phrase. Les frères Craver venaient de voir l'homme blanc.

— Mon Dieu… dit Richard.

William ne se laissa pas impressionner. Il alla vers l'intrus avec l'autorité que lui conféraient ces pas si longs. Il ne s'arrêta que lorsqu'il eut le nez à moins de trois centimètres de l'inconnu. Il le regardait avec une curiosité agressive. William était un maître de l'insolence, il savait offenser sans parler. Mais il ne réussit pas à troubler l'homme. La véhémence du nouveau venu s'était muée en mutisme, quand il aperçut William. L'entrée des deux frères dans la clairière prouvait leurs pouvoirs. Il avait compris son infériorité et se contentait de garder une attitude passive. William le toucha avec quatre doigts. Il lui poussait légèrement la poitrine et disait :

— Toi ! Qui es-tu ? Que veux-tu ?

Il n'obtint pas de réponse. L'homme agitait la tête, regardant alternativement William et la main qui le touchait. Richard s'approcha et prit la relève de son frère, criant à l'oreille du nouveau venu :

— Bon sang, on peut savoir qui tu es ? Toi ! Oui ! Toi ! Réponds !

Soudain, d'un geste imprévu, Richard leva d'un air menaçant la crosse de son énorme fusil. N'importe quel homme aurait baissé la tête, même si cela n'avait été que par réflexe. Pas l'intrus. Personne ne sut précisément s'il agissait par orgueil ou idiotie.

— Reprenons. Qui es-tu ?

Le nouveau venu mit longtemps à répondre. Mais cette fois il s'exécuta :

— *Teeec Tôn*, dit-il. *Teeec Tôn.*

— Et maintenant, qu'est-ce qu'il raconte ? demanda Richard en se grattant la nuque.

— Comme veux-tu que je le sache ? brama William. C'est le premier singe blanc que je vois. Et, se retournant vers Pepe : Pepe, tu le comprends ?

— Non, monsieur William.

— Eh bien au moins, fais taire les singes !

Les Noirs recommençaient à s'agiter. Avec l'arrivée des frères Craver, l'aspect comique de la situation avait disparu. C'est le problème des éclats de rire généraux : ils ont beau être très démocratiques et très amusants, ils ne résolvent rien. D'autre part, devant les frères Craver, le ton de l'homme était différent. Moins passionné, plus dangereux. Il ne voulait plus convaincre personne. Il ne faisait que se présenter. Et ce mot, "tecton", devint le détonateur d'une nouvelle explosion de panique.

Pepe dut distribuer de multiples coups de crosse pour rétablir le silence. Pendant ce temps, William obligeait l'homme à ôter sa soutane, qui atterrit dans les mains de Marcus. Elle n'était pas en toile. Elle était faite d'une mosaïque de minuscules pièces, comme des écailles de reptile. Il en admira la composition. Des milliers de petites pierres cousues, plus petites que l'ongle d'un nouveau-né. L'ensemble constituait une armure incroyablement flexible, légère et compacte. Elle semblait davantage conçue pour résister aux obstacles naturels qu'à l'impact d'une arme. Marcus secoua la terre collée aux petites pierres. Il la sentit. Par les orifices de son nez pénétrèrent des odeurs qu'il aurait reconnues n'importe où : celles de la mine.

Sous la tunique était apparu une sorte de pyjama. En cuir rouge, extraordinairement fin et moulé sur le corps. William lui ordonna de l'enlever. La peau qui apparut sous le pyjama était d'une blancheur insolite. Marcus pensa à une souris blanche. Les pectoraux un peu tombants, la musculature encore ferme mais vieillie, des cuisses dont la masse musculaire avait fondu : tout évoquait un corps qui était déjà entré dans l'automne de la vie. Personne ne mentionna le pubis, mais tous les yeux se posèrent sur ces poils, aussi blancs que la peau.

William ne savait plus que faire. En le déshabillant, il avait voulu saper la dignité de l'individu, mais celui-ci était aussi imposant qu'avant. Après avoir hésité un instant, William prit Richard à part. Ce fut un moment très singulier. William et Richard parlaient en privé, à quelques pas du nouveau venu, qui était resté seul. Et qui continuait à regarder avec ses yeux avides, sans réagir. Pepe serrait fort son fusil et tenait l'homme en joue. Marcus, sans s'approcher d'un centimètre, dit :

— Tecton ? C'est votre nom, monsieur ? Vous êtes monsieur Tecton ?

L'homme bougea le cou très lentement, comme s'il avait tourné sur un essieu mal huilé, et posa le regard sur la voix qui l'interrogeait. Marcus n'oublierait jamais ce regard. Il eut la sensation que cet homme voyait des choses dont il ignorait lui-même l'existence.

— *Teeec Tôn*, répéta l'homme.

Et il ne chercha pas à en dire davantage. De toute façon, William et Richard firent avorter ce dialogue naissant. Richard saisit l'homme par le bras, William lui ordonna :

— Pepe, Marcus. Montez la petite tente.

Ils obéirent. Il s'agissait d'une toute petite tente qu'ils n'utilisaient presque jamais. Une fois plantée, ils clouèrent un piquet au centre. Ils y assirent l'homme, attaché au pieu par les poignets et la taille.

Pour William et Richard, tout cela était incompréhensible, fastidieux. Mais secondaire. Ils préférèrent se concentrer sur la reprise de l'activité de la mine. Ils devinaient que cette visite allait être source de problèmes. Et ils avaient raison. Bien que l'intrus fût attaché, et hors de la vue des Noirs, il se produisit ce qui, de toute l'expédition, ressemblait le plus à une mutinerie.

Les hommes refusaient de retourner à la mine. Cent voix criaient à l'unisson le seul mot blanc qu'elles connaissaient :

— Champagne ! Champagne ! Champagne !

Pepe ne savait comment réfréner ce tumulte, William si. Il s'approcha de celui qui criait le plus fort et lui vida les six balles de son revolver dans la tête. Les six. Marcus se souvint d'une pastèque que sa mère avait jetée par terre de toutes ses forces au cours d'une discussion avec son père. Cette tête subit le même sort.

— Ils ne veulent pas descendre à la mine ? fit William. Très bien, accordons-leur une journée de liberté : Pepe, Marcus, attachez-les aux arbres qui entourent la clairière. Aux poignets et aux chevilles. Je vérifierai les nœuds.

La nuit, Marcus ne pouvait pas dormir. Il savait que Pepe ne dormait pas non plus, bien que cela fît un bon moment qu'ils avaient éteint la lanterne. Il se retourna et dit :

— Et toi, Pepe, qu'est-ce que tu en penses ?

— Je fais tout ce que je peux pour ne pas y penser, répondit-il dans le noir.

— Nous avons cru que cette région était déserte, soupira Marcus. Mais peut-être plus loin, derrière la colline suivante, y a-t-il une tribu d'hommes blancs.

Il se rallongea. Mais Pepe avait autre chose à dire :

— Il ne vient pas de plus haut mais de plus bas.

— Comment ? Je ne te comprends pas.

— Je l'ai vu, disait la voix de Pepe. Je montais la garde et les hommes se sont mis à crier. Quand je suis allé voir, quand j'ai regardé dans la fourmilière, il était déjà là. En bas, parmi les hommes, qui fuyaient, morts de peur. Il secouait la terre qui collait à ses vêtements.

— Si c'est le cas, demanda Marcus, d'où est-il sorti ?

— Les hommes m'ont fait pitié. C'est moi qui leur ai permis de sortir du trou, c'est moi qui ai descendu l'échelle. En sortant, personne n'a pensé à la retirer, bien sûr. Ils voulaient juste s'échapper de la mine. J'ai dû les empêcher d'aller plus loin. Pendant ce temps, il est monté par l'échelle. Pepe baissa la voix, comme s'il avait craint que le Tecton ne pût l'entendre : Non, je ne sais pas d'où il est sorti.

Il s'établit un long silence. Marcus le brisa ainsi :

— Et tu n'as pas de la peine pour lui ?

— De la peine ? Pour qui ?

— Le Tecton, précisa Marcus. Il n'a rien fait. Il se trouvait juste là. C'est pour cela qu'ils le séquestrent, parce qu'il a croisé la route de William et Richard, rien de plus. Je suis sûr qu'ils vont le tuer. Tôt ou tard.

Pepe leva la tête de l'oreiller. Marcus ne pouvait pas le voir mais il devinait les mouvements, l'haleine de cette bouche noire à seulement quelques centimètres de son visage :

— Tu me vois, Marcus ?

— Non, Pepe, bien sûr que non, répondit Marcus, un peu offensé par la simplicité de la question. Il fait nuit, Pepe. Et tu es noir.

— C'est le problème des Blancs, dit Pepe, qui s'était recouché. Vous ne voyez pas l'obscurité.

Au bout d'un instant, Marcus sortit de la tente. Le plus symptomatique est qu'il raconta l'épisode suivant en s'excusant pour chacun de ses actes. D'abord, assurait-il, il voulait juste uriner à l'orée de la clairière. Impossible. Il y avait un Noir attaché au tronc de chacun des arbres qui marquaient les limites du campement. Tout le périmètre était occupé par une humanité prisonnière, qui gémissait à voix basse. Avec des gestes muets, sans grand espoir, ils l'imploraient de relâcher les cordes que William avait fait serrer sadiquement. Mais Marcus ne put les contenter. S'il prenait pitié d'un homme, les autres exigeraient le même traitement, criant de plus en plus fort, et William finirait par se réveiller.

Il dirigea ses pas vers la tente du prisonnier. Il jura qu'il voulait juste lui donner de l'eau. Personne ne s'était occupé de lui de toute la journée, et Marcus savait que la chaleur des tropiques pouvait être très cruelle sous une tente close. Une fois à l'intérieur il alluma une lanterne. Ce fut une grave erreur, parce que la lumière lui montra un homme nu et attaché. Rien de plus. Le Tecton fixa la lanterne du regard. Ses yeux étaient ronds comme des pièces de monnaie. Devant le reflet, ses pupilles se contractèrent au point de devenir une ligne plus fine qu'un cheveu. Il ne parlait pas. Sans défense, captif, dépourvu de la grandiloquence rhétorique du matin, il semblait un autre homme. Avant de pouvoir se demander ce qu'il faisait, Marcus l'avait déjà libéré. Pourquoi ? Par pitié.

L'homme ne lui fut pas reconnaissant de ce geste. Il ne dit rien. Marcus lui saisit le bras et l'emmena. Quand ils arrivèrent à la porte de sa tente, il lui demanda de l'attendre pendant qu'il cherchait le pyjama rouge et les vêtements sertis de petites pierres. Il palpa le sol dans l'obscurité pour ne pas réveiller Pepe. Effort ridicule. Il pouvait voir les yeux de Pepe cligner dans l'obscurité. Bien que le Noir fût la discrétion incarnée, Marcus dit :

— Ne parle pas.

Il sortit avec ce qu'il était allé chercher et emmena le Tecton jusqu'à la mine. Il lui suggéra de l'aider à installer l'échelle, mais l'homme restait plongé dans cette attitude indolente.

Marcus portait une lanterne avec laquelle il éclairait la mine, et en l'approchant des parois il se rendit compte qu'il se trouvait à l'intérieur d'un énorme gruyère. L'excavation avait découvert un curieux paysage géologique : de toutes parts s'ouvraient des tunnels à l'embouchure ronde, aux dimensions les plus diverses. Les uns étaient petits comme des pommes, d'autres plus grands que le diamètre d'un grand arbre. C'était un spectacle si curieux qu'il en oublia presque le Tecton.

— Ceci est à vous, dit Marcus.

Il lui remit aimablement ses vêtements et s'intéressa à nouveau aux trous qui piquetaient les parois. Il n'aurait peut-être pas dû lui tourner le dos. Il aurait alors vu quelqu'un qui, en s'habillant, retrouvait sa dignité. Avec ses vêtements, il compensait autre chose que sa nudité : il abandonnait la captivité et redevenait cette créature fanatique et arrogante. Juste avant l'attaque, Marcus entendit quelque chose : une voix âpre qui lui murmurait à l'oreille gauche. Il n'eut pas le temps de dire ou de faire quoi que ce fût. Un bras s'empara de son cou avec une force extraordinaire.

Cette agression était la dernière chose à laquelle Marcus s'attendait. Il l'avait libéré, il l'avait habillé, il l'aidait à rentrer chez lui. Et le Tecton le récompensait en l'attaquant dans le dos. Pourquoi ? Pourquoi ? La manche, gainée par ces vêtements en pierre flexible, ressemblait à un serpent de métal qui lui serrait le cou. De ses poumons sortit une sorte de râle crépitant. Il sentit le bras le soulever du sol comme l'aurait fait la corde pour un pendu. Il comprit qu'ils entraient dans l'un des tunnels les plus profonds. Le Tecton voulait l'emmener avec lui !

Le regard de Marcus s'assombrit. Parce que le bras le privait d'oxygène et parce qu'il avait déjà tout le corps à l'intérieur d'une sombre tanière.

Dans son dos, tout ce qu'il restait du Congo était un foyer de lumière diffuse. Devant lui, pure noirceur. Et au-delà ? Où le Tecton voulait-il l'emmener ?

— Non !

Le Tecton était étendu sur lui de toute sa longueur. Il le comprimait contre le sol et l'entraînait de son bras libre, de plus en plus loin à l'intérieur du tunnel. Marcus résista des poings et des pieds. Avec ses talons, il tentait de frapper les chevilles de son rival, et avec ses mains, sa tête, son cou, ses épaules, n'importe quoi, de se libérer. Mais, dans un lieu si étroit, et dans cette position, il était très difficile d'agresser quelqu'un. De plus, c'était un homme incroyablement fort pour son âge. Marcus ne parvenait qu'à l'irriter. Il grogna quelque chose et resserra la clé autour de son cou.

Ils devaient déjà avoir parcouru un, deux, trois mètres. Au moment où l'air n'arrivait plus à ses poumons, une seconde avant de perdre connaissance, il remarqua qu'une de ses mains serrait une oreille du Tecton. Une de ces oreilles de chauve-souris, avec de grands lobes qui se dressaient des deux côtés de son visage. Marcus tira dessus de toutes ses forces. Il dut lui faire mal, car celui-ci criait. Il tira davantage, et avec l'énergie qu'il lui restait il lui enfonça les ongles dans la chair aussi fort qu'il put.

Le Tecton lâcha un juron et relâcha la pression sur le bras. Un peu, juste un peu. Marcus en profita pour s'esquiver, tandis que la tunique en pierre déchiquetait le dos de sa chemise. Il tomba, le dos nu, sur le sable.

Il leva la tête, allongé sur le sol, le souffle coupé, disposé à lutter comme un chat, le ventre en l'air. Pendant un laps de temps infini, le Tecton le scruta, hésitant à reprendre l'attaque. Il ne se trouvait qu'à un mètre cinquante au-dessus de Marcus. Il ressemblait à une araignée, la moitié du corps à l'extérieur du tunnel et les mains libres. La lumière de la lanterne baignait les parois grenat foncé.

Marcus grogna, les poings fermés devant lui, mort de peur. La lutte et la mine l'avaient recouvert d'une couche de chaleur humide.

Agacé, le Tecton fit claquer sa langue. Il se retourna, tordant sa taille avec une souplesse surhumaine, et disparut par le trou.

Je le revois comme si c'était hier : après m'avoir expliqué tout cela, Marcus se couvrit le visage de ses deux mains, posant une paume sur chaque œil. Je ne savais pas trop si par ce geste il voulait oublier ce qu'il venait de m'expliquer ou, au contraire, empêcher les souvenirs de le fuir. Les chaînes qu'il portait au poignet grinçaient comme une balançoire d'enfant. Après, j'aurais le temps d'avoir honte du saut que je fis, traversant toute la longueur de la table qui nous séparait, et de l'absence de retenue avec laquelle j'exigeai de lui une réponse :

— Mais qui était cet homme ? Qui était ce Tecton ?

Marcus écarta lentement les mains de son visage. Il murmura avec la voix de quelqu'un qui vient de pleurer :

— Un Tecton.

Je voulais, j'exigeais davantage d'informations. Marcus se borna à ajouter :

— Le premier Tecton qui vit le soleil. Et le moins dangereux de tous ceux qui foulèrent le sol du Congo.

8

Le lendemain matin, William était fou de rage. De façon instinctive, irrationnelle, il accusa les Noirs de la disparition du Tecton. Il ne songea pas que, s'ils l'avaient pu, ils auraient été les premiers à s'enfuir. Quand William les menaça de son revolver, Marcus se dénonça. Il savait très bien de quoi ce revolver était capable.

— C'est ma faute. Cette nuit, il m'a échappé.

— Toi ? l'interrogea William. Pourquoi l'as-tu relâché ?

— Sous la toile, il faisait très chaud. Je lui ai donné à boire et il en a profité pour me frapper.

— Idiot ! William le gifla. Par où est-il parti ?

— A travers la jungle, mentit Marcus, désignant une direction au hasard.

— Pourquoi ne nous as-tu pas réveillés ?

— Parce que j'avais peur que William ne me gifle, ironisa Marcus.

William le gifla une deuxième fois.

— Eh bien maintenant tes deux joues sont identiques.

Au bout d'un moment, ils reprenaient leurs tâches quotidiennes.

— Un instant, dis-je, interrompant le récit de Marcus. Ils ne l'ont pas recherché après sa fuite ? Ils n'ont même pas jugé bon d'aller voir dans la direction que vous leur aviez indiquée ?

— Eh bien non.

— Voyons si je comprends bien : un beau jour, un homme apparaît devant la mine, quelqu'un qui aurait pu tomber de la lune. William et Richard l'attachent à l'intérieur d'une tente. Pendant la nuit, vous l'aidez à s'enfuir. William et Richard le découvrent et se bornent à vous donner une paire de gifles. Ils reprennent le travail et oublient l'épisode.

— Eh bien oui, admit Marcus, perplexe devant mon interrogatoire.

Ce que je ne devais pas oublier, c'était la nature des frères Craver. Si l'on ne tenait pas compte de l'or, ou de la fièvre de l'or, les événements du Congo n'avaient pas de sens. Marcus lui-même était soumis au rythme et à la logique des deux frères. J'ai déjà dit que Marcus était très surpris quand je l'interrogeais sur l'aspect moral de ce comportement, ou quand je lui faisais remarquer l'absurdité de certaines décisions des frères Craver. Ses petits actes de rébellion (grimper à un arbre quand ce n'était pas le moment, libérer un prisonnier en mauvaise posture) étaient aussi inconscients que sporadiques. Malgré tout, pourquoi ne l'avait-on pas puni plus sévèrement ? Il nous faut réexaminer les faits avec la mentalité perverse et étroite des Craver. Nous pouvons supposer qu'ils n'accordèrent pas davantage d'importance à cette fuite parce qu'elle les débarrassait d'un problème. Ils étaient dans les entrailles du Congo, ils en conclurent que le Tecton devait appartenir à une tribu étrangère et ils retournèrent à leurs occupations. Ni William ni Richard ne voulaient avoir affaire à l'intrus. Ils ne voulaient pas penser à lui parce que cela impliquait de faire face à un problème insoluble. Bien qu'ignorer la réalité ne soit généralement pas une solution.

Trois jours après la visite du Tecton, les Noirs ressortirent à toute vitesse de la mine. C'était le milieu de la matinée et Pepe ne put les empêcher de grimper à l'échelle. Les frères Craver craignirent une fuite préméditée et collective. Richard tira en l'air et les fugitifs se jetèrent par terre, formant un tapis humain.

— Champagne ! Champagne ! Champagne ! criaient-ils.

William demanda des explications à Pepe :

— Je n'ai pas pu les retenir, s'excusa ce dernier. Ils se sont tous lancés en même temps sur l'échelle. J'aurais dû leur tirer dessus.

— Ne comprennent-ils pas qu'ils ne peuvent aller nulle part ? Nous sommes à des milliers de kilomètres de toute terre civilisée. Sans provisions, ils n'iront nulle part, la jungle va les dévorer. Dis-le-leur !

— Ils ne voulaient aller nulle part. Ils voulaient juste sortir de la mine. Ils disent qu'à l'intérieur ils entendent des bruits.

— Pepe ! lui cria William. Qu'est-ce qu'ils disent entendre ?

— Des bruits.

William était si furieux que les insultes ne sortaient pas de sa bouche.

— Moi aussi, je les ai entendus, se défendit Pepe.

— Sois maudit ! lui jeta William. Quelle sorte de bruits ?

— Des bruits.

— Reste ici, lui ordonna William. Puisque tu n'as pas pu éviter qu'ils abandonnent leur travail, essaie au moins de les empêcher d'aller plus loin.

William et Richard entrèrent dans la fourmilière, armés de fusils et de revolvers. Marcus les accompagna. Ils ne remarquèrent rien d'anormal. Juste la cavité habituelle, aux parois labourées. Marcus n'y était pas entré depuis la nuit du Tecton. La bulle souterraine avait pris du volume. Il remarqua également d'autres tunnels.

— Je ne vois rien, dit Richard.

— Bien sûr que non ! s'exclama William. A quoi est-ce que tu t'attendais ?

— Pepe parlait de bruits, intervint Marcus.

— Eh bien je n'entends rien non plus, dit Richard.

— Tais-toi ! dit William. Taisez-vous tous les deux !

Ils écoutèrent tous les trois attentivement. Marcus fut le premier à briser le silence :

— J'entends des bruits.

— Non, moi, je n'entends rien, insista Richard.

— Pour l'amour du ciel, vous voulez bien vous taire ? fit William.

Si, on entendait quelque chose. Un sifflement. Il s'interrompait. Et il reprenait. C'était une voix fragile, des sons tristes. Elle semblait provenir d'un lieu très lointain, ou peut-être très proche ; ils n'en étaient pas sûrs. A l'intérieur de cette atmosphère cubique, le son rebondissait ou était absorbé. C'était comme d'écouter un appareil radio caché sous un oreiller.

— Ce doit être les Noirs, dehors, qui chantent, avança Richard.

Mais Marcus savait pertinemment que la voix ne provenait pas de l'extérieur. L'idée de craquer une allumette et de s'approcher des trous vint de lui. Il regardait à l'intérieur des tunnels, en se retranchant dans cette lumière si fragile. A chaque nouvelle allumette qu'il frottait, il se penchait sur un autre trou, puis un autre, et un autre. Mais tout ce qu'il parvenait à voir était une obscurité infinie.

A hauteur de ses genoux, il y avait un trou parfaitement arrondi. Il ne devait pas être plus grand qu'une gueule de canon. Il se pencha.

— Qu'est-ce que tu cherches dans une si petite cachette, Marcus ? se moqua Richard. Des souris ?

— Maintenant je comprends ! dit William. Ce doit être des mulots. Quand ils se battent, ils font plus de bruit qu'un troupeau de porcs. Des mulots qui se battent. Rien d'autre.

L'allumette de Marcus s'éteignit. Il en alluma une autre sans bouger de ce tunnel, si bas de plafond qu'il avait dû s'agenouiller. Il introduisit le bras qui soutenait l'allumette et la tête par le trou. Il avait la moitié du corps à l'intérieur du tunnel. Il alluma une autre allumette. La flamme de la combustion l'aveugla un instant. Il cligna des yeux.

— Oh mon Dieu ! cria Marcus en faisant un bond en arrière. Mon Dieu, mon Dieu !

9

Dans un épisode de l'histoire classique, Marc Antoine offre la couronne de roi à César. Ce dernier la refuse et le peuple applaudit le geste. En fait, César mourait d'envie de porter la couronne. Ce n'était qu'une manœuvre pour connaître l'opinion de la plèbe. Ce jour-là, dans le bureau de Norton, je vécus une scène semblable. Parce que Norton faisait partie de ces hommes qui, par prudence et par stratégie, ne parlaient de leurs convictions que lorsqu'ils connaissaient celles des autres.

Les chapitres suivants lui plurent bien davantage. Il tournait alors les pages en acquiesçant de la tête. Je pouvais même l'entendre ponctuer la lecture de quelques "bien, bien, oui, oui, bien, bien". Il s'arrêta. Il était parvenu au paragraphe où apparaissaient les Tectons. Il prit une inspiration, lut encore un peu et dit :

— Un malade mental désespéré, n'est-ce pas ? L'un de ces fous qui auraient besoin de tout un asile pour eux seuls.

— Fou ? dis-je. Et après une longue hésitation : Non, je ne dirais pas ça. Absolument pas. Bien sûr, la première chose à laquelle on pense est qu'il lui manque une case. Mais non, Marcus n'est pas fou. J'ai du mal, mais je dois reconnaître que je le crois. Et même si elle n'a pas l'air vraie, je crois aussi à son histoire, avouai-je.

— Bravo ! dit soudain Norton. Son coup de poing sur la table fit jaillir l'eau d'un verre. Je le savais ! Je savais que vous seriez d'accord avec moi !

— Marcus ne ment pas. Je ne suis pas un policier expert en interrogatoires. Simplement, j'examine son récit d'un autre point de vue – j'agitai la tête en signe de dénégation. Je suis un professionnel des histoires. Et les coutures de celle-ci sont parfaites. Il y a de nombreux angles, et chacun d'eux valide les autres. Marcus est trop inexpérimenté pour avoir créé une histoire aussi sophistiquée. Je crois que personne n'est assez malade pour inventer une chose aussi tordue. Vous ne croyez pas ?

Je fis une pause, et je prévins Norton :

— Les frères Craver restent les mêmes personnages. Et je ne compte pas les modifier.

— Je ne vous le demande pas, dit Norton. Je me félicite juste parce que, maintenant, la méchanceté des frères Craver passe au second plan. Grâce à elle, la posture de Marcus est plus élégante et, par conséquent, plus défendable.

Il y avait chez Norton quelque chose que je ne parvenais pas à comprendre. Il ne se référait plus à l'écrit comme à une déclaration assermentée dans son intégralité. Il parlait comme si l'ouvrage s'émancipait de l'espace juridique.

— Vous croyez que mon travail va contribuer à défendre Marcus ? lui demandai-je. Vous y trouvez un indice encourageant ?

— C'est une histoire extraordinaire, je vous l'ai dit. Seul un écrivain racé pourrait l'élever à la catégorie qu'elle mérite, sourit-il. Espérons donc que vous en serez digne. Faites votre travail et écrivez, monsieur Thomson, écrivez. Nous devons obtenir un bon livre. Mais celui qui décide de la stratégie juridique, c'est moi.

Je ne parvenais pas à comprendre. Bien, ce n'était pas mon problème. Je mis l'accent sur ce qui l'était :

— Je veux que vous sachiez que ce livre demandera du temps. L'histoire est de plus en plus dense. Et, étant donné que je ne dispose maintenant que d'une heure tous les quinze jours pour m'entretenir avec Garvey, la rédaction peut durer une éternité. Avant, je voyais Marcus plus régulièrement, précisai-je, mais depuis quelque temps une personne lui rend visite. Il affirme que c'est la seule amitié qu'il lui reste en ce monde. Vous savez quelque chose ?

Cette question ne l'intéressait pas. Il se cala sur sa chaise, les mains sur la nuque. Puis il agita cinq doigts en l'air comme s'il avait dévissé une ampoule :

— Pouvons-nous lui refuser une compagnie amicale ? Cela ne serait pas humain. Le régime de la prison se compose de pommes de terre et de pois chiches, de la viande toutes les trois semaines. Si ces visites lui insufflent du courage, cela tournera à l'avantage du livre. Et il devança ma réplique : Oui, je sais, nous n'avons pas beaucoup de temps. Mais les enquêtes judiciaires sont soumises à mille impondérables. J'espère qu'un détail de procédure nous permettra de gagner ce temps dont nous avons tant besoin.

Il parla sans cesser de lire les dernières pages que j'avais écrites. Il regarda au plafond :

— Je ne comprends pas, pensa-t-il à haute voix. A ce stade de l'histoire, elle aurait déjà dû apparaître.

— Elle ? De qui parlez-vous ? demandai-je.

Norton ne voulait pas me répondre, mais à cet instant un bruit au loin nous interrompit. C'était une sorte de vacarme rauque et généralisé, qui rappelait le fracas d'un grand naufrage. La rumeur ne cessait de croître. Quand nous ouvrîmes la fenêtre, le rugissement entra dans le bureau comme une créature vivante.

Un flot humain recouvrait l'avenue. La foule entonnait des hymnes patriotiques et défilait en direction de Trafalgar Square. Je ne pouvais pas comprendre. A côté de nous, sur la façade, s'ouvrit la fenêtre d'un bureau adjacent à l'appartement-bureau de Norton. Un employé contemplait, comme nous, la masse humaine, appuyé sur le rebord de la fenêtre. Norton lui demanda ce qu'il se passait.

— Vous ne savez vraiment pas ? L'homme se trouvait tout près, mais il dut crier pour se faire entendre : La guerre a éclaté !

— Quelle guerre ? fis-je.

D'un million de poumons s'élevaient des hymnes patriotiques. Cela résonnait si fort que le voisin de Norton porta une main à son oreille :

— Que dites-vous ?

— Je demande contre qui nous sommes en guerre, fis-je, criant moi aussi et mettant mes mains en porte-voix...

L'homme ouvrit les bras :

— Tout le monde est en guerre contre tout le monde ! A cette heure, toute l'Europe est en guerre !

Norton entra dans le bureau. Il fit quelques pas de danse solitaires, il était euphorique. Je fermai la fenêtre pour laisser les vociférations à l'extérieur, et je dis :

— Je ne vous savais pas si patriote.

— Vous aussi, vous devriez vous en réjouir, fit-il.

Je n'étais absolument pas d'accord :

— A mon avis, les guerres ne sont pas motivées par le patriotisme, mais par la soif de lucre et l'instinct de rapacité.

Il s'arrêta :

— Vous êtes et serez toujours un élément antisocial, compatit un Norton souriant. Mais je ne parlais pas de politique de haut vol, je pensais à l'affaire Garvey.

— Eh bien je vous comprends encore moins, me rendis-je.

— Ce n'est pas vous, qui vous plaigniez des délais de rédaction ? A partir d'aujourd'hui, vous aurez tout le temps nécessaire. Cette guerre est le détail de procédure dont nous avions besoin.

Norton avait raison, comme toujours. Le ministère de la Défense gonfla exagérément. En conséquence, les autres ministères virent diminuer leur budget et leur personnel. Que le plus affecté de tous fût le ministère de la Justice symbolise parfaitement ce que signifie une guerre. Norton, un génie en matière de reports légaux, écrivit des douzaines, des centaines de requêtes en faveur de Marcus. Je crois qu'au cours de la première année de guerre il tomba plus de recours sur le tribunal qui s'occupait de l'affaire Garvey que de bombes sur le territoire belge. La majeure partie constituée par des récusations pour vice de forme. Norton n'avait pas le moindre espoir d'en gagner une, mais il savait parfaitement que le manque de personnel prolongerait les délais et que la date du jugement serait reportée. Je l'ai déjà dit : Norton était un génie. La plupart des génies se distinguent par l'emploi qu'ils font de leurs talents naturels. Lui par l'emploi qu'il faisait des défauts du monde.

La surprise avait vaincu Marcus. On n'entendait plus la voix. Maintenant il ne leur parvenait plus que le frottement d'un corps qui se traîne. Encore un silence. Après, on put entendre une respiration mêlée de gémissements. William et Richard mirent le trou en joue. Marcus, terrorisé, courut se réfugier derrière les épaisses jambes de Richard.

Une chose blanche émergeait. Ils virent tout d'abord la base d'un crâne. William et Richard la visèrent de leurs fusils. S'ils ne tirèrent pas, ce fut par pure curiosité. Un corps passerait-il par une ouverture si étroite ? C'était comme de voir un serpent sortir de l'œuf. Les membres glissaient par le trou comme s'ils avaient été en caoutchouc. Et, à la fin, le corps tomba à terre avec le son d'une purée de pommes de terre que l'on verse dans une assiette.

C'était une femme. Elle portait une tunique semblable à celle du Tecton, mais elle avait des traits beaucoup plus juvéniles, infiniment plus doux. Elle était étendue sur le sol, aussi surprise que les trois hommes. Ses cheveux formaient des tresses laineuses en forme de queues de rat qui lui tombaient sur la nuque : "Quels grands yeux ronds", pensa Marcus. Parce qu'ils étaient littéralement ronds et, à la différence de ceux du Tecton, ils n'étaient pas enfoncés dans la chair. Richard approcha d'elle une lanterne et cette lumière artificielle fit rétrécir ses pupilles. Le reste du globe oculaire était une mer couleur miel, comme de l'ambre liquide. Mais le plus curieux de ces yeux n'était pas leur aspect félin. Le plus curieux était qu'ils ne craignaient pas les fusils.

Marcus se rendit compte que la femme était désarticulée.

— Que fait-elle ? demanda Richard.

— Elle s'est déboîté les os des épaules pour passer par le trou, dit William. Maintenant elle les remet en place.

— Je ne comprends pas.

— Et tu es militaire ? Chez les boy-scouts, on nous a appris que si une tête entre par un orifice tout le corps peut y passer.

— Oh, tais-toi ! grogna Richard. Tu prétends me donner des leçons d'anatomie humaine ?

— Humaine ? hésita William, et il fit un léger mouvement avec la pointe de son fusil. Déshabille-la, Marcus.

— Qui, moi ? sursauta celui-ci.

— Oui, toi. Le vieux ne cachait pas d'armes. Mais on ne sait jamais.

— Je n'en ai pas ! protesta Marcus.

— Justement, allégua William cyniquement. Nous te couvrirons.

Marcus était très réticent. Mais il s'agissait d'un ordre direct de William. Et ce n'était qu'une jeune fille. Pourquoi aurait-il eu peur ? Il se posa la question et comprit qu'il n'avait pas peur, juste honte. Il se décida finalement à avancer. Il procéda à demi accroupi et en se frayant un passage d'une main ouverte devant lui en signe de paix, comme pour lui dire : je ne te ferai pas de mal. Assise, elle se tenait le dos appuyé au mur et les genoux contre la poitrine. Même à cet instant, elle semblait éprouver davantage de curiosité que de terreur. Ce n'était pas facile à comprendre ; elle était entourée d'êtres si différents, et armés, et elle n'avait pas peur.

Quand Marcus s'approcha un peu plus, toujours avec la main pacifique en avant, elle l'intercepta de la sienne. Elle ne voulait pas l'arrêter. Juste le saluer. Leurs doigts s'enlacèrent comme deux mains en train de prier. Cela aurait été l'union de deux pièces parfaites si elle n'avait pas eu six doigts. Mais il y avait plus, beaucoup plus : la main de la jeune fille était incroyablement chaude. La fièvre ? Non. Marcus comprit que la jeune fille n'était pas malade, que c'était naturel.

Richard attira l'attention de Marcus. Celui-ci ne l'entendait pas. Il était plongé dans cette décharge de chaleur imprévue, dans cette main d'un autre monde qui s'entrecroisait avec la sienne. William dut crier son nom. Pour Marcus, ce fut comme si quelqu'un avait brisé une vitrine à coups de marteau et il finit par tourner la tête. William se borna à insister :

— Déshabille-la.

Il ne savait pas comment faire. Son armure était encore plus délicate que celle du Tecton. Elle s'ajustait parfaitement au cou et aux poignets. Marcus passa une main sur les épaules, les seins et le ventre de la jeune fille, la palpant, cherchant un bouton caché. L'armure était incroyablement compacte, d'une seule pièce. On ne voyait aucun bouton. Elle comprit les intentions de Marcus, et se retourna pour lui montrer son dos. Au début, il crut que c'était une façon de refuser d'être déshabillée. Il eut un moment de panique. Le canon des armes de William et Richard était toujours là, à quelques centimètres. Heureusement, elle ne refusait pas de se laisser déshabiller : elle lui indiquait comment ôter l'armure. Marcus regarda mieux et, dans le dos de la jeune fille, il distingua de minuscules boucles. Il tenta d'en ouvrir une, mais ses mains tremblaient.

— N'aie pas peur, dit Richard, qui se méprenait sur les sentiments de Marcus. On la surveille.

Elle dut l'aider. Elle avait de très longs bras. Elle les déplaça en arrière dans une position de contorsionniste et défit les dix boucles en quelques secondes. Marcus se contenta de finir de lui enlever sa tunique. Elle avait étiré les bras pour l'aider, et l'armure tout entière sortit comme une peau de banane.

— Complètement ! cria William. Déshabille-la complètement !

Sous sa tunique, la jeune fille portait une chemise et un pantalon rouges très ajustés. La chemise lui arrivait aux coudes, le pantalon aux chevilles. C'étaient deux pièces indépendantes. Marcus tendit une main vers les manches de la camisole, mais il s'arrêta net. Au lieu de la toucher, il porta la main à ses propres joues. Elles étaient très chaudes. Les oreilles, surtout, lui brûlaient comme s'il les avait mises dans un four. Le contact avec cette main avait-il réchauffé tout son corps ? Non, cette chaleur avait une autre origine : la honte de déshabiller une femme.

— Marcus ! cria William.

Et il lui enfonça deux fois dans le dos le canon de son fusil. Heureusement, la jeune fille comprit ce qu'exigeaient les frères Craver et elle l'aida. La chemise sortit par la tête avec l'aide de quatre mains à la fois. Puis elle se leva. Ils ne l'avaient jusqu'à présent vue qu'allongée. Elle était très grande, mesurait presque deux mètres. Marcus se pencha et baissa son pantalon en tirant à l'endroit où auraient dû se trouver les poches. Ces cuisses blanches n'en finissaient pas. Elle, debout, le regardait comme si elle ne comprenait pas ce qu'il faisait.

Des poutres pendaient neuf lanternes réparties dans toute la mine. Le corps de la femme aurait de toute façon été visible, si blanc qu'il aurait suffi d'un seul atome lumineux. Elle était encore plus blanche que le Tecton. Les mamelons, par exemple, étaient blancs eux aussi. Et sur le pubis s'étalait comme un petit tapis de velours blanc. Seules quelques croûtes de terre ocre, sur les mains et les cheveux, atténuaient cette blancheur.

— C'est pour ça, que les singes criaient si fort ? fit William. Une albinos pâlichonne, sale et perdue.

— Albinos ? demanda Richard.

— Tu n'as pas vu de Noirs albinos, à Léopoldville ? Ils sont très curieux. On dirait des Noirs blancs, ou des Blancs noirs. Il doit y en avoir beaucoup par ici. C'est sûrement ça.

— Et les albinos vivent sous terre ?

— Bien sûr que non.

— Mais nous l'avons vue sortir de ce trou, insista Richard, dont les limitations se manifestaient souvent avec un entêtement obtus. Marcus l'a vue lui aussi, n'est-ce pas, Marcus ?

— Et alors ? s'impatienta William.

— Eh bien elle doit venir de sous la terre.

— Non, Richard, ça n'est pas possible, dit William avec un accent sarcastique dans la voix.

— Pourquoi pas ?

William répondit avec une intonation posée, pédagogique et violente, traînant sur chaque syllabe :

— Parce que sous la terre il n'y a personne, Richard. Les gens ne vivent pas sous la terre. Seuls les morts enterrés dans les cimetières s'y trouvent.

Richard osa encore une dernière divergence :

— D'accord. Peut-être pas. Mais, alors, que faisait-elle sous terre ?

— Réfléchis un peu ! Le plus vraisemblable est qu'elle soit venue avec le vieux. Elle a dû rester en arrière pour une raison quelconque. Quand elle a vu qu'on l'attachait, elle s'est cachée dans la mine. Ensuite, les Noirs sont arrivés et elle a dû aller dans le trou où nous l'avons trouvée. Elle y est depuis trois jours. Ce qu'elle n'imaginait pas, c'était que les Noirs ne bougeraient pas de la mine. Elle était épuisée et elle n'a finalement pas eu d'autre solution que de sortir – il pêcha l'armure de la fille de la pointe de son fusil : Regarde ces vêtements ! Pourquoi sont-ils si sales et froissés ? Parce qu'elle est cachée depuis trois jours dans ces catacombes.

— Ou parce qu'elle vient de très loin, murmura Marcus.

— Tu disais ? lui intima William.

Naturellement, Marcus ne répondit pas.

— Qu'elle remette son pyjama rouge, exigea William. Je ne veux pas que les singes la voient nue. Ils seraient capables de faire n'importe quoi.

Et il l'emmena. Richard et Marcus le suivirent. Quand ils furent à l'extérieur de la mine, William ordonna aux Noirs de former un cercle. Il se planta au centre, les jambes écartées et les poings sur les hanches. Pepe traduisait ce qu'il disait :

— Voilà la cause de vos terreurs ! Une gamine. Regardez-la ! Et vous, cent hommes, pleurnichant parce que vous entendiez gémir une enfant. Vous n'avez pas honte ?

A la lumière du Congo, la blancheur de la jeune fille blessait la vue. Le discours de William produisit un certain effet sur les mineurs. William était un maître dans le domaine de la logique. Il savait sélectionner les arguments de façon que la réalité jouât toujours en sa faveur. William ne prétendait jamais convaincre son adversaire, juste l'écraser. Et ainsi, l'écouter revenait à lui obéir. Il alla encore plus loin, avec perversité :

— Vous avez fourni un travail très pénible, dit-il aux Noirs. Nous ne vous avons peut-être pas accordé la considération nécessaire. Si vous êtes arrivés jusque-là, vous méritez aussi d'être associés au succès. Nous avons décidé que si l'extraction de l'or était satisfaisante vous auriez une récompense juste et généreuse. Et maintenant nous allons fêter la fin de nos peurs. Il agita une main : Pepe, Marcus, apportez une petite table et quelques bouteilles de champagne. Dépêchez-vous.

Ils s'exécutèrent. Les mineurs se mirent en rang comme pour les repas et William servit les premiers verres. Une généreuse gorgée dans chaque timbale en bois. Joie.

— Du champagne pour les singes ? s'étonna Richard pendant que les Noirs buvaient et riaient.

— Cela va les motiver. Mais ne les détache pas.

— Et la pâlichonne ? demanda Richard.

William réfléchit. La jeune fille n'avait pas bougé. Elle contemplait les arbres et le ciel bleu du Congo, absorbée par les formes et les couleurs du monde. Marcus comprit que c'était un regard très différent de celui du Tecton.

— Moi d'abord, finit par dire William, donnant la bouteille à Richard pour qu'il pût continuer à distribuer le champagne. Toi, pendant ce temps, surveille-les.

Et il s'enferma dans sa tente avec la jeune fille. Richard ordonna à Marcus de le remplacer dans ses fonctions de serveur pour qu'il puisse faire la sentinelle. Il allait et venait d'un pas lent, en fumant, le fusil à l'épaule. Quand Marcus eut rempli tous les gobelets, Pepe lui dit à l'oreille :

— Monsieur Marcus, il y a un homme qui veut vous parler.

— A moi ?

— Oui, et Pepe désigna du doigt un homme très âgé, peut-être le plus vieux de tous les Noirs.

Le champagne ne l'intéressait pas et il se tenait à l'écart de la célébration. Les autres Noirs buvaient et dansaient autant que le leur permettaient leurs fers aux chevilles. Marcus et Pepe s'approchèrent du vieil homme. William se trouvait sous sa tente, mais Richard pouvait les voir, aussi Marcus emmena-t-il le vieux derrière un arbre. Pendant qu'ils s'y rendaient, Marcus demanda à Pepe :

— C'est un pauvre diable comme les autres. Pourquoi veux-tu que je lui parle ?

— Il faut toujours écouter les vieux.

Marcus regarda derrière lui. Richard avait un œil sur les Noirs, grisés par le champagne, et un autre sur la tente, dans l'attente de son tour. Le vieux parla à grand renfort de gestes et de révérences. Il s'étendait en paroles depuis une minute et Pepe restait impassible.

— Pourquoi est-ce que tu ne traduis pas ? réclama Marcus.

— Parce qu'il n'a encore rien dit. Il se présente.

Le vieux changea de ton.

— Il dit qu'il n'a rien à perdre, qu'il est un vieil homme las de la vie, dit alors Pepe. Il dit qu'il a vu mourir six enfants et dix-neuf petits-enfants de la main des Blancs. Les uns sont morts dans les caravanes, d'autres en récoltant le caoutchouc, d'autres encore en raison des châtiments. Il voulait vraiment mourir. Aussi, quand les gens du village se sont enfuis, n'a-t-il pas bougé de la porte de sa cabane.

Marcus s'en souvenait. Dans l'un de ces villages désertés, ils ne trouvèrent qu'un vieil homme assis devant une cabane, indifférent à tout. Ils manquaient de porteurs et tout bras était le bienvenu. C'était Pepe qui l'avait attaché.

— Il dit qu'il n'a pas peur de mourir. Mais qu'il ne comprend pas ce qu'il a fait pour mériter une mort aussi terrible.

— N'a-t-il pas entendu William ? Ce n'est qu'une jeune fille.

— Il dit que la fille ne compte pas. Il veut parler des autres.

— Quels autres ? fit Marcus. Abrège, Pepe ! Que veut-il de moi ?

— Il dit qu'il veut choisir sa mort, traduisit Pepe sans le moindre signe de passion. Il veut que ce soit vous, qui êtes le moins blanc des Blancs, qui lui donniez la mort.

Là, en qualité de collecteur de l'histoire, il m'aurait été très facile de faire une faveur à Marcus. Ce petit épisode n'eut aucune influence sur le cours général des événements. J'aurais donc pu écrire que Marcus Garvey avait pris le vieil homme en pitié et l'avait libéré. Mais il ne le fit pas.

— Fais-le taire ! s'exclama Marcus. Tue-le toi-même, si c'est ce qu'il veut. Tu es encore moins blanc que moi !

— Il dit que les Blancs sont plus dangereux que le danger. Il dit que ce sont les seuls à tuer quand on ne le leur demande pas, et les seuls à ne pas tuer quand on le leur demande.

— Ne m'en traduis pas davantage ! cria Marcus, les mains sur les oreilles. Pourquoi est-ce que tu me fais ça, Pepe ? Pourquoi ? Je croyais qu'on était amis !

— Il dit que dans le monde normal la mort vient. Ici, elle monte.

Richard ordonnait aux hommes de redescendre dans la mine. Il n'allait pas tarder à s'apercevoir de leur absence.

— Tu as entendu M. Richard, Pepe, dit Marcus, exaspéré. Tout le monde au travail !

William mit longtemps avant de sortir de la tente. Quand il le fit, il semblait un autre homme. Son regard était encore plus pénétrant que d'habitude. Plus triste aussi. Cette expression surprit Marcus, car William ne connaissait pas la tristesse, juste la déception. Il l'observa, et ce faisant il trouvait ce qu'il voyait encore plus incroyable.

On aurait pu dire que William était sorti de la tente avec vingt ans de moins. Transformé en enfant, un enfant méchant, coléreux et apeuré tout à la fois. Il fit quelques pas en chancelant étrangement. Il regardait au loin, dans le vague. Il prit un revolver et visa au hasard, comme s'il tentait de se souvenir de notions de tir oubliées. On aurait dit un acteur répétant un rôle qu'il avait joué de nombreuses années auparavant. Il baissa son arme. Il ouvrit et ferma les mains pour dégourdir des doigts crispés. Richard ne vit rien de tout cela. Il voulait simplement entrer dans la tente. Il trotta de son allure si particulière de pachyderme, foulant le monde aux pieds, anxieux et plus léger que ne le laissait supposer son corps robuste. Mais William lui barra le passage :

— Non.

— Non quoi ?

— Je la garde pour moi.

— Pourquoi ? s'indigna Richard.

— J'ai changé d'avis, se borna à répondre William.

— Il y a trop longtemps que je n'ai pas été avec une femme !

— Tu n'as jamais été avec des femmes, juste des gamines, dit William. Et ce qu'il y a sous la tente n'est pas pour toi.

Toute la clairière fut témoin d'une dispute aigre. Richard finit bien sûr par renoncer à la jeune fille blanche. Il changea de tactique, maintenant il méprisait la conquête de son frère. Il était comme le renard de la fable pour qui les raisins trop hauts sont trop verts. Mais la chose ne s'arrêta pas là. William le jeta hors de la tente ! Encore des discussions. Comme il fallait s'y attendre, Richard finit par se résigner. Et il se produisit au campement un mouvement de pièces de dominos. William s'appropria la tente pour la partager avec la jeune fille blanche. Richard transporta ses bagages dans la tente de Marcus et Pepe, où il dormirait à partir de cette nuit-là. Et Marcus et Pepe, délogés, reçurent l'ordre de s'installer dans la plus petite tente, qui n'avait jusqu'alors servi que pour protéger certains paquets des intempéries et y attacher le Tecton. Le reste de la journée se déroula apparemment de façon normale. Ils vaquèrent à leurs tâches habituelles, mais tout le monde pouvait percevoir l'impatience de William à voir arriver la nuit.

Il était le roi absolu de cette clairière dans la forêt, de ce monde en miniature. Il n'avait besoin de la permission de personne pour se retirer sous sa tente quand il le souhaitait. Malgré cela, il se retenait. Il mesurait peut-être les limites de son propre désir, d'une sensation nouvelle et inconnue. Pendant la journée, personne n'osa lui adresser la parole. On aurait dit un paratonnerre après une décharge d'électricité. On pouvait presque voir les étincelles au bout de ses doigts.

A l'heure du dîner, William ne put se contenir davantage. Il but quelques gorgées de café encore bouillant. Des rigoles de liquide noir sillonnèrent les commissures de ses lèvres et coulèrent dans son cou. Il mit quelques morceaux de viande à moitié crue dans sa bouche, comme un cannibale, et partit la retrouver sous la tente.

Les autres ne tardèrent pas à se retirer. A l'intérieur de leur nouvelle tente, Pepe et Marcus ne prononcèrent pas un mot. La lanterne était éteinte, mais ils ne dormaient pas. Marcus tendait l'oreille. Il voulait savoir ce qui se passait dans la tente de William. Il lui était impossible d'éviter ces discussions puériles, immensément cruelles.

Il n'entendit rien. Ni cris ni gémissements, ni de lui ni d'elle. Juste les bruits de la nuit africaine.

10

Sous l'effet d'une mentalité calviniste récemment acquise sous les tropiques, les Craver se mettaient au travail à la première heure du jour. Marcus avait ordre d'apporter le petit-déjeuner à la captive dès que William serait sorti de la tente. Il la trouvait toujours pieds nus, vêtue d'un pantalon et d'une chemise appartenant à William. Et une main attachée à l'un des piquets qui soutenaient la toile de tente. Toute cette blancheur faisait mal aux yeux.

Un jour, il eut pitié d'elle et lui libéra le poignet. Ce n'était en réalité pas un acte de générosité aussi risqué qu'on pourrait le croire. William travaillait toute la journée. S'il quittait la mine, ce n'était que pour chasser, et il ne regagnait pas la tente avant la nuit. Quant à la jeune fille, Marcus savait parfaitement qu'elle n'irait nulle part. Il était convaincu qu'elle venait des profondeurs. Ainsi donc, le seul lieu par lequel elle pouvait s'enfuir était la mine. Et là, il y avait des centaines d'hommes.

— La jungle est énorme, énorme ! lui raconta Marcus en ouvrant les bras. Va où tu veux, mais reviens avant la nuit.

Il lui sembla comprendre qu'elle était d'accord. Cependant, au cours de cette première journée de liberté surveillée, il ne la quitta pas du regard. Il est vrai qu'elle ne s'éloignait guère. Pour elle, c'était un monde nouveau et elle marchait comme sur du verre. Elle admirait un brin d'herbe comme si cela, l'herbe d'une clairière dans la forêt, avait été d'une originalité fantastique. Elle s'allongeait au hasard et passait la main sur la terre, bouche bée devant le tapis végétal. "Eh bien, si l'herbe te monte à la tête, ma jolie, quand tu verras la jungle, tu t'enivreras d'arbres", pensa Marcus. Et effectivement, au bout d'un moment, la jeune fille disparut de sa vue, s'enfonçant dans la jungle. Marcus la suivit, au cas où, et la trouva enlacée à un arbre. Elle avait l'oreille collée contre le tronc, comme pour y chercher un battement de cœur. Il observa ses pieds. Il fit un bond :

— Ne reste pas là ! cria-t-il en l'emmenant.

Quand il se fut éloigné de quelques mètres, il lui montra les bottes d'ouvrier qu'il portait. Elle ne comprenait pas. Marcus en ôta une et la lui mit devant les yeux :

— Tu vois ?

Mais la jeune fille regardait la botte sans comprendre.

— La fourmi, dit Marcus, en désignant un minuscule corps noir, accroché à la botte, qui agitait frénétiquement les pattes. C'est plein de fourmis. Elles sont toutes petites, mais elles peuvent dévorer une chèvre vivante. Si tu t'approches, elles attaquent. Regarde.

Marcus arracha le corps de la fourmi avec les doigts. Juste le corps. La tête resta prise, mordant la botte de ses mandibules.

— Tu comprends, maintenant ? Elles sont dangereuses.

Elle proféra un "agh !" de dégoût. C'était la première fois qu'elle ouvrait la bouche. Marcus n'avait pas encore entendu le son de sa voix. La jeune fille tourna la tête puis le corps tout entier. Elle s'assit en tailleur. Elle avait l'habitude de s'asseoir comme ça, les talons touchant la partie interne des cuisses. Marcus se sentait parfaitement stupide, il s'excusait en brandissant une fourmi morte au bout des doigts :

— Ce n'est qu'une fourmi… bégaya-t-il. Et elle aurait pu te faire du mal…

Il ne sut qu'ajouter et retourna au travail.

Pour Garvey, le travail était un moyen de s'évader de la mine, du Congo, de tout. En travaillant, il perdait de vue le monde. Ils avaient une immense marmite en terre en forme de trompe inversée. Elle était si volumineuse qu'elle aurait pu contenir un buffle. Marcus ne faisait pas une cuisine très raffinée, mais il ne torturait pas non plus les Noirs. Il remplissait la marmite de morceaux provenant de diverses viandes et de légumes, ajoutait une poignée de sel et de poivre, et laissait bouillir en tournant de temps en temps avec un bâton en forme de rame. Le menu des frères Craver était bien sûr tout autre, et Marcus le préparait dans des récipients plus délicats. Les ingrédients européens étaient épuisés depuis longtemps et il devait adapter les goûts des Craver aux produits de la forêt. Les deux frères aimaient beaucoup les "doigts de dame", des bananes naines que l'on faisait frire, et les "oreilles d'enfants", des cacahuètes très rugueuses en forme de fève que l'on faisait bouillir. Le deuxième plat était généralement du "foie écossais", nom qu'ils donnaient au foie d'un oiseau très semblable au faisan, et que Richard chassait chaque fois qu'il en avait l'occasion. (Ils le qualifiaient de "foie écossais" parce que, d'après William, ces oiseaux avaient le foie plus gros que celui d'un buveur écossais.) Mais une heure après la rencontre avec la jeune fille il l'entendit à nouveau : "Agh, agh, agh !" Les cris venaient de la forêt. Marcus s'y rendit à toute vitesse.

C'était elle, entre quatre arbres disposés en rectangle parfait. Elle était allée s'asseoir sur une autre fourmilière et luttait frénétiquement contre une poignée de fourmis qui escaladaient son pantalon. Il l'aida :

— Pourquoi est-ce que tu ne m'as pas écouté ? Je te l'avais dit ! Non, il ne suffit pas de se secouer. Tu dois les enlever une par une, ou elles ne sortiront jamais. Et si elles te mordent, tu auras des spasmes.

La jeune fille s'assit un peu plus loin. Marcus se maudit lui-même. Il aurait dû se douter que le fait de la libérer ne lui apporterait que des problèmes. Il ne pouvait pas la surveiller en même temps que les marmites. Il ne voulait pas non plus l'attacher à nouveau.

— Attends ici, s'il te plaît, lui demanda Marcus.

Il revint tout de suite.

— Regarde ! lui dit-il en s'asseyant à côté d'elle, entre les arbres, et en lui mettant une photo entre les mains.

Elle colla son nez sur la photo. Elle promenait les yeux sur l'image, tout près du papier.

— Cet animal est le meilleur ami que j'aie jamais eu. Il s'appelait Pepe, c'était un ours et c'est la seule photo de lui que je possède, expliquait Marcus. Enfin, en réalité, c'est la seule photo que j'aie, de Pepe ou de qui que ce soit. J'aimerais avoir une photo de ma mère, mais je n'en ai aucune. Tu as des photos de ta mère ? Non, bien sûr que non, quelle question. Il désigna du doigt la tête de l'animal : Quel chapeau ! Chaque fois que Pepe dansait, il portait un chapeau. Il les aimait beaucoup. Sur la photo, on ne le voit pas, mais c'était un chapeau rouge. Comme celui de Pepe. Je veux parler du Pepe noir, du monsieur noir que tu connais et qui dort avec moi. Moi aussi, je dormais avec Pepe, le Pepe ours. Le Pepe homme noir est un homme bon, bien que ce ne soit pas un aussi grand ami que Pepe, je veux dire un aussi grand ami que l'ours Pepe. La photo te plaît ?

Il avait juste voulu l'occuper pour lui éviter d'aller au-devant d'autres ennuis. Il se rendit vite compte de la confusion de ses explications, et dans une langue dont la jeune fille ne pouvait connaître un seul mot :

— Tu comprends, n'est-ce pas ? lui demanda-t-il naïvement.

Je me rappelle qu'après m'avoir raconté cette scène Marcus eut une moue indécise, comme s'il en doutait encore.

Je parierais un million qu'elle comprit.

La séance suivante ne suivit pas un ordre chronologique. Je préférai que nous nous centrions sur le personnage :

— Parlez-moi d'elle.

— De qui ? De la jeune fille blanche ?

— Oui, de la jeune fille blanche.

Marcus regarda des deux côtés de la table, d'un air indécis.

— Devons-nous parler d'elle ? me demanda-t-il comme à regret.

Il ne voulait pas. Mais mon travail m'autorisait certaines prérogatives :

— Oui, Marcus, insistai-je, implacable. Je crois que oui. Je veux que nous parlions d'elle.

D'après Marcus, elle s'appelait Amgam. Mais je l'obligeai à reconstruire la scène où elle se présenta et je parvins à la conclusion que ce n'était probablement pas son véritable nom. Marcus dut la baptiser ainsi à cause d'un accident linguistique. Il me rapporta tout d'abord que, un soir, elle tendit la main vers lui, et dit :

— *Amgam.*

— Amgam ? Moi, Marcus, répondit-il.

Quand j'exigeai davantage de détails sur la scène, Marcus me raconta que ce soir-là il avait allumé une lanterne à gaz. La jeune fille blanche réagit comme si l'allumette avait opéré un miracle. La flamme dansait derrière les parois de verre. Elle riait. Elle approcha sa grande paume, avec ces six doigts si longs, de l'ouverture supérieure de la lampe et dit :

— Amgam.

Marcus pensa que ces six doigts le désignaient lui, l'interpellaient. Mais devant mon scepticisme il hésita. Nous finîmes par conclure que la jeune fille ne faisait rien d'autre que d'explorer la chaleur de la lanterne. De sorte qu'en réalité elle ne se présentait pas, elle se référait juste à la lanterne par un terme tecton.

— Marcus, dit-il.

— Amgam, répéta-t-elle.

— Amgam ? fit Marcus. Amgam.

Ainsi donc, Amgam n'était très probablement qu'un nom tecton qui signifiait "lumière", "feu", ou "chaleur". Mais Marcus se mit à l'appeler Amgam. Et elle conserva ce nom.

A cette époque, les héroïnes de roman étaient généralement des beautés angéliques, et l'un des aspects les plus surprenants du livre fut qu'Amgam n'en était pas du tout une.

Amgam correspondait-elle à nos canons de beauté ? La description de Marcus ne permettait pas de trancher. Certaines parties de son corps dépassaient nos idéaux féminins les plus élevés. Quand Marcus se rappelait la sveltesse du corps et des hanches, par exemple, il rougissait. Toujours. Ou quand il parlait de ces yeux égyptiens, démesurément grands et ronds, aux pupilles nocturnes noires et géantes, minces comme un cheveu quand la lumière du soleil les baignait. On comprend que la nuit, et sur un corps si blanc, les yeux devaient se détacher comme deux phares de lumière noire. Marcus les décrivait d'une façon très curieuse : des yeux à l'exact opposé de ceux de William.

Cependant, en ce qui concerne la silhouette sur le plan général, et si nous nous en tenions à un critère purement esthétique, nous devrions en conclure que certaines parties d'Amgam frôlaient le désastre. Les bras et les jambes, par exemple. Les jambes longues réaffirmaient une silhouette de gazelle. Malheureusement, des bras excessivement longs gâchaient l'ensemble. Quand elle les collait au corps, elle pouvait toucher ses genoux du bout des doigts. Ses mains et ses pieds étaient très grands eux aussi. Si Marcus posait sa main sur la sienne, tous les doigts d'Amgam dépassaient des siens. Les chemises et les pantalons de William lui étaient trop courts : c'était une femme grande, très grande. Elle dépassait Marcus d'une tête et demie, peut-être deux. Les hommes étaient habitués à regarder les femmes d'en haut, et la perspective que générait Amgam, contraire à l'habitude entre hommes et femmes, provoquait chez Marcus un regain de timidité. Les seins petits, presque inexistants, les mamelons comme des boutons. Le nez long et mince, la peau plaquée sur les os. Et étant donné que les lèvres étaient très grandes elles aussi, la structure de son visage reposait sur une sorte de T majuscule inversé.

Pourtant, tout jugement esthétique sur Amgam devrait prendre en compte le magnétisme qui irradiait de cette silhouette de chaux.

C'était une étrangère à l'état pur, et par conséquent le témoin le plus impartial de la vie sur terre. Si Amgam parvenait à se faire une opinion de notre monde, ce serait un jugement net de tout intérêt, préjugé ou sympathie préalable. Pendant nos séances, Garvey ne recourut jamais à ce raisonnement. J'y arrivai par moi-même. (C'était par ailleurs inévitable.) Les frères Craver n'y pensèrent pas parce que le regard du pirate les guidait : ils ne voyaient pas le trésor, juste le butin. Garvey, beaucoup plus humble, voyait au moins une femme.

Un matin, Marcus remarqua qu'Amgam ne se trouvait pas dans la clairière. Cela n'avait rien d'exceptionnel. Elle disparaissait souvent de sa vue, s'enfonçait dans la forêt, et revenait après une courte promenade. Ce jour-là, il se mit à pleuvoir. A la manière du Congo, un déluge qui menaçait d'inonder le monde. Les gouttes résonnaient sur les bottes et les boîtes de conserve comme si elles leur avaient tiré dessus, et la clairière se transformait en une immense flaque de boue. Marcus ne s'inquiéta pas. Il savait que les tempêtes du Congo étaient aussi apocalyptiques que brèves. Les Craver avaient l'habitude de se cacher sous une grande toile tendue entre quatre piquets, près de la mine. Mais si la pluie ne faiblissait pas ils pouvaient également se réfugier sous leurs tentes. Et dans ce cas William découvrirait l'absence de sa "pâlichonne".

Le soleil sortit, grâce à Dieu. Après un orage, William et Richard étaient plus irritables. Avant de reprendre le terrassement, ils devaient évacuer l'eau de la mine. Ce qui signifiait perdre du temps, et s'ils perdaient du temps ils perdaient de l'argent. D'où il se trouvait, Marcus pouvait entendre les bramements et les coups de fouet des Craver.

Mais Amgam ne revenait pas. La boue s'était solidifiée. Les pots et les récipients inondés par la pluie étaient pleins d'insectes noyés. Au bout d'un moment, il commença à s'inquiéter vraiment. Il laissa la marmite et s'enfonça dans la jungle.

— Amgam ? Amgam ? criait-il.

Il n'obtenait pas de réponse. Il n'entendait que les bruits de la jungle et les craquements des branches qu'il brisait sur son passage. Merde. Pourquoi avait-il estimé qu'Amgam ne s'enfuirait pas ? Pour une raison qui lui sembla maintenant absurde, il l'avait considérée comme suffisamment intelligente pour écarter l'idée de l'évasion. La jungle était pleine de dangers, elle ne pourrait jamais aller nulle part. Mais Amgam avait peut-être une autre perspective. Si terrible que fût la jungle, rien ne pouvait être pire que la tente de William. Oui, William Craver. Il le tuerait. C'était une chose de libérer le Tecton, et une autre d'égarer son jouet nocturne.

— Amgam !

Elle pouvait se trouver n'importe où. Et il était inutile de poursuivre une femme aux si longues jambes. Il jeta sa casquette de travail dans la boue et la piétina, furieux. Par chance, dans cette partie de la jungle la végétation était suffisamment clairsemée pour lui autoriser vingt ou trente mètres de vision. Et au fond, sur une pierre, il vit une silhouette blanche.

Amgam était assise sur une pierre assez haute pour que les herbes ne l'aient pas complètement envahie. Dans ce coin, juste au-dessus de ce rocher, le plafond de la jungle était plus épais. L'excès d'humidité avait empêché les fourrés d'avaler la roche : les couches supérieures contenaient une telle accumulation d'eau que celle-ci était constamment filtrée tout au long de la journée. Ainsi, dans la clairière, il ne pleuvait plus, mais un jet fin et méthodique tombait sur Amgam. La voûte végétale transformait les lieux en un point sombre. La lumière se réduisait à des rayons fins et compacts qui tombaient au hasard sur la pierre.

Elle était nue. Assise sur la mousse qui tamisait la roche, les jambes croisées et les yeux fermés, elle tournait la tête pour que l'eau se répartisse sur tout son corps. Ses cheveux, maintenant propres, brillaient, aussi blancs que sa peau. Marcus s'approcha d'elle. Maintenant qu'il l'avait retrouvée, il avait honte de la déranger pendant qu'elle se lavait. Non, c'était un peu plus qu'une simple toilette. On aurait dit une autre femme.

Quand il fut près de la pierre, il se racla la gorge pour s'annoncer, la casquette sale entre les mains. Elle l'ignora. Marcus vit une fine pellicule de fumée blanche qui entourait Amgam. C'était l'eau, s'évaporant au contact d'une peau si chaude.

Marcus se trempait. Il tendit le bras jusqu'à lui toucher un genou avec deux doigts :

— Ecoute. Et, désignant la clairière : On devrait rentrer.

Amgam ouvrit les yeux. Comparées aux nôtres, ses paupières étaient d'une taille incroyable. Quand elles se dressaient, c'était avec une lenteur mécanique, sans hâte, comme un rideau d'opéra.

Elle le regarda du haut de ce rocher couvert de mousse tropicale, et ce que Marcus vit dans ses yeux fut de l'intelligence à l'état pur, de la même façon que l'or peut exister à l'état pur. Elle ne lui obéit pas. Au lieu de descendre de la pierre, elle parla.

Naturellement, Marcus ne comprit pas un mot. Mais il comprit le ton. Ce n'était pas une femme rancunière, juste sévère. C'était la voix de quelqu'un qui fait des reproches, de quelqu'un qui accuse. Amgam avait passé suffisamment de temps dans la clairière pour comprendre quel pouvoir la dirigeait. Et en parlant de la sorte, en le regardant de la sorte, elle lui disait ceci : toi aussi tu appartiens à l'ordre établi, Marcus Garvey, tu fais la cuisine pour les assassins.

Marcus nia vigoureusement de la tête :

— Je ne peux rien faire. Je ne peux pas.

Amgam n'avait rien d'autre à dire. Mais elle continua à le regarder. L'eau lui coulait sur le visage, entrait dans ses yeux, et elle ne cillait même pas. Marcus recula d'un pas, intimidé et honteux :

— Je ne peux rien faire contre les Craver. Personne ne pourrait.

Il était entré dans la jungle à sa poursuite, et maintenant c'était lui qui fuyait. En direction de la clairière.

Un jour, je tapai à la machine jusqu'à une heure avancée de la nuit et, vers deux heures et demie du matin, des choses étranges commencèrent à se produire. Je ne parvenais pas à m'ôter Amgam de la tête. Je pensai que les fonctionnaires des tribunaux avaient rédigé des milliers de pages de procédure, mais que n'apparaissait nulle part la personne la plus déterminante de l'affaire Garvey. Amgam, oui, un œil critique qui tourmentait ceux qu'elle regardait. Marcus Garvey l'avait rencontrée, et une fois interrogé par Amgam il ne pourrait plus être le même. Je me rappelle que je retirai les mains des touches et posai une main sur ma bouche. Bien qu'il fût très tard, je m'introduisis dans la chambre de M. MacMahon.

— Monsieur MacMahon… Réveillez-vous, monsieur MacMahon… murmurai-je en lui secouant l'épaule.

— Tommy ? Qu'y a-t-il, mon garçon ? s'inquiéta MacMahon. La maison brûle ?

Je m'assis sur un côté du lit. MacMahon n'avait eu le temps de se redresser qu'à moitié.

— Monsieur MacMahon, comment êtes-vous tombé amoureux de votre femme ? lui demandai-je.

— Comment ? fit-il en ôtant les croûtes de ses yeux. Par saint Patrick, Tommy. Tu sais quelle heure il est ?

— S'il vous plaît, répondez-moi.

— J'ai sommeil, Tommy. Tu ne peux pas attendre demain ? Oui, c'est ça. Demain, je te parlerai de Mary.

— Non, maintenant, s'il vous plaît.

MacMahon se frotta les yeux. L'espace d'un instant, je craignis qu'il n'expulsât un vent bruyant. Il se gratta l'aisselle et la nuque :

— Eh bien, dit-il en s'éclaircissant les idées, je voulais une femme jeune, propre, docile et heureuse. Et qui puisse me donner des enfants, bien sûr. C'est comme ça que j'ai commencé à la chercher. D'abord dans mon village, et ensuite dans tous ceux de la région.

Je protestai :

— Mais que vouliez-vous ? Vous marier, ou acheter une vache ?

MacMahon répliqua d'une voix subitement ferme :

— Mary est la meilleure femme qui ait jamais existé. J'aurais fait dix fois le tour du monde pour la rencontrer.

— Vous parlez sérieusement ?

— Oui, petit. C'est comme ça.

— Ce fut le coup de foudre ?

— Non. Ce fut plus que ça, beaucoup plus. Je l'aimais avant de l'avoir vue.

— Avant ? Comment est-ce possible ?

— Parce qu'on m'avait parlé d'elle. Dans les villages, ça marche comme ça. Tout le monde se connaît. Et ce que l'on raconte est important. On m'avait beaucoup parlé de Mary, et en bien. Avant de la voir, j'allais déjà comme les chiens, la tête basse et la langue pendante. Et un jour, pendant que je me préparais pour aller aux fêtes du saint patron, où des amis nous avaient organisé un rendez-vous, je sus que Mary serait la femme de ma vie.

— Comment pouviez-vous en être sûr ?

— Je l'étais.

— Oui, je peux comprendre, reconnus-je.

— Non, tu ne comprends pas, me contredit MacMahon. Il me regarda droit dans les yeux, me désigna le nez du doigt et dit : L'amour est très difficile à comprendre. Et tu sais pourquoi ? Eh bien, parce que l'amour est la chose la plus sotte de l'univers, Tommy, mais aussi la plus importante. C'est pour cela qu'il est si difficile à comprendre.

11

Nous savons que William et Richard aimaient la chasse. Et depuis que le travail de la mine était devenu plus routinier, les deux frères avaient du temps libre à revendre. Il suffisait de Pepe pour surveiller les ouvriers de l'intérieur de la mine. Les rares qui, par roulements, nettoyaient l'or dans la baignoire, à l'extérieur, témoignaient d'une capacité de soumission infinie. Et, en cas de nécessité, Pepe pouvait toujours demander de l'aide à Marcus qui s'occupait de la cuisine tout près de là. Mais Pepe n'en eut jamais besoin. Un regard moins méfiant et plus réaliste aurait révélé aux frères Craver que les Noirs ne montraient pas le plus petit indice de révolte, ni ne tentaient même de s'approprier un gramme d'or.

Un matin, Marcus accompagnait Richard à la chasse. Ils cherchaient une grosse pièce, un buffle ou une gazelle de la jungle pour nourrir le groupe de mineurs. Richard se pencha pour observer des traces dans la boue. Il se tourna vers Marcus, excité :

— Préviens William, vite ! Il y a un lion dans les environs, et s'encourageant lui-même : Nous allons chasser le lion !

— Et si William est sous sa tente ? Je veux dire, très occupé, fit Marcus. Il ne voudra sûrement pas être interrompu.

— Fais ce que je te dis, ordonna Richard. Qu'est-ce que tu crois qui intéresse le plus William ? Chasser un lion, ou monter la pâlichonne ?

Marcus obéit, bien qu'il sût parfaitement que sa prophétie allait s'accomplir : William jura quand il se vit interrompu par Marcus de l'autre côté de la toile. Mais la supposition de Richard était exacte elle aussi : l'idée d'abattre un lion l'enthousiasmait. William sortit de la tente, nu. Pendant qu'il s'habillait à toute vitesse, il ordonna :

— Ah, Marcus. La tente est sale. Balaie-la.

William disparut dans la jungle. Marcus entra dans la tente. Le plafond était très bas et il dut se mettre à genoux. Pour balayer, il utilisait une brosse en poils noirs. Elle était faite avec les cils d'un éléphant abattu par les frères Craver. Il avait rassemblé les cils des deux yeux pour confectionner une balayette très utile pour nettoyer dans les coins.

Il balayait et, du coin de l'œil, il jeta un regard à Amgam, au fond de la tente. Il avait honte de la regarder. William l'avait peut-être violée jusqu'à cet instant précis. Il s'approchait de plus en plus vers le centre de la tente, et tôt ou tard il parviendrait à l'endroit où elle se trouvait.

Elle ne semblait pas particulièrement malheureuse. Nue, les yeux grands ouverts et regardant au plafond, Amgam parcourait sa poitrine et son ventre d'une main, très lentement. Ses doigts parvenaient même au duvet pubien blanc puis remontaient. On aurait dit qu'elle avait ordonné à ses sens d'hiberner. Ce n'était pas elle qui se trouvait dans cette tente, juste son corps.

Amgam ne combattait pas la douleur. Elle l'extrayait d'elle-même comme une chose vivante, étrangère. Marcus pensa qu'une bonne partie de son secret résidait dans sa compréhension particulière de la douleur. A cet instant précis, il sut qu'Amgam était un être infiniment supérieur à tous ceux qui se trouvaient réunis dans cette clairière. Et il le sut avec une certitude éclatante, de la même façon qu'il savait que l'Angleterre était très loin ou que dans la jungle il y avait des arbres.

Marcus balayait toujours la tente. Il était esclave d'un automatisme acquis après tous ces mois au service des Craver. La brosse traîna un objet inconnu. Il ne l'identifiait pas bien et dut le prendre entre deux doigts. C'était un sachet en caoutchouc souple, rempli de liquide. Marcus lâcha le préservatif d'un geste dégoûté.

Il se sentait mal. Dans cette clairière du Congo, la réalité et la fantaisie étaient deux nations en guerre qui s'envahissaient mutuellement. William violait Amgam, et c'était lui qui avait peur d'être contaminé. Pendant ce temps, pendant que tout cela se déroulait, lui, Marcus Garvey, balayait le sol avec des cils d'éléphant. Il connut une étrange ivresse, comme si l'air de la tente avait été une liqueur. Il eut envie de rire, mais il se retint : il devinait que s'il libérait ce rire il allait devenir fou. Il prit sa tête entre ses mains : s'il ne le faisait pas, il lui pousserait certainement des ailes sur les oreilles et sa tête s'envolerait. Il aperçut une fiasque de whisky. Il en but une très longue gorgée. Puis il lança une chemise et un pantalon sur le corps nu d'Amgam :

— Habille-toi, dit-il, sans cesser de boire. Tu rentres chez toi.

Au début, elle ne le comprenait pas. Mais Marcus était décidé. Il l'aida même à boutonner sa chemise pour aller plus vite. Ils sortirent ensemble. Marcus allait d'un pas ferme en direction de la mine. Il l'emmenait avec lui, en la tenant par le bras. Il avançait avec tellement d'élan qu'il la traînait pratiquement derrière lui.

Pepe vit ce couple si extravagant. Elle, le dépassant de deux têtes, et si blanche, lui, la peau olivâtre et marquant le pas de ses jambes courtes.

— Monsieur Marcus ? Où allez-vous ?

Pepe ne le tutoyait pas. Ce signe de respect ne pouvait être bon. Marcus ne répondait pas, Pepe insista :

— S'il vous plaît, monsieur Marcus, ne faites pas ça.

— Pourquoi pas ? dit Marcus sans se retourner, déjà presque dans la fourmilière.

— Monsieur Marcus ! Elle est différente. Elle appartient à M. William. Nous allons avoir des problèmes, beaucoup de problèmes. Ne faites pas ça.

Marcus descendit l'escalier de la mine derrière elle. Les hommes avaient interrompu leur travail et les regardaient, stupéfaits. Quand ils foulèrent le sol, tous les Noirs s'écartèrent.

— Tu vas me tirer dessus, Pepe ? le défia Marcus.

Il conduisait Amgam vers le trou par lequel elle était entrée dans le monde.

— Monsieur Marcus ! cria Pepe. Arrêtez ! Il n'y aura pas d'autre avertissement !

Marcus leva la tête. En haut, à l'entrée de la fourmilière et se découpant sur les nuages, la figure herculéenne de Pepe le visait de son vieux fusil. Marcus s'arrêta. Mais il finit par se décider :

— Tu ne tireras pas. J'en suis sûr.

Pepe hésita quelques secondes éternelles. Puis il baissa son arme et dit sur un ton résigné :

— Non, je ne le ferai pas. Bien sûr que je ne le ferai pas.

Mais la résignation de Pepe ne constituait absolument pas la victoire de Marcus.

Quand Pepe parlait aux Noirs, c'était comme s'il l'avait fait sous l'eau. Et il leur parla dans cette langue pleine de bulles. Il n'eut pas grand-peine à les convaincre de retenir Marcus et la fugitive.

— Tu es content, Pepe ? brama Marcus en se débattant inutilement entre vingt bras. Que leur as-tu promis ? Un plat de lentilles ?

— Non, dit Pepe. De sardines.

Il n'y avait pas de solution. Ces hommes n'avaient pas lutté pour leur liberté, mais ils étaient disposés à entraver celle d'Amgam. Et pourquoi ? Pour une demi-boîte de sardines. Le plus triste de l'affaire était que ce jour-là justement, ils devaient en avoir. Marcus avait découvert récemment cinquante boîtes de sardines dans une malle qu'il croyait vide.

C'est-à-dire que, avec ou sans perfidie, ils auraient de toute façon mangé des sardines.

Amgam et Marcus sortirent de la mine. Quand il gravit la dernière marche de l'escalier et passa devant Pepe, Marcus lui murmura à l'oreille :

— Je ne te le pardonnerai jamais.

Une fois dehors, Marcus n'osa pas la regarder dans les yeux. Il poursuivit son chemin comme si elle n'avait pas existé, s'enfonçant dans la jungle. Quand il fut suffisamment loin du campement, il se laissa tomber, se ramassa sur lui-même comme un musulman qui prie et se mit à pleurer.

L'effondrement d'un homme devrait être un acte aussi privé que sa mort. Quand un homme tombe, quand il échoue, on devrait le protéger des excès publics. Mais il arrive qu'un apparent échec soit un succès, parce que les hommes parviennent parfois à sauver leur dignité simplement en s'efforçant de le faire.

Soudain, Marcus sentit six doigts lui caresser la nuque. Avant de s'en rendre compte, ils s'enlaçaient déjà.

Je me rappelle avoir interrompu Marcus :

— Ce n'est pas possible !

— Qu'est-ce qui n'est pas possible ? s'enquit Marcus, regardant de part et d'autre de la table. J'ai dit une bêtise ?

— Vous affirmez que vous avez fait l'amour avec elle ? Que vous êtes devenu son amant ?

Le visage de Marcus devint rouge comme une cerise :

— J'aurais dû me taire, n'est-ce pas ?

Mon buste était très tendu. Je me décontractai un peu, en me laissant aller contre le dossier de la chaise.

— Non, ce n'est pas ça, dis-je, peu sûr de moi et me repentant d'avoir crié. Vous faites bien de tout m'expliquer. Très bien.

— Alors ? Si ce n'est pas ça, quelle erreur ai-je commise ?

Marcus ne pouvait pas comprendre qu'il n'en avait commis aucune, qu'il avait juste blessé mes sentiments. Au début, la vision des doigts d'Amgam sur sa nuque m'était incroyable, puis insupportable. Ces six doigts si blancs, si minces, si longs. Je ne lui posai aucune autre question. Je ne voulais pas l'écouter. Mais j'imaginai inévitablement Marcus et Amgam enlacés au milieu de la jungle. Je sentis un feu glacé dans le cœur, une flamme de chalumeau fine et compacte qui me perforait la poitrine.

Pourquoi cela me heurtait-il à ce point ? Je désapprouvais mes sentiments envers Amgam. En réalité, je les abhorrais. Ils étaient nés quelques nuits plus tôt dans la chambre de M. MacMahon, et à ce moment déjà j'avais pressenti la gêne qu'ils allaient m'occasionner. Il ne pouvait exister de sentiments plus ridicules. Et à la fin de cette séance, assis en face de Marcus Garvey, je me disais : "Tommy, mon garçon, comment peux-tu être jaloux d'un prisonnier, et en plus à cause d'une femme que tu n'as jamais vue et que tu ne verras jamais ?" Mais aussi j'étais suffisamment intelligent pour comprendre qu'il fallait reformuler la question : d'où Garvey tenait-il cette capacité à me faire du mal à travers la parole ?

L'histoire de Marcus Garvey mettait en évidence mes défauts et mes limites. Je ne m'étais pas rendu compte à quel point je le méprisais et me sentais supérieur à lui avant qu'il ne m'eût raconté qu'il avait couché avec elle. Il s'avère très facile de se montrer compatissant vis-à-vis de quelqu'un qui nous est si inférieur. Raison pour laquelle je m'étais offert le luxe de me montrer aussi généreux et indulgent avec lui, un gitan bâtard qui attendait l'échafaud. Mais maintenant mes sentiments entraient en conflit avec sa biographie. Et que quelqu'un comme Marcus pût accéder à l'amour d'Amgam m'offensait. Il avait eu quelque chose que je ne pourrais jamais avoir. Jamais. Et jamais est un mot très long. Je le répète : jamais.

Mais, en fait, cet épisode n'avait rien d'extraordinaire. Amgam évoluait avec une transparence à la fois magique et parfaitement logique. Il aurait été étrange qu'elle agisse autrement. Que Marcus fût un être subalterne, une créature gitane et courte sur pattes, n'avait aucune importance. Du moins pour elle. Amgam venait d'un autre monde, elle était libre de nos préjugés. Marcus, le meilleur homme de la clairière. C'était pour cela qu'Amgam aimait Marcus. Et maintenant que je savais Amgam capable d'aimer quelqu'un comme lui, je l'aimais encore plus. Et lui, un condamné à mort, je l'enviais.

Pendant que je me faisais ces réflexions, Marcus était suspendu à mes paroles, sans la moindre idée du cours qu'avaient pris mes pensées.

— Quelle erreur ai-je commise, monsieur Thomson ? insista-t-il.

Je m'éclaircis la gorge bruyamment, tentant de dissimuler ma gêne, et lui expliquai :

— Auparavant, vous avez déclaré que William et Richard étaient partis chasser le lion.

— Oui, en effet. Richard avait vu des empreintes de lion dans la boue de la jungle. Ils sont partis ensemble sur sa piste. Mais ils ne l'ont pas trouvé.

— Il n'y a pas de lions dans la jungle, esquivai-je. Ce devait être un léopard.

— Un léopard ? réfléchit Marcus. Peut-être que oui, peut-être Richard a-t-il parlé d'un léopard. Je ne m'en souviens pas.

L'obsession des frères Craver pour la mine augmentait de jour en jour. En revanche, l'intérêt de Richard pour la chasse au buffle tomba comme une fièvre infantile : d'un coup. La passion sexuelle de William faiblissait également. S'il ne cédait pas la jeune fille à son frère, c'était par pur instinct de propriété. William était malin, il se rendait compte que l'instinct de hiérarchie des Noirs était renforcé par cette image : l'homme le plus blanc du monde dominait la femme la plus blanche du monde. Ou de l'inframonde. Mais à l'attitude de William il fallait ajouter une chose indéfinissable.

Parfois, parfois seulement, Marcus pensait que William n'utilisait pas son pouvoir pour contrôler Amgam, mais pour éviter que quiconque ne s'approchât d'elle. Néanmoins ces idées, trop subtiles pour un Marcus Garvey, lui traversaient l'esprit comme des étoiles filantes par une nuit claire, de façon sporadique et sans s'arrêter.

La justice se manifeste fréquemment quand les justes subissent un coup du sort imprévu. Elle peut aussi s'exprimer à l'inverse, quand le destin accorde une bonne fortune inattendue aux dépravés. Parce que ce filon était d'une fertilité unique. La baignoire purifiait plus d'or chaque jour. D'une moyenne de soixante-cinq grammes quotidiens, on passa à quatre-vingt-dix, puis à cent et ensuite à cent dix. Et plus on extrayait d'or, plus les Craver exigeaient des mineurs de quantités de terre à retourner.

Un jour, Marcus fut appelé pour aider à la mine. L'espace intérieur allait s'accroissant et il fallait quelqu'un pour décider de l'emplacement des poutres en bois.

Il remarqua que le paysage avait subi d'importants changements depuis sa dernière visite. Dans les murs, des trous plus nombreux et plus grands. Marcus s'arrêta devant le tunnel par lequel Amgam était venue au monde. L'ouverture était plus large. L'œuvre des mineurs ? Non. Ils foraient uniformément dans toutes les directions. Quand ils dégageaient de la terre, ils se contentaient de laisser à découvert des tunnels préexistants qui s'élargissaient au fur et à mesure qu'ils s'enfonçaient.

Les mineurs n'avaient pas besoin de beaucoup d'instructions pour installer les poutres en bois. Etant donné que personne ne le surveillait, Marcus en profita pour s'approcher du plus gros trou. Il frotta une allumette. Cette petite lumière si faible n'éclairait que deux mètres de tunnel. Suffisamment pour voir une sorte de tube qui épousait le relief d'un voile de palais. Plus loin, le tunnel se tordait comme un ver, en s'enfonçant dans la terre. Soudain, il sentit un courant d'air sur le visage. Pendant qu'il se demandait si ce vent était le produit de son imagination, l'allumette s'éteignit, d'un souffle. Mais si le tunnel s'enfonçait dans la terre, comment se faisait-il qu'il lui parvînt une bouffée d'air ? Marcus ne voulait pas s'interroger davantage. Le souvenir du Tecton était encore trop angoissant. Quand il sortit de la mine, c'était un homme presque heureux.

A cette période, l'état d'esprit le plus fréquent chez les deux frères était l'euphorie. La mine rapprochait chacun de sa propre vengeance sociale. William voulait s'acheter une banque. Richard, une armée. Et l'euphorie s'exprimait souvent à travers un ressentiment volcanique. La nuit, ils se saoulaient, criaient et tiraient des coups de revolver en l'air. Marcus craignit plus d'une fois qu'un coup de feu ne perforât leur toile de tente et ne les blessât, lui ou Pepe.

Les Africains devenaient des sortes de Nibelungen noirs. Et ce n'est pas une métaphore ! Les Craver avaient approché de la fourmilière un gramophone pourvu d'un haut-parleur en forme d'œillet géant. Ce que l'on entendait le plus souvent était Wagner. Les moustiques luttaient contre la musique, excités jusqu'à la folie, et attaquaient les hommes comme de petits projectiles de chair. Mais William était convaincu que la musique encourageait les mineurs. Inutile de préciser que quelques coups de fouet contribuaient grandement à accélérer les cadences.

On travaillait de plus en plus dur chaque jour, on extrayait de plus en plus d'or, et la mine prenait de l'ampleur. La quinzaine suivante, il régna une paix factice, mais tangible. C'était comme si la mine et les deux frères, mus par des intérêts communs, avaient décidé de ramer dans la même direction. Ainsi, on ne savait plus si c'étaient les frères Craver qui avaient trouvé la mine ou la mine qui avait trouvé les frères Craver.

Pendant ce temps, Marcus vivait dans un autre monde. Il avait connu l'amour là, dans la jungle, avec Amgam. Le Congo était un endroit étrange. Un endroit où la douleur et le plaisir confluaient et se superposaient, exactement comme des couches d'humus végétal.

L'obsession des Craver pour l'or créait de nombreuses fissures qui permettaient à Marcus et Amgam de s'évader de longs moments. La journée de travail était d'une monotonie quasi incroyable. William aiguillonnait les mineurs comme des bœufs attelés à une charrue, les poussant à extraire davantage de terre, d'or, tandis que Richard supervisait les travailleurs de la baignoire. L'obligation de base de Marcus était de préparer les repas des frères Craver et la pitance des mineurs. Souvent, quand il avait fini de préparer les mets délicieux destinés à William et Richard, il laissait bouillir la grande marmite et s'enfonçait dans la jungle jusqu'à un lieu décidé au préalable en accord avec Amgam.

Marcus n'aurait pas échangé un seul de ces moments avec Amgam même contre tout l'or des frères Craver. C'était elle qui l'incitait à la toucher, lui prenait les mains et les posait sur son corps. Elle le touchait elle aussi, elle ne connaissait pas la pudeur. Lors des premiers rendez-vous, quand elle l'étreignait avec cette peau si chaude, Marcus avait la sensation qu'il allait brûler comme une pomme au four. Et au début, les caresses d'Amgam ne lui étaient pas tellement agréables. Il se sentait comme un animal manipulé par des vétérinaires. C'était comme si elle lui avait dit : Fais ça, fais-le comme ça. Et Marcus se demandait : C'est normal, c'est toujours comme ça ?

Mais ces contacts, en apparence si grossiers, laissèrent bientôt la place à un raffinement érotique. Elle cessa de le guider bien plus tôt qu'il ne l'aurait imaginé. Il fouillait son corps avec autant voire davantage d'insolence qu'elle n'en avait eu pour l'examiner quelques jours plus tôt. Chaque fois qu'ils s'aimaient, Marcus découvrait une source de plaisir différente. "Mon Dieu, Seigneur et Gloire de tout l'univers, avant que cette femme et moi n'épuisions tous les plaisirs, un ver solitaire pourrait dévorer tout le bois du Congo", se dit-il un jour.

Les explications de Marcus provoquaient en moi un double malaise. Il ne se retenait jamais, ses récits débordaient d'excès. Nous ne pouvons ici faire abstraction de la morale victorienne. Cela peut paraître incroyable aujourd'hui, mais à l'époque l'étiquette des classes bien-pensantes recommandait de ne pas prononcer sans une bonne raison des mots tels que "jambe" ou "bras", car ils étaient impudiques. Je ne savais rien de la vie. Et j'avais devant moi un Marcus Garvey couvert de chaînes, mais qui me parlait de gémissements et de frémissements avec une liberté que je n'aurais pas pu trouver même dans les feuilletons les plus pornographiques. C'était comme si cet homme, après le Congo, avait oublié que la vie et le sexe sont séparés par les murs de la civilisation. Et tout ce que je pouvais faire était de prendre des notes avez un sourire intermittent sur les lèvres.

Je n'avais donc guère à fournir d'efforts d'imagination pour les voir. Un petit gitan tel que Marcus Garvey au cœur de la jungle tropicale, trempé de sueur, enlacé à une femme à la peau de neige, mais à la température de cinq ou six degrés plus élevée que la nôtre. Le deuxième motif de mon malaise, était naturellement que j'étais obligé d'écouter les détails de cet amour unique, un amour que j'aurais souhaité vivre mais qu'il m'était seulement permis de transcrire. Ils étaient amants, et moi un simple copiste qui ne surmontait pas son étonnement.

L'amour furtif a il est vrai toujours présenté des inconvénients. Marcus souffrait car il craignait que William et Richard ne découvrent que les deux absences étaient liées. Il ne voulait même pas penser aux représailles qu'exercerait William. Et il souffrait aussi à cause d'Amgam. Avant ou après avoir fait l'amour, elle exigeait qu'il l'écoutât. Elle le prenait parfois par le poignet et l'obligeait à s'asseoir pour qu'il fût plus attentif. Elle voulait lui expliquer quelque chose de très important, oui, mais quoi ? Il ne comprenait pas.

Marcus s'asseyait comme un chien qui essaie d'apprendre : le chien sait qu'il a devant lui une intelligence supérieure, mais il est incapable de comprendre ce qu'on attend de lui. Amgam prenait toujours l'initiative : Assieds-toi, écoute, réfléchis à ce que je te dis, tu comprends, tu comprends ? Il est important que tu comprennes ! Amgam parlait et gesticulait, elle pouvait aussi bien s'expliquer avec véhémence qu'avec lenteur, et Marcus ne comprenait rien. La langue tecton possédait une phonétique d'une richesse extraordinaire. Quand elle parlait avec tous ces sons, il lui était impossible de retenir un mot. En revanche, d'autres fois, la voix d'Amgam glissait sur le ton déliquescent d'un sablier.

En utilisant toutes ses facultés d'imagination, Marcus tentait de déchiffrer cette mimique. Il ne pouvait que spéculer. Un jour, il lui sembla comprendre une histoire différente, qu'Amgam était venue là poussée par le désir de connaître d'autres formes de vie. Marcus rit. Non, pas ça. Il ne l'admettrait vraiment jamais. Quel intérêt pouvait présenter la vie des Craver, des Noirs, de lui-même ? La routine de la clairière, l'esclavage de la mine ? De toute façon, les raisons qui l'avaient conduite vers notre monde étaient anecdotiques. Le véritable intérêt d'Amgam était de lui communiquer une autre idée, beaucoup plus urgente. Elle ne cessait d'insister. Et Marcus, désespéré, nu, ne pouvait que se prendre la tête dans les mains et pleurnicher :

— Que veux-tu, petite, que veux-tu ? Qu'essaies-tu de me dire ?

Quelques jours plus tard, les bruits de la mine recommencèrent. Tout le monde fut réveillé à minuit par des cris. Une clameur montait du puits de la mine :

— Champagne, champagne, champagne !

William, Richard, Marcus et Pepe sortirent de leurs tentes pratiquement à l'unisson.

— Qu'est-ce qui se passe encore ? demanda Richard.

— J'espère que c'est important, ou je leur couperai la langue avec les ciseaux à viande, dit William.

Ils arrivèrent tous quatre à la fourmilière. Pepe fit taire les mineurs d'un cri sec. La langue des Noirs pouvait claquer plus fort qu'un fouet, se rappelait Marcus. Puis il leur demanda pourquoi ils criaient.

— Les bruits. Encore les bruits, traduisit Pepe.

— Quel genre de bruits ?

— Des coups.

William avait sommeil et ces Noirs l'avaient réveillé. Il se frotta les yeux. Marcus croyait qu'il allait sortir son revolver, tirer en l'air ou, pire encore, sur quelqu'un. Mais William était imprévisible. Sa réponse mériterait de figurer dans une anthologie des aberrations :

— Dis-leur de se mettre de la terre humide dans les oreilles. Ça leur servira de bouchon, et comme ça ils n'entendront rien.

Et il regagna sa tente !

D'après Marcus, et si incroyable que cela puisse paraître, la tactique fonctionna. Les prisonniers et les enfants ont de nombreuses choses en commun : les Noirs criaient, mais personne ne leur prêtait attention ; ils n'obtenaient pas de réponse et à la fin, comme des nourrissons qui pleurent et dont on ne s'occupe pas, ils se lassèrent et se turent. Après tout, quoi qu'ils fassent, ils ne pouvaient pas sortir de la mine sans l'échelle.

Mais le lendemain tous les visages reflétaient cet affaiblissement que l'épouvante prolongée génère chez les hommes. William comprit que les Noirs avaient besoin de quelques mots :

— Ecoutez-moi tous, leur cria-t-il. La jungle est pleine de bruits. Les bruits n'ont jamais fait de mal à personne. Je ne veux plus de hurlements la nuit !

Une nouvelle journée de travail commençait. Richard prit William à part. Mais Marcus put l'entendre lui dire :

— Arrête tes bêtises, dit-il à voix basse. Chaque fois qu'ils ont entendu des bruits, il s'est passé quelque chose. Voilà la vérité.

— Un vieux et une jeune fille, dit William. Voilà tout ce qui s'est passé.

— Je n'avais jamais vu personne comme eux. Ils ne sont pas normaux. Et tu le sais.

— Ne sois pas stupide. Ils ne peuvent pas venir de sous la terre. Il doit y avoir une explication tellement simple qu'elle ne nous vient pas à l'esprit.

Richard agita tristement la tête :

— Pour l'amour de Dieu, William. Tu l'as vue mieux que moi. Tu dors avec elle ! Il y a peut-être une explication simple, aussi simple que ça : des êtres humains vivent dans le sous-sol du Congo. Et va savoir ce qu'il s'y cache d'autre ?

— Que veux-tu que je te dise ? s'exclama William avec un début de colère dans la voix. Il se passe des choses étranges, effectivement. Mais c'est l'Afrique, Richard, l'Afrique ! Ici, il se passe des choses bizarres. Les Noirs sont noirs. Nous ont-ils empêchés d'arriver à l'or ? Non. Nous avons vu un vieillard et une gamine blanche. Tu veux qu'on se rende pour ça, Richard ? William changea de ton. Il passa un bras autour des épaules de son frère : C'est notre chance. Nous sommes en train d'amasser une fortune ! Je n'envisage pas de rentrer au moment où je gagne autant d'argent. Et toi non plus.

Richard s'assit, le fusil entre les genoux. Il caressait la culasse de l'arme. Quelques secondes plus tard, il reconnut :

— Tu as peut-être raison. Que peut-il arriver d'autre ?

— Voilà qui me plaît.

Et ils se rejoignirent dans une intense étreinte. Ce fut la seule occasion où Marcus vit une authentique fraternité entre les frères Craver. Puis William pinça affectueusement les joues de Richard :

— Et maintenant, va t'occuper de la baignoire. Ou tu veux peut-être que les singes nous voient nous disputer ?

A la première occasion, Marcus emmena Amgam dans la forêt. Il l'entraînait par le coude et regardait derrière eux. Quand il fut sûr qu'ils étaient seuls, il lui parla :

— C'était ça, que tu voulais me dire, n'est-ce pas ?

Elle ne le comprenait pas.

— Amgam ! Marcus essayait de dessiner la mine dans l'air. Qu'y a-t-il là-dessous ? Qui ? Ce sont tes amis ? Tu les connais ? Ce que tu voulais dire, c'était que tes amis, tôt ou tard, allaient monter.

Mais cette fois c'était elle qui ne comprenait pas. Les yeux d'Amgam bougeaient comme si elle avait tenté de suivre le vol d'une mouche. Ils allaient des mains de Marcus à ses lèvres, et vice-versa. Marcus la fit asseoir dans l'herbe et s'assit lui aussi. Il parla très lentement. Du doigt, il désignait le sol et disait :

— Des amis à toi ? Des Pepe à toi au-dessous de nous ?

— Pepe… elle finit par comprendre.

Marcus sourit :

— Oui, bien sûr, c'est ça : Pepe, Pepe, Pepe ! Des Pepe d'Amgam.

Mais elle se tut. Elle ne partageait pas la joie de Marcus. Au contraire. Son visage ressemblait à un mur de pierre blanche, un écran en granit. D'un geste brusque, elle se leva. Comme elle était grande ! Marcus restait au ras du sol et elle devant lui, mince, infiniment grande, s'élevant vers les nuages comme une tour d'ivoire.

— Champagne ! cria Amgam. Elle agitait les bras en haut et en bas pour donner de la force à ses paroles. Champagne ! Champagne ! Champagne !

Marcus se leva d'un bond. Il avait peur qu'on ne les entendît du campement et il lui couvrit la bouche de sa main.

Ce jour-là, Marcus ne put m'en expliquer davantage. Le temps qui m'était imparti s'achevait et les gardes lui ordonnèrent de se lever.

— Les gens utilisent le terme "peur" avec beaucoup de joie, me dit-il pendant qu'on le fouillait pour s'assurer que je ne lui avais rien donné. Les enfants ont peur de l'homme au sac ; les femmes ont peur des souris ; les hommes ont peur de leur contremaître. Les gens ont peur que le prix du pain n'augmente ou que la guerre n'éclate. Mais ce n'est pas ça, avoir peur. Et pour savoir ce qu'est la peur, il ne suffit pas d'en avoir entendu parler.

Marcus était déjà dans le couloir. Les deux gardes l'escortaient, chacun le tenait par un coude. Il parlait toujours. Ce jour-là, il parla jusqu'au moment où il disparut dans le couloir, tranquillement, comme un orchestre jouant sur un bateau qui coule. Pendant qu'il s'éloignait, il parvint encore à me dire :

— Amgam criait "Champagne, champagne, champagne !", et quand je lui couvrais la bouche, je sus que c'était la première fois de ma vie que j'avais peur, vraiment peur. Vous comprenez, monsieur Thomson ?

En regagnant la pension, je pensai que le livre dépassait mes capacités. Je me promenai sans but, polémiquant avec moi-même. Comment pouvait-on décrire toute l'horreur et tout l'amour de Marcus, à côté d'Amgam et dans l'attente des Tectons ? Impossible. On ne pourrait jamais écrire le livre de cette histoire. Du moins pas moi. D'autre part, le livre avait trop grandi, il me dépassait, maintenant, et Norton, et Marcus lui-même. Il fallait en finir. Peu importait même que j'eusse suffisamment de talent ou non, de même que personne ne demande à un soldat s'il a suffisamment de courage pour accomplir une mission. Je ne rentrai pas à la pension avant la nuit. J'y retrouvai M. MacMahon. Je ne m'y attendais pas, à cette heure si tardive, car MacMahon était très strict sur les horaires. Il était assis dans la salle à manger en compagnie d'une carafe de liqueur bon marché à moitié vide. Il me dit que sa femme était malade. Et lui, si loin, ne pouvait pas faire grand-chose pour l'aider. Ce n'était pas tant la gravité de la maladie qui le préoccupait, que le fait que la pauvre femme dût continuer à s'occuper des enfants. Je bus un whisky, par solidarité. Je le resservis, puis me resservis. Je bus trop. MacMahon ne pouvait pas aider sa femme et je ne pouvais pas aider Marcus Garvey. Comme j'étais un peu éméché, je parlai d'une voix pâteuse :

— Eh bien, vous ne connaissez pas le pire.

— Ah non ? me répondit MacMahon au bout d'un bon moment. Il avait lui aussi le regard perdu dans son verre.

— Non, vous ne savez pas. Il est très probable que l'humanité entière soit balayée par une race assassine.

— Ah oui ? fit MacMahon avec indifférence. Il secoua la tête de haut en bas comme s'il avait digéré la nouvelle. Il gratta les cheveux courts et épais qu'il avait sur la nuque, tel le poil d'un chien sauvage, et demanda sans passion : Et il n'y a aucune possibilité de les arrêter ?

— Je crains que non. Après avoir réfléchi un moment, je déclarai : Non, aucune. Ils vont nous anéantir. L'espèce humaine deviendra la poussière du passé. Il ne restera même pas des ruines de nous pour témoigner que nous avons existé.

Nous étions tous deux plongés dans la contemplation des verres.

— Peut-être ne méritons-nous rien d'autre… philosophai-je. Tout est fini.

MacMahon acquiesça de la tête. Je n'attendais pas d'un prolétaire prudent comme lui qu'il dise :

— Tout est foutu.

Il avait raison. Un jour nous serions du passé, à cause des Tectons ou du temps, tôt ou tard. Nous allions tous disparaître. Nous, ceux qui dépendaient de nous, ceux qui n'étaient pas encore nés et devraient un jour dépendre de ceux qui dépendaient aujourd'hui de nous. Tous.

— Tout est foutu, dis-je.

— Tout est foutu, dit MacMahon.

Le rire me vint de la même façon que surgit le hoquet. Il gagna MacMahon. En fin de compte, tout serait foutu un jour. Et y penser, d'un coup, donnait le fou rire. Nous riions si fort que les autres pensionnaires nous admonestèrent de leurs chambres, pour nous faire taire. Nous ne pouvions pas nous arrêter. Les portes des pensionnaires se transformèrent en tambours. Elles me faisaient penser aux tam-tam des jungles du docteur Flag. Elles transmettaient la grande nouvelle : tout est foutu. Nous rîmes jusqu'au moment où il n'y eut plus de whisky. Puis nous allâmes nous coucher. Que pouvions-nous faire ? Les Tectons allaient envahir le monde. Mais, nous, nous étions à court de whisky. Ce sont des choses qui arrivent.

12

Les jours suivants crispèrent tous les habitants de la clairière. Les cris nocturnes des Noirs étaient un baromètre des bruits souterrains. Certaines nuits, le vacarme ne cessait pas avant l'aube. William ne voulait rien savoir. Il ordonna à Marcus et à Pepe de régler les problèmes. Ils ne devaient le prévenir qu'en cas de réelle urgence.

Marcus détestait être réveillé par un cauchemar. Il constatait maintenant qu'il y avait pire : être réveillé par les cauchemars des autres. Au moment où il venait à peine de trouver le sommeil, l'irruption de hurlements bantous violait son esprit. Les cris surgissaient de la fourmilière et se propageaient dans la clairière. Cent bouches hurlant avec le désespoir des porcs qui viennent de recevoir le premier coup de couteau. Marcus ouvrait les yeux, déconcerté, terrifié, en sueur. Son cerveau avait du mal à assumer ce qui arrivait. Il apprit à se poser quatre questions avant de bouger : "Qui suis-je, où suis-je, qui crie, pourquoi me réveillent-ils ?" Et il se répondait : "Je m'appelle Marcus Garvey, je suis au Congo, je suis un contremaître de Noirs, les Noirs crient parce qu'une attaque tecton approche." Et quand il avait formulé ces quatre réponses, il se disait : "Calme-toi, tout est normal."

Marcus et Pepe se rendirent à la fourmilière en de multiples occasions. Quand les cris excédaient le niveau habituel, ils passaient la tête dans le trou de la mine, et demandaient aux hommes ce qui leur arrivait.

— Des bruits, traduisit un jour Pepe. Comme d'habitude.

— C'est pour ça qu'ils crient aussi fort ? fit Marcus.

— Des bruits de coups. De plus en plus proches.

— Des coups, des coups, des coups... maugréait Marcus. Et tu ne trouves pas bizarre qu'on ne les entende que la nuit ? Ils veulent nous tuer en nous privant de sommeil !

— Mais on les entend aussi pendant la journée, précisa Pepe : ce qu'il y a, c'est que, de jour, le bruit du travail les amortit.

Marcus gronda. Enervé, sans savoir pourquoi, il hurla :

— Pousse l'échelle ! Descends-la !

— Tu en es sûr ?

— Fais ce que je te dis.

L'échelle tomba et Marcus descendit. Pepe resta en haut, empoignant son vieux fusil. Malgré la pleine lune, Marcus ne voyait que des yeux à l'intérieur, des yeux blancs de toutes parts. Ils tremblaient et s'écartaient de lui comme un troupeau d'yeux. La mine empestait plus que jamais.

— D'où sort ce bruit ? demanda Marcus.

— Sur ta droite, au fond. Pepe traduisit d'en haut les indications des Noirs. Ils disent que le bruit provient de l'un des tunnels les plus élevés. Plus haut, au-dessus de ta tête. Tu le vois ?

Oui, il le voyait. L'excavation qui avait creusé le trou devait être récente. Il était rond, et bien plus grand que quelqu'un de la taille de Marcus. Il accrocha son fusil dans son dos et se hissa à bout de bras.

Il eut l'impression d'avoir passé la moitié du corps dans la trachée d'une baleine. Mais il se détestait lui-même d'avoir écouté les Noirs et il cria :

— Ici, on n'entend rien !

Il mentait. On n'entendait encore rien mais il était sûr que cela ne saurait tarder. Comme lorsqu'on jette une pierre dans un puits d'une profondeur inconnue : le bruit de l'impact met plus ou moins de temps, mais il finit toujours par arriver.

Et il l'entendit. Bien sûr, qu'il l'entendit. Il venait de très loin, des profondeurs de la terre. Marcus posa la paume de la main à l'intérieur du tunnel. Il vibrait.

Il lui sembla d'abord que tous les sons n'en faisaient qu'un. Mais son ouïe distingua très rapidement plusieurs niveaux. Le plus strident rappelait un papier que l'on déchire. Sous celui-là, il entendit une sorte de crissement rythmique, comme des centaines de sabots de cheval foulant du sable compact. Et il y avait encore un troisième bruit, plus indéfinissable, plus imprécis.

Marcus se laissa tomber sur le sol de la mine et remonta à l'échelle. Sa hâte le trahit. Les Noirs brisèrent l'attente silencieuse qu'ils avaient respectée pendant que Marcus auscultait les profondeurs. Ils criaient à nouveau de terreur, et quelques mains eurent l'audace de tenter de le retenir par la chemise, avec l'élan des naufragés qui implorent de monter dans une chaloupe. Marcus se dégagea sans ménagements et sans s'arrêter. Quand il arriva en haut, Pepe l'aida à retirer l'échelle.

— Il faut aller réveiller William, dit Marcus.

Il s'en chargea lui-même. Il s'assit devant sa tente et dit, en élevant lentement la voix :

— William ? William ? Tu es là, William ?

La porte en toile s'ouvrit de quelques centimètres. William était nu. Il ne portait qu'une chaînette en argent autour du cou. Ses yeux clairs étaient en parfaite harmonie avec la lumière de la lune africaine. Même Marcus pouvait apprécier la beauté du corps de William, une beauté créée pour vivre la nuit. Derrière lui, Amgam, assise comme toujours, jambes croisées. Elle n'était pas attachée. Il sentit en lui un même élancement d'amour et de haine, de la même façon que le bleu et le rouge peuvent se combiner en une même flamme. Marcus croyait que William l'attachait toujours à un piquet pour la posséder. Cela avait-il beaucoup d'importance, qu'elle fût attachée ou non ? Pas vraiment. William pouvait la violer quand il voulait et comme il voulait. Ce qui inquiétait Marcus était que peut-être, peut-être seulement, il n'avait pas besoin de la violer. A bien y réfléchir, il ne pouvait pas savoir ce qui se passait à l'intérieur de cette tente. Il pensa qu'il en savait aussi peu sur la relation entre William et Amgam que William sur la relation qu'il entretenait avec elle. Il baissa les yeux dans l'espoir de ne pas trahir ses sentiments.

— Je suis descendu dans la mine, l'informa Marcus en parlant tête baissée. Et c'est vrai, on entend des bruits.

— Ah oui ?

— Oui.

— Et qu'est-ce que cela a de nouveau, Marcus ? demanda un William irascible.

— Les bruits sont très forts.

Il mentait. La véritable nouveauté était que Marcus les avait entendus pour la première fois. Toutefois, ce qu'il tentait de lui communiquer n'était pas un renseignement, mais une terreur.

— Forts comment ? répliqua William avec un manque d'intérêt agressif. Forts comme des coups de tonnerre ? Forts comme des coups de canon ?

— Non, pas autant, dit Marcus, indécis. Mais on les entend.

— Et alors ? Que suggères-tu ?

Marcus agita la tête d'un côté à l'autre :

— Tu nous as dit de te prévenir. Ce n'est pas le bruit d'une flûte. C'est comme le bruit d'une grande usine. Les Noirs ont raison.

William l'interrompit :

— Marcus, les Noirs n'ont jamais raison. Tu peux comprendre ça ? Et il répéta : Ils n'ont pas raison, jamais.

— Je suppose que non, William, les Noirs n'ont jamais raison, dit Marcus.

— Non. Tu ne comprends pas. Laisse-moi t'expliquer une chose : si les Noirs avaient raison, ils gouverneraient en Europe et nous serions dans les mines du pays de Galles à extraire du charbon pour eux. Mais il se trouve que c'est le contraire ; nous commandons en Afrique et ils travaillent dans les mines d'or du Congo, sous nos ordres. Tu comprends, maintenant, Marcus ?

— Oui, bien sûr.

— Bonne nuit.

Et William referma la toile d'un geste sec.

A ce stade, n'importe qui aurait été capable de voir qu'une épouvantable menace s'approchait. Ou plus précisément : montait. N'importe qui d'autre que William et Richard. Marcus se sentait aussi prisonnier de la mine que les Noirs eux-mêmes. Ou peut-être davantage. Eux au moins pouvaient protester. Lui ne savait que faire. Les frères Craver avaient créé cette atmosphère particulière où les bénéfices éclipsaient les risques, et on ne lui avait jamais demandé s'il était d'accord. Marcus avait peur. De la mine et des Craver. La peur qu'il éprouvait de la mine était trop imprécise pour la combattre. La peur qu'il éprouvait envers les Craver était pire : c'était cette sorte de peur qui pousse la victime à s'unir à celui qui la terrorise.

Et puis il y avait Amgam. Marcus était esclave d'une sorte de paralysie contradictoire. Fuir ensemble ? Où ? Dans la jungle, à l'intérieur de cet océan vert et hostile ? Vers le monde tecton, où elle serait bien accueillie ? Marcus ne pouvait savoir ce qu'il y avait sous la mine et au-delà. C'était malgré tout le dernier endroit où il irait de son plein gré.

Certaines nuits, les Noirs hurlaient de terreur, inlassablement. Marcus n'apprit jamais à différencier les voix. Pour lui, c'était un ensemble anonyme qui disait simplement : nous avons peur, nous voulons sortir. Ou peut-être : ils montent, ils sont tout près, maintenant.

Parfois, on ne les entendait pas de la nuit, allez savoir pourquoi. Cette discontinuité ne soulageait pas Marcus. C'était lui qui assurait les gardes, c'était lui qui devait se rendre à la fourmilière. Mais il ne se passait jamais rien, juste des cris, et leur fréquence même les rendit inopérants. Marcus finit par tomber dans cette erreur si humaine, et à la fois si cruelle, d'accuser de crime la victime. Quand les Noirs hurlaient, Marcus les maudissait de sa tente, secouait Pepe par le coude et lui ordonnait d'aller jeter un coup d'œil.

Une nuit, les Noirs poussèrent un cri uniforme et unanime. Ils commencèrent à la première heure du soir et ne se turent pas. Marcus ne put dormir que d'un œil. Il se rappelait vaguement le déroulement des faits qui se produisirent ensuite. Quand l'intensité des cris devint insupportable, il ordonna à Pepe d'aller voir ce qui se passait. Pepe revint sans aucune nouveauté. Pourtant les Noirs crièrent encore. Malgré cela, et justement parce que les cris étaient continus, parce qu'ils conservaient un ton d'horreur monotone, il lui fut possible de trouver le sommeil. Comme ceux qui vivent près d'une cascade, tellement habitués au grondement de l'eau qu'ils finissent par l'intégrer dans leurs rêves.

A la première heure, le silence le réveilla. Un silence absolu, si tant est qu'il eût existé un silence absolu au Congo. Plus aucun son ne montait de la mine. Son esprit s'était habitué à ces cent gorges coordonnées par la peur. A tel point que la nouveauté provenait du silence.

Il ouvrit les yeux. A côté de lui, Pepe avait lui aussi les yeux ouverts. Il regardait la toile qui servait de porte. Mais il avait un regard de momie, fixé sur une éternité hors de sa portée.

— Pepe ?

Pepe ne répondait pas et Marcus suivit la direction qu'il lui indiquait du regard, fixé sur la porte en toile.

Là-bas, il y avait une tête ronde, blanche, chauve. Le tissu kaki de la tente s'ouvrait à mi-hauteur pour montrer ce visage aux joues gonflées et aux yeux ronds comme des balles de tennis. Juste une tête, qui remuait les pupilles à une vélocité inhumaine, comme si elle avait disposé de très peu de temps pour tout voir. Les lèvres dessinaient un V, mais personne n'aurait décrit cela comme un sourire. Le visage fit une moue. Il sortit une langue triangulaire de couleur violette. Et soudain elle disparut, comme si on l'avait engloutie.

Ce fut une vision si fugace que Marcus n'eut même pas le temps de prendre peur.

— Tu l'as vu ? Tu l'as vu ? cria-t-il à Pepe.

Pepe ne répondit pas, immobile sur son lit. Marcus sortit de la tente.

Une invasion de langoustes humaines mettait à sac le campement. Il y avait des Tectons de tous les côtés. Cinq, six. Dix, vingt, plus, beaucoup plus. Il ne parvint pas à les compter. Il devait y en avoir plus de vingt, mais ils se déplaçaient si vite qu'il les comptait peut-être deux fois. Marcus n'avait jamais vu d'activité aussi frénétique. Ils portaient des tuniques couvertes de terre rouge et retournaient tout avec des doigts de ouistiti très habiles. Ils se communiquaient leurs découvertes d'une voix incroyablement rauque, comme des vaches qui auraient parlé. Difficile de les croire de la même race qu'Amgam.

Pour ces Tectons, la vie humaine n'existait pas. De même qu'un daltonien ne distingue pas bien les couleurs, ils souffraient d'un genre de carence visuelle qui les empêchait d'apercevoir les êtres humains. Ils ne voyaient que les objets. Et toute leur activité consistait à trier les utiles des inutiles. Celui-là oui, celui-là non.

Richard était sorti de sa tente. Aussi stupéfait que Marcus. Les Tectons retournaient des malles, vidaient des sacs de couchage, ouvraient sacs et valises. Ils n'eurent besoin que de quelques minutes pour laisser la clairière sens dessus dessous. Le premier incident ne tarda pas à survenir.

Un Tecton s'approcha de Richard. Ou plutôt, de la montre qu'il portait. Le Tecton se jeta sur son poignet. Il n'exerça pas vraiment de violence directe, il n'avait d'yeux que pour sa montre. Mais Richard, terrorisé, fit quelques pas en arrière. Le Tecton persévérait, avançant au fur et à mesure que Richard reculait et sans cesser de manipuler le bracelet de la montre. Richard finit par perdre l'équilibre et tomba à la renverse. Les Tectons s'arrêtèrent, comme des marionnettes coordonnées par les mêmes fils, et de grands éclats de rire sortirent de toutes les bouches. Le voleur de montre imita même Richard, ses mouvements dégingandés et sa chute spectaculaire. Nouveaux éclats de rire. Richard, étendu par terre mais indemne, sanglotait. Pendant ce temps, un autre Tecton s'approcha de Marcus, attiré par une mèche de briquet qui sortait de sa poche, et y introduisit la main.

— Eh ! s'exclama Marcus en le repoussant doucement mais fermement.

Le Tecton le regarda avec un rictus de contrariété. Il lui offrit une petite pierre cubique de couleur cendre. Chez Marcus, une répulsion et une terreur contenue se confondaient. Il lui sembla que pour l'instant ce qu'il avait de mieux à faire était de prendre ce qu'on lui offrait. Ce n'était qu'une petite pierre, ou peut-être une pièce de céramique taillée en forme de petit cube. Le Tecton prit l'observation de Marcus pour une stratégie de marchandage et doubla son offre. Cette fois, il lui offrit une pierre allongée, semblable à une craie d'écolier. Qu'était-il censé en faire ? Il n'eut pas le temps d'y réfléchir. Amgam avait surgi pour, d'un soufflet, faire tomber les pièces en céramique, ou autre. Puis elle l'entraîna en direction des limites de la clairière.

Un Noir était ligoté à l'un des arbres qui marquaient la limite avec la jungle. William avait adopté cette mesure punitive le jour où il avait attaché tous les mineurs. Cet homme était là pour une faute mineure. Des deux mains, Amgam fit tourner la tête de Marcus pour lui montrer les cinq Tectons qui s'acharnaient sur l'Africain.

Les Tectons avaient trouvé le pauvre diable attaché et profitaient du fait qu'il était sans défense. Ils n'avaient pas besoin de négocier quoi que ce fût. Deux Tectons lui arrachaient les doigts de pieds et des mains avec des tenailles. Un autre faisait bouillir un petit récipient en forme de marmite, dans lequel il diluait des produits chimiques, et à l'aide de pinces il les ressortait, maintenant nets de la peau et de la chair. Quand les os refroidissaient, il les remettait au cinquième Tecton, un individu assis sur l'herbe qui travaillait avec des outils d'orfèvre. Les Tectons paraissaient sourds aux cris de celui qu'ils mutilaient ; les tenailles continuaient à lui arracher les doigts, sans que la mare de sang qui s'étendait à leurs pieds nc les dérangeât.

Marcus perdit le contrôle. Sa première impulsion fut de courir en sens contraire à cette scène, revenant ainsi au centre du campement. Là, le même Tecton qu'auparavant l'aborda. D'une main, il le tenait fermement par le col de sa chemise, de l'autre, il lui offrait trois petites pierres, trois. Et Marcus finit par comprendre avec quel matériau était confectionnée la monnaie tecton.

— Lâchez-moi ! implorait Marcus. Lâchez-moi !

Mais il ne pouvait écarter le souffle tecton de son oreille. Il ne savait comment s'en débarrasser. Jusqu'au moment où, soudain, la tête du Tecton explosa comme un melon qui tombe de très haut sur un sol en ciment. Des fragments de crâne volèrent comme de la mitraille. Marcus frissonna en voyant sa chemise maculée de sang tecton.

William avait été le dernier à se réveiller et le premier à réagir. Dans son style, naturellement. Il se déplaçait un revolver à la main et tirait sur tous les Tectons qui commettaient l'erreur de s'approcher trop près. C'était comme s'il avait marché sur un champ de tir. Un pas, deux, flexion du coude et détonation. Les Tectons mirent du temps à se rendre compte de ce qui se passait. C'était comme s'ils ne pouvaient comprendre que quelqu'un osât les attaquer. L'un d'eux se planta même devant William les bras levés et hurlant quelque chose, très indigné. William lui mit le canon de son revolver dans la bouche, tira et poursuivit son chemin, le visage éclaboussé de sang, impavide, choisissant des victimes au hasard. Encouragé par l'exemple de William, Richard prit son fusil. Et dans l'espace aérien de la clairière il vola bientôt plus de balles que de moustiques.

Il y avait une certaine grandeur dans le sang-froid assassin dont William Craver témoigna ce jour-là. Pas un muscle de son visage ne bougeait. Quand ses munitions s'épuisaient, il ouvrait le bassinet de son revolver en ignorant les Tectons et le chaos qui l'entourait. Il remplissait son chargeur et poursuivait son exercice de tir sur une cible. Un pas, deux, stop. Le bras se tend, vise, bang, un Tecton mort. Et un autre, et un autre. Sur sa chemise et son pantalon blanc les éclaboussures de sang se détachaient comme de la grêle rouge. Mais William, impassible, ne s'arrêtait pas. La passivité tecton jouait en sa faveur. Ils ne pouvaient croire que quelqu'un les attaquât, ou peut-être étaient-ils trop occupés par le pillage. Beaucoup ne s'aperçurent même pas qu'ils mouraient ; une balle leur traversait la poitrine et ils tombaient sur place, leur butin encore entre les mains. Les deux derniers furent plus malins et s'enfuirent.

En réalité, toute cette tuerie ne dura sûrement que quelques minutes. Les deux Tectons fuyaient en direction de la fourmilière. Ils relevaient leurs jupes des deux mains pour courir plus vite. Cette image sembla d'un ridicule achevé à Marcus. C'était pour cette raison que l'ordre de William, qui exigeait de Richard : “Ils nous échappent ! Tue-les, Richard !” était si cruel.

William était à court de cartouches. Richard visa tranquillement avec le fusil qu'il utilisait pour chasser les éléphants. Sur un côté de la tête de l'un des fugitifs apparut un jet de sang et le Tecton s'effondra.

Mais son arme s'enraya et il ne put faire mouche sur le deuxième fugitif.

— Marcus ! Attrape-le ! dit William tout en fouillant dans ses poches à la recherche de balles.

Les courtes jambes de Marcus n'étaient faites pour poursuivre personne. Mais le Tecton s'entravait dans ses jupes, de sorte qu'on aurait pu qualifier la course d'équilibrée.

Marcus se rapprochait du Tecton. Quand le fugitif s'engagea sur le petit monticule que formait la fourmilière, il n'avait qu'un mètre et demi d'avance. Plutôt que sauter, le Tecton se laissa tomber dans le vide. Marcus passa la tête par le trou :

— Attrapez-le avant qu'il ne s'échappe ! cria-t-il aux Noirs à l'intérieur. Attrapez-le !

Mais pas un n'osa bouger. Ils s'appuyaient tous aux murs, tentant de rester le plus loin possible de l'intrus. Marcus descendit l'échelle comme s'il avait glissé le long d'une rampe de pompiers.

Le Tecton s'engageait déjà dans l'un des orifices qui s'ouvraient dans les murs. Marcus fit un bond et, dans un effort suprême, parvint à attraper le Tecton par une cheville. Les pieds étaient la seule partie du Tecton qui ressortait encore du trou. Il ne cessait de se secouer, essayant de donner des coups de pied dans le visage de Marcus.

— Aidez-moi ! cria Marcus, qui ressemblait à un ramoneur silencieux. Finalement, un talon du Tecton parvint à l'atteindre au nez. Le coup fut très douloureux. Marcus vit de petits points jaunes. Il lâcha la cheville pendant quelques secondes, à demi aveugle, et le Tecton s'éclipsa à l'intérieur du tunnel.

— Pourquoi ne l'arrêtiez-vous pas ? cria Marcus en affrontant les Noirs, pendant que le sang commençait à couler de son nez. Ils vont revenir !

Quelques secondes plus tard, William et Richard arrivèrent devant la fourmilière. Ils entrèrent dans la mine et tirèrent dans le trou par lequel le Tecton s'était enfui.

Trop tard.

13

Sur ordre de William, les Noirs creusèrent une grande fosse et y traînèrent les corps des Tectons morts. Tous participèrent, jetant les cadavres et les recouvrant de terre. Les enterrer fut une opération d'autant plus pénible que les yeux et la peau des Tectons donnaient l'illusion qu'ils étaient toujours vivants. D'après Marcus, les Noirs morts ne devenaient pas blancs, juste gris. Avec les Tectons, c'était le contraire. La mort teintait cette peau blanche d'une sorte de blanc céruléen, puis d'un gris perle. Ainsi donc, on pourrait en conclure que la mort était la grande égalisatrice. Mais les cadavres tectons conservaient une particularité difficile à préciser. C'étaient peut-être les bouches à demi ouvertes, comme des poissons. Ou les yeux vitreux, les paupières toujours relevées et une toile d'araignée humide sur la rétine. Des heures plus tard, ils regardaient le ciel du Congo, si bleu, sans vouloir comprendre qu'ils étaient morts et avaient perdu le droit de voir le ciel des hommes. En observant ces traits figés, Marcus doutait qu'ils fussent réellement morts ou qu'ils eussent jamais été vivants.

— Ils venaient de la terre et ils y retournent, dit William après la dernière pelletée.

Personne n'aurait pu dire s'il proférait une prière, une plaisanterie ou une malédiction.

Pepe traduisit les explications des Noirs de la mine : d'après leurs affirmations, les Tectons étaient apparus par le trou d'où provenaient les bruits. Ils portaient des cordes et des crochets qu'ils avaient utilisés pour grimper aux murs.

Le reste de la journée, Pepe fut encore plus silencieux que d'habitude. A la tombée de la nuit, lorsque Marcus le retrouva sous la tente, aucun des deux n'avait envie de bavarder. Avant de fermer les yeux, Marcus étala une couverture qu'il utilisait toujours en guise d'oreiller. Depuis qu'ils étaient sous les tropiques, c'était la première fois qu'il se couvrait pour dormir.

— Je ne savais pas qu'il pouvait faire froid au Congo, réfléchit-il en tremblant.

— Ce n'est pas le froid. C'est la peur, dit Pepe.

Un instant plus tard, Pepe ajouta :

— Ça n'est pas pour moi. C'est fini.

— Que veux-tu dire ? demanda Marcus.

— Je m'en vais, fut la réponse. Cette nuit. J'attendrai que William et Richard se soient endormis. Ensuite, je ferai sortir les hommes de la mine et nous nous enfuirons.

Marcus se releva à demi :

— Tu es devenu fou ? Tu ne peux pas faire ça.

— Pourquoi pas ?

Marcus n'avait pas de réponse. Il se recoucha. Il regardait le plafond de la tente et dit :

— Tu le savais, n'est-ce pas ? Tu l'as toujours su. Vous les Noirs, vous connaissiez une légende sur ces gens qui vivent en enfer.

Pepe se tourna vers Marcus. Il semblait même amusé :

— Légende ? De quelle légende parles-tu ? Je n'en connais aucune.

Pepe rit tellement, et si fort, qu'il dut se retenir par crainte de réveiller William et Richard.

— Non, s'expliqua Pepe. Tout ce que je sais, c'est mon grand-père qui me l'a raconté. Il parlait de ce qu'il avait vu. Et il disait que les Blancs sont tous les mêmes, d'où qu'ils viennent.

Marcus était intrigué. Il se retourna en direction de Pepe, appuyant la tête sur une main :

— Je ne comprends pas.

— Mon grand-père savait de quoi il parlait. Les Blancs font toujours la même chose. D'abord, les missionnaires arrivent et menacent de l'enfer. Ensuite viennent les marchands, qui volent tout. Puis les soldats. Tous sont mauvais, mais chaque nouvel arrivant est pire que le précédent. D'abord le Tecton est venu, il voulait nous faire croire en son dieu. Aujourd'hui sont apparus les marchands. Et bientôt les soldats monteront. Je ne veux pas être là quand ils arriveront.

— Et elle ?

Pepe hésita :

— Il y a des gens bizarres partout.

— Tu as vu ce que les Tectons ont fait aux mains et aux pieds de cet homme ? dit Marcus.

— Les Blancs sont comme ça, réfléchit Pepe. Ils nous font travailler comme porteurs et comme mineurs. Et ils deviennent riches. Il soupira : Au moins, j'aurai le plaisir d'emmener mes frères de la mine avec moi.

— Ce sont tes frères, maintenant ? ironisa Marcus. Je te rappelle que lorsqu'il s'est agi de les enchaîner tu as participé avec grand plaisir. Pour l'amour du ciel, Pepe ! Nous sommes à plus de sept cents kilomètres de tout lieu civilisé, ou simplement habité. Si tu trouves quelque chose en chemin, ce seront les villages que nous avons assaillis à l'aller. Tu n'as qu'un vieux fusil et peu de munitions. Personne ne t'accompagnera. Et quand ils te reconnaîtront, ils te tueront. Si la jungle ne s'en charge pas avant. Marcus soupira : Ne fais pas ça, Pepe. Tu dis que tu veux libérer les hommes de la mine et partir avec eux. Comment sais-tu qu'ils ne te tueront pas à la première occasion ? Les motifs ne manquent pas.

— Peut-être, dit Pepe. Mais au moins ce sont eux qui me tueront.

De la forêt leur parvinrent des mugissements d'animaux d'une beauté inconnue et étrange. Les bruits de la jungle, la lanterne allumée, la tente et la compagnie mutuelle constituaient une combinaison qui leur procurait un grand plaisir. Marcus ne voulait pas accepter le départ de Pepe. Il se retourna sous la couverture comme un amant boudeur.

— Viens avec moi, lui proposa Pepe.

— Non, je vais rester ici, dit Marcus.

Ils éteignirent les lanternes. Mais ils ne dormaient pas. Cinq minutes plus tard, dans l'obscurité, Pepe dit :

— C'est à cause d'elle, n'est-ce pas ?

Au bout d'un moment, Marcus répondit :

— Je suis fatigué, Pepe, très fatigué. Cette nuit, je vais dormir profondément. Tellement que je n'entendrai rien.

Ils ne dormaient pas. Mais ils faisaient semblant. Trois heures plus tard, Pepe se leva, prit son vieux fusil et son chapeau rouge, et avant de sortir de la tente il approcha ses lèvres de l'oreille de Marcus et dit :

— *Courage, mon petit, courage**.

Et il partit.

Dans le livre, j'écrivis une autre version du départ de Pepe. Laquelle ? Celle que m'expliqua Marcus : celle d'un Pepe résigné qui, malgré les prières de Marcus, reste avec lui, luttant contre les Tectons, le protégeant au prix de sa propre vie, jusqu'à ce que Marcus lui-même lui ordonne de partir, sous la menace d'un revolver. Je n'y crus pas. L'attitude de Pepe était si héroïque qu'elle frôlait la caricature. Aussi un jour, alors que nous révisions ce chapitre, me calai-je sur notre table, bras croisés et coudes en avant, et lui demandai-je par surprise : "Marcus, pourquoi est-ce que tu me mens ?" Il regarda à droite et à gauche, hésitant, honteux, plus incertain que jamais.

Je connaissais la réponse : il mentait pour protéger la réputation de Pepe, le seul ami qu'il ait eu en ce monde. Certains se demanderont : sachant

* En français dans le texte.

qu'il mentait, pourquoi ai-je écrit la version mensongère ? La réponse est : parce que j'en avais assez des Noirs du docteur Flag. Pour une fois, me dis-je, montre un Noir qui liquide des multitudes de Blancs à coups de fusil, à l'inverse de ce que te ferait écrire cet imbécile de Flag. Et comme cela n'affectait en rien la structure narrative, je me le permis.

Pourquoi fus-je si naïf ? La deuxième version décrit précisément le meilleur des Pepe possibles. Elle nous dit que Pepe était la seule créature sensée de cette clairière.

On a beaucoup parlé de la solitude du condamné devant l'échafaud. On n'a pas autant parlé de la solitude des bourreaux. Marcus n'oublierait jamais l'expression de William et Richard le lendemain matin, quand ils s'aperçurent de la fuite massive. Ils avaient tout imaginé : tentatives d'assassinat, révoltes et vols, sauf cela. Richard dormait toujours avec son long fusil couché à côté de lui, comme une maîtresse. William avec un revolver sous son oreiller. Les sacs d'or étaient enterrés sous la tente de William. Mais personne ne voulait voler ni leur or ni leur vie. Personne ne voulait s'enrichir. Ni même se venger. Ils voulaient juste s'enfuir, rien de plus. Et cela dépassait la compréhension des frères Craver.

De ce matin-là, Marcus se rappelait le désert humain qu'était devenue la clairière. Les corps noirs ne remplissaient plus la mine. Leurs voix ne modifiaient pas les bruits de la jungle. Les esclaves sans maître sont libres. Les maîtres sans esclaves ne sont rien. Ils étaient seuls.

Les braises fumaient encore, et ce feu moribond reflétait fort bien l'état d'esprit du campement. Marcus et Richard étaient assis devant la fumée qui s'étendait, la regardant d'un air apathique. Plus loin, William trouva la gourde de Pepe. Il la soupesa puis la jeta par terre de toute sa fureur. Marcus et Richard ne quittaient pas les braises des yeux.

— Et maintenant ? se demanda Richard.

— Maintenant, ils vont tous nous tuer, répondit spontanément Marcus, qui fumait. Il ne savait pas lui-même que sa voix pût être aussi sévère.

— Nous tuer ? fit Richard, très surpris. Il ébaucha un sourire sceptique : Qui pourrait nous tuer, alors que tout le monde est parti ?

Mais Marcus détacha le regard des cendres, regarda Richard, tourna le cou et regarda la mine. Richard comprit :

— Oh, mon Dieu, mon Dieu ! pleurnichait Richard, se couvrant le visage des deux mains.

— Que se passe-t-il ici ? demanda William, qui avait déjà oublié la gourde de Pepe.

— Richard pleure, se contenta de répondre Marcus, d'une voix dure qui n'était pas la sienne.

William s'en aperçut. Et il le regarda comme s'il lui disait : d'abord Richard, ensuite je m'occuperai de toi.

— Allons, tu es un soldat ! l'encouragea William, lui passant un bras autour des épaules. Où est passé le moral victorieux ?

Mais Richard n'était pas un soldat, c'était une ruine. William insista :

— Tu es officier de l'Empire britannique !

— Ceci n'est pas une province de l'Empire ! finit par dire Richard. C'est le Congo.

Cela plut à William. On ne pouvait pas parler à quelqu'un qui n'écoutait même pas. Richard répliquait, et si quelqu'un réplique, c'est qu'il peut être convaincu.

— Richard ! Que t'a-t-on appris à l'académie militaire ? Que faut-il faire dans ces cas ?

— Tu ne veux pas comprendre, dit Richard, qui, en dépit de toutes ses limites, pouvait être très lucide : aucun instructeur militaire ne nous a jamais appris à repousser une invasion tecton.

Mais William poussa un cri. Marcus avait un souvenir très précis de ce cri. Il se le rappelait comme il se serait rappelé une éclipse inattendue. C'était une voix nouvelle, anormale, à mi-chemin entre l'ambition et l'animalité. C'était une déclaration de propriété et une déclaration de guerre. Il ne partirait pas. Il ne rendrait pas la mine. Jamais, à personne. Qu'ils viennent donc. William poussa ce cri et ce fut comme s'il avait jeté un seau d'eau froide à la tête de Richard.

— Richard ! demanda-t-il. Que doit-on faire ? Tu es ingénieur. Dis-moi ce qu'on doit faire !

Richard ouvrit et referma la bouche à plusieurs reprises, mais William restait devant lui, ferme dans son exigence.

— Une palissade, dit finalement Richard, comme s'il avait lu un manuel d'instructions invisible. Nous devons entourer la fourmilière d'une palissade.

— Une palissade ?

— Oui. Nous allons construire un fortin, mais à l'envers : sa fonction ne sera pas d'empêcher les Tectons d'entrer dans la mine mais d'en sortir.

— Tu as entendu, Marcus, dit William, qui approuvait l'idée. Allons couper des arbres. Il nous faudra beaucoup de troncs. Allez.

Et il emmena Marcus dans la forêt pendant que Richard restait devant la fourmilière à prendre des mesures et à réactiver son esprit d'ingénieur militaire.

William et Marcus commencèrent à élaguer des arbres qui ne devaient être ni trop grands ni trop petits. Ils cherchaient des troncs mesurant entre deux et trois mètres, suffisamment hauts pour ne pas être escaladés une fois plantés à la verticale et pour constituer la palissade, mais pas trop volumineux pour que les hommes puissent les traîner jusqu'à la fourmilière. Pourvu chacun d'une hache, ils travaillaient très près l'un de l'autre.

— Il y a longtemps que tu n'es plus de notre côté, dit William. Ne cherche pas à le nier : je le sais. Ce que je ne comprends pas, c'est pourquoi. Pourquoi, Marcus ? C'est à cause de l'argent ? Tu considères que tu en mérites davantage ?

Marcus ne répondait pas. William poursuivit :

— Tu crois vraiment que nous ne pensons pas à toi ? Ne sois pas idiot, nous te récompenserons. Tu reviendras plus riche qu'un crève-la-faim comme toi n'aurait jamais pu le rêver. Les Craver n'abandonnent jamais leurs serviteurs.

Les arbres tombaient. Une fois à terre, les hommes leur coupaient les branches pour que la palissade forme un mur compact. Marcus gardait un silence obstiné.

— Ainsi donc, ce n'est pas à cause de l'argent, en conclut William.

Ils attachèrent quelques troncs puis se placèrent une extrémité de la corde sur l'épaule pour les traîner. Mais au dernier moment William laissa Marcus porter seul toute la charge. Il marchait à ses côtés, comme un muletier.

— C'est à cause des Noirs ? Un esprit philanthropique se cache peut-être derrière cette peau gitane ? Non, ce n'est pas ça. Maintenant il n'y a plus de Noirs. Et tu es plus abattu que jamais. Alors, pourquoi ?

Marcus entassait les troncs près de la fourmilière. Amgam était assise devant la tente, jambes croisées. William s'arrêta. Ses pupilles grises étaient deux pièces de monnaie en plomb.

— C'est à cause d'elle, devina-t-il finalement. A cause d'elle.

William était stupéfait. Sa tête oscillait de Marcus à Amgam et d'Amgam à Marcus. Il avait du mal à relier les deux personnages. Quelqu'un comme lui ne trouvait pas souvent des motifs d'admiration.

— C'est à cause d'elle, répétait-il, c'est à cause d'elle.

Pendant cinq jours et cinq nuits, les trois Anglais se consacrèrent à la construction du petit fortin. Mais, si dure que fût l'entreprise, William n'oubliait pas les sentiments qu'il avait découverts chez Marcus.

Les travaux avaient commencé à l'initiative de Richard, qui avait planté un pieu juste à côté de la fourmilière. Du pieu sortait une corde de quatre mètres de long, et à l'autre extrémité ils en avaient attaché un autre. Quand la corde fut bien tendue, il fit le tour de la fourmilière en grattant la terre avec la pointe du deuxième pieu. La corde servait de rayon et le pieu de Richard marquait le sol comme une charrue. Il dessinait ainsi un cercle. William et Marcus creusaient le sillon qu'avait laissé Richard de façon à obtenir une petite tranchée, où ils plaçaient les troncs. Ils les dressaient verticalement, les consolidaient et les reliaient entre eux par d'autres cordes. Ils construisaient une solide muraille. Ils utilisaient des piques, des pelles, des haches et des marteaux. Ils avaient peur et travaillaient le fusil dans le dos. La culasse les gênait ; la courroie des fusils, en travers de la poitrine, était un obstacle ; les bouches se remplissaient d'imprécations, les mains se couvraient de coupures et d'ampoules. Ils n'auraient jamais pensé qu'un ouvrage, en apparence aussi simple, pût exiger autant d'efforts. La nuit, ils continuaient à travailler, éclairés par trois lanternes qui multipliaient leurs ombres par trois. On aurait dit neuf hommes.

William et Richard ne cessaient de penser à la façon de perfectionner la muraille, de la rendre plus haute, plus solide, plus consistante. Et pendant qu'ils appliquaient des techniques, la logique, si évidente pourtant, les fuyait : la palissade était une aberration, et toute personne possédant un minimum de bon sens se serait sauvée.

Il y eut un moment où Marcus fut sur le point de crier, de dire "assez". Ne le voyaient-ils pas ? Aucune palissade n'arrêterait les Tectons. Il laissa tomber ses outils et se dirigea d'un pas ferme vers Richard, le talon d'Achille des frères Craver. Peut-être, s'il le secouait, celui-ci verrait-il la lumière. Richard travaillait, assis devant le feu. Il polissait avec une machette les troncs qui devaient renforcer la palissade.

— Tu veux quelque chose, Marcus ? fit Richard en le voyant venir.

Mais avant d'exposer son point de vue sur cette muraille absurde Marcus ne put s'empêcher de faire une observation spontanée.

— Non, Richard, pas comme ça, lui conseilla-t-il. N'ampute pas les branches qui sortent de la partie supérieure du tronc. Taille-les et effile-les. Comme ça, s'ils essaient de les escalader, ils s'y piqueront les mains.

— Tu as raison ! reconnut Richard. C'est une très bonne idée. Bien vu, Marcus !

A partir de cet instant, il ne sut plus comment s'opposer. Les éloges de Richard, paradoxalement, impliquèrent Marcus dans l'ouvrage. Le fait de critiquer un aspect minime de la palissade sous-entendait une acceptation tacite de l'ensemble. Richard, si terrorisé qu'il aurait accepté n'importe quelle aide, d'où qu'elle vînt, n'hésita plus dès lors à le consulter sur tous les détails avec une amabilité exquise. Et ainsi, sans bien savoir comment, il fut impossible pour Marcus d'exprimer son opposition à la muraille. Les hommes ne savent pas toujours donner forme à leurs pensées, et il y a des occasions où les carences rhétoriques peuvent abattre la fermeté de caractère.

Pendant toute cette période, il n'eut qu'une occasion de s'approcher d'Amgam. Profitant d'un accident de travail, quand la pointe d'une palissade qu'ils manipulaient lui ouvrit tout l'avant-bras par une blessure plus longue que profonde. Marcus se retira du chantier pour se soigner. Le voyant blessé, Amgam vint l'aider.

Ils étaient debout devant une tente. Marcus versa l'eau d'une gourde sur la blessure. Elle lui approcha les bandes. Cela permit à leurs mains de se toucher. Mais Marcus savait que maintenant William ne les quittait pas des yeux. Elle le savait elle aussi. Tout l'amour qu'elle put lui témoigner fut une légère pression de la main. Elle serra la main de Marcus de ses six doigts quelques secondes de plus que nécessaire. Ce ne devait pas être un contact très intense, pourrions-nous penser. Ce fut pourtant le cas.

Il n'était pas seul au monde. Ces yeux d'ambre pensaient à lui. En lui prenant la main, en lui communiquant cette chaleur surhumaine, elle lui faisait savoir que l'esprit d'Amgam travaillait dans une seule direction : les libérer.

Hormis cet épisode, ils se consacraient uniquement aux travaux de sape. Ils travaillèrent sans relâche, jusqu'au moment où, une semaine plus tard, une nuit, quand la muraille se dressait, magnifique, avec cette beauté indiscutable des artifices érigés au milieu de la nature la plus sauvage, Amgam s'approcha du chantier.

La nuit était particulièrement fraîche et humide. Des milliers d'insectes saturaient l'air par une effervescence de minuscules battements d'ailes. Autour de la fourmilière se dressait maintenant une muraille de troncs parfaitement formée. Il y avait même une petite porte qui s'ouvrait comme un pont-levis. Si la palissade figurait la sphère d'une horloge, l'entrée se trouvait à six heures. De part et d'autre du pont-levis, c'est-à-dire à cinq heures et à sept heures, on avait construit des miradors, d'où l'on pouvait observer la fourmilière, et des meurtrières par où introduire le canon des fusils. A douze heures il y avait un troisième point de tir. L'idée de Richard était de créer un système de feux croisés, de façon à abattre les envahisseurs dès qu'ils apparaîtraient sur la fourmilière.

Amgam entra dans l'espace intérieur qui restait fermé par la muraille. Pour une raison quelconque, personne ne s'opposa à ses mouvements. Epuisés par la journée de travail, hors d'haleine, ils la laissèrent faire. Et ils entrèrent derrière elle. Ils la regardaient observer la muraille. Soudain, sans que personne ne sût très bien pourquoi, l'opinion d'Amgam était devenue très importante.

Trois lanternes équidistantes étaient suspendues à l'intérieur, une sur chaque meurtrière. Leur reflet froid créait des ombres faibles et tordues. Les neuf ombres, douze en comptant celles d'Amgam, s'arrêtèrent. Elle avait enfin compris que la finalité de la construction était purement militaire. Elle s'approcha de la fourmilière. De là, elle voyait l'ouvrage de la perspective d'un attaquant qui aurait émergé des profondeurs. Elle s'assit. A sa façon, sur les talons. Marcus, William et Richard ne pouvaient la quitter des yeux. A la fin, Amgam fit un geste.

Les mots ne furent pas nécessaires, ils la comprirent tous les trois. Plus qu'un geste, ce fut un effondrement général du corps, une tristesse de spectateur. Ils comprirent tous trois qu'Amgam éprouvait un sentiment inconnu des trois hommes : la douleur d'autrui, qui existait pour elle comme existe pour nous la honte d'autrui.

Richard était le plus affligé :

— Que quelqu'un l'amène d'ici, gémissait-il d'une voix défaite. Je vous en prie, que quelqu'un l'amène.

Personne ne l'écoutait et il dut s'en charger lui-même. William et Marcus restèrent seuls à l'intérieur de la palissade, chacun sur un côté de la fourmilière. Les trois lanternes faisaient un léger bruit de gaz libéré qui se superposait aux sons nocturnes de la jungle. Maintenant que William connaissait ses sentiments envers Amgam, Marcus craignit qu'il ne les utilisât comme une arme supplémentaire. Mais cette nuit-là William semblait un autre homme.

Marcus s'assit, fatigué, le dos contre la palissade. Les jambes de William, gainées dans son pantalon blanc, se plantèrent devant lui.

— Elle est sortie de la terre…, comme les vers…, et tu l'aimes…, tu l'aimes…

Il ne le disait pas avec mépris. Il parlait plutôt comme quelqu'un qui essaie de résoudre à voix haute les mots croisés du *Times*. William saisit l'une des lanternes, qui se trouvait entourée d'insectes et de papillons nocturnes. Il la posa entre eux sur le sol et se pencha. Avec deux doigts, il captura l'un des plus gros papillons, aux ailes blanches. Il le fit tomber par l'ouverture supérieure de la lanterne. Il flamba comme un cerf-volant en papier. Il ne détournait pas le regard de l'insecte en feu :

— Dis-moi, Marcus Garvey, qu'est-ce que tu aimes en elle ? Je veux savoir.

William l'avait découvert, il était difficile de lui cacher les choses. Et il n'avait pas non plus l'énergie d'entamer une querelle dialectique contre une éducation tellement supérieure à la sienne. Là-haut, la Voie lactée traversait le ciel de la clairière comme une colonne vertébrale.

— J'aime la toucher, dit-il.

Les yeux de William n'avaient jamais autant ressemblé à ceux d'un requin. Les yeux des requins sont le degré zéro de l'amour. Mais ces yeux, ce soir-là, étaient également conscients de leur impuissance à être autre chose. William se retira. Sous sa tente, avec elle. Il allait certainement la forcer avec la froideur d'un scientifique qui se livre à des expériences sur des souris de laboratoire. C'était le paradoxe qui éloignait Craver du genre humain : il désirait peut-être parvenir à l'amour, mais la seule voie qu'il connaissait était celle du viol.

Un instant plus tard, Richard s'approcha de Marcus, encore allongé sur le dos. Richard était le plus effrayé de tous. Ou du moins celui qui savait le moins dissimuler sa peur. Ils fumèrent ensemble. Les pensées de Marcus se perdaient dans ce ciel constellé d'étoiles fantastiques, et Richard dit :

— Je n'aime pas regarder les étoiles. Quand je le fais, j'ai la sensation qu'elles sont plus proches de la maison que nous.

Marcus se releva à demi. Mais, une fois assis, il ne put éviter d'observer la tente de William. Que pouvait-il s'y passer ? Il ne voulait pas le savoir, il ne voulait pas haïr William davantage qu'il n'avait déjà appris à le faire. Et pendant qu'il observait la toile kaki de la tente, une idée lui traversa l'esprit : jamais une personne aussi désirable et une aussi peu désirable n'avaient été aussi proches. C'était comme de faire entrer dans une même bouteille le bien absolu et le mal absolu. Marcus ferma les yeux. Non, il ne voulait définitivement pas savoir ce qui se passait à l'intérieur.

— Laisse-moi te raconter une vieille histoire de famille, dit Richard. Quand nous étions enfants, on nous offrit un petit chat. Le seul détail qui le différenciait des autres était une petite queue à l'extrémité blanche. William jouait souvent avec lui. Mon père aussi. C'était très surprenant pour moi, habitué à un père aussi sérieux que le duc de Craver. Ma mère souffrait déjà de la maladie qui la conduirait à la tombe, et ce chaton nous fit beaucoup de bien. Un jour, on le retrouva mort dans le jardin. Il y avait du sang partout. Mais si on observait attentivement on pouvait voir que le corps était coupé en deux moitiés exactement égales. Mon père dit qu'une roue de charrette l'avait écrasé. Ce ne fut pas une roue de charrette qui découpa le chaton comme une guillotine. Ce fut un coup de hache. Enfin, deux coups, en réalité. Même un enfant peut manier une hache.

Richard soupira :

— Je me rappelle un autre jour. La famille était à table. William nous expliqua une découverte qu'il venait de faire. Il disait que les sentiments n'étaient pas comme les opinions, parce qu'on peut changer d'opinion quand on le souhaite, mais il est impossible d'éprouver un sentiment si le sentiment ne veut pas qu'on l'éprouve. Cette nuit, j'entendis mon père. Il parlait avec ma mère. De William. Il dit que William était comme un livre extraordinaire. Mais que le bon Dieu avait oublié d'écrire les points, les virgules et les accents dans ce livre extraordinaire. "Tu veux dire que ce garçon a de mauvais sentiments ?" lui demanda ma mère. Et mon père répliqua : “Non, ma chère, c’est pire : ce que je veux dire, c’est qu’il n’en a pas.”

Nous pourrions penser que l’amitié de Richard pour Marcus dénotait une faiblesse d’esprit, et que Marcus aurait dû en profiter pour lui faire retrouver son bon sens. Non, Marcus ne perdit aucune occasion pour la simple raison que cette occasion ne se présenta jamais. Richard était trop attaché à son frère pour l’affronter. Toute velléité d’indépendance de Richard était anéantie à la moindre crise. Et pouvait-on imaginer crise plus grande ?

Le lendemain matin commença ce qui devait être la dernière période de vie humaine dans cette maudite clairière. Pour William, il n’y avait aucune contradiction entre ses objectifs et les circonstances. Une fois les défenses établies, et d’après sa logique, il ne voyait pas de raison d’interrompre l’extraction de l’or. La journée se déroulait ainsi : Marcus, à l’intérieur, était chargé de creuser les murs de la mine et de remplir de terre un grand panier. Dans la fourmilière, William récupérait le panier au bout d’une corde. Il passait la porte de la palissade le panier dans les bras et se dirigeait vers la baignoire, où il en vidait le contenu. Richard était chargé de trier la terre de l’or. William regagnait la fourmilière. Pendant ce temps, Marcus avait eu le temps de remplir un autre panier. William descendait le panier vide et remontait le plein.

La mine était devenue une énorme voûte souterraine. Du moins pour un homme seul. Midi s’annonçait quand une colonne de lumière solaire entrait à la verticale dans la fourmilière, tombant comme l’éclat d’un projecteur de théâtre. Pendant les heures sombres, les lanternes réparties sur les poutres pouvaient à peine éclairer la surface intérieure, et encore moins le fond des murs.

Auparavant, cent corps noirs remplissaient la mine. Maintenant qu’elle était vide, la voix de Marcus rebondissait contre les murs sphériques. Entre deux paniers, il ouvrait la petite fiasque de whisky pour en boire une gorgée, et le grincement de l'anneau lui revenait multiplié par mille. Quand cela arrivait, il ne pouvait éviter de regarder autour de lui. Il lui semblait que les tunnels étaient des télescopes d'un autre monde. Et qu'ils le visaient directement. Mais là je me dois de dire que ce qui m'impressionnait le plus dans le récit de cette période, en marge des préjugés moraux, était la figure de William Craver. Quelle extraordinaire force de volonté, capable de s'opposer à toutes les lois de l'univers et de les contredire !

Pourquoi le fit-il ? A cause de la fièvre de l'or ? Il ne lui restait même pas de mineurs. Richard pouvait être un paquet de vices, mais William était un homme trop intelligent. Pourquoi resta-t-il, alors ?

Je crois qu'il était mû par un élan plus secret, aussi puissant qu'invisible. Je crois que dans la témérité de William il y avait un désir secret d'abîme. C'était un tueur. Et maintenant, pour la première fois de sa vie, il occupait la place de la victime.

Voici un conte : Un serpent affamé s'approche d'un oisillon, l'oisillon voit venir le serpent. Pourquoi l'oisillon ne fuit-il pas ?

Parce qu'il veut connaître la fin du conte.

14

Ce qui inquiétait le plus Marcus parmi les derniers événements était qu'ils l'éloignaient d'Amgam. Sans pouvoir se camoufler derrière la multitude des Noirs, sans les rencontres en cachette dans la forêt, Marcus était plus loin d'elle que jamais. Il passait ses journées à la mine, et la nuit elle était recluse sous la tente de William qui, depuis qu'il connaissait les sentiments de Marcus, le surveillait avec un mélange de haine et de méfiance. Non, c'est inexact : personne ne pouvait savoir ce que pensait William.

La nuit, quelqu'un devait toujours surveiller la fourmilière. La distribution des tours de garde était un reflet de la hiérarchie établie. William semblait dispensé de toute obligation. Richard surveillait un tiers des heures d'obscurité, pendant que Marcus se chargeait des deux autres tiers. Pour compenser le manque de sommeil, on lui accordait une sieste après le déjeuner. Mais cela ne lui suffisait pas, et il accumulait chaque nuit un peu plus de fatigue. Avec le recul, on peut affirmer que ce fut William qui déclencha tout. C'était l'une de ses tactiques favorites : il créait d'abord les conditions pour que quelqu'un commît une erreur, la rendait inévitable, puis il punissait le coupable avec la plus grande sévérité.

Une nuit, William surprit Marcus endormi.

— Tu t'es endormi, Marcus ! Que serait-il arrivé si les Tectons avaient surgi pendant ce temps ?

C'est incroyable, ils peuvent venir à tout instant et, toi, tu t'endors…

Marcus s'excusa. Et ce fut apparemment tout. Mais le soir même, alors qu'ils étaient sur le point de finir la journée, William retira l'échelle de la mine.

— William ! Que fais-tu ? cria Marcus, au fond.

— Je suis désolé. C'est mieux pour tout le monde.

— Tu ne peux pas me laisser ici toute la nuit ! Seul et désarmé !

— Ah non ? Pourquoi ça ?

— Parce que les Tectons peuvent apparaître à tout moment ! Tu l'as dit toi-même !

— Exact, dit la silhouette élancée de William. Je veux m'assurer que tu ne vas pas t'endormir. Tu verras qu'aujourd'hui tu t'arrangeras pour rester éveillé. S'ils arrivent, préviens-nous. Mais ne crie pas sans raison, je pourrais me fâcher.

— William ! William ! William !

Mais William était déjà parti. Marcus ne pouvait le croire. William était parti avec Amgam et il restait au fond de la mine. Il se dirigea vers le grand trou par lequel avaient surgi les Tectons. Tous les jours, en travaillant, il extrayait la terre des murs, le regardait du coin de l'œil. Il découvrait maintenant que la nuit c'était pire. Surtout sans échelle à proximité. Quand ils arriveraient, son sort dépendrait de William et Richard. Mais il ne fallait pas réfléchir davantage : si William l'avait laissé là, c'était parce qu'il n'avait pas la moindre intention de l'aider. Il passa la tête dans le trou. Il sentit une nouvelle fois ce courant d'air frais sur le visage. “Ce n'est pas de l'air, se dit Marcus, c'est l'haleine du démon.”

Il s'écarta du trou. Dans un coin de la mine, il avait sa fiasque de whisky. Il s'assit, s'appuyant contre le mur opposé au tunnel, la fiasque dans les mains. Il remonta les jambes et mit les bras autour de ses genoux. Il ne pouvait s'empêcher de surveiller le trou. Et la seule chose qu'il pouvait faire était de le regarder, de boire du whisky et d'attendre.

Viendraient-ils cette nuit, ou tarderaient-ils encore quelques jours ? La première vague de Tectons avait été précédée de bruits indifférenciés. Mais Marcus doutait qu'ils se répètent. Il soupçonnait les bruits d'avoir été générés par les travaux de forage. Maintenant, le tunnel qui reliait le monde inférieur au monde supérieur existait. Et puis, les Tectons savaient l'accueil qui les attendait. Une chose était certaine : ils n'auraient aucune indulgence envers le premier humain qu'ils trouveraient sur leur chemin.

Le Congo. Une humidité brûlante. Et sous terre, un four. Marcus respirait sa propre sueur. Elle lui coulait sur le front et sur le nez jusqu'aux lèvres, comme un petit torrent qui aurait cherché à entrer dans le corps d'où il était sorti. Il acheva la fiasque de whisky. Peu après, l'alcool, la fatigue et le désespoir lui fermèrent les yeux. Il rêva qu'il tombait dans un puits sombre, et qu'il tombait, tombait, mais l'impact final ne se produisait jamais. Pendant qu'il rêvait, Marcus savait qu'il rêvait. Il pensa qu'il n'avait pas fait ce rêve depuis l'enfance. Mais il se dit aussi : "Non, Marcus, non, le problème est qu'aujourd'hui tu ne rêves pas, ceci n'est pas un rêve, c'est la réalité." Il ouvrit les yeux. Et devant lui, approchant de son visage, il vit une main blanche à six doigts.

Marcus passa de l'horreur à l'amour en un instant : c'était Amgam. Ils s'étreignirent. Marcus ne put s'empêcher de se demander comment elle était arrivée là. Il lui prit la main, la main que William, chaque nuit, avant de s'endormir, attachait à un piquet de sa tente avec des chaînes en fer. Elle comprit, c'était comme si elle lui disait d'un sourire : "Mon amour, tu as devant toi une femme capable de se déboîter tous les os pour parvenir à un autre monde ; tu ne crois pas que cette même femme puisse déplacer les os de sa main pour aller voir son amant ?"

Amgam n'avait pas de temps à perdre. Elle examina la grotte. Elle évaluait le problème, et passait en revue toutes les options. Derrière son front blanc, d'une largeur généreuse, évoluait une machinerie sophistiquée. Marcus pouvait presque entendre les grincements de ce cerveau tecton.

A la fin, Amgam tira sur les mains de Marcus, doucement mais avec détermination. Il comprit ce qu'elle lui proposait. Elle voulait qu'ils s'enfuient tous deux à travers le trou, qu'ils s'échappent en direction de son monde. L'idée présentait une certaine logique. Quand ils rencontreraient les Tectons, son intercession pourrait le sauver. Naturellement, cela impliquait d'entrer dans le tunnel. Marcus aimait Amgam comme il n'avait jamais aimé personne. Mais, depuis la nuit du Tecton, ce trou lui inspirait une peur insurmontable. Il devait se décider. Et c'est ainsi que, au fond de cette mine abominable, se produisit un bras de fer entre l'amour absolu et la terreur absolue.

On ne devrait pas croire les romans sentimentaux : ce fut la peur qui triompha.

Marcus ne pouvait pas la suivre. Il serait allé avec elle n'importe où dans le monde. Mais pas dans son monde à elle. Il n'entrerait jamais dans ce tunnel obscur. Jamais. Amgam soupira.

Ils devaient chercher une autre alternative. Mais laquelle ? Elle était plus intelligente que lui, elle avait déjà pensé à tout. Et la seule solution était de fuir dans la jungle. Elle le tira par les mains. Il s'y opposa en gesticulant comme un singe fou. Amgam ne savait rien du Congo, elle ne pouvait rien savoir.

Dans leur voyage jusqu'à la mine, William et Richard avaient ouvert un sillon sanglant. Le chemin inverse serait nécessairement aussi douloureux que l'aller : un million d'Africains anonymes les détestaient. Tôt ou tard, ils subiraient une vengeance aussi juste que mal dirigée. Ils n'arriveraient jamais vivants à Léopoldville. Une véritable expédition aurait peut-être pu se frayer un chemin à coups de canon. Séparément, désarmés et sans provisions, jamais. Il était possible que même Pepe, qui connaissait le pays et possédait un fusil, n'eût pas survécu. Comment un gitan et une Tecton, le couple le plus extravagant d'Afrique, du monde, allaient-ils y parvenir ? En errant dans la forêt, Marcus et Amgam seraient comme deux scarabées dans la neige.

Dans son monde à elle, ils le tueraient. Dans son monde à lui, ils les tueraient tous les deux. Et du point de vue de Marcus il n'y avait rien à ajouter. Ils restèrent assis longtemps. Amgam fixait le sol de la mine, si laid, tête baissée. Marcus n'avait jamais vu quelqu'un d'aussi triste. Il se sentit mal : il était la cause d'un sentiment aussi généreux, et cela le remplissait d'une étrange satisfaction coupable.

— Mon amour, je ne suis pas encore mort, il peut se passer beaucoup de choses, dit Marcus en lui caressant la joue.

Ils s'étreignirent. Mort de fatigue, Marcus s'endormit avec le sein d'Amgam pour oreiller. Il ne dormit pas longtemps. Il ouvrit l'œil avant le lever du soleil. Elle n'était plus là. A un moment donné de la nuit, Amgam avait dû retourner à la tente. Et pour dissimuler son incursion, il lui avait fallu retirer l'échelle.

Il restait une heure avant le lever du soleil. Comment Marcus Garvey l'occupa-t-il ? En mettant de l'ordre dans son esprit ? Non. Marcus passa ce moment en proie à une terrible jalousie. La visite d'Amgam le fit réfléchir à beaucoup de choses, toutes mauvaises. Il avait été démontré que pour elle les entraves ne signifiaient rien. Alors pourquoi tolérait-elle que William la violât chaque nuit ? Qu'éprouvait William pour Amgam ? Et Amgam pour lui ?

Les Tectons ne tarderaient pas à arriver. Et il était jaloux. Je me rappelle qu'en prenant des notes sur cette scène je notai dans la marge : “L’humanité peut être incroyablement pathétique.”

Le soleil se leva. Un panier suspendu à une corde descendit dans la mine. On avait installé une poulie en haut. Elle était trop loin de la fourmilière pour qu’il pût voir qui la manipulait. Le panier dansa quelques instants à l’extrémité de la corde. Puis il s’arrêta, comme pour dire : “Qu’est-ce que tu attends ? Remplis-moi.” Marcus obéit. On hissa le panier et, peu après, il retomba au même endroit, vide.

— William ! cria Marcus. Tu ne peux pas me laisser là. Les Tectons peuvent arriver d’un moment à l’autre. Ils ne vont pas tarder !

La seule réponse fut un mouvement de la corde. Le panier bougea comme une marionnette impatiente. Mais cette fois Marcus l’ignora.

Le tunnel. Marcus commença à le remplir de pierres. Des pierres, encore des pierres. Mais il parvenait juste à créer un ridicule écran de rochers. C’était comme si un condamné à mort avait voulu éviter l’aube de l’exécution en masquant la fenêtre de sa cellule avec des serviettes. Marcus leva la tête.

— William ! Tu vas les laisser me tuer pendant que je joue les ramoneurs du démon ? Pourquoi ? Qu’est-ce que je t’ai fait ?

— Personne ne te veut de mal, Marcus.

Ce n’était pas la voix de William, c’était celle de Richard.

— Richard ! Où est William ?

— Remplis le panier.

Avec Amgam, bien sûr. Tout acquérait les couleurs d’une vengeance planifiée et cruelle : les Tectons viendraient et tueraient Marcus, et pendant ce temps William posséderait Amgam. Une âme particulière, que celle de William Craver. A la différence des autres amants bafoués, il n’était pas jaloux des sentiments qu’elle n’éprouvait pas envers lui, mais des sentiments qu’il ne pouvait éprouver pour elle.

— Tu n'es pas comme William, le flatta Marcus. Descends l'échelle, Richard !

— Je ne le ferai que s'il y a un problème. C'est ce que m'a dit William. En attendant, travaille, dit Richard toujours invisible.

— Un problème ? s'exclama Marcus d'une voix désespérée. Une race souterraine est sur le point d'envahir le Congo, le monde ! Et tu ne descendras pas l'échelle avant qu'il y ait un problème ? Tu es fou, Richard Craver !

Marcus ne savait comment interpréter le silence de Richard. Peut-être n'était-ce que la passivité d'un spectateur malade. Mais et si derrière ce mutisme se cachait un sentiment de culpabilité ? La tête de Marcus réfléchissait, réfléchissait. Il devina que William n'ordonnerait jamais explicitement à Richard de tuer Marcus. Ce n'était pas la nature de leurs relations. William s'était certainement borné à donner des instructions neutres qui garantissaient la mort de Marcus. Quel pourrait être sinon le sens d'un ordre qui empêchait de secourir le naufragé avant que sa tête ne plonge sous les eaux ? Parce que, de toute évidence, le seul "problème" possible était les Tectons. Et quand ils surgiraient, quand ils seraient dans la calebasse, la dernière chose qui viendrait à l'esprit de Richard serait de descendre l'échelle.

"Réfléchis, réfléchis, il n'y a pas de situations désespérées, juste des hommes désespérés", se dit Marcus. Il devait mettre à profit l'absence de William, et donc la relative liberté d'action de Richard. Il devait lui donner des raisons pour justifier une désobéissance.

— Je te rappelle que trois moins un, ça fait deux, allégua Marcus. Si vous me tuez, vous ne serez que deux pour vous défendre des Tectons. Descends l'échelle !

Rien.

— Penche au moins la tête. On t'a dit de descendre l'échelle s'il arrivait quelque chose. D'accord, nous sommes d'accord. Mais comment peux-tu savoir ce qui se passe si tu ne le vois pas ? Richard ? Richard ? Richard !

S'il avait été aussi convaincu de son rôle, il aurait crié à Marcus de remplir le panier. Et il ne le faisait pas. Mais c'était inutile, malgré toutes les hésitations de Richard.

Si absurde que cela fût, il accumula encore quelques pierres dans le trou. Au bout d'un moment, les premiers mètres du tunnel étaient plus remplis qu'un soulier pendant la nuit de Noël. Il plaça une dernière petite pierre, comme quelqu'un qui achève un ouvrage. Et il s'y assit. Sous le trou, le dos appuyé contre le mur.

Marcus pensa à Amgam, aux choses que William devait faire avec elle. Il savait que William ne se contentait certainement pas de la violer. Son imagination lui représentait des scènes démoniaques. Toute la perversité du Congo tenait là, à l'intérieur d'une simple toile de tente. Les entrailles de Marcus abritaient une mélancolie froide. Il n'était pas encore mort et il regrettait déjà la vie.

Il sentit un petit coup sur le crâne. Il vit quelque chose rebondir sur sa tête et tomber sur le sol. Il regarda attentivement : c'était la dernière pierre qu'il avait placée dans le tunnel !

Il se leva :

— Ils arrivent, Richard ! cria-t-il. Penche-toi et tu verras par toi-même. Maudit sois-tu, Richard Craver ! Regarde ! insista-t-il en voyant qu'il n'obtenait pas de réponse. Je ne te demande qu'une chose : regarde !

Le trou tremblait. Le mur de pierres tremblait. Quelque chose poussait de plus en plus fort.

— Richard, regarde ! Regarde juste !

Maintenant les pierres tombaient en cascade. Marcus eut la sensation que le mur allait exploser à tout instant.

— Richard !

En haut apparut le corps robuste de Richard Craver. Il n'eut que le temps de voir la pointe d'une sorte de lance noire surgir entre les pierres. Non, ce n'était pas une lance, c'était une gigantesque vrille. Richard fut pris d'une espèce de transe hypnotique. Il ne pouvait détacher le regard de cet instrument qui renversait le mur en pierres, si fragile.

— Richard ! Qu'est-ce que tu attends ? Descends l'échelle une bonne fois pour toutes, merde !

Le dernier cri réveilla Richard. Il regarda Marcus comme s'il le voyait pour la première fois.

Nous ne devrions pas confondre les œuvres désespérées et les œuvres inutiles : ces murs de rochers sauvèrent la vie de Marcus Garvey, parce que pendant que les Tectons les perforaient Richard disposa d'une minute fatale pour se décider ; William n'avait pas prévu cette minute supplémentaire. Richard vit Marcus implorer de l'aide, et les trépans à la pointe noire, et il se rappela les instructions de William ; il n'y avait aucune raison pour descendre l'échelle. Et il la descendit.

Marcus se jeta dessus. A cet instant émergeait la tête du premier Tecton. Elle était entièrement recouverte d'un casque qui ne montrait que trois petites ouvertures rondes, deux pour les yeux et une pour la bouche. Il utilisait sa tête comme un bélier, poussant les dernières pierres qui lui barraient le passage. Derrière la tête apparurent un torse furieux, une armure blanche, farinée de terre rougeoyante. Et deux bras qui soutenaient la vrille. C'était un outil de forage plus qu'une arme de combat, mais Marcus eut la certitude que le Tecton allait tenter de le tuer d'une façon ou d'une autre. Il le prendrait à revers pendant qu'il grimperait à l'échelle. Le jeune homme se pencha, jeta une poignée de terre rougeâtre dans les trous de ce casque et grimpa comme un lézard sans queue.

Quand les Tectons se lancèrent à sa poursuite, Marcus était déjà dans la fourmilière.

— L'échelle !

Richard et Marcus tirèrent dessus juste à temps pour empêcher les Tectons d'y grimper. Pendant qu'ils la remontaient, ils purent voir l'intérieur du trou se remplir de corps blancs à une vitesse incroyable. En moins d'une minute, une centaine de Tectons avaient dû émerger.

— A la palissade ! cria Richard.

Ils emportèrent l'échelle, passèrent la porte du pont-levis et la refermèrent derrière eux. William venait à peine de sortir de sa tente.

Il n'avait pas eu le temps de s'habiller. Il ne portait que des bottes noires et un pantalon blanc. On peut augurer de sa surprise de voir Marcus en vie. D'après ce dernier, l'imminence de la bataille leur évita de se parler. Je devinai que ce n'était pas nécessaire, que les yeux peuvent échanger des dialogues fulgurants. Marcus dut dire à William : "Je sais que tu voulais me tuer." William s'excusa peut-être : "Non, en fait non, pour être sincère, peu m'importe que tu sois vivant ou mort." Les yeux de Richard, en revanche, proclamaient juste : "J'ai peur."

— Richard, va à la meurtrière de midi, ordonna William. Et ne tire pas avant moi.

Richard contourna la palissade jusqu'à la meurtrière située au nord. Quand ils furent seuls, William eut l'audace de lui céder un fusil. Il le lui jeta d'une main. L'arme traversa l'espace qui les séparait en décrivant une parabole. Marcus faillit tomber en la recevant.

— Tu sais t'en servir ? demanda William.

— Non.

— Tu es un garçon intelligent, tu apprendras vite.

William et Marcus prirent également position. Marcus à sept heures et William à cinq, séparés par la porte. Cela permettait aux trois canons de couvrir tout l'espace intérieur. De l'autre côté de la palissade, à midi, apparaissait le bout du fusil de Richard, qui ne cessait de bouger de gauche à droite dans sa meurtrière, cherchant une cible qui n'apparaissait pas. Parce que la fourmilière restait d'une tranquillité incompréhensible.

— Qu'est-ce qu'ils attendent ? se demanda William. Pourquoi est-ce qu'ils ne montent pas ?

Le temps ne passait pas. Et il régnait une chaleur insupportable. Marcus posa son fusil. Cette fournaise lui faisait tellement tourner la tête qu'il dut appuyer le front contre le bois de la palissade. Sur les bords de son champ visuel apparurent de petites lumières jaunes. Des rivières de sueur lui coulaient sur les joues, se rassemblaient sur son menton et gouttaient en un ruisseau vertical. Il s'aperçut que les moustiques glissaient sur sa peau, pris dans une sueur trop dense pour leurs pattes.

La muraille de troncs encerclait la fourmilière. Des milliers de sons animaux montaient au ciel comme la fumée d'une marmite. Parmi eux, des sifflements semblables à ceux d'une locomotive qui freine. Et des grincements de balancelle trop chargée. Mais la rumeur la plus constante était celle des insectes, frénétiques, désespérés, comme le frôlement des mâchoires, des milliers de petites mâchoires se frottant les unes aux autres.

Quelque chose attira l'attention de Marcus. Il regarda vers le ciel, comme s'il avait consulté le temps, et dit :

— Ils arrivent, dit-il à William. Ecoute.

Le silence était tombé sur la clairière comme une météorite. Depuis ce jour, si lointain, où ils avaient quitté Léopoldville, les bruits les avaient toujours accompagnés, nuit et jour, jour et nuit. Des bruits stridents et aigus, frénétiques et aimables. Agaçants comme ceux d'un foret ou apaisants comme ceux d'un courant d'eau. Des bruits d'oiseaux, de singes, de bêtes non identifiées. Le bruit était si constant qu'ils avaient cessé de l'entendre. Et maintenant, soudain, le silence.

— Vous le voyez ? cria Richard depuis sa position. Vous voyez ce que je vois ? Oh, mon Dieu !

Trois crochets étaient accrochés à la gueule de la fourmilière.

— Tais-toi ! dit William. Et ne tire pas !

Ils parvenaient à voir des cordes velues suspendues aux crochets. Les cordes étaient tendues. Elles soutenaient de lourdes charges : des Tectons en ascension. Maintenant aussi on pouvait entendre des voix martiales, très semblables aux cris qui marquent le rythme chez les galériens. Sur chaque crochet apparaissait un casque. L'un de ces casques en pierre qui recouvraient le visage tout entier à l'exception de trois trous ronds. Les têtes ne bougeaient pas de la fourmilière. Ils n'attendaient certainement pas cette fortification primitive qui les contenait. Au bout de quelques minutes, ils décidèrent de se montrer, dressés, tranquilles. Derrière eux apparurent d'autres Tectons. Ils portaient tous les mêmes casques en pierre et les mêmes armures, avec des basques qui les couvraient jusqu'aux chevilles. Les Tectons formaient un cercle autour de la gueule de la mine. Tranquillement disciplinés, épaule contre épaule, comme si chacun d'eux devait soutenir un combat personnel contre le tronc de la palissade qu'ils avaient devant eux. D'autres Tectons sortirent. La formation créait l'effet d'une sculpture vivante. Soudain, on entendit une voix gutturale, et tous les Tectons firent un pas en avant, agrandissant le cercle. C'était ce que William attendait. Avant qu'ils aient pu arriver aux troncs, il cria :

— Maintenant !

Il était impossible de manquer son coup. L'énorme fusil de Richard faisait des trous terrifiants dans les armures de pierre ; le fusil de William tirait avec la cadence d'une mitrailleuse. Dans un espace aussi réduit, et cernés par ce feu croisé, les Tectons ne pouvaient suivre qu'une stratégie : assaillir la muraille de troncs avant de se faire tuer.

Impossible. Ils tombaient abattus avant même de commencer à y grimper. Mais la mine continuait à cracher des Tectons. Ils témoignaient d'une discipline admirable, indifférents à la pluie de balles qui les décimait. Les corps s'entassaient à l'intérieur de l'enceinte. Alors on entendit une sorte de long hurlement, très semblable à celui qu'émettrait une corne. C'était le signal de la retraite. En l'entendant, les Tectons survivants regagnèrent l'intérieur de la mine. Ils avaient renoncé à l'attaque, du moins pour l'instant.

— Ils s'en vont ! proclama William. Cessez le feu !

Mais Richard n'avait pas dû l'entendre. Il tirait sans discontinuer sur les cadavres.

— Richard ! C'est fini ! cria William. Ne tire plus, économise les munitions !

La peur l'empêchait d'obéir aux ordres, il continuait à tirer. A travers le mirador, Marcus observa le tas de morts. Et il fut surpris qu'effectivement on pût encore constater des mouvements. Ce que Richard ne comprenait pas était que toute cette agitation provenait de leurs propres balles, conçues pour tuer des éléphants. Chaque fois qu'un cadavre recevait un impact, le tas tout entier se secouait. Les têtes et les membres s'agitaient comme s'ils étaient encore vivants et éclaboussaient de sang le bas de la palissade.

William et Marcus contournèrent la palissade jusqu'à la position de Richard. Une fois là, William secoua son frère par les épaules. Richard bondit. Il croyait qu'on l'attaquait dans le dos. Avec un cri terrifiant, il déplaça son fusil comme une hache, fonçant comme un fou.

— Richard ! cria William en reculant de quelques pas. Que fais-tu ?

Il mit une seconde à les reconnaître. Puis il se laissa tomber. Il s'assit contre la palissade, la bouche ouverte. Marcus n'avait jamais vu un homme transpirer autant. Son visage brillait comme si on l'avait badigeonné d'huile, ses cheveux étaient mouillés, sa chemise kaki entièrement trempée. Ils auraient pu nager tous les trois dans la sueur de Richard.

William et Marcus s'assirent également. William et Richard étaient plus gais. Heureux. Ils avaient repoussé l'attaque des Tectons. Mais Marcus, sans le vouloir, leur gâcha la fête.

— Et maintenant ? demanda-t-il.

A ce point du récit, j'eus une brève anicroche avec Marcus. Je veux la rappeler. Il ne suivait pas le fil de l'histoire. J'insistais pour qu'il me parlât des événements avec ordre et calme, et il ne cessait de se plaindre. Je ne veux pas dire qu'il résistait de façon préméditée. C'était une sorte de mutinerie émotionnelle. Je ne cessais de lui demander de s'en tenir au récit, d'avancer par étapes. Il ne m'écoutait pas. Les émotions étaient plus fortes que lui. Il haïssait William et Richard, surtout William. Il secouait ses chaînes, bientôt il allait crier. Mais toute cette incontinence oratoire se tut soudain.

Le sergent Long Dos était debout derrière Marcus. Il avait posé sa matraque froide sur une de ses épaules, lui frôlant le cou. Et les simagrées s'arrêtèrent là.

— Garvey, ordonna Long Dos : réponds aux questions.

Je n'avais pas souhaité cette intervention. Long Dos faisait de moi le complice de sa matraque. Mais j'avais besoin que Marcus me fournisse quelques précisions, et je n'exerçais aucune autorité sur Long Dos.

— Marcus, tu ne m'as pas encore parlé des armes des Tectons, dis-je en examinant mes notes. Tu m'as parlé de casques en pierre et d'armures qui protégeaient leurs corps. Mais je ne peux pas décrire l'attaque contre la palissade sans faire allusion aux armes des Tectons.

La matraque de Long Dos se posa sous le menton de Marcus. Le prisonnier nous regardait, la matraque et moi, les yeux grands ouverts.

— Les Tectons n'utilisaient que des matraques, dit-il.

Et Long Dos, de façon incroyable, sourit. Enfin, les commissures de ses lèvres se soulevèrent comme si un tournevis les avait manipulées. Mais chez quelqu'un comme Long Dos cela signifiait un grand éclat de rire. Je suppose que dans le fond il avait un certain sens sportif. Il regagna sa chaise et s'assit, sa matraque sur les genoux. Elle était en caoutchouc. Je me demandai si ce caoutchouc provenait lui aussi du Congo.

— Vous ne comprenez pas, me dit Marcus, plus détendu. Les Tectons n'avaient pas de fusils ni de pistolets, ni d'armes spéciales.

Et après une longue pause, il murmura :

— L'arme, c'étaient eux.

15

Les Tectons ne revinrent pas avant midi. Ils adoptaient une stratégie nouvelle mais fort peu habile : certains d'entre eux apparaissaient par la fourmilière et, en courant en zigzag, ils tentaient de gagner la porte de la palissade dans l'intention de la renverser. C'étaient des missions suicide. Les Tectons tombaient sans avoir réussi à toucher le bois.

Les assauts étaient sporadiques, anarchiques. Parfois, un couple succédait à l'autre sans aucune pause ; d'autres fois, en revanche, ils mettaient une demi-heure. La lune s'élevait déjà au-dessus de la clairière et les Tectons, obstinés, n'abandonnaient pas. Maintenant on entendait une musique grave qui surgissait des profondeurs de la mine. C'était le son coordonné de nombreuses cornes.

— Vous entendez ? cria Richard depuis sa meurtrière. Ça me rappelle l'hymne de mon régiment !

Et il rit de sa propre plaisanterie. William aussi. Deux autres Tectons sortirent de la fourmilière. William les tua de sa Winchester à répétition avant que Richard n'ait eu le temps de viser.

— Eh ! protesta-t-il. Les prochains sont pour moi.

Marcus n'avait pratiquement pas dormi de la nuit et il demanda à William la permission de se retirer. Le danger semblait diminuer et les Craver prenaient les incursions avec un esprit sportif, aussi William lui accorda-t-il ce qu'il voulait.

Marcus en profita pour s'approcher furtivement de la tente d'Amgam. Il la trouva attachée très serrée au piquet central de la tente. Cette fois, William avait utilisé les fers des porteurs. Avait-il découvert les fuites précédentes ? Ils s'étreignirent. Marcus ne parvenait qu'à dire :

— Petite, petite, petite…

La profusion des baisers et des étreintes qu'elle lui prodiguait, en revanche, était d'une nature différente. Elle se réjouissait que Marcus fût vivant, mais en même temps c'était l'élan d'une femme rationnellement désespérée. Elle tentait de lui dire quelque chose. Il ne s'en rendait pas compte jusqu'au moment où Amgam le saisit par le col des deux mains. On aurait dit un garçon de café expulsant un ivrogne. Marcus comprit ce qu'elle lui disait : va-t'en !

— Tu ne comprends pas, tenta de la calmer Marcus. Tu ne sais pas ce qu'il se passe au-dehors. C'est la première guerre verticale de l'histoire. Mais les Craver sont en train de la gagner.

Non, c'était lui qui ne comprenait pas. Amgam tentait de s'expliquer, dessinant des choses sur le sable avec le sixième doigt. Mais Marcus ne connaissait évidemment pas l'alphabet tecton.

Au-dehors, les Tectons entretenaient les escarmouches. Et la musique. Au son souterrain des cornes s'ajoutaient maintenant des sortes de tambours qui faisaient un bruit de pierres s'entrechoquant. Toute cette musique, en réalité, semblait créée par un orchestre d'instruments en pierre. Dans la clairière retentissait un son martial et froid. On entendait également William et Richard s'encourager mutuellement. Ils riaient même, satisfaits chaque fois qu'ils faisaient mouche. Marcus caressa les joues d'Amgam :

— Mon amour, je voulais juste que tu saches que j'étais vivant. J'ignore comment tout cela va se terminer. Mais rappelle-toi qu'hier soir, même si cela semble incroyable, c'était pire.

Pendant quelques instants, Marcus ne put détacher ses mains du visage d'Amgam. Il n'avait jamais senti sa peau si chaude. Mais il devait sortir de la tente. Il ne voulait même pas imaginer la réaction de William s'il les découvrait à l'intérieur, ensemble et enlacés. Quand il se retira, elle protesta. Elle ne lui avait pas encore fait comprendre ce qu'elle voulait lui dire. Marcus était épuisé. Ces vingt-quatre heures de tension lui avaient brisé les nerfs. Il avait besoin de repos. Il entra sous sa tente, et son corps n'avait pas touché le lit qu'il dormait déjà.

Une main qui lui secouait l'épaule droite le réveilla. Il l'ignora, encore à demi inconscient, jusqu'à ce que quelqu'un murmurât son nom à son oreille. Il aurait reconnu cette voix n'importe où :

— Pepe ? Pepe !

Pepe dut le bâillonner :

— Ne crie pas. Les Craver pourraient t'entendre.

— Qu'est-ce que tu fais là ? demanda Marcus, stupéfait. Pourquoi est-ce que tu es revenu ?

— Pourquoi ? A cause de toi, idiot ! Je guettais dans la jungle depuis un bon moment. Je t'ai vu entrer et, quand j'ai été sûr que les Craver étaient distraits, je me suis glissé jusqu'ici. Ils sont très occupés, à la palissade.

Marcus avait encore les yeux gonflés et rougis. Il se frotta le visage dans ses mains, pendant que Pepe lui disait :

— Un miracle, Marcus, j'ai vécu un miracle !

— Un miracle… répétait Marcus, sans rien comprendre.

— Oui ! s'exclama Pepe. Les hommes m'ont pardonné, c'est ça le miracle. J'ai cru qu'ils allaient me tuer, bien sûr. Après que je les ai eu libérés, nous avons couru ensemble pendant un jour et une nuit. Et le lendemain, je leur ai dit que s'ils voulaient me tuer ils pouvaient le faire, que mon fusil ne me protégerait pas. Ils ne voulaient pas me faire de mal. Ils m'ont dit que j'avais contribué à leur voler leur vie, mais que je la leur avais également rendue. Alors il n'y avait plus de problème.

— C'est une bonne nouvelle, Pepe, dit Marcus, encore assoupi.

Le Noir remarqua le manque d'émotion dans ces paroles et le secoua par les épaules :

— Tu ne veux pas comprendre. C'est également valable pour toi ! Je le leur ai demandé, et ils m'ont dit qu'ils ne te feraient rien. Les hommes savent très bien que les seuls êtres mauvais de la clairière sont les Blancs, d'où qu'ils viennent. Tu peux t'enfuir ! dit Pepe en lui prenant un bras. Allons-y !

— Maintenant, c'est toi, qui ne comprends pas, dit Marcus, mieux réveillé et résistant aux secousses. Je n'irai nulle part sans elle. Et avec elle nous ne pouvons aller nulle part.

Pepe ne dit rien. De l'intérieur, on pouvait apprécier le contraste entre les armes des Craver. Le fusil de William résonnait fréquemment. Celui de Richard était plus puissant et bruyant.

— Eh bien, reste au Congo ! dit finalement Pepe. C'est le seul endroit où personne ne vous fera rien. Vivez dans la jungle. Construisez une cabane, cachée mais près d'un village. Quand vous en aurez besoin, les gens ne vous refuseront pas le sel, la parole ou de l'aide.

Oui, pourquoi pas ? Peu à peu, Marcus sentit une euphorie se répandre dans sa poitrine comme un liquide. A peine vingt-quatre heures auparavant, tout semblait perdu. Et maintenant il avait l'occasion de tout gagner.

— Allons-y ! le pressa Pepe. Qu'est-ce qu'on attend ?

Marcus lui répondit par une étreinte. Il était un homme très heureux. La vie l'avait emmené dans le lieu le plus abominable, et c'était justement là qu'il avait rencontré Amgam et Pepe.

Maintenant, le plus pressé de s'enfuir était Marcus. A l'extérieur, pour une raison quelconque, les Craver avaient intensifié la fusillade. Il demanda à Pepe de l'aider à remplir un sac à dos d'outils qui leur seraient utiles pour la vie sauvage. Les quatre mains se saisirent d'ustensiles et de médicaments à toute vitesse, puis Marcus dit :

— A la tente de William. Amgam se trouve là-bas.

Marcus et Pepe sortirent en rampant sur les coudes. Ils devaient juste parcourir la courte distance qui les séparait de la tente de William sans se faire voir des Craver. Marcus ne pensait qu'à la toile de cette tente. Mais dans son dos il entendit une expression africaine échapper à Pepe. Il regarda autour de lui et se rendit compte qu'il y avait des Tectons de toutes parts.

Ce n'était pas exactement une invasion en masse. Les Tectons couraient seuls ou par deux, esquivant les fusils des Craver plus qu'ils ne les affrontaient, sans aucun objectif apparent. William était plus furieux contre son frère que contre les Tectons :

— Je te laisse seul un instant, et tu rêvasses ! disait-il en tirant dans tous les sens. Imagine qu'au lieu de dix il y en ait cent qui sautent !

A ce que Marcus put comprendre, une vague de Tectons s'était précipitée contre la palissade juste à un moment où William, sans raison valable, ne s'occupait pas de la défense. Il n'eut pas tellement de temps pour réfléchir : un Tecton se jeta sur lui. Marcus poussa un cri de souris et se défendit à coups de sac. Pepe eut moins de chance. Le Noir était devenu la cible de deux Tectons robustes et très grands. Mon Dieu, comme les Tectons pouvaient être corpulents ! A eux deux, ils le saisirent comme une truite de rivière : ils n'avaient pas peur d'être agressés, juste qu'il leur glissât entre les mains. D'une main désespérée, Pepe arracha le casque d'un Tecton. Il ne put rien faire de plus. Quand les Tectons l'eurent bien en main, ils coururent en direction de la palissade. L'un d'eux le tenait par le cou et l'autre par les pieds, le transportant dans une position horizontale qui empêchait toute résistance. Cela ne servait plus à rien à Marcus de se cacher et il cria aux Craver, en désignant les fugitifs :

— Arrêtez-les !

William liquidait les derniers Tectons, un revolver dans chaque main. Richard était plus attentif à l'espace intérieur de la palissade, à éviter l'arrivée de nouveaux envahisseurs. Aucun des deux ne comprit de quoi parlait Marcus. Et les deux Tectons se déplaçaient très vite. Avant qu'ils aient pu s'en rendre compte, l'un d'eux avait déjà ouvert la porte. William le tua immédiatement, ce qui n'empêcha pas le deuxième Tecton de sauter dans la fourmilière. Et il emmenait Pepe avec lui.

— Ne le laisse pas entrer dans la mine ! cria Marcus à William.

Mais Richard ferma la porte. Les deux frères regardèrent autour d'eux : tous les Tectons qui avaient réussi à sauter par-dessus la palissade étaient morts.

— C'était Pepe ! s'indigna Marcus, agitant les poings de haut en bas. C'était Pepe !

— Pepe ? s'étonna William. Et que faisait-il là, ce sale déserteur ?

Marcus se prit la tête dans les mains. Il tomba à genoux. Pepe était à l'intérieur de la mine, prisonnier des Tectons !

— Je ne comprends pas, dit Richard, pensant à haute voix.

Il examinait un cadavre, en le touchant avec le canon de son fusil. Les armures tectons ne résistaient pas aux projectiles des armes à feu. Avec la culasse de son fusil, il frappa un casque perforé par une balle comme s'il s'était agi d'une balle de cricket. La stratégie qu'ils avaient choisie en envoyant un groupe si décidé et à la fois si réduit le déconcertait.

— Dix Tectons ne peuvent rien faire contre deux fusils, réfléchit-il. A ce stade, ils devraient le savoir. Que voulaient-ils, alors ?

— Des prisonniers, peut-être, spécula William.

Des profondeurs de la mine montèrent des hurlements.

— Pepe ! cria Marcus. C'est Pepe !

Les Tectons voulaient qu'ils les entendent. Marcus se boucha les oreilles, mais les cris traversaient la chair de ses mains. Il ne pouvait pas imaginer les instruments de torture capable d'extraire ces sons d'un être humain.

Soudain, une main invisible couvrit la bouche de Pepe. Et à sa place une voix tecton parla. On l'entendait comme si elle parvenait filtrée par un haut-parleur en pierre. Un ton sec, avec de longues pauses entre deux phrases. Le discours s'arrêtait et recommençait, monotone.

Marcus fit un bond. Ses mains se dirigèrent vers la ceinture en cuir de William.

— Bon sang… protesta celui-ci, mais Marcus lui avait déjà dérobé un anneau en fer auquel était suspendu un trousseau de clés, et il courait en direction de sa tente.

Il revint avec Amgam, libérée de ses fers :

— Traduis ! Traduis ! lui ordonnait Marcus.

Amgam n'avait pas besoin d'ordres. Elle écouta attentivement et dit ensuite quelque chose en tecton mais en ajoutant des gestes. Elle désignait l'intérieur de la mine, puis la muraille en troncs et à nouveau la mine. C'était un chantage élémentaire, très facile à comprendre : si vous voulez que nous vous rendions Pepe, abattez la palissade.

Il se fit un silence qui incluait les Tectons, Pepe et même Amgam. Elle fut la première à réagir. Avant que les Craver n'aient ouvert la bouche, elle s'approcha de Marcus. Elle lui prit la tête et l'appuya contre sa poitrine.

D'abord ce fut Richard, qui exhala un soupir retenu et tout de suite après un petit rire entrecoupé. William se joignit à lui. C'était un rire qui provenait de très loin, qui affleurait aux lèvres en entraînant la nicotine accumulée dans l'œsophage.

Le rire de l'un alimentait celui de l'autre. Ils rirent de plus en plus et de plus en plus fort. Des rigoles de sueur transformaient la chemise de Richard en une tache sombre, mais le rire le dominait tellement qu'il ne pouvait même pas s'éponger le front. William, déconcerté, applaudissait comme un épileptique tentant de tuer des moustiques. C'était réellement amusant : les Tectons pensaient qu'ils allaient livrer leurs défenses en échange d'un nègre !

Marcus rappelait un bébé victime du hoquet. Comme c'était prévisible, les cris de Pepe montèrent à nouveau par la gueule de la fourmilière. La seule chose que les Tectons obtinrent fut de faire rire les Craver encore plus fort. Personne ne prenait en compte Marcus. Il s'était écarté de la poitrine d'Amgam et courait maintenant avec un bâton allumé à la main.

— Non, pas de la dynamite ! cria William. Tu vas faire tomber les poutres et nous n'avons plus de mineurs pour les redresser !

Marcus avait passé la porte du mur et se trouvait déjà dans l'enceinte intérieure. La mèche produisait des étincelles pendant qu'il proclamait :

— Je regrette, Pepe, et il laissa tomber le bâton dans la fourmilière.

Je me rappelle que lorsque Marcus Garvey m'expliqua cet épisode il pleurait. Je ne l'avais pas encore vu pleurer. Il tendit la main droite et chuchota, les yeux rougis :

— Qui l'eût dit, n'est-ce pas, monsieur Thomson ? Que le destin imposerait comme pénitence à cette main, qui avait tué tant d'Africains, de tuer le seul ami que j'avais au monde.

16

Les frères Craver s'étaient réunis sous une meurtrière. De temps en temps, ils tiraient à l'intérieur de la palissade, sur les casques qui émergeaient occasionnellement de la fourmilière, mais il était évident que ce qui les occupait réellement était une conversation d'ordre privé. Amgam était à nouveau recluse et attachée sous la tente de William. Marcus n'avait plus de forces. Il restait assis devant le foyer, ravivant le feu à l'approche de la nuit. Pepe était mort et lui un homme vaincu. Il avait failli tout gagner, mais il n'avait réussi qu'à perdre un ami.

William avança de quelques pas vers lui. De la main, il faisait un geste lui indiquant de s'approcher :

— Viens, lui ordonna-t-il.

Quand ils furent tous trois devant la palissade, il lui dit :

— Richard et moi avons étudié la situation. Comme ça, nous n'en finirons jamais, nous devons changer de stratégie. L'idée est la suivante : demain, à la première heure, nous jetterons quelques bâtons de dynamite dans la fourmilière. Je suppose que peu importe maintenant que nous devions tout refaire, dit William sans même mentionner Pepe. Les explosions en tueront beaucoup, mais ça ne suffira pas. La preuve en est que ton bâton n'a pas réussi à les liquider. Il se peut que certains d'entre eux survivent à la dynamite, surtout s'ils se cachent dans un trou. Quelqu'un devrait descendre et lancer un autre bâton dans le tunnel par lequel ils ont accédé à la mine, au cas où ils l'utilisent comme refuge. C'est le seul moyen de nous assurer qu'il n'y a pas de survivant.

Richard, qui surveillait l'intérieur de l'enceinte, tira sur un objectif invisible pour Marcus. Puis il ajouta :

— Si un Tecton survit, juste un, nous n'aurons rien gagné. Notre seule possibilité est qu'à l'endroit d'où ils viennent ils comprennent que ceux qu'ils envoient ne reviennent jamais. Ainsi, ils nous oublieront.

Marcus eut un sourire énigmatique :

— Et qui serait volontaire pour descendre dans la mine un bâton à la main ?

— Nous avions pensé tirer au sort.

— Ce n'est pas nécessaire, s'avança Marcus. Je descendrai.

William et Richard étaient stupéfaits. Avant qu'ils aient pu parler, Marcus dit la chose la plus intelligente que l'on eût entendue dans la clairière :

— Cela aurait tout aussi bien pu tomber sur moi.

— Je suppose que les affrontements avec les Tectons devaient vous offrir de multiples occasions pour vous débarrasser de William Craver, remarquai-je à la fin de cette séance.

Marcus jeta un de ses regards de part et d'autre de la table.

— Je ne sais pas de quoi vous parlez, dit-il.

— Vous étiez armé. Vous pouviez l'abattre dans le fracas de la fusillade.

— Mais monsieur Thomson, répliqua Marcus d'une petite voix fragile, je ne pouvais pas tirer sur William.

— Non ? Pourquoi ? Il vous surveillait étroitement ?

— Non.

— Vous redoutiez la réaction de Richard ?

— Non.

— Alors ?

Marcus regarda des deux côtés de la table puis me précisa sur un ton extraordinairement aimable :

— Monsieur Thomson, je ne pouvais pas tirer parce que je ne suis pas un assassin.

Je me tus. Il y a silence et silence. Le mien était le silence de ceux qui se sentent coupables.

Le livre m'absorbait trop. Je pouvais en reconnaître les symptômes : une sympathie immodérée pour Garvey, un déplacement de l'objectivité narrative envers ses intérêts. Je pensai que pour compenser une injection d'avis contraires ne me ferait pas de mal.

Le principal instigateur des accusations contre Marcus était Richard Casement, consul d'Angleterre au Congo à l'époque des faits. J'avais déjà parlé au duc de Craver, et je ne voyais pas ce qui pouvait m'empêcher de voir Casement.

Dans les bureaux du service diplomatique, on me donna les coordonnées de l'hôtel où il était descendu. On me dit aussi qu'il embarquait le jour même pour une nouvelle destination consulaire. J'eus beaucoup de chance de le trouver. A l'hôtel, je demandai M. Casement. Le réceptionniste me désigna l'escalier :

— C'est justement ce monsieur qui descend. Il quitte l'hôtel à l'instant. Tous ces bagages sont à lui et on les emporte sur le port, dit-il, se référant à un ensemble de trente ou quarante valises disséminées à la réception, que des employés s'empressaient de charger dans une voiture.

Mais Casement fut très compréhensif envers moi. Il possédait un type d'énergie qui vous oblige à sympathiser immédiatement avec son propriétaire. C'était une de ces personnes dont on pense dès que l'on fait leur connaissance : “Je paierais pour que ce soit mon ami.”

— Marcus Garvey ? L'assassin des frères Craver ? Bien sûr que je me souviens de lui, et, en regardant une montre à gousset, il dit : Je n'ai que cinq minutes à vous accorder. Je pars à Montevideo… avec la permission des sous-marins allemands. Le bateau ne m'attendra pas. Et vous comprendrez qu'aujourd'hui il n'y a pas d'autres bateaux pour l'Uruguay.

Il me reçut à une table de la réception de l'hôtel. Il avait les sourcils aussi épais que la barbe et l'air d'avoir pratiqué dix sports différents dans sa jeunesse.

— Cela va peut-être vous surprendre, mais je travaille pour l'avocat de Marcus Garvey, commençai-je, honnêtement.

— En ce cas, je crois que vous vous trompez de personne. Que comptez-vous obtenir de moi ?

— Seulement la vérité. J'ai de moins en moins de doutes sur l'innocence de Garvey.

— N'en ayez plus aucun. Garvey est coupable. Coupable au plus haut point.

En d'autres circonstances, j'aurais davantage tourné autour du pot avant d'aborder le cœur du problème. Mais nous manquions de temps et je dis, avec une certaine véhémence :

— Monsieur Casement, je dois vous avouer que je me base sur des indices qui ne sont pas du tout rationnels. Il m'est simplement difficile de croire que Marcus Garvey ait tué les frères Craver.

Casement se pencha en avant. De deux doigts, il me frôla le genou sous la table :

— Monsieur Thomson : il y a des lieux où Dieu a écrit le mot non. Et Marcus Garvey n'est pas innocent. Il ne l'est pas. Peut-être aimeriez-vous qu'il le soit, mais il ne l'est pas. Non, non, et non.

Un serveur lui apporta un jus de pomme. Il le but d'un trait. Puis il s'exprima en ces termes :

— L'automne 1912 fut terriblement chaud. Et plus ennuyeux que jamais. A Léopoldville, il ne se passait rien, aucune nouveauté pour animer nos sueurs d'Européens moisis. Et soudain apparut

Marcus Garvey. Il était revenu seul de la jungle, sans William ni Richard Craver. La communauté blanche de Léopoldville est très réduite. Il ne me fut pas difficile de m'enquérir de ses activités. Il passait ses nuits dans un bouge repoussant, ivre et entouré de prostituées noires. Quand il trouvait un Blanc disposé à l'écouter, il ne lui fallait pas cinq minutes avant de déclarer ce qu'il avait fait : il se vantait d'avoir tué deux Anglais de sang-froid, comme les Irlandais fanfarons au pub.

Ce même jour, à la pension, M. MacMahon s'était allié avec Marie-Antoinette dans un de ses mauvais tours, et je murmurai par solidarité :

— Démons d'Irlandais…

— Marcus n'est pas irlandais, m'interrompit Casement. Moi si.

Il sourit, je rougis, il poursuivit :

— Je ne pouvais pas demander aux autorités belges de l'arrêter, ni même de l'interroger. En fait, ce n'étaient que des rumeurs, la voix d'un ivrogne dans un pub. Mais, comme je l'ai dit, la communauté blanche de Léopoldville est très réduite. Tout se sait. On m'informa finalement de toute l'histoire : d'après Garvey lui-même, il les avait tués pour les diamants. Par conséquent, nous avions le crime et son mobile.

— Par conséquent, répliquai-je, vous n'avez pas été le témoin direct des faits.

Casement sourit :

— Permettez-moi d'avancer pas à pas. Si cela était vrai, si Marcus avait commis le crime, il aurait tenté de quitter le pays avec son butin. Et ses vrais problèmes auraient commencé là. Le Congo est comme un vice : y entrer est plus facile que d'en sortir. Le trafic de pierres précieuses et de métaux nobles est sévèrement puni. Et vous ne pouvez imaginer à quel point les autorités belges sont scrupuleuses.

— Ces diamants étaient-ils si gros ? Il était si difficile de les dissimuler dans une poche ou un compartiment secret et de passer sans ennuis la douane au port ?

— Je suppose qu'il l'aurait fait tôt ou tard. Mais je lui ai offert une alternative moins risquée.

— Je ne comprends pas.

— Je suis devenu ami avec lui. Ou plutôt, j'ai provoqué une amitié. Malheureusement, la fréquentation de ce pub, et de Marcus, a terni ma réputation d'une tache plus grosse que la carte d'Australie. Casement rit et prit un air résigné : Eh bien, qui tend un piège s'expose à des risques. Un jour je lui parlai, l'air de ne pas y toucher, de la signification de la valise diplomatique. A savoir que les douaniers ne fouillent jamais les bagages du corps consulaire.

— Ce que vous êtes en train de me dire, c'est que Marcus a avoué son crime le jour où il vous a demandé d'envoyer les diamants en Angleterre par la valise diplomatique.

— Exact. Il a eu du mal à se décider. Il ne me faisait pas confiance. Mais je lui ai donné suffisamment de corde pour qu'il se pende lui-même.

— J'imagine la scène suivante. Marcus et les diamants voyagèrent vers l'Europe dans des compartiments séparés. Un jour, Marcus se présenta dans un bureau du ministère des Affaires étrangères, demanda qu'on lui remît une enveloppe à son nom et on l'arrêta immédiatement.

— J'avais joint une note explicative aux diamants, de même qu'une déclaration sous serment de quelques Européens qui avaient écouté le récit de Marcus. Celui qui réclamerait le paquet serait coupable. Ce fut lui et on l'arrêta. La dernière nouvelle que j'eus de l'affaire fut que Garvey avait avoué et qu'il était dans l'attente d'un jugement. L'a-t-on pendu ?

— Accordez-moi une dernière question.

— Allez-y, dit Casement en croisant les bras.

— Vous vous rappelez la couleur des yeux de Marcus Garvey ?

Les saints sont possédés par le Saint-Esprit de la même façon que Casement était possédé par le sens commun. Mais, l'espace de quelques brefs instants, son assurance vacilla également. Il me rappela un chien qu'il aurait frappé sur le museau avec un journal roulé. Il parla très lentement :

— Oui, ses yeux. Ne croyez pas que je ne vous comprenne pas, monsieur Thomson, je vous comprends mieux que vous ne l'imaginez. Ce n'étaient pas les yeux d'un assassin Mais un homme est un peu plus que ses yeux. Et même si cela semble étrange, ces deux diamants étaient plus gros et plus brillants que les yeux de Marcus.

Il se reprit. Ses doigts revinrent amicalement vers mon genou et, pendant qu'il me donnait quelques petits coups, il déclara :

— Croyez-moi, monsieur Thomson, vos efforts méritent une cause plus juste.

Il me caressa encore un peu le genou, comme si cela avait été la tête d'un chat. Je ne bougeai pas ni ne fus ému, et il partit pour l'Uruguay. Avec la permission des sous-marins allemands.

Les deux autres Tectons qui sortirent de la fourmilière se jetèrent contre la porte avec le même élan que les précédents. Mais une surprise les attendait : la porte s'ouvrit juste au moment où ils essayaient de la renverser. Elle tomba comme un pont-levis, et derrière apparut Marcus, flanqué de William et Richard. Les deux frères tirèrent à bout portant sur les Tectons. William tua le premier d'une balle en pleine poitrine. La victime de Richard sortit à toute vitesse, propulsée par cette munition plus propre à l'artillerie.

— Maintenant ! cria William.

Ils coururent les quelques mètres qui séparaient la porte de la palissade de la fourmilière. Marcus transportait l'échelle. William et Richard se déplaçaient comme s'ils attaquaient à la baïonnette, brandissant leurs fusils. Quand ils arrivèrent au bord de la fourmilière, Marcus alluma la mèche de la dynamite. La veille, Marcus avait jeté un seul bâton ; maintenant, en revanche, il en tenait une poignée entière dans la main. Simultanément, le visage d'un Tecton apparut par le trou. Il avait choisi un mauvais moment pour sortir de la mine. William tira immédiatement, avec le canon d'un fusil à quelques centimètres de ce visage. La balle pénétra par la partie supérieure de la pommette et en fit sortir un œil, intact. Le globe oculaire s'éleva à la hauteur exacte du nez de Marcus. Pendant un instant, cette boule de gélatine resta là, suspendue dans le vide, contemplant un Marcus stupéfait. Et celui-ci eut la sensation que, soudain, le monde avait décidé de se déplacer avec une lenteur mesquine. Pendant ce temps, William et Richard tiraient vers le bas, sans cible concrète. La mèche se consumait. Mais l'esprit combatif de Marcus s'était évanoui. Il tenait la poignée de dynamite entre les doigts comme s'il avait tenu une cigarette.

— Mais qu'est-ce que tu fabriques ? brama William. Lance la dynamite ! Lance-la, ou elle va nous exploser dessus !

Davantage que les lancer, Marcus se défit des bâtons comme on se débarrasserait d'une saleté collée à la main. William et Richard se jetèrent à terre. Pas Marcus. Il regardait le trou noir de la fourmilière qui lui semblait maintenant insondable. Il eut la sensation que l'œil et les bâtons allumés étaient des êtres pensants. L'œil tombait dans un puits obscur, et la dynamite le suivait avec amour, avec tout l'amour que seule la dynamite peut éprouver pour un œil. Marcus eut une pensée d'une lucidité tordue, et se dit : Elle est l'œil, je suis le bâton.

— Viens ici, idiot !

C'était Richard. D'une main, il lui saisit une cheville et le renversa, l'écartant de l'entrée de la mine. Juste à temps. En bas, la dynamite éclata avec un bruit sourd, laid. William, Richard et Marcus étaient plaqués au sol, mais l'explosion souterraine fit faire un petit bond aux trois corps. Quelques secondes plus tard, la fourmilière ressemblait à la bouche d'un géant qui aurait craché de la fumée. Un nuage noir, compact, émergea, et ce fut comme si on leur déversait dessus des sacs de suie.

— Maintenant, maintenant ! dit Marcus, qui avait retrouvé sa férocité et descendait l'escalier. Couvrez-moi !

— Il y a encore trop de fumée ! dit Richard le visage tout sali. Tu ne verras rien !

— Eux non plus, ils ne me verront pas, répliqua Marcus.

Il s'introduisit dans cette gueule fumante avec tout l'élan que lui donnaient ses courtes jambes. La mission de William et Richard consistait à tirer sur ceux qui tentaient de s'approcher de lui. Et ils devaient le faire dans une position pénible, puisqu'ils recevaient sur le visage la fumée noire que la mine vomissait. Mais peu de cibles s'étaient présentées. Dans cet espace clos, l'onde s'était réverbérée contre les murs, s'amplifiant. Le sol de la mine était un amas de poutres détruites et de Tectons agonisants. La majeure partie des corps s'agitait encore dans des spasmes, Marcus pensa à un seau de pêcheur grouillant d'asticots. Les Tectons moribonds émettaient des gémissements très similaires au hennissement des chevaux. Les plus brûlés dégageaient une épouvantable puanteur de vinaigre. Une bouffée de cette pestilence de chair brûlée pénétra dans ses fosses nasales. Il ne put le supporter. Il dut gaspiller quelques précieuses secondes en se bouchant le nez et la bouche avec un mouchoir, comme un bandit de grand chemin.

L'intérieur de la mine était recouvert par un épais écran de fumée. L'explosion avait ébranlé les murs en terre rouge, de sorte que des tons de couleur grenat s'ajoutaient au nuage noir. Et il flottait dans l'air des millions de particules jaunes, comme de minuscules puces volantes : une poussière d'or. Et ce n'était pas tout. A partir du genou, la surface brillait de milliers d'étincelles vertes. Il ne put le comprendre avant de remarquer les mains entravées de certains cadavres de Tectons, qui tenaient encore des instruments en forme de grosse poire. C'étaient des sortes de sacs transparents, comme des tripes d'animaux cousues. Ils étaient remplis d'asticots d'un vert extraordinairement luminescent. "Ce sont les lanternes des Tectons", se dit-il. Bon nombre de ces lampes avaient éclaté sous les explosions, libérant des hordes d'asticots verts qui rampaient maintenant dans toutes les directions, libérés des récipients qui les contenaient.

Marcus se déplaça dans ce paysage, surmontant son dégoût. Le contact avec les Tectons morts le terrifiait. Il avançait par bonds, presque comme une grenouille, mais il ne pouvait éviter de marcher sur des membres mous, des poitrines et des estomacs. Ses pieds palpaient des chairs ou des armures, qui crissaient comme du verre sur son passage. Il ne cessait de trébucher et il finit par chuter sur un tas de cadavres. Il se traîna sur le sol avant de s'arrêter devant Pepe, les restes de Pepe.

Tout ce qu'il restait de son ami était la poitrine et un crâne horriblement défiguré. Marcus gémit et leva les yeux au ciel. D'en haut, William et Richard tiraient sans discontinuer. Les balles sifflaient très près, lui frôlant les oreilles avec un vrombissement d'abeilles furieuses. Mais non, pour l'instant Marcus ne craignait pas pour sa vie. William ne le tuerait pas tant qu'il lui serait utile. Et il avait encore besoin de lui.

Il parvint à atteindre le tunnel que les Tectons avaient utilisé pour accéder à la mine. Marcus portait trois autres bâtons de dynamite reliés entre eux et une mèche suffisamment longue. Pendant qu'il l'allumait, il s'appuya contre le mur, juste sous la gueule du tunnel. Ainsi, il pouvait surveiller n'importe quel Tecton blessé qui aurait encore eu la force de se traîner jusqu'à lui. Ce n'était pas nécessaire, en réalité. Dans cette mine, il n'y avait que deux sortes de Tectons : les morts et les mourants, et les balles des frères Craver se chargeaient d'accélérer le processus. La seule chose que, bêtement, il n'avait pas prévue était qu'ils auraient pu l'attaquer depuis le tunnel où étaient supposés se cacher les survivants. Marcus ne vit pas la main qui sortait du trou et lui saisissait l'avant-bras qui tenait la dynamite. Le Tecton passa la moitié du corps, et de son poing libre il frappa furieusement la tête de Marcus une, deux, trois fois. Ils roulèrent ensemble sur le sol. Marcus perdit les cartouches. Pour le Tecton, ces trois cylindres et les étincelles de la mèche ne signifiaient rien.

— A l'aide ! cria Marcus. Au secours !

— Si on tire, on peut te toucher ! dit Richard depuis l'entrée de la fourmilière. Vous êtes trop près l'un de l'autre. Débarrasse-toi de lui !

Et maintenant, une digression lamentable. Nous nous trouvions tous les trois à la prison, dans la cellule habituelle. Marcus Garvey, moi et le sergent Long Dos, assis derrière la grille. Je me rappelle que j'avais renoncé à prendre des notes. J'avais les coudes fermement posés sur la table, les deux mains constituant une visière de part et d'autre des yeux, pour mieux me concentrer sur le récit. Je pouvais voir le paysage que Marcus me décrivait avec une netteté hallucinante. Je voyais les Tectons agonisant au fond de la mine, se retournant comme des calmars éventrés ; je voyais William et Richard dans la partie supérieure de la fourmilière, criant, les cordes vocales prêtes à se briser. Je pouvais entendre leurs voix, qui arrivaient jusqu'à Marcus avec les distorsions que provoquerait un entonnoir. Je pouvais sentir l'air vicié de la mine, avec une sorte de poussière métallique et jaunâtre flottant dans l'air, et les centaines d'asticots verts des lanternes tectons.

Je pouvais sentir le poids de l'agresseur avec son armure pectorale en pierre, argentée et sale. Je souffrais presque sur mon propre visage des poings des Tectons, une haine qui était l'avant-garde d'une race entière. Et surtout, je pouvais sentir comme si elle avait été mienne l'angoisse de Marcus, luttant sans espoir sur le sol d'une mine maudite du Congo. Marcus parlait et toutes ces images m'inondaient. Et que se passa-t-il ?

Eh bien, à ce moment du récit, à ce moment précis, Tommy Thomson, ce ballot de Tommy Thomson, ne trouva rien de mieux que de perdre connaissance. Et la séance s'acheva.

17

Je m'étais habitué à travailler la nuit. De plus en plus tard. Un jour, vers une heure du matin, je me rendis à la cuisine pour me préparer un thé. Dans le couloir de la pension régnait le silence. On entendait juste, derrière les portes, la toux étouffée d'un pensionnaire. Et les intestins de M. MacMahon, bien entendu.

Je ne trouvai pas de thé. Et je n'osais pas voler un seul gramme de la boîte de Mme Pinkerton. Ce corbeau en jupons aurait été capable de mobiliser tout Scotland Yard pour retrouver le voleur. M. MacMahon n'avait pas de thé lui non plus, juste une gigantesque carafe où il conservait de la liqueur de pomme de terre avec laquelle il se saoulait à la fin du mois. Passé un moment de doute, j'emportai la carafe.

J'ignore quelle saleté de liqueur ingérait MacMahon, mais avant de m'en apercevoir j'étais ivre. Cette boisson était de l'authentique mort-aux-rats et moi une pauvre petite souris. Je dois dire que je ne le regrettai pas. Comme je n'avais pas eu l'intention de me saouler, c'était comme si je profitais d'une fête improvisée. Au lieu de continuer à écrire, je décidai que je lirais ce que j'avais écrit jusqu'à cette nuit. J'avais déjà écrit les quatre cinquièmes du roman et cela me sembla être une bonne idée. "Détends-toi, Tommy, essaie simplement de lire ce livre comme un lecteur ordinaire", me dis-je.

Ce que je fis. Je fus un lecteur impartial, je crois, malgré l'alcool de MacMahon. Ce n'était pas mal du tout, pas mal du tout pour un garçon qui venait tout juste d'avoir vingt ans. Mais ce que je voulais savoir, c'était si je me trouvais devant une grande œuvre. Et ce n'était pas le cas. Loin de là. Quelle déception.

Plus je lisais, plus je m'enfonçais. C'était moi qui avais écrit ça ? Le monde sombrait autour de moi. Où était l'amour d'Amgam ? Où était la terreur tecton ? Ces pages constituaient un paysage envahi par le brouillard : moi qui les connaissais, je pouvais deviner les silhouettes. Mais pour un lecteur anonyme elles n'auraient eu aucune valeur.

Je me laissai tomber sur mon lit avec un nœud à l'estomac. C'était comme si j'avais avalé une pierre. La chambre tournait autour de moi. A cause de l'alcool et de la déception. Je pensai que la liqueur bon marché de MacMahon devait être une de ces potions magiques qui font rétrécir leur victime. Oui, je me sentais comme un nain, comme un Pygmée. La machine à écrire me semblait plus grande qu'un piano, j'étais plus petit qu'une molécule. Que pouvais-je faire ? Je continuai à boire.

Je m'étais allongé sur le lit, les yeux fixés sur le plafond comme un cadavre. Ainsi donc, toutes ces angoisses et toutes ces insomnies, tous ces efforts, et tout ça pour un résultat aussi médiocre ? Ce qui contribue à faire de la jeunesse une période douloureuse est de croire qu'il suffit de lutter durement pour obtenir ce que l'on souhaite. Ce n'est pas vrai. Si tel était le cas, le monde appartiendrait aux justes.

Cette nuit, je laissai derrière moi une partie de ma jeunesse. Ou, du moins, j'eus la sensation de mûrir davantage en une nuit qu'en une année entière. "Cela vaut-il la peine de continuer ce livre ?" me demandai-je. Je préférais dormir plutôt que de répondre. Malgré tout, je me forçai à répondre à cette question, et une heure plus tard j'étais parvenu à un pacte entre mes limites et mes aspirations : je me dis que Marcus avait besoin que je termine le livre, bon ou mauvais, et que dans notre cas cela justifiait les misères de l'auteur. Triste consolation.

Et ainsi, sans défense, la conscience endormie par l'alcool et la résignation, arriva l'heure de la catastrophe. Ce fut une détonation sèche, dure, suivie d'une pluie d'explosions, comme une chute de décombres. Mon Dieu, quelle peur ! Je fis un bond qui me mit debout sur mon lit. Je ne comprenais rien. La seule chose familière était la voix de M. MacMahon. Je pouvais l'entendre à travers la cloison qui séparait nos chambres. Il s'innocentait à grands cris :

— Ce n'est pas moi ! Je le jure !

J'ouvris la porte et fus immédiatement aveuglé par un nuage de poussière grise. Les pensionnaires se rassemblaient dans le couloir. Tous étaient en pyjama ou en sous-vêtements, plus effrayés que moi, parce que moi, au moins, l'ivresse atténuait mes sens. Le seul qui conservait sa lucidité était MacMahon. Pendant que les autres hurlaient et posaient des questions stupides auxquelles personne ne pouvait répondre, il parcourait le couloir avec l'agilité d'un buffle, donnant des coups de poing dans les portes et s'assurant que tout le monde sortait de sa chambre. La scène rappelait un naufrage, il suffisait de remplacer la fumée par de l'eau. Mais tout était si irréel que je n'avais pas peur, je ne pouvais pas. Et je ne sais comment, m'éloignant des vociférations, je me retrouvai dans le salon.

J'étais exactement au centre de la pièce, jonchée de décombres. Au plafond, on pouvait voir un énorme trou. C'était comme une petite baleine métallique. Guidé par la naïveté de l'ébriété, je m'approchai et caressai son dos en acier. Il était froid, en le touchant, la peur se transmettait comme de l'électricité. Je pensai que je pouvais mettre ce contact à profit. Oui, j'allais faire une métaphore de la peau de William Craver par contraste avec celle d'Amgam. Ce fut peut-être pour cette raison que je mis aussi longtemps à me demander : "Que fait une bombe dans notre séjour ?"

Je levai la tête et, à travers le trou au plafond, je vis une sorte de saucisse géante qui volait. Elle fuyait vingt ou trente projecteurs de lumière mince et compacte qui traversaient l'air avec un tracé frénétique. Son objectif avait cependant dû être la Royal Steel. De deux choses l'une : ou l'artilleur du zeppelin visait très mal, ou l'espion qui leur avait donné les coordonnées de l'usine était un ancien pensionnaire de la Pinkerton.

— Elle est vivante ! dit soudain M. MacMahon sur le seuil.

Je fis un petit bond, comme si la bombe allait me mordre. Mais M. MacMahon voulait parler des petites colonnes de fumée sous pression qui sortaient des trous du fuselage.

— Sortez ! brama-t-il, m'entraînant par le coude. Elle va exploser d'une minute à l'autre !

Dans le couloir, le nuage de poussière qu'avait soulevé l'impact ne se dissipait pas. MacMahon poussa un cri et tout le monde descendit précipitamment l'escalier. J'ai dit que j'étais ivre, beaucoup plus que je ne le pensais, parce que soudain la scène me sembla extrêmement drôle : une bombe était tombée au beau milieu de la salle à manger. Une bombe ! MacMahon m'examina d'un regard rapide. Il me vit rire, renifla mon haleine et comprit mon état.

— Mon Dieu… ! gémit-il.

Pendant qu'il me retenait d'un bras, de l'autre il poussait les pensionnaires devant lui. Tout le monde criait. MacMahon plus fort que quiconque.

— Où est Mme Pinkerton ? demanda-t-il.

— Une bombe ! riais-je. Je n'arrive pas à y croire ! Une bombe nous est tombée dessus dans le séjour ! Une bombe est entrée par le plafond et a écrasé la table !

— Mme Pinkerton ! Où est-elle ? criait MacMahon, courant dans le couloir en m'entraînant à sa suite.

— Vous ne savez pas ? Moi si ! dis-je. Où voulez-vous qu'elle soit !

MacMahon s'arrêta un moment pour m'écouter. Mais je lâchai, dans un grand éclat de rire :

— Elle négocie le loyer avec la bombe !

La Pinkerton n'avait pas bougé de sa chambre. Elle était assise sur son lit, morte de peur. Le chaos était trop grand pour que son petit cerveau bien ordonné pût le déglutir. Et une femme comme elle n'aurait jamais quitté sa chambre en combinaison, jamais. Pas même en cas de bombardement aérien. Mais M. MacMahon n'était pas disposé à perdre de temps. Il nous chargea chacun sur une épaule, comme s'il avait transporté deux sacs à la fois, sans tolérer de protestations, et s'engagea dans le couloir comme un cheval de course. Soudain, je me retrouvai suspendu à l'épaule de MacMahon. Si je regardais en bas, je voyais ses talons, si je me retournais je voyais la tête de Mme Pinkerton, parallèle à la mienne. On aurait dit une anguille qui venait d'être pêchée. Un peu plus et j'éclatai de rire :

— Bonjour, madame Pinkerton ! Bonjour ! Bonjour ! disais-je en la saluant d'une main comme si nous avions été deux connaissances qui se retrouvent par hasard dans le train.

Mais quand MacMahon commença à descendre l'escalier l'affaire se corsa. J'avais la sensation d'avoir été juché sur la bosse d'un chameau. Quand nous fûmes dans la rue, et à bonne distance, MacMahon nous déposa sur le sol. Je ne me levai pas. Je me sentais trop mal. Quelques voisins très déterminés m'aidèrent à m'asseoir. Mais je n'avais rien, juste envie de vomir.

Soudain, la bombe explosa dans une épaisse fumée noire et bleue. De notre place, nous vîmes très nettement voler en l'air le plancher de la pension. Et ce ne fut pas tout. La force de la détonation et le poids des décombres firent s'effondrer le quatrième étage sur le troisième. Le troisième sur le deuxième, et le deuxième sur le premier. En définitive, le bâtiment tout entier se retrouva plié comme un gigantesque accordéon.

Mme Pinkerton pleurait, inconsolable, contre la poitrine de M. MacMahon, qui la serrait dans ses bras tout en agitant tristement la tête. Je ne saisissais pas encore la portée de la tragédie. Je riais sans trêve. J'entendis Mme Pinkerton comme si elle avait été très loin, se lamentant d'avoir perdu tout ce qu'elle possédait en cette vie. Je continuai à rire. Tout perdre ? Que pouvais-je perdre, pauvre de moi, à part un vieux gramophone et ma machine à écrire ? Je me figeai. Le livre.

Tout ce que j'avais écrit, y compris les quatre copies papier pelure, se trouvait à l'intérieur de la maison. Y penser me dégrisa comme un robinet coupe le débit de l'eau. Je fis un bond de panthère et attrapai M. MacMahon par son col de chemise.

— Monsieur MacMahon ! Nous avons tout perdu !

— Pas tout, mon garçon. Nous sommes en vie, dit MacMahon.

Ses bras parvenaient à nous étreindre, Mme Pinkerton et moi, avec une facilité déconcertante. Je m'esquivai :

— Monsieur MacMahon ! Le livre est dans la maison !

— Le livre ? Quel livre ?

— Le livre ! me désespérai-je.

MacMahon consolait encore Mme Pinkerton. De son bras libre, il me donna une tape virile sur l'épaule et dit :

— Ne t'inquiète pas, mon garçon. Ce n'était qu'un livre. Tu en écriras un autre.

M. MacMahon ne comprenait pas. J'étais sur le point d'achever un livre, tant bien que mal. A ce stade, il était devenu une sorte de banque où j'avais placé tous mes efforts d'être humain. Et maintenant cette banque brûlait sans que je ne puisse rien faire.

Les voisins regardaient, davantage éperonnés par la curiosité que par la solidarité. C'était l'une des premières attaques aériennes et les Londoniens ne prenaient guère de précautions. Pour eux, cette erreur tactique tenait plus du spectacle que de la tragédie. Il est vrai aussi que la maison qui brûlait n'était pas la leur. J'ai dit que c'était une énorme bâtisse, infiniment plus corpulente que les humbles maisons qui l'entouraient. Le fait que l'édifice qui avait brûlé fût le plus solide du quartier ajoutait un air d'opérette à la scène.

Les pompiers travaillèrent toute la nuit. A la première heure de la matinée, nous les pensionnaires, nous étions encore là, stoïquement assis sur le trottoir d'en face. Certains habitants du quartier nous avaient apporté des couvertures, du thé et des gâteaux. Une âme amicale me mit un verre de lait chaud dans les mains. J'étais le plus songeur de tous. Enveloppé d'une couverture, assis le dos contre un mur, simplement, je ne pouvais croire que j'avais perdu le livre, je ne pouvais pas. Soudain, l'espoir. Un pompier venait vers nous. Sous le bras, il portait une sorte de balluchon impossible à identifier :

— J'ai trouvé ça dans la maison. C'est à l'un d'entre vous ?

La lumière de l'aube était très paresseuse et on n'y voyait pas encore bien. Aux dimensions, au volume, il me sembla que c'était un paquet de feuilles aux coins brûlés. Mon cœur fit un bond. Le papier est beaucoup plus résistant au feu que les gens ne le croient, du moins quand il est groupé en paquets compacts. Je me jetai sur le pompier pour lui arracher le ballot des deux mains. Ce n'était pas du papier, c'était du bois. Par un trou du paquet sortit la tête d'une tortue.

— Marie-Antoinette ! s'exclama la Pinkerton en se remettant à pleurer, cette fois de joie.

Il y a des livres maudits, de la même façon qu'il y a des maisons maudites. Tout le monde conspirait pour que je ne le finisse pas, de la tortue Marie-Antoinette au Kaiser allemand. Je maudis les nuages le poing fermé :

— Que le bon Dieu détruise l'Empire allemand ! Et son Kaiser ! Et ses zeppelins !

En me voyant si excité, les voisins se joignirent à ma protestation et entonnèrent des chants patriotiques. Je ne me souciais pas de la patrie et des pauvres enfants belges. Mais en cet instant il n'était pas non plus question de leur expliquer que ma haine de l'Allemagne reposait sur des motifs personnels. Pendant ce temps était apparu un facteur à bicyclette. Il interrogea les gens jusqu'à ce que quelqu'un me désignât du doigt. Il s'approcha et me dit :

— Monsieur Thomson, Thomas Thomson ? C'est vous ? Nous avons eu beaucoup de mal à vous trouver.

Je ne l'écoutai pas. Je continuai à insulter toutes les puissances. Mais le facteur voulait que je lui signe un reçu.

— Maintenant vous allez pouvoir faire un peu plus que d'insulter les Allemands, dit-il sur un ton très affable, maintenant vous allez pouvoir en tuer autant que vous le souhaiterez.

— De quoi parlez-vous ? grognai-je. Et que voulez-vous me faire signer ?

— La notification d'enrôlement.

Le lendemain, je dus me présenter au bureau de recrutement. D'après une ancienne loi, réactualisée par la guerre, les bénéficiaires des hospices d'Etat étaient obligés de servir sous les drapeaux en cas de guerre, comme contre-prestation des services obtenus de la fonction publique. On me cherchait depuis le début des hostilités. Et j'avais de la chance de ne pas avoir été déclaré comme déserteur, avec toutes les conséquences pénales que cela aurait impliquées. Si délirant que cela fût, soixante-douze heures après avoir reçu la notification, je portais déjà l'uniforme. Je n'eus même pas le temps de voir Norton. Tant mieux. Je lui écrivis un mot, dans lequel je lui expliquais ma subite transformation de civil en militaire. Quant à la destruction du livre, j'évitai toute allusion. Je ne pus même pas prendre congé de Garvey.

18

L'agression du Tecton fit perdre conscience à Marcus. Ou plutôt, lui provoqua des hallucinations. A l'oxygène vicié qu'il inhalait s'ajoutaient les coups du Tecton, obstiné à lui briser le crâne. Marcus délira. Fautes et souvenirs se mêlèrent, et le Tecton qui le frappait, assis sur lui, qui lui comprimait la poitrine avec les jambes, n'était plus un Tecton. C'était l'ours Pepe, qui revenait d'outre-tombe furieux parce qu'il l'avait remis aux autorités de ce village du pays de Galles. L'ours Pepe disait : "Tu sais ce qu'ils m'ont fait, Marcus ? Tu veux savoir comment fonctionnent les machines d'un abattoir pour les vaches, quand on les applique sur le corps d'un ours ?" Au même instant, l'ours Pepe se transformait en Godefroide et disait : "Tu sais ce qu'ils m'ont fait, Marcus ? Tu veux savoir comme les tortionnaires tectons traitent leurs captifs ?"

— Non ! Ce n'est pas moi qui t'ai livré, Pepe ! Ils t'ont emmené avec eux parce que maman était morte ! Je n'étais qu'un enfant, je n'ai pas pu les en empêcher ! cria soudain Marcus.

Le Tecton qui luttait avec Marcus arrêta de le frapper. Le ton de la voix qu'il venait d'entendre, si triste et désespéré, si incongru, avait même éveillé sa curiosité. Il cessa de lui donner des coups pour contempler sa victime de l'air d'un chasseur qui ne parvient pas à identifier la pièce qu'il a trouvée. Cela offrit quelques secondes en or à Marcus. Derrière le Tecton, là-haut, il vit les têtes de William et

Richard qui attendaient. Et pendant qu'il crachait du sang à gros bouillons, il poussa un cri :

— Tirez ! Pour l'amour du ciel, tirez !

Ce fut Richard qui se décida à courir le risque. Et, par miracle, la balle s'incrusta dans l'épaule du Tecton. Le visage de ce dernier se contracta en une grimace qui exprimait davantage de surprise que de douleur, et il tomba sur Marcus comme un arbre abattu.

Il n'était pas encore libre. Il avait le corps du Tecton et son armure en pierre sur lui. Marcus respirait avec difficulté, et il ne parvenait pas à fournir l'effort nécessaire pour écarter le cadavre. Et hors de sa portée se consumaient les derniers centimètres de mèche. Marcus voulut repousser la poitrine du cadavre. Ses mains palpèrent de riches reliefs aux formes géométriques. Mais le corps du Tecton ne bougea pas d'un pouce. Un gémissement.

— Tu peux le faire, Marcus ! Débarrasse-toi de lui !

C'était la voix de William. Richard n'avait même pas la présence d'esprit de l'aider moralement. William encouragea Marcus :

— Enfonce les coudes dans la terre et pousse ! Pousse !

Et, d'une certaine façon, Marcus y parvint. Pas tant à force de pousser, mais plutôt en glissant sous la masse du corps. Il chercha la mèche, une étincelle flambante. Mais il était à moitié aveugle. Son propre sang lui couvrait le visage comme un masque liquide. Maintenant, les ténèbres de la mine lui apparaissaient couvertes d'un voile épais et rougeoyant. Le Tecton lui avait fendu les arcades sourcilières à coups de poing, et un flux de sang lui coulait dans les yeux et lui teignait la vue en carmin. Là-haut, William criait, l'exhortant à éteindre la mèche.

Il devait chercher la dynamite en se guidant sur le grésillement de la mèche qui brûlait. Il se traîna, tâtonnant au sol, jusqu'au moment où il sentit un pincement à la main. Personne n'avait jamais été aussi heureux de se brûler.

Ce qui s'ensuivit fut beaucoup plus mécanique. Marcus nettoya le sang de ses yeux. Ensuite, plus calmement, il arracha la mèche brûlée et la remplaça par une autre, plus longue. Il tendit l'oreille : effectivement, au fond du tunnel, on pouvait entendre des murmures tectons. Certains envahisseurs utilisaient cette tanière comme refuge, ainsi que l'avaient prévu les frères Craver. Marcus alluma une nouvelle mèche, et jeta la charge par le trou en rassemblant les forces qu'il lui restait. Le tunnel arrivait à un coude et s'incurvait vers le bas.

La dynamite disparut et Marcus fit un bond en arrière. En montant à l'échelle, Marcus put lire sur le visage de William la tentation de le repousser, de le laisser à l'intérieur pour toujours. Mais il y avait également une autre main qui tenait l'échelle avec une fermeté insoupçonnée : celle de Richard Craver.

La dynamite mit plus de temps que prévu à exploser. Quand ce fut le cas, ils eurent le sentiment qu'elle explosait très profondément. Un fracas sec et une sorte de résonance opaque leur parvinrent. Pendant quelques secondes, les pieds des Anglais vibrèrent comme s'ils avaient des essaims d'abeilles dans leurs chaussures. Puis ils remarquèrent le premier symptôme révélant que tout était fini : de la jungle, les entourant de toutes parts, leur parvenaient les cris d'un monde animal qui s'éveillait.

— Bravo ! dit Richard, ponctuant son enthousiasme par des petites tapes dans le dos de Marcus. Bravo, mon garçon ! Aujourd'hui, tu as été magnifique !

Pour toute réponse, Marcus éclata d'un rire fou. Les Craver ne comprirent qu'au moment où Marcus désigna leurs visages : l'exposition à la fumée de la mine les avait tous trois colorés en noir. On aurait dit des ramoneurs. Ou des Zoulous. Surtout

William, toujours si blanc, et maintenant noir, chemise comprise.

Après le rire, Marcus ressentit une fatigue écrasante. Il n'avait pas dormi depuis vingt-quatre heures. Il s'allongea un moment, les genoux repliés. William l'avait déjà oublié :

— Oui, quel dommage que les explosions aient détruit les poutres, dit-il en jetant un regard à l'intérieur de la mine. Le plafond pourrait nous tomber dessus. Il va falloir tout reconstruire.

Mais Richard répliqua d'une voix glaciale :

— Mon Dieu… Tu penses toujours à l'or ? Comment est-ce possible, William ?

Marcus s'étonna que Richard, quelqu'un comme Richard, fût capable d'exprimer une lucidité aussi profonde. Mais il était trop épuisé pour réfléchir. Il avait besoin de dormir. Il laissa derrière lui William et Richard se disputer à grands cris. Cette fois, Richard ne cédait pas, comme si tout ce qu'il vivait lui donnait des forces pour s'opposer à son frère. Marcus aurait pu en tirer parti et, profitant de la confusion, s'approcher de la tente d'Amgam. Non, il n'avait même pas de forces pour elle. Il eut du mal à gagner le foyer du campement et à se laisser tomber sur un côté, exténué.

Il ferma les yeux. L'une de ses joues reposait sur le sable rougeâtre, ce sable africain aussi fin que si on l'avait passé par un tamis à mille trous. Le contact était très agréable. De la palissade lui parvenaient les insultes croisées de William et Richard. Marcus découvrait qu'être en marge d'une dispute peut constituer une source de plaisir. Ainsi, tandis qu'il jouissait de cette semi-inconscience si agréable, sa tête revint pour la énième fois vers elle, vers Amgam.

Qu'avait-elle voulu lui dire la veille, pendant qu'elle écrivait ces signes sur le sable ? Marcus ne savait pas lire, encore moins en tecton. Amgam était une femme intelligente, elle connaissait les limites de son amant. Pourquoi avait-elle commis la stupidité de lui écrire ces signes ? Quelques minutes s'écoulèrent. A l'intérieur de la tête de Marcus s'alluma une lumière. C'est lui, l'insensé. Amgam n'aurait jamais commis une telle erreur. Amgam n'avait rien écrit. Elle avait dessiné. Il chercha dans sa mémoire. Il s'agissait d'une sorte de toile d'araignée, avec un centre et des points éloignés de ce centre. Qu'est-ce que cela pouvait signifier ?

Oh, mon Dieu, pensa Marcus, et si Amgam voulait représenter un système de terrassement tecton ? Et si ces tambours qui retentissaient, ces assauts par deux, n'étaient qu'une manœuvre de distraction pendant qu'ils foraient d'un autre côté ? Et s'ils voulaient masquer le bruit qu'ils faisaient pendant qu'ils creusaient des tunnels parallèles pour les attaquer dans le dos ?

Il ouvrit les yeux. Le foyer du campement occupait tout son champ visuel. Soudain le feu disparut, s'enfonçant comme si un remous de la terre l'absorbait. Devant lui apparut un trou qui grandissait. Marcus eut l'impression que cette partie de la clairière était la surface d'un sablier, et qu'était venu le moment de l'absorber vers le compartiment inférieur.

Tout fut très rapide. Quelques instants après l'ouverture de ce trou, les Tectons apparurent comme des ombres blanches, coordonnés à une vitesse fulgurante. On aurait dit des lézards à stature humaine. L'un courait vers la droite, l'autre vers la gauche, alternativement, se séparant pour offrir ainsi une cible moins facile. Marcus eut juste le temps de crier avec trois poumons !

— Teeectooon ! Et il s'enfuit vers la palissade.

William et Richard se rendirent compte de la nouvelle menace.

— Entrons ! improvisa William. Retranchons-nous derrière la palissade !

Ce qu'il proposait était d'inverser les défenses, que les trois hommes se cachent à l'intérieur de la palissade. Il s'agissait d'une fortification désespérée.

Marcus s'arrêta net. Non, il ne pouvait pas supporter l'idée de retourner à l'intérieur. Et, au lieu de rejoindre les Craver, il se mit à courir. Il quitta la palissade et continua, plus loin, en direction de la jungle.

Il courut, courut. La peur s'était installée dans ses genoux. Il courut, courut. Mais juste quand il arrivait aux confins de la jungle il trébucha et tomba. Il regarda derrière lui.

William et Richard s'étaient cachés derrière la palissade, ils passaient la gueule de leurs fusils par les meurtrières et tiraient sans se fatiguer à viser, comme des fous. Un Tecton, très habile, rampait sur le sol, hors du champ de vision de Richard. Il s'allongea sous son fusil et, une fois là, il captura le canon des deux mains. Mais après quelques secousses Richard parvint à récupérer l'arme. William et Richard se voyaient obligés de lutter dos à dos depuis le centre de la palissade, depuis la fourmilière même, tirant sur tout Tecton qui se serait risqué à escalader le mur en bois. Richard criait.

Cela ne le concernait plus. Marcus n'était plus un homme, juste un lièvre. Rien ni personne ne lui importait plus. Tecton ! Cours, cours pour sauver ta vie, Marcus Garvey, cours !

Des milliers de branches lui cinglaient le visage et les cuisses. Il ne s'arrêta que lorsqu'il ne put faire un pas de plus, au pied d'un arbre. Il se blottit dans l'angle que constituaient un tronc d'arbre et un contrefort en bois, les bras croisés autour des genoux. De loin, depuis la clairière, lui parvenaient les bruits du combat. On entendait encore des cris et des tirs. William et Richard s'encourageaient mutuellement. Les ordres tectons étaient épouvantables. A quoi ressemblaient ces voix tectons ? Il n'avait jamais rien entendu de pareil.

Il ne savait que faire. Tout son corps tremblait, comme un fou après une douche glacée. Il cacha la tête entre ses bras et ferma les yeux. Parfois, la fusillade et les cris étaient plus intenses. D'autres fois, le vacarme s'arrêtait comme si tout s'était achevé, mais peu après il ressurgissait avec une force renouvelée. Les Craver devaient utiliser les cartouches comme des grenades à main, car on entendait aussi des explosions. A un moment donné, Marcus ouvrit les yeux. Et en face de lui il y avait un homme.

Incroyablement petit, la peau noire mais aux nuances rougeâtres. Il portait pour tout vêtement une écorce d'arbre qui lui couvrait les parties génitales. Il avait une lance à la main. Mais il ne semblait pas agressif. C'était un autre genre d'homme. Déconcerté. Il regardait Marcus d'un air sévère, puis en direction des bruits de la clairière, et quand il regardait à nouveau Marcus, c'était comme s'il lui demandait des explications.

Marcus comprit que pour cet homme les Tectons et les Anglais étaient exactement pareils. Pour cet homme, il n'existait pas de différences entre Marcus et les Craver, entre les Craver et les Tectons. Pour ce petit homme, il n'existait qu'une bataille incompréhensible et des bruits désagréables. Il adressa à Marcus un nouveau regard, débordant de mépris, et lui demanda pour la dernière fois : dis-moi, tout ça, qu'est-ce que c'est ?

Marcus ne dit rien. Il claquait des dents. Il tremblait, recroquevillé au pied de l'arbre. Le petit homme fit demi-tour et s'en alla. Il se déplaçait comme les chats : sans regarder derrière lui et sans faire de bruit.

La bataille continuait. Marcus croyait qu'elle ne finirait jamais. Mais soudain on cessa d'entendre les tirs, les cris et les explosions. Ce fut d'abord un silence pratiquement total, puis, à nouveau, le rythme syncopé de la jungle.

Et que fit Marcus quand il reprit son souffle ? Il retourna à la clairière. Quand je l'interrogeai sur les raisons d'une réaction aussi incohérente, il ne sut que me répondre.

Quelle folie. J'aurais pu comprendre que Marcus restât dans la clairière pour combattre, et je comprenais qu'il se fût enfui, poussé par la panique.

Ce que je trouvais incompréhensible, c'était cette volonté délibérée de replonger dans l'horreur. Il avait vu que la position des frères Craver était intenable. Il avait vu les Tectons pénétrer dans l'enceinte en troncs, débordant les ultimes défenses. Malgré cela, il retournait à la clairière.

J'insistai, je voulais comprendre sa réaction. Mais il existait de nombreux épisodes que Marcus ne savait expliquer. Il restait à moitié muet, dépassé par l'ampleur des événements qu'il me relatait. Je ne lui jetai jamais à la figure ses silences ni ses hésitations. Au contraire : je tentais de le tirer de l'écueil. Je devais souvent suivre le fil conducteur de l'histoire à tâtons. Je pouvais comprendre la douleur que cela impliquait pour lui de se remémorer les événements survenus au Congo. Et il devait le faire à partir d'une situation personnelle désespérée, enfermé dans une prison en attendant la potence. D'autre part, Marcus était le cas exemplaire de l'individu dépassé par sa propre expérience. Tout le monde peut subir une avalanche, une guerre, une déception. Mais tout le monde n'est pas capable de décrire une avalanche, une guerre, une déception. Encore moins un être démuni comme Marcus Garvey. Et j'exigeais de lui qu'il ordonnât logiquement un monde sans logique apparente.

Ainsi donc, pourquoi Marcus Garvey regagna-t-il la clairière ? Après mon interrogatoire, je ne pus parvenir qu'à une seule conclusion.

Marcus savait-il ce qui l'attendait ? Ma réponse était que oui, il le savait. Cela est aussi certain que le fait qu'il était indissolublement uni à Amgam et qu'il ne pouvait plus l'abandonner, quoi qu'il arrivât. Pour comprendre la réaction de Marcus, il n'existait qu'une réponse logique : qu'il y a des choses, comme l'amour, qui ne le sont pas. L'amour ne peut se mesurer avec la rationalité d'un compas.

Marcus écarta le dernier écran de végétation qui le séparait de la clairière. Le jour mourait. Le soleil s'était transformé en une boule orange qui dansait sur la cime des arbres. William et Richard étaient assis par terre, étonnamment vivants, dos à dos, tête basse et surveillés par un seul Tecton. Ils avaient encore le visage noirci par la fumée et la poussière du combat. Il y avait quelque chose de surnaturel dans la vision des frères Craver subissant la défaite. C'étaient des âmes furieuses, un fléau destructeur. Ils avaient été élevés pour vaincre, ils étaient nés pour posséder le monde. Et maintenant ils gisaient, sans défense, vaincus par les pouvoirs d'un élément imprévu. Comme des torches sous la pluie.

Il observa quelques Tectons, cinq ou six, qui se reposaient à côté des tentes. Il y en avait un autre, plus près et lui tournant le dos, debout. Tous les Tectons avaient un crâne très ovale, mais celui-ci était conique comme une balle. Incroyablement grand, il mesurait plus de deux mètres. La lumière du soir lui offrait une ombre allongée comme celle d'une girafe. Il tenait son casque d'un bras qui formait une anse et regardait le soleil en face, le menton levé. Cette façon de tenir son casque lui conférait une élégance aristocratique. C'était l'image vivante du parfait officier : svelte, le dos droit. Il survivait à une horrible bataille, mais son armure était à nouveau propre. Il avait même le temps de s'intéresser au soleil. Davantage que l'observer, c'était comme s'il avait voulu l'absorber.

Pour une raison quelconque, le Tecton se retourna. Il découvrit Marcus. Il avait une grande tête de cheval, puissante, et de grosses joues. Maintenant, dos au soleil, les immenses yeux félins du Tecton firent se dilater ses pupilles noires à une vitesse terrible. Mais il n'entreprit aucune attaque. Au contraire. Il s'approcha de Marcus sans se presser, et de sa main libre il le prit par le coude. Il le conduisit jusqu'à l'endroit où se trouvaient William et Richard. Il le fit sans aucune animosité, comme quelqu'un qui aide un aveugle à traverser la rue. Marcus n'opposa pas de résistance. Il était lui-même surpris de sa propre docilité. Tout ce qu'il faisait était de bouger la tête à droite et à gauche, cherchant Amgam. Il ne la trouva pas. Le Tecton le fit s'asseoir avec les frères Craver.

Il se retira à quelques pas et se replongea dans une observation attentive du soleil.

— Où est-elle ? s'enquit Marcus.

— Et toi, où étais-tu ? répliqua William.

— Si nous sommes des prisonniers de guerre, que l'on respecte notre condition, réfléchissait Richard. Il existe des conventions universelles.

Marcus écouta ce commentaire et pendant longtemps il ne put réfléchir à rien d'autre. Comment quelqu'un comme Richard pouvait-il demander qu'on lui appliquât les conventions de guerre ? Richard ne comprenait rien. Peut-être ne voulait-il pas comprendre.

Pendant toute la journée, les Tectons ne firent rien d'autre que de se reposer et d'examiner leur butin. Marcus comprit que très peu de Tectons avaient survécu aux balles et à la dynamite. Il les compta : cinq, six, sept. Sept, sept seulement.

Cependant, au moment où la nuit tombait déjà, les sept Tectons s'approchèrent des prisonniers. L'officier élégant dit quelque chose. Les autres commencèrent à les frapper à coups de pied et à coups de poing. Au début, sans doute, il s'agissait de venger tous les Tectons morts. Tout ce que pouvaient faire les Anglais était de se protéger la tête et les parties génitales, et d'attendre la fin de la raclée. Mais elle ne s'arrêtait pas. William, Richard et Marcus étaient au milieu d'un cercle, entourés de Tectons qui les frappaient avec fureur. Peu à peu, la violence atteignit une intensité plus calculée. Marcus se rendit compte que l'officier répétait des sons. Ce n'était plus un châtiment. Les Tectons voulaient transformer les coups en un langage universel. Il vit l'officier désigner leurs corps d'un doigt long et mince. Que tentait-il de leur dire ?

La douleur est un maître pressé. Marcus ôta sa chemise. En récompense, les Tectons arrêtèrent la raclée.

— Déshabillez-vous ! les prévint Marcus.

Ils s'exécutèrent. Tant qu'ils ôtaient un vêtement, ils n'étaient pas frappés. Mais s'ils s'arrêtaient les coups pleuvaient. Ils ne les laissèrent même pas conserver leurs sous-vêtements. Marcus n'avait vu de Richard que des bras et un cou brunis par le soleil. Il découvrait maintenant que le reste de sa peau était rosé comme celle des cochons de lait. Les Tectons se mirent à rire.

Une poignée de Tectons en train de rire était une image terrible. Tous ces visages qui les entouraient, blancs comme des draps, d'une pâleur de linceul, riant avec des sons de corbeau. Les lèvres des Tectons étaient beaucoup plus fines que celles des Anglais. Et leurs dents avaient fréquemment une patine jaunie. Ils désignaient l'entrejambe des trois Anglais et riaient. Ces rires étaient un mélange d'envie, d'ironie et de sarcasme. Ils riaient et accompagnaient les éclats de rire de hurlements admiratifs, comme des loups hurlant à la lune. Les prisonniers couvraient leurs parties génitales de leurs mains, mais leurs ravisseurs les écartaient pour que le motif des éclats de rire restât bien en vue. A la fin, à force de coups, ils n'eurent pas d'autre solution que de mettre leurs mains sur la nuque.

— Pourquoi devons-nous supporter ça ? s'exclama Richard. Nous sommes anglais.

— Ne fais pas de bêtises, le prévint William. Ote tes vêtements.

Le plus absurde était que Richard se trouvait maintenant entièrement nu à l'exception de chaussettes en laine attachées aux tibias par des jarretières argentées. Ces jarretières lui coûtèrent la vie.

Les jarretières métalliques devinrent un objet de convoitise pour un Tecton, qui se pencha pour les lui enlever. Hors de lui, Richard répliqua d'un coup de pied dans le nez du voleur. Les autres Tectons lui tombèrent dessus. Richard résista. Ses bras émergeaient de temps en temps d'une mêlée d'uniformes en pierre. Au bout de quelques instants de lutte, on entendit un craquement, un bruit de coquilles de noix brisées. C'était le genou de Richard. Cela mit fin à sa résistance et les Tectons oublièrent leur victime, qui gémissait et se tordait sur le sable rougi. Mais ni William ni Marcus ne purent lui porter secours : les Tectons posèrent à leurs pieds des pièces en forme de demi-œuf. Elles rappelaient les carapaces des tortues géantes des mers du Sud. L'intérieur servait à mettre les bagages, protégé par une toile. Des courroies en cuir noir pendaient sur les côtés. Marcus et William regardaient les carapaces sans savoir que faire. Des coups. Ils s'attachèrent les carapaces dans le dos comme des sacs à dos. Les coups cessèrent.

Les Tectons s'intéressèrent à nouveau à Richard. Deux d'entre eux observaient le genou blessé de la même façon que l'on examine la jambe d'un cheval.

— Lève-toi, Richard, lève-toi ! cria Marcus sans ôter les mains de sa nuque.

— Je ne peux pas ! gémissait-il. J'ai le genou brisé.

— Tu peux marcher ! Tu dois marcher ! insista Marcus.

William comprit et se joignit à Marcus :

— Allons, Richard ! Prends une carapace dans le dos et marche !

Un Tecton sortit un couteau à lame très large et très courte. Richard le vit.

— Je vais bien, criait-il. Vous m'entendez ? Je n'ai jamais été aussi bien !

Qu'est-ce que le Congo ? Le Congo n'est pas un endroit. Le Congo est l'autre côté de l'univers. Et parmi tous les Congos possibles il y en a certainement un au service de l'expiation. Richard Craver le comprit-il avant de mourir ? Un Tecton le poignarda à la nuque.

Il avait dû toucher un nerf, car Richard étendit bras et jambes, raides comme s'il avait été soumis à un courant électrique intense, les membres tendus et entravés. Mais il ne mourait pas. Pas encore. Le Tecton l'acheva par des coups de poignard maladroits. Le deuxième Tecton critiquait l'incompétence du bourreau. Les contractions de Richard redoublèrent. Ce corps si volumineux s'agitait dans les spasmes, les yeux vitreux. Deux autres coups de poignard, trois, furent nécessaires.

Ensuite, les deux Anglais furent à nouveau bousculés. Il ne restait pas de doutes sur le destin qu'on leur réservait : l'intérieur de la mine. Marcus et William descendirent par l'échelle, les Tectons par des cordes suspendues à la fourmilière. Quand ils furent tous à l'intérieur, deux Tectons s'introduisirent dans un tunnel la tête la première. D'autres Tectons mirent la carapace de Marcus dans le même tunnel. D'une mimique violente, ils lui indiquèrent ce qu'on attendait de lui : qu'il avançât à l'intérieur du trou avec la carapace en avant, en la poussant. Marcus ne voulait pas croire ce qu'ils allaient faire d'eux. Il résista. Il n'entrerait jamais là, jamais. Il sentit des mains sur tout son corps ; certaines lui retenaient les bras, d'autres lui prenaient la nuque, tentant de lui faire baisser la tête. Marcus se débattait comme un fou dans une camisole. Un gourdin lui frappa les lèvres. Il cracha trois dents et du sang au visage de ses agresseurs. Il n'entrerait pas ! Et pendant qu'il se débattait elle apparut, Amgam.

Les Tectons l'accueillirent par une clameur muette. Elle portait encore le pantalon et la chemise blanche de William. Elle s'approcha de lui. Les Tectons arrêtèrent les coups, observant la scène avec une indifférence feinte. Marcus devina qu'ils la toléraient sans enthousiasme. Elle était l'une d'eux, et en même temps elle était radicalement différente d'eux. Il vit aussi que l'officier tecton grand et robuste était plein d'attentions envers elle. Il l'arrêta d'une main, délicatement, et lui posa des questions comme s'il la connaissait depuis des années.

Le ton de sa voix était doux, pas les réponses de la jeune fille. Marcus n'aurait jamais pensé qu'un Tecton pût s'exprimer avec une telle délicatesse. Deux de ses doigts empêchaient encore Amgam de s'approcher de lui. Marcus se mordit la langue : même sa situation désespérée ne l'empêcha pas de comprendre que l'officier et Amgam faisaient un couple parfait. William baissait la tête. Il avait devant lui la femme qu'il avait retenue prisonnière pendant des nuits. Un mot d'elle, et les Tectons lui arracheraient les membres un par un, lentement. Mais elle l'ignora. Toute son attention était pour Marcus.

Amgam lui caressa la joue. Il sentit la chaleur de cette main tiède. Par désir exprès de Marcus Garvey, je ne veux pas reproduire ici le sens dc cc qu'elle dit, et qu'il comprit très bien. (Si infiniment ridicule que ce soit, soixante ans plus tard et après tout ce qui s'est passé, je respecte toujours ce désir.) Elle lui donna un baiser sur les lèvres. A lui. Et le baiser public d'Amgam était beaucoup plus qu'un baiser. Je crois que c'était un geste exactement à l'inverse de cette main tendue qui acceptait un jour des bâtons de dynamite.

Les Tectons les séparèrent. Marcus résista plus fermement. Il ne savait pas qu'il se trouvait face à des artistes dans l'art de domestiquer les esclaves. Ils portaient des sortes de gourdins noirs très flexibles. Ils le frappèrent aux reins, des coups incroyablement douloureux. Marcus hululait de terreur, des grognements stridents, de charnière mal huilée. Il n'entrerait jamais dans le tunnel !

Il y entra. Bien sûr qu'il y entra.

19

Une fois enrôlé, je n'avais qu'un objectif, me tenir aussi loin que possible de l'ennemi. Ma logique était très simple : si les Allemands avaient pu introduire une bombe de trois cents kilos dans ma salle à manger, que pourraient-ils me faire si je m'approchais d'eux ? Malheureusement, mes intentions et mon destin ne suivaient pas la même direction.

Et maintenant il est possible que quelqu'un se demande : compte-t-il vraiment interrompre le récit précisément là, alors que Marcus vit l'un de ses pires moments, pour nous expliquer vos petits combats ? Eh bien, la réponse est oui, je compte le faire. Pourquoi ? Parce que j'en ai envie.

Je relis les pages écrites jusqu'à présent et je me rends compte qu'il y a un aspect qui manque de clarté. Cela est compréhensible : la puissance de ce conflit entre l'horreur et l'amour éclipse les aspirations sur lesquelles j'ai commencé le récit. Ce que je veux dire, c'est que ça n'est pas l'histoire de Marcus Garvey. Ce n'est même pas l'histoire de l'amour entre Amgam et Marcus. C'est l'histoire de l'histoire. C'est-à-dire, celle de l'amour de Tommy Thomson pour Amgam. Et si je parle de mon passage dans les tranchées, c'est parce qu'il a eu un rapport avec le livre.

On m'avait affecté à un régiment d'infanterie. Quand nous étions en territoire français, attendant d'être envoyés au front, un officier arriva sur notre campement. Il nous fit mettre en rang devant l'océan de tentes kaki et demanda des volontaires pour l'artillerie. Je fis un pas en avant. J'avais dans l'idée que l'artillerie se battait à distance. Avec un peu de chance, je ne verrais aucun Allemand de toute la guerre. Sainte innocence.

Ce que je n'arrivais pas à comprendre, c'était que le terme "volontaire" primait sur celui d'"artillerie". Ma fonction consistait à m'engager dans le no man's land, à ramper jusqu'à l'endroit d'où je pourrais observer les lignes ennemies et diriger le tir de nos canons. En d'autres termes, trois jours après avoir levé la main, je me traînais dans la boue, sous la pluie et sous le nez même des Allemands.

Je ne crois pas que dans toute l'histoire de l'armée britannique il ait existé un Tommy plus inutile que le soldat de première classe Thomas Thomson. Je devais ramper avec un téléphone portable, en déroulant le câble. Inutile de dire que les francs-tireurs allemands avaient reçu l'ordre impératif d'abattre les observateurs de l'artillerie. Au cas où cela ne suffirait pas, un génie de l'intendance m'avait fourni un casque trois fois trop grand pour moi. Il tournait autour de mon crâne comme une toupie, tombant tantôt sur une oreille, tantôt sur l'autre. Ou, pire encore, me couvrant les yeux comme une visière trop grande. Au moins, il me servait de parapluie. Pendant les sept jours où je restai au front, il ne cessa pratiquement pas de pleuvoir. Et quelle pluie ! Comment étais-je censé informer sur les mouvements dans les tranchées allemandes, avec le mal que j'avais à apercevoir le bout de mes doigts en tendant le bras ?

Lors de mes heures de liberté dans le no man's land, j'eus le temps de penser à mon avenir, si je survivais. Je décidai de devenir un nouveau docteur Flag. Pourquoi pas ? Puisque j'avais été son nègre, rien ne m'empêchait de le remplacer. J'expliquerais mon projet à un éditeur audacieux. N'importe quel éditeur me signerait un contrat. Nous pourrions commencer une nouvelle collection qui ferait concurrence à celle du vieux Flag. J'écrirais tous les livres. Sans nègres.

Je me rappelle que le lendemain de mon sixième jour au front l'aube se leva sans nuages. Il ne pleuvait pas et j'étais sur un petit monticule. La hauteur relative et l'air sec me permirent d'apprécier le paysage de la région pour la première fois. Je constatai que cet océan de boue s'étendait entre les positions anglaises et allemandes. A l'arrière de la ligne allemande, je pouvais voir une splendide plaine française, verte, mouillée, constellée de clochers. Ils s'étendaient sur toute la région, ici et là, se découpant sur un horizon bleu. Ces clochers possédaient une beauté singulière. Ils émergeaient comme des tours délicates et élégantes, attirant le regard comme des ancres pour les yeux.

La dernière chose à laquelle je m'attendais était que quelqu'un pût vouloir du mal à ces joyaux de l'architecture médiévale. Mais, soudain, l'un des clochers s'effondra dans un gémissement de pierre. Au début, je pensai à un projectile perdu de notre artillerie. Non. D'autres clochers commencèrent à tomber à l'unisson. Quelle scène ! Je suivais l'horizon avec mes jumelles et, à l'instant où je repérais un clocher, celui-ci disparaissait dans un nuage de fumée et de cendres. Ils s'effondraient comme si la terre les avait avalés, ce qui me fit comprendre qu'il s'agissait d'explosions contrôlées. En d'autres termes : les auteurs en étaient les Allemands, qui détruisaient tout point que les observateurs d'artillerie ennemis pouvaient utiliser comme référence. J'éprouvai un sentiment diffus de culpabilité.

Ne me demandez pas comment, mais d'une certaine façon j'établis un lien entre mon avenir comme nouveau docteur Flag et ma part de culpabilité dans ces destructions. En principe, je n'avais aucune responsabilité dans le fait que les Allemands fassent voler en éclats ces œuvres d'art. Mais il était également indéniable que la guerre détruisait ces clochers parce que quelqu'un, moi précisément, les observait.

Je m'étais laissé conduire à cette guerre comme un agneau à l'abattoir. Et une fois pris dans un uniforme d'agneau, il était inutile d'esquiver mes responsabilités d'agneau. Les agneaux ne sont pas innocents, ils sont idiots. Que dis-je un jour à Marcus Garvey ? "Moi, je ne serais jamais allé au Congo." Mensonge. Il n'était pas possible d'imaginer une tuerie générale plus grande que cette guerre, et au cœur même de l'Europe. Le Congo n'était pas un lieu, le lieu, c'était nous. Le jour où je m'enrôlai, je devins le Marcus Garvey qui tendait la main pour que les frères Craver y mettent des bâtons de dynamite. Il lançait les bâtons un par un, je dirigeais des canons de gros calibre vers leur objectif. Qu'est-ce qui était pire, en réalité ?

Je superposai les deux raisonnements. J'aurais dû le comprendre plus tôt. Si j'acceptais mon avenir comme docteur Flag, si je renonçais à la littérature pour me consacrer, simplement, à écrire des feuilletons, ce que je faisais, c'était grossir les rangs de la résignation humaine. Chaque bon livre que je n'écrirais pas serait comme un clocher détruit. Je le compris et me dis : "Merde à Flag, je ne suis pas un nègre de Flag, je ne veux pas être Flag. Ce que je dois faire, c'est retourner à la maison et écrire le livre, le récrire mille fois, et mille autres fois, si nécessaire, avant de produire un grand livre."

Ce fut ainsi que j'arrivai au septième et dernier jour de mon passage sur le front. Je ne l'oublierai jamais. J'étais à l'intérieur d'un trou qu'avait fait un obus de gros calibre. Il avait la forme d'une saucisse et il était plus gros qu'un préau d'enfants de l'école maternelle. Il recommençait à pleuvoir. Je m'installai comme je pus dans le fond de ce cratère lunaire. Cette nuit-là, un violent duel d'artillerie avait éclaté entre les deux parties. Comme je me trouvais à mi-chemin entre les positions anglaises et allemandes, les projectiles des deux côtés décrivaient une parabole juste au-dessus de ma tête. Ce spectacle pyrotechnique possédait une beauté inégalable qui rivalisait avec un phénomène naturel. Quelle longue nuit. J'étais sous une cloche de feu et en même temps il pleuvait, il pleuvait plus que jamais. Des bords du plateau de mon casque, tombaient des cascades d'eau. Je n'ai jamais été trempé comme ce jour-là. La seule chose que je pouvais faire était de me recroqueviller comme un enfant qui se protège, entourant mes jambes de mes bras.

Je ne pouvais pas bouger, je ne pouvais qu'attendre, je passai donc le temps à penser à elle. Au début, je tentai de reconstruire jusqu'au dernier détail de sa main. La blancheur mate de la peau, les six doigts, des ongles qui entraient extraordinairement dans la chair, jusqu'à la première articulation du doigt. Je peux encore me voir : enroulé comme un fœtus au fond de cette flaque de boue, les vêtements trempés, les bras croisés et un rideau de pluie tombant sur les bords de mon casque. Je pensai ensuite au clitoris d'Amgam. Marcus n'en avait jamais parlé. Comment pouvait-il être ? Aussi blanc que le reste de sa peau ? Pourquoi n'aurait-il pas été noir, aussi noir que ses yeux ? Rouge ? Bleu ? Jaune ? Dans le livre, naturellement, je ne parlais pas du clitoris d'Amgam. Trop obscène. En revanche, pendant que je pensais au clitoris d'une femme tecton, les projectiles de toute l'artillerie des armées anglaise et allemande se croisaient au-dessus de ma tête.

La tempête de bombes et la pluie cessèrent à la première heure de la matinée. Au même moment, comme si l'artillerie et la météorologie avaient signé un accord. J'avais les membres engourdis. Les jambes et les bras raides comme du bois. Un silence général régna, d'autant plus alarmant qu'il surgissait après ce vacarme si monstrueux. Je commençai à m'inquiéter. Il valait mieux que je regagne nos tranchées, et aussi vite que possible. Je sortis le nez avec toute la prudence du monde. Je vis une image du purgatoire : un brouillard de couleur violette et orange qui venait vers moi.

Jamais trois lettres n'ont dissimulé autant d'horreur : gaz ! Les générations suivantes ont du mal à comprendre la terreur que générait le gaz comme arme militaire. Gaz ! Je mis mon masque, mais le caoutchouc s'ajustait mal. Je sortis du trou en me traînant sur les coudes et les genoux. Mais je ne pus aller très loin. A cent mètres, en avançant derrière le gaz, je vis des milliers de silhouettes qui s'approchaient. Des Allemands. En direction des tranchées anglaises. C'est-à-dire, vers moi.

Même aujourd'hui, si longtemps après, cette aube française m'assaille dans mes cauchemars. Les officiers allemands utilisaient des sifflets pour éperonner leur artillerie. Je me rappelle aussi une langue pointue, truffée de blasphèmes et d'éclats. Les uniformes verts, maculés de boue, et les baïonnettes très longues. Leurs casques étaient beaucoup plus compacts que les nôtres, qui ressemblaient plutôt à des pots de chambre en miniature. Leurs masques possédaient d'énormes verres ronds. Les casques et les masques leur couvraient la tête et les transformaient en des sortes de créatures plus proches des insectes que des humains. C'étaient des Allemands, qui auraient pu tout aussi bien être des Martiens.

Mes verres s'embuèrent. J'étais terrorisé. Si je restais, les Allemands me tueraient. Et si je reculais, le plus probable était que, dans la confusion, les nôtres me tireraient dessus, dans ce secteur une brigade d'Irlandais. Pour couronner le tout, quelques jours plus tôt avait éclaté la rébellion irlandaise, et tout le monde doutait de leur fidélité. (J'appris par la suite qu'ils avaient tenu leur position avec un courage digne d'une cause supérieure.) Désespéré, j'optai pour retourner au fond du cratère. Je m'y cacherais, je ferais le mort. Mais je n'avais pas prévu que le gaz a tendance à s'accrocher au fond des concavités du terrain. Horrifié, je vis s'installer dans le fond du trou une grande bulle de gaz, à moitié orange et à moitié violette. J'étais plongé dedans, de toute façon. Mon masque était mal placé. Il dansait sur mon visage comme le casque sur ma tête. Je levai les yeux, une seconde, et la surface m'apparut de la perspective d'un poisson. Une vague d'Allemands dépassaient ma position. Je voyais leurs bottes et leurs jambes. Certains s'arrêtaient même, utilisaient la partie supérieure du cratère pour se protéger du feu anglais, mais les officiers les poussaient à continuer. D'autres Allemands arrivèrent, encore et encore. Que pouvais-je faire ? Si je restais dans le fond, le gaz viendrait à bout de moi en quelques minutes. Mais si je bougeais les Allemands allaient me découvrir. Je ne fis rien, je plongeai la tête sous terre comme une autruche. Je sentais mes yeux gonflés comme des pommes de terre. Des larmes rouges coulèrent sur les verres du masque et je compris que je pleurais du sang. Je creusais avec les mains. Je m'introduisis un peu plus profondément dans cette terre molle et humide. C'était comme si je nageais sous l'eau. Au début, je me disais que j'agissais ainsi pour mieux me dissimuler aux yeux des Allemands. Bien, je crois l'avoir fait simplement parce que c'était tout ce que je pouvais faire.

Et c'est alors que commencèrent les mirages toxiques. Un instructeur nous avait prévenus que l'absorption de gaz bloquait l'accès de l'oxygène au cerveau et que cela provoquait des délires. Je savais que ce que je voyais était des hallucinations, mais elles n'en étaient pas moins réalistes pour autant.

La terre se liquéfiait. Au début, c'était un océan de ces horribles couleurs orange et violette, oui, mais la fusion des deux couleurs se transforma en un vert très foncé, très doux aussi. Mon masque à gaz me permettait d'y voir dans ce monde aquatique.

Mais il n'y avait pas d'air. Je pensai qu'au moins je mourrais en jouissant de toute cette beauté. Et au moment où je commençais à étouffer, quand mes poumons étaient sur le point d'exploser, une silhouette se dessina devant moi. Au début, ce fut une étincelle blanche, bien au-dessous de mon corps, qui montait de l'obscurité depuis des profondeurs inimaginables. C'était elle.

Le gaz avait liquéfié des milliers de tonnes de pierres et nous permettait de nager l'un vers l'autre. Nos corps se rapprochaient à travers ce monde liquide et léger, avec une lenteur exaspérante. C'était elle. Mais le gaz inhalé faisait que ses contours étaient plus précis qu'ils ne l'avaient été dans n'importe lequel de mes efforts d'imagination narrative. Je vis par exemple qu'elle avait une tête en forme de poire, le front incroyablement large. Ce front aurait dû contredire mes critères esthétiques, car il était démesuré, mais il ne me déplaisait pas. Elle souriait, et sur ses joues se dessinaient de petites vagues de peau.

Je tendis une main vers le fond, vers elle. Elle aussi déplaça la main vers moi, vers ma tête. Ce geste, si simple, me rendit intensément heureux. Nos doigts étaient maintenant tout proches. Nous ne parvînmes pas à nous toucher. Je peux juste dire que si nous nous étions touchés je n'écrirais pas tout cela aujourd'hui.

Imaginons maintenant une sorte d'avalanche à l'envers, une force naturelle qui, au lieu de nous entraîner, nous aurait avalés. J'avais l'impression que des grappins de fer m'avaient saisi les chevilles et tiraient dessus, me séparant d'Amgam. Je dois en conclure que ces grappins me sauvèrent la vie.

Je n'avais jamais été aussi près de l'intangible. Je sais ce que je dis. Comment puis-je affirmer, avec un minimum d'estime de ma personne, que l'un des moments culminants de mon existence fut le produit d'une hallucination provoquée par des gaz militaires ? Eh bien c'est le cas.

Mon autre souvenir repose sur une sensation infiniment plus banale, anormale aussi : m'être réveillé sans ouvrir les yeux. Je ne pouvais pas. Un épais bandage me recouvrait le visage. Je pris une profonde inspiration et mes poumons se remplirent d'un mélange d'éther et de menthe. Un hôpital, devinai-je. Et si je remarquais des odeurs aussi délicates, c'était que je devais me trouver loin du front. Je posai les mains sur mon visage. Une voix de femme m'arrêta, elle me prévint avec un cri sauvage :

— Ne faites pas ça ! N'ôtez pas les bandes de vos yeux, ou vous allez rester aveugle pour toujours !

J'obéis. Deux autres voix se mêlèrent à la conversation, deux médecins qui éprouvaient une grande curiosité pour mon cas.

— Vous devriez être mort, m'expliqua l'un d'eux. C'est pour cela que vous nous intéressez autant.

J'étais ravi que ma vie les eût intéressés au point de me la sauver. Pour ce qui touchait à mes blessures, ils savaient juste qu'elles avaient été provoquées dans un secteur du front touché par le gaz. Quelqu'un comme moi, situé tellement à l'avant-garde, aurait dû être plus mort qu'une morue dans le désert. Après un interrogatoire détaillé, j'en déduisis que j'avais été sauvé par mon asthme : il m'avait fait consommer moins d'air que la normale, et cela m'évita une mort certaine.

— De l'asthme ! conclut le deuxième médecin. Comment peuvent-ils envoyer des asthmatiques au front ?

— C'est ce que je leur ai dit au bureau de recrutement, m'excusai-je. Mais ils n'en ont pas tenu compte.

— Pour vous, la guerre est finie, décrétèrent-ils.

Et ils partirent.

En ce qui concernait les circonstances de mon salut, personne ne put me fournir de détails. Médecins et infirmières savaient juste que j'étais arrivé chez eux. On m'avait transporté inconscient d'un poste de premiers secours jusqu'à un hôpital militaire, et de là jusqu'à cette station thermale. Il m'était impossible de retrouver la trace de mon sauveur.

Qui m'avait tiré par les chevilles ? Je ne le saurai jamais. J'ai toujours voulu penser que ce fut un Allemand. Que quelqu'un m'ait sauvé la vie avec autant de générosité et à l'encontre des intérêts de sa patrie serait la preuve irréfutable d'une chose, d'une seule chose, mais très importante : que sur ce champ de bataille sur lequel s'affrontaient des milliers de combattants il y avait au moins un homme.

20

Quelques mois après que le facteur m'eut remis la notification d'enrôlement, je me retrouvais à l'endroit même où je l'avais reçue : assis devant les ruines de la pension. Dans l'ensemble, elle était telle que je l'avais laissée, effondrée dans cette posture d'accordéon en pierre. Les autorités avaient établi un cordon policier sur tout le périmètre pour décourager les pillards. Rien de plus.

Pourquoi revenais-je sur les ruines de la pension ? Par nostalgie inutile, je suppose, ou dans le but de commencer à m'orienter dans ma nouvelle vie. Je m'assis sur la valise. Je restai là un bon moment, regardant la maison et jouant avec mes doigts et mes souvenirs, jusqu'au moment où je remarquai que quelqu'un avait collé un mot sur une colonne de décombres. Il disait :

Salut Tommy. Si tu lis ce mot, c'est parce que tu es vivan, et nous sommes très très contant que tu sois vivan et pas mort. Mariantoinette est contante elle aussi, je te le jure. Peut-être que tu es mutilé et qu'il te manque un bras, ou les deux. Ou une jambe, ou les deux. Ou les deux jambes et les deux bras, parce que à la guerre les gens tirent et il ya beaucoup d'explosions. Pour nous et Mariantoinette c'est pas grave s'il te manque quelque chose, tu dois le savoir. Tes yeux ont peut-être explosé, et tu es aveugle. Si c'est ça, dis à quelqu'un de te lire le message, parce que c'est le mien.

Maintenant, on abite ailleurs. Je te l'ai di dans les lettres que j'envoie à ton réjiment, mais tu ne me réponds pas et ton réjiment me dit que tu ne fais plus partie du réjiment parce que tu t'ai porté volontaire pour lartillerie et qu'ils ne peuvent pas me dire où est lartillerie par sécurité (lanotre ou celle des Allemands, gé pas compris).

Si tu lit ce mot, ne bouge pas. Assieds-toi et attends. Assieds-toi et attends. Assieds-toi, bon Dieu.

Ton grand ami et compatriote de pension :

MACMAHON

Je n'eus pas le temps d'obéir. Derrière moi, j'entendis une voix que je connaissais par cœur.

— Tommy !

J'éviterai le récit des effusions. MacMahon était très sentimental et il se mit à pleurer, et quand il me dit que depuis qu'il avait mis le mot à mon intention il venait chaque jour ponctuellement pour voir si j'étais là, moi aussi je me mis à pleurer, et comme nous pleurions tous les deux nous nous étreignîmes, et nous savoir ensemble et en train de pleurer nous fit pleurer encore plus. Passons.

Il s'obstina à porter ma valise. Pendant que nous nous dirigions vers la nouvelle pension, il m'expliqua ce qui était arrivé pendant mon absence.

Pour une fois, l'esprit prévoyant de la Pinkerton avait servi à quelque chose. L'assurance de la maison qu'elle avait contractée depuis des lustres avait couvert les pertes. Et beaucoup plus : comme c'était l'une des premières maisons anglaises touchées par un bombardier, la compagnie en profita pour lancer une campagne de publicité en faisant étalage de son patriotisme. Le président de la compagnie se fit prendre en photo un nombre impressionnant de fois en train de remettre un chèque à Mme Pinkerton. Et c'était vraiment une forte somme. Avec ça, et grâce à la dévaluation de l'immobilier pour cause de guerre, elle put s'acheter une autre pension.

— Voilà pour les bonnes nouvelles, dit MacMahon.

— Vous voulez dire qu'il y en a de mauvaises ?

MacMahon passa de l'euphorie à la dépression en un clin d'œil. Il se pinça le haut du nez dans une tentative de retenir ses larmes. MacMahon avait de très gros doigts et des poignets étroits. Ces mains si viriles n'étaient pas faites pour un homme qui pleure, ce qui transformait les sanglots de MacMahon en un phénomène encore plus triste.

J'en devinai la raison :

— C'est Mary ? Votre femme ? Elle était si malade ? Ce n'est pas possible, m'exclamai-je.

MacMahon acquiesça, sans me regarder, et ajouta :

— La grippe.

J'avalai ma salive. Je ne savais que dire :

— Ce fut foudroyant, expliqua MacMahon. Ça s'est passé peu après que l'armée t'a enlevé. Heureusement, Rose m'a permis d'amener les enfants à la pension.

— Qui est Rose ?

Nous étions arrivés à la nouvelle pension. Elle se trouvait dans le même quartier et avait en commun avec la précédente d'être un géant parmi des nains. Mais si la précédente arborait la beauté d'un panthéon, la nouvelle suppurait une joie campagnarde, comme une immense ferme transportée dans le noyau urbain. En réalité, c'était l'inverse, parce qu'il s'agissait d'une propriété rurale plus ancienne que le quartier. Les terres qui avaient autrefois été consacrées à la culture étaient maintenant occupées par de petites maisons ouvrières. La seule réminiscence du passé agricole était un jardinet qui entourait tout le périmètre de la maison. Il servait de ceinture verte, au milieu d'un quartier si populeux.

Une fois à l'intérieur, la première personne sur laquelle je tombai fut une femme de l'âge de MacMahon. Elle portait une robe bleue à imprimé de fleurs de couleur. Une femme habillée avec autant d'élégance, autant de modestie et bon goût, éveille toujours une certaine affection. Malgré ça, je ne lui adressai qu'un regard rapide, parce que celle que je cherchais, c'était Mme Pinkerton. Bien qu'à contrecœur, je devais la remercier de m'ouvrir les portes de sa pension. Mais MacMahon, qui était juste derrière moi, m'annonça :

— Rose.

Et la femme dit :

— Bienvenue à la maison, Tommy.

La collision entre mes souvenirs et cette voix créa en moi une confusion indescriptible.

— Madame Pinkerton ! m'exclamai-je.

— Mme MacMahon, me corrigea-t-elle.

Je ne me rappelais même pas que Mme Pinkerton, rebaptisée MacMahon après son mariage, se prénommait Rose. Je regardai M. MacMahon, qui avec un orgueilleux assentiment de la tête corroborait cette nouvelle révolutionnaire. Il s'approcha d'elle et lui donna un baiser sur la joue. Je n'avais jamais vu un baiser aussi pudique et aussi passionné à la fois. J'en étais resté la bouche ouverte. En cet instant, on n'aurait pas pu me la refermer même avec des pinces.

— Je vous félicite, madame MacMahon, balbutiai-je.

— Merci, Tommy, dit-elle.

Ils se regardaient comme seuls deux amants peuvent se regarder. Comme seuls M. MacMahon et Mme Pinkerton pouvaient se regarder.

L'amour avait transformé Mme Pinkerton. Le changement allait au-delà de l'habillement et de la coiffure, beaucoup plus loin. C'était une autre personne. Seul quelqu'un comme MacMahon pouvait réaliser une geste de ce genre. Je fus si étonné que mes jambes flageolèrent et que je dus m'asseoir. Je restai sur la chaise, à les observer, bouche bée. Mme MacMahon aimait M. MacMahon. M. MacMahon aimait Mme MacMahon. Il n'y avait pas à discuter.

Je veux insister sur l'importance de ce moment. J'avais le couple MacMahon devant moi, de profil, se regardant comme deux tourtereaux, et cela n'était pas un fait mineur. Bien au contraire. Je devinai, soupçonnai, que Tommy Thomson était désorienté depuis longtemps, qu'il se laissait guider par un malentendu, un malentendu si grand que ses proportions mêmes l'empêchaient de le découvrir. Il n'y avait pas besoin d'être un génie pour remarquer la contradiction de base entre un Tommy Thomson et un MacMahon. Moi, l'amour m'emmenait au centre de la planète Terre, sans espoir, alors que, lui, il l'avait trouvé dans sa salle à manger.

On ne m'autorisa pas davantage de réflexions, parce que par la porte apparut une tribu de nains rouges. C'étaient les enfants de MacMahon, sept, huit, peut-être neuf, tous pareils. Les garçons portaient des pantalons courts et les filles des robes. Ils étaient tous roux comme leur père, ils avaient tous les cheveux coiffés en brosse, des milliers de taches de rousseur sur des visages ronds comme des oranges. Et tous, garçons et filles, avaient les coudes et les genoux pleins de croûtes. Ils commencèrent à me torturer avec des bâtons en bois, avec lesquels ils essayaient de me piquer à l'aisselle et aux chevilles. Celle qui me sauva (qui l'eût cru) fut Mme MacMahon. Ils lui obéissaient comme à une maman oie. Elle les fit ranger en mon honneur, par âge. Le précédent mesurait deux doigts de plus que le suivant.

— Voici M. Thomson, annonça-t-elle. Saluons-le.

— Bonjour, monsieur Thomson ! dirent-ils d'une seule voix.

— Et à partir d'aujourd'hui il habitera avec nous. Souhaitons-lui la bienvenue.

— Soyez le bienvenu, monsieur Thomson !

Tout de suite après, Mme MacMahon et les enfants allèrent au jardin. Il n'était pas étonnant que cette femme, qui avait toute sa vie voulu être institutrice, fût si heureuse dans son rôle de mère de famille nombreuse. M. MacMahon m'emmena avec lui :

— Tommy, mon garçon, viens avec moi, je veux te montrer la maison, dit-il. Et te présenter quelqu'un.

MacMahon me fit visiter toute la maison et m'emmena finalement dans la salle de séjour des pensionnaires. Avant d'ouvrir la porte, il commenta sur le ton d'un guide touristique :

— Maintenant tu dois faire la connaissance de M. Modepa.

— Modepa ?

Au lieu de me répondre, M. MacMahon ouvrit la porte. C'était une très grande pièce, qui tenait de la bibliothèque et de la salle de séjour. Assis dans un fauteuil, lisant une revue illustrée, il y avait un homme de race noire. En nous voyant, il se leva comme si un démon lui avait piqué les fesses. Je me méfiai immédiatement de ce réflexe, et de la façon dont il faisait le salut militaire. Nous nous serrâmes la main. Des protubérances jaunes en forme de vers naviguaient dans le blanc de ses yeux. C'était plus explicite sur l'histoire clinique de son corps que n'importe quel dossier médical.

— Il ne comprend pas l'anglais, me dit MacMahon. Et, s'adressant à M. Modepa et me désignant du doigt, il criait : Tommy ! Tooommyyy ! Vous comprenez ? Il s'appelle Tommy !

MacMahon faisait partie de ces individus qui croient pouvoir suppléer aux carences linguistiques des étrangers en criant. Le volume de ses mugissements était directement proportionnel à la méconnaissance idiomatique de ses interlocuteurs, et en l'entendant je parvins à la conclusion que M. Modepa n'avait aucune notion d'anglais. Il sourit.

— Le pauvre garçon ne parle que français, l'excusa MacMahon.

Cependant, j'emmenai ce dernier à quelques mètres pour lui demander confidentiellement et à l'oreille :

— D'où le sortez-vous ?

— Du même endroit que toi, fut la surprenante réponse. Comme je te l'ai déjà dit, j'allais chaque jour sur les ruines de la pension pour voir si je t'y trouvais. Un jour, je l'ai vu assis juste là où je t'ai trouvé toi. Je me suis adressé à lui, mais nous ne nous comprenions pas. Il n'arrêtait pas de répéter son nom : Modepa, Modepa. Le lendemain, je suis retourné sur les ruines et il y était toujours. Et le surlendemain. Et encore. A la fin, il me fit tant de peine que je ne pus m'empêcher de l'emmener à la maison.

— Comme ça ? Sans même savoir qui il était ?

— Eh bien oui.

Peu après ma démobilisation, avait eu lieu une affaire retentissante. La rumeur courait que la flotte allemande sortait de ses ports en formation de bataille et qu'un convoi qui comprenait un régiment de soldats sénégalais avait dû se réfugier sur la côte anglaise. Ils confinèrent les tirailleurs dans un entrepôt, en attendant que l'alerte s'achève et qu'ils puissent les transporter sur le continent. Allez savoir comment, on apprit que quelques semaines plus tôt un autre régiment africain avait été anéanti. Ils désertèrent en masse. Les fugitifs sénégalais étaient plus de mille, une chasse à l'homme à grande échelle commença. Dans leur fuite éperdue, certains arrivèrent dans les rues de Londres. Dans les journaux, on publia des photos délirantes de *bobbies* anglais poursuivant des tirailleurs sénégalais. Je rappelai l'événement à MacMahon.

— Eh bien, c'est possible, fut sa réponse, très passive.

— Vous ne comprenez pas ? fis-je. Dans ce cas, nous cachons un déserteur. Et il s'agit d'un délit grave, très grave.

Mais MacMahon brassa l'air d'une main lasse :

— Tout va s'arranger, tu verras. Cette guerre finira un jour, et ce jour-là il n'y aura ni héros ni déserteurs, juste des vivants et des morts. Dans cette maison, M. Modepa n'est pas un déserteur. C'est le jardinier.

21

Il n'aurait jamais imaginé qu'il pût exister un lieu aussi sombre, aussi étroit, aussi long. Cela faisait des heures qu'ils avançaient comme une caravane de taupes. Au début, ils se déplaçaient dans un sous-sol terreux et mou. Les racines les plus profondes des arbres apparaissaient encore à travers le plafond du tunnel, comme des navets barbus qui lui cinglaient le visage. Ensuite, la terre fut remplacée par une pierre à la consistance granitique, dure, à une profondeur trop importante pour que la vie y parvînt.

La galerie était terriblement étroite. Les parois lui serraient les côtes comme une seconde peau. Son corps frôlait des arêtes qui le griffaient comme des clous en pierre. Il ne pouvait même pas relever la tête ou tourner le cou. La seule chose qui lui était permise était de pousser la carapace des deux mains. En avant, toujours en avant. Maintenant il comprenait l'utilité de ces carapaces. Elles s'encastraient comme des projectiles dans la gueule d'un canon. Et leur forme ovale était idéale pour progresser dans l'exiguïté d'un tunnel. Il ne voyait rien, rien. Parfois, quand la galerie s'élargissait de quelques centimètres, les murs s'éclairaient d'un lugubre éclat vert provenant des lanternes que portaient les Tectons.

Il perdit la notion du temps. Il ignorait depuis quand il poussait la carapace devant lui, sans jamais s'arrêter. S'il ralentissait le rythme, la carapace de

William, derrière, menaçait de lui briser les os des pieds. Le tunnel les emmenait vers le bas. Malgré les nombreux tournants, il était évident qu'ils suivaient un chemin en pente. Il avait les poignets et les chevilles tout écorchés. Les coudes et les chevilles à vif, comme s'ils avaient été rongés par des vers carnivores. Et la chaleur. L'air était plus dense et la chaleur augmentait. Une chaleur qui aspirait l'air autour d'eux et les faisait fondre.

Davantage que la douleur ou la fatigue, c'était l'angoisse qui le tourmentait. Il respirait comme un poisson hors de l'eau. Il avait la sensation que son cœur allait exploser comme une bombe. Il n'en pouvait plus. Il s'arrêta.

— Ne t'arrête pas ! cria William désespérément derrière lui. Quand tu le fais, ils me frappent sur les pieds avec leurs gourdins !

Ils poursuivirent. Il était évident qu'ils descendaient en spirale. Il entendit des gémissements. C'était William.

— Tu vas bien ? fit Marcus, dans l'obscurité, pour dire quelque chose.

— Bien ? La voix de William ressemblait aux lamentations d'un agneau. Et il ajouta, la voix brisée : Il y a quelques mois seulement, j'étais dans la demeure de mon père. Aujourd'hui je suis dans une fente où ne tiendrait même pas un lézard. J'ai perdu une mine d'or, Richard est mort et on m'emmène en enfer. Comment veux-tu que j'aille bien ?

Ils ne pouvaient savoir quand cette torture prendrait fin. Marcus remarqua que, devant lui, une botte tecton donnait des coups dans sa carapace pour le faire taire. Il ajouta encore, en chuchotant :

— Ils ne nous tueront pas. Avant d'entrer dans le tunnel, je les ai vus remplir les carapaces d'objets pris sur le campement et dans la clairière. Ce doivent être des échantillons qu'ils rapportent chez eux. Ils ont besoin de nous pour les transporter – il lui échappa un gémissement ironique : Qui sait, nous faisons peut-être partie nous aussi des échantillons.

William pleurait. Il pleurait tellement que Marcus n'était pas très sûr de l'avoir entendu parler. Pendant un long moment, des heures et des heures, il put encore entendre les pleurs infantiles de William. Il entendait aussi les malédictions des Tectons, qui piquaient les pieds de William pour l'aiguillonner. Ils poursuivirent la descente. Encore plus à l'intérieur, encore plus au fond. Marcus faillit s'évanouir. Mais même la conscience diluée il poussait la carapace. Il poussa, poussa. Ensuite, un ordre de s'arrêter. Etait-ce une pause momentanée ? Le repos nocturne ? Impossible de le savoir. Il s'endormit, les bras tendus. Il ne pouvait le faire dans une autre posture : la galerie était trop étroite pour lui permettre quelque mouvement que ce fût.

Quelques minutes plus tard, des heures peut-être, il fut réveillé par un hurlement de William, très aigu. Les Tectons avaient dû le piquer encore une fois, parce que Marcus sentit la carapace de William lui pousser les pieds. Et la marche reprit.

Il avait faim. Mais la soif était pire que la faim, et la chaleur des pierres renforçait la souffrance. Il mourait de soif. Marcus en vint à l'extrémité de s'arracher les croûtes des sourcils pour faire jaillir le sang de son front et pouvoir ainsi le lécher. "Réfléchis, Marcus, réfléchis, si tu as aussi faim et aussi soif, et que nous avons fait une pause, c'est qu'il y a plus d'un jour que tu rampes", se dit-il. Sa situation était si désespérée qu'il ne perdait rien à se montrer optimiste : il en conclut qu'ils ne pourraient pas continuer éternellement de la sorte. Même les Tectons, qui ne poussaient pas de carapaces et étaient protégés par leurs armures, n'en supporteraient guère plus.

Il entendit l'un des Tectons pousser un cri, et on aurait dit que ce cri lui était adressé. Mais ce n'était pas un ordre de s'arrêter (la caravane continuait à avancer), ni une menace, ça ne ressemblait pas à une insulte. De quoi le prévenait-on ? Il ne le comprit qu'en découvrant que la lanterne verte projetait un rayon au plafond. Il leva la tête, sans cesser de pousser, et à sa grande surprise il vit une sorte de pain arabe, plat et rond, collé au plafond. Les Tectons qui le précédaient l'avaient laissé là. C'était une tranche assez fine pour que la carapace, bien qu'elle s'encastrât parfaitement dans le tunnel, pût passer sans l'entraîner.

Il y avait deux morceaux, il en prit un et poussa un cri :

— William ! Le plafond !

Il put entendre les pleurs de William, cette fois de joie. Au plafond apparurent deux autres choses. Des sortes de feuilles de laitue, deux. Le pain avait un goût de millet ; les feuilles contenaient une grande quantité de liquide, les sucer calmait la soif. Ils avaient tellement soif que William reçut la feuille avec autant voire plus de plaisir que le pain. De toute façon, Marcus était suffisamment intelligent pour voir le mauvais côté des choses : si on les nourrissait, c'était parce qu'on avait prévu un trajet long, très long.

Ils mangèrent et burent sans s'arrêter. Cela faisait peut-être deux jours qu'ils rampaient dans le tunnel. Seulement deux ? On leur donna à nouveau du pain et des feuilles. Ce n'étaient pas des aliments solides. Ils défaillaient. Mais soudain, au moment où leurs corps se transformaient en serpents, ils débouchèrent sur un élargissement de la pierre. Des lèvres de Marcus s'échappa un gémissement de joie. Ils étaient parvenus à une bulle d'air. Un endroit où changer de position, où détendre ses muscles ! Il riait comme un fou. Et en même temps il se rendait compte que le motif de cette joie, de tant de bonheur, était un espace qui ne devait pas mesurer deux mètres carrés.

Derrière Marcus apparut la carapace de William, et derrière la carapace William lui-même. Les Tectons qui étaient entrés avant Marcus les menacèrent avec des cris et des gourdins. Ils firent s'asseoir les Anglais les mains sur la nuque, bien visibles.

Très vite les deux Tectons qui fermaient la caravane arrivèrent.

Ils se trouvaient à l'intérieur d'une cloche en pierre. Six corps, au total, partageant la tanière d'une renarde, dos à dos. Marcus n'aurait jamais dit qu'autant de gens puissent tenir dans un espace aussi réduit. Il lui aurait suffi de tendre un bras pour toucher le Tecton le plus éloigné de lui. Mais maintenant, après des journées entières à se traîner dans une cheminée souterraine, il avait le sentiment d'être entré dans une salle de bal. Les Tectons connaissaient bien ce milieu. Ils étaient très habiles pour se détendre dans une enceinte restreinte jusqu'à l'angoisse. Le silence de la pierre était ponctué par une rumeur de chair qui faisait penser à des cordes nautiques mouillées et tendues. Ils actionnaient le cou sur son axe et procédaient à des étirements musculaires avec une fermeté réglée, lentement, faisant tourner leurs membres comme des fleurs qui se seraient ouvertes. Au passage, ils se débarrassaient ainsi d'une bonne partie de la croûte de terre collée aux armures blanches, maintenant recouvertes d'une couche ocre.

Cette pause leur offrit quelques minutes pour réfléchir. Tout cela ne pouvait être réel. Mais ça l'était. Il y avait deux lanternes, chacune remplie de ces petits vers luisants, qui projetaient une faible lumière sur la pierre et les corps. William souffrait d'une apathie mortelle. Mettons un requin dans un aquarium : William Craver avait été réduit à cette condition. En lui habitait encore une sorte de vie, mais à l'état latent. Marcus tenta de l'encourager. Impossible. Au premier mot, un Tecton le frappa sur les lèvres avec l'un de ces gourdins criminels. William tourna le cou, le regarda dans les yeux. Ce que vit Marcus lui fit peur. Deux joues comme deux entonnoirs, creuses ; des yeux d'animal empaillé, qui ne cillaient pas. Et des lèvres avec des fissures qui ressemblaient à des coups de hache.

William parla d'une voix qui n'était pas la sienne. Comme s'il était déjà mort et communiquait avec le monde à travers un spirite. Par ces lèvres fendues, sifflantes, filtra un seul mot :

— Champagne.

Trois jours plus tard (d'après un calcul que je fis moi-même en me basant sur les pauses de la caravane. Marcus assurait que tout au long de la marche il fut absolument incapable de calculer le passage du temps). Le boyau de pierre à l'intérieur duquel ils rampaient commença à s'agrandir. Le plafond s'élevait, les bords de la galerie ne leur raclaient plus les côtes. Mais les difficultés qu'ils devaient affronter n'étaient pas moindres. En premier lieu, la géographie elle-même. Maintenant le tunnel s'inclinait beaucoup plus, avec des pentes allant jusqu'à quarante degrés. Pendant de longues périodes, ils avançaient pratiquement la tête en bas. Le sang s'accumulait dans leur cerveau, ce qui leur provoquait des délires spectraux. Marcus voyait des gnomes lumineux passer à travers la roche, comme de petites âmes en forme de flamme d'allumette, de couleur verte (à cause des lanternes des Tectons, devons-nous supposer). Les gnomes traversaient la roche comme nos fantômes les murs et saluaient joyeusement les voyageurs souterrains. Cette fièvre comportait une partie dangereuse. Absorbé, l'esprit gorgé de sang, William laissait échapper sa carapace qui s'écrasait sur les pieds de Marcus. C'étaient des carapaces lourdes et pleines de bagages, d'un poids compact. Marcus avait peur qu'il ne lui arrivât la même chose. Il ne voulait même pas imaginer les représailles du Tecton qui le précédait.

Ensuite, la chaleur. On pouvait se demander s'ils voyageaient vers l'intérieur de la terre ou en direction du soleil. Marcus avait la sensation de respirer de la cendre chaude. Il était sûr que son foie et ses reins allaient fondre. Mais tout ce qu'il pouvait faire était pousser la carapace et se taire.

Le plafond gagnait un peu de hauteur chaque jour ; maintenant, pour les pauses, les Tectons choisissaient des élargissements, des cavités où ils puissent au moins s'asseoir. Ils les surveillaient. Les Tectons dormaient mais se relayaient. L'un d'eux restait toujours en sentinelle. Marcus en avait remarqué un en particulier. Il possédait les paupières épaisses des idiots. Il était aussi, de loin, le plus corpulent des quatre, de la taille d'un gorille. Pendant qu'ils se trouvaient dans la partie la plus étroite du tunnel, il se tenait toujours à l'avant de la caravane. Son casque et les épaules renforcées de l'armure lui permettaient de polir les arêtes, comme un foret humain. Il distribuait très souvent des coups de bâton. Mais sans discernement, de façon imprévisible, essentiellement pour démontrer qu'ici c'était lui qui commandait. Cette violence aveugle était précisément ce qui mettait en évidence la stérilité mentale de l'individu. Quand les autres Tectons dormaient, quand il restait seul avec les deux humains, il n'était jamais sûr de contrôler la situation. Même avec le gourdin à la main. Il les regardait tour à tour, tournant la tête de l'un à l'autre avec les mouvements obsessionnels d'une poule.

Pendant son tour de garde, ils en profitaient pour parler avec un filet de voix.

— J'ai passé la main à l'intérieur de ma carapace et ils n'y ont caché que des stupidités, murmura William. C'est incroyable. Ils sont intéressés par des objets complètement ridicules, on transporte des bagages absurdes. Regarde ce pauvre type.

Il désignait le Tecton, qui portait un crucifix attaché à la ceinture.

— Cette croix en fer appartenait à Richard, poursuivit William. Et il s'en sert comme d'une épée. C'est une race criminelle.

— Ne recommence pas, dit Marcus.

— Que je ne recommence pas quoi ?

— Fouiller dans les carapaces. Pense à ce Noir.

— Quel Noir ? demanda William, sans rien comprendre.

— Celui qui regardait la bouteille de formol avec un scarabée à l'intérieur. Et il insista : Ne fouille pas dans la carapace.

Le Tecton exigea le silence d'un grognement menaçant. Ils avaient de la chance que l'un des quatre fût aussi idiot, parce que ces derniers jours ils les surveillaient plus étroitement. L'accroissement de la garde allait de pair avec les possibilités du terrain. Maintenant, parfois, ils pouvaient même se mettre debout. Les jours suivants, ils devinrent un résumé de la préhistoire de l'être humain : ils pouvaient chaque jour se redresser un peu plus, comme des hominidés avançant vers le bipédisme. En ce qui concerne la grotte qui les entourait, Marcus comparait le paysage de cette étape à l'intérieur d'une baleine. Sous leurs pieds apparaissaient même des marches, qui faisaient penser aux côtes d'un cétacé. Ils descendaient, descendaient, maintenant sans détours, en spirale.

— Tu ne sens pas ? demanda Marcus.

— Qu'est-ce que tu veux dire ? fit William, irascible.

— Il ne fait plus aussi chaud.

Pendant les dernières vingt-quatre heures (évaluation), la température avait baissé de quelques degrés. Ce n'était pas logique. D'après William, beaucoup plus cultivé, l'augmentation de la profondeur aurait dû être proportionnelle à celle de la chaleur. Ils frissonnaient en pensant aux milliers de tonnes de roche qu'ils devaient maintenant avoir au-dessus de leur tête. Mais la température, contre toute logique, baissait.

Depuis que l'espace le permettait, William et Marcus dormaient comme des chiens polaires, leurs corps enlacés. Dans ce monde souterrain, où seule la nuit existait, les heures de sommeil étaient la nuit, et William et Marcus s'étreignaient comme s'ils avaient chacun transformé le corps de l'autre en un drap d'enfant qui les protégeait de toutes les terreurs. C'était la fraternité des prisonniers, pour qui la proximité de la mort nettoie les mémoires et les misères. Une nuit, Marcus entendit William parler. Il ne savait pas si celui-ci voulait lui dire quelque chose ou s'il parlait seulement en rêve.

— Et le Congo c'était mon idée… mon idée… mon idée… disait-il.

Dans la bouche de William Craver, cet énoncé était simplement incroyable. Et Marcus pensa que l'enfer, ou le chemin de l'enfer, devait avoir du bon, s'il était capable de rapprocher quelqu'un comme William du genre humain.

Le lendemain matin, on les réveilla à coups de pied. On leur ordonna de cesser de pousser les carapaces et de les porter sur le dos. L'espace, qui s'accroissait de jour en jour, le permettait désormais. Ils s'étaient levés, et Marcus pensa que c'était une bonne raison d'offrir un cadeau à son compagnon.

Pendant qu'ils fixaient ces énormes carapaces sur leur dos, Marcus s'attarda à observer le chemin qu'ils allaient suivre. Maintenant les lanternes avec les vers prouvaient leur utilité. Plus il y avait d'espace, plus les murs renvoyaient la lumière. Et à un moment donné, devant lui, ce tube en pierre s'arrêta devant un mur dans lequel s'ouvraient cinq, six, peut-être sept trous.

— Observons la route qu'ils vont choisir, murmura Marcus.

William soufflait :

— Pourquoi est-ce que tu veux que j'observe ? On ne reviendra jamais, gémit-il. Mon Dieu, mon Dieu ! Ta carapace pèse aussi lourd que la mienne ? Jusqu'où veulent-ils nous faire aller, avec ça sur le dos ?

Les Tectons interrompirent la conversation à coups de gourdin. On ne leur permettait pas de parler, mais la dureté particulière de ces coups leur disait qu'à partir de ce jour il serait absolument interdit d'ouvrir la bouche. Marcus adressa un regard à William, un regard qui disait : regarde ma main et ne la quitte pas des yeux.

Marcus était devant William. Il marchait le poing droit fermé. Quand il le jugea opportun il l'ouvrit, un instant fugace, juste le temps de laisser voir cinq balles à William. Il les avait escamotées depuis peu à l'intérieur de sa carapace, contrairement à ses propres conseils. Cela redonna de l'espoir à William. Il y eut également d'autres conséquences.

William Craver ne pouvait cesser d'être William Craver. En réalité, pendant ce bref interlude, il n'avait pas été un homme meilleur. Simplement, il n'avait pas été un homme. Et maintenant apparaissait un élément imprévu : cinq balles de revolver.

Se décidant à une vitesse admirable, William fit un de ces actes typiques chez lui, audacieux, imprévisibles, apparemment absurdes, parce qu'on ne comprenait pas quels bénéfices il cherchait à en retirer. Son torse frappa la carapace que Marcus portait dans le dos et le déséquilibra. Il feignait un accident, prétexte pour approcher discrètement la main de Marcus. Tout alla très vite. William forçait les doigts serrés de Marcus avec les siens. Les Tectons criaient, indignés de voir ces créatures si maladroites trébucher même quand elles pouvaient marcher sans difficultés. Marcus sentit les doigts de William fouiller dans sa main. Que pouvait-il faire ? Il faudrait aux Tectons deux secondes, trois maximum pour se rendre compte du motif réel du faux pas. Ils verraient les balles volées, leur dernière possibilité. Et William insistait. C'était un chantage suicidaire. Si on les découvrait, ils subiraient tous deux des représailles. Mais William ne se souciait pas des conséquences. William Craver était comme ça : il provoquait un risque général et obtenait un bénéfice des efforts que les autres faisaient pour éviter la catastrophe. Avec le conseil d'administration de la banque, il avait utilisé une stratégie similaire, mais quelque chose avait échoué. Cette fois, il réussit.

Marcus n'eut pas d'autre solution que d'ouvrir les doigts. Les balles changèrent de propriétaire. Et la seule chose qui restait était une question désespérée : pourquoi, pourquoi, pourquoi ?

A l'heure du coucher, William le prit dans ses bras comme les nuits précédentes. Mais maintenant il s'approchait de lui pour lui donner un ordre ; il ouvrit ses lèvres à l'intérieur de l'oreille de Marcus et lui ordonna avec âpreté :

— Maintenant nous avons besoin d'un revolver. Cherches-en un !

Marcus n'arrivait pas à y croire. William s'appropriait non seulement les munitions, mais il exigeait de plus qu'il risquât sa vie en fouillant à l'intérieur des carapaces.

Quand les Tectons recouvrirent avec des chiffons toutes les lanternes sauf une, le corps de William s'écarta de celui de Marcus. Vingt, quarante, soixante centimètres. Et il s'endormit, le poing serré.

22

Le paysage souterrain leur apparaissait dans sa beauté morte et opaque. Dans sa vigueur démesurée également. C'était comme vivre le rêve d'un fou à travers ses propres yeux. Aucun plafond ne les couvrait plus. La lumière verte ne parvenait pas à se projeter jusqu'au plafond en pierre, de plus en plus loin de leurs têtes, de plus en plus haut. Ils avançaient sur un sentier d'à peine vingt centimètres de large ; à gauche, leur frôlant le dos, se dressaient des murs impossibles, à droite s'ouvraient toutes les rigueurs d'un abîme noir.

Un jour, la caravane fit une pause. Un Tecton manipula une lanterne. Marcus se demandait comment autant de vers pouvaient survivre dans un sac pendant aussi longtemps. Maintenant, il connaissait la réponse. Dans cette lanterne, il ne restait qu'un ver, plus long et plus gros qu'une saucisse. Le Tecton le sortit du sac. Le ver résista, s'agitant comme la queue d'un chien. Il dégageait une lumière fantastique : à l'intérieur de son corps il réunissait, amplifiée, la lumière de tous ses congénères. Les Tectons voulaient vérifier la profondeur du précipice, ils y lâchèrent donc le ver. Ce n'était sûrement pas un calcul nécessaire mais plutôt un divertissement. Le test éveilla pourtant la curiosité de tous les membres de la caravane. Humains et Tectons s'alignèrent au bord de l'abîme.

Cette petite lumière vive et verte s'enfonçait dans les ténèbres en se tortillant en silence. Elle tombait,

tombait, tombait toujours. La silhouette devint plus mince qu'une aiguille. Marcus était étonné : il s'était presque écoulé une minute, et la lumière du ver ne s'éteignait pas. Les Tectons décidèrent de se remettre en marche. Marcus jeta un dernier coup d'œil et vit encore un minuscule point vert tomber, tomber.

Au bout de quelques jours, la dangereuse gorge déboucha sur une vallée sans obstacles, une mer de magma solide. Marcus devina un infini horizontal, une plaine sans limites où les lumières vertes des lanternes pouvaient se superposer à la couleur carmin d'un sol peu clément, houleux, aux formes capricieuses, comme si des vagues de cuivre avaient recouvert une horde de crustacés. De toutes parts émergeaient des millions de coquilles tranchantes comme des couteaux, écueils qui devaient infliger des supplices médiévaux aux pieds nus. Ils ne pouvaient s'éloigner d'une étroite langue plate qui traversait le désert. "Ici, les pierres mordent", se dit Marcus.

Les lanternes n'offraient qu'une visibilité réduite. Elles ne permettaient même pas d'imaginer des espaces aussi immenses, même si on pouvait les sentir. Dans ce désert soufflait un vent muet et violent qui giflait le visage des intrus comme poussé par une animosité personnelle. Il se produisit un autre phénomène insolite : la température baissa tellement qu'il faisait même froid. Ils dormaient au milieu de nulle part, et au réveil leur peau torturée était couverte d'une sorte de rosée compacte. Ils avaient si faim qu'ils la léchèrent. C'était une gélatine au goût de céleri et de soufre. D'après William, le plafond devait être si haut qu'il permettait la condensation de nuages putrides.

Marcus donna à cette vallée le nom de mer des Demoiselles, parce que de tous côtés, au bord du chemin, apparaissaient des colonnes sinueuses à la taille étroite, comme si elle avait été comprimée par un corset très serré. Certaines "demoiselles" étaient monumentales. Leur base gigantesque se rétrécissait en s'élevant, dix mètres, cinquante, cent, cinq cents, et en ce point elle s'élargissait à nouveau, de plus en plus, jusqu'à ce que la silhouette se perde dans les hauteurs, à travers un plafond dissimulé par l'obscurité la plus opaque.

— Mon Dieu, dit un William admiratif. Les anciens disaient que le monde reposait sur une carapace de tortue. Mais personne n'a dit ce qu'il y avait sous la tortue. Maintenant nous le savons – il désigna quelques demoiselles : les piliers de la Terre.

Ils étaient les premiers hommes à fouler ce monde. Ils le faisaient dans les conditions de deux bêtes et, à ce stade du voyage, Marcus n'en pouvait plus. A cet instant, la terrible injustice que signifiait le fait de ne disposer que de cinq sens pour le plaisir mais de toute la surface du corps pour la douleur lui apparut. Marcus découvrait que l'enfer n'était pas un lieu, mais un voyage. Il découvrait qu'on y arrive pendant qu'on s'y dirige et que la douleur supplante le temps.

L'authentique cauchemar commençait au réveil. Au moment où il chargeait sa carapace sur le dos, les os de Marcus craquaient comme les murs d'une vieille demeure. Ils ne mangeaient que ces tranches de pain et ces feuilles qui ressemblaient à de la laitue desséchée. L'existence se réduisait à une charge, à poser une jambe devant l'autre. Ils n'avaient pas de plaies, ils étaient des plaies. Et Marcus subissait un supplice supplémentaire : William.

Ils avaient appris à se parler sans presque émettre de sons. C'était un langage qui rappelait celui des sourds-muets, se guidant davantage sur les mouvements des lèvres que sur les sons, et toujours pendant le tour de garde du gorille, le Tecton aux paupières d'éléphant. Et ce n'était plus un dialogue, juste un monologue de William, qui disait :

— Le revolver ! Trouve-le !

La nuit, pendant le tour de garde du gorille, Marcus tentait de fouiller les carapaces. A la fin de la journée, ils faisaient halte au pied d'une colonne, une demoiselle judicieusement placée près du chemin naturel qui traversait l'océan de coquilles solidifiées. Au moins la colonne les protégeait-elle un peu du vent silencieux qui balayait cette steppe noire. Les Tectons masquaient toutes les lanternes avec des chiffons à part une, qui leur permettait de les surveiller. William et Marcus dormaient avec les carapaces en guise d'oreiller. Cela leur permettait d'y introduire la main. L'un des rares avantages dont ils bénéficiaient était que, en fait, les Tectons ne les surveillaient pas pour éviter un vol, mais un soulèvement.

— Trouve-le !

William et Marcus feignaient de dormir. Ils veillaient jusqu'au début du tour de garde du gorille tecton. Celui-ci ne tardait pas à bâiller. Marcus profitait du moment où ses paupières lui tombaient sur les yeux comme des rideaux de velours. De toute la force d'une main, il soulevait la carapace de quelques centimètres, imperceptiblement, et de l'autre il fouillait à l'intérieur. Sans succès.

William avait raison. Les Tectons semblaient n'avoir ramassé que des objets futiles. Ses doigts retournaient des babioles. Un peigne. Des verres. Des pipes. Des pierres. Des branches d'arbres. Une vieille brosse, des clés. Un tesson de verre qui lui infligea une profonde coupure à la main... C'était désespérant.

— Trouve-le !

En se couchant, à l'insu des Tectons, William et Marcus échangeaient les carapaces qu'ils utilisaient comme oreiller pour que Marcus pût chercher à l'intérieur des deux. Le pire, dans l'histoire, c'est qu'ils n'avaient aucune garantie que les Tectons se soient approprié un revolver. Les doigts de Marcus ne tripotaient que des stupidités. Parfois, les paupières du Tecton gorille bougeaient, se soulevant très vite, et, à deux reprises, il faillit le prendre la main dans la carapace.

— Trouve-le !

— Je n'y arrive pas, renonça Marcus la troisième nuit. Les carapaces sont trop profondes. Je n'ai jamais le temps de les fouiller complètement.

— Tu dois le trouver ! insista William.

— Et toi, tu vas devoir l'occuper ! répliqua-t-il. J'ai besoin de temps. Pour la fouiller, il me faut plonger la main jusqu'au fond. Mais j'ai besoin de quelques secondes de marge. Si tu ne les distrais pas, même ce gorille me verra venir.

— Et si je le distrais, il utilisera le gourdin avec des piques, dit William.

— Ou on l'occupe, ou on ne trouvera jamais ce foutu pistolet.

William avait un air étrange, comme celui d'un vautour qui ignore si le moment de descendre de ses hauteurs est venu.

— Ou alors, c'est toi qui introduiras ta main, suggéra Marcus. Tu préfères qu'ils te prennent toi à fouiller dans la carapace ?

— Ce soir, décida William.

— Maintenant ! dit Marcus, et William fit un bond.

Le gorille tecton n'en croyait pas ses yeux. Cet humain se dirigeait vers lui en gesticulant et en donnant des ordres.

— Je suis désolé, monsieur Smith, je dois vous dire que le transfert bancaire n'est pas valable ! Il n'est pas arrivé à destination !

Les autres Tectons se réveillèrent. Ils brandirent leurs gourdins, mais ne l'attaquèrent pas tout de suite. L'attitude de William était tellement suicidaire qu'ils soupçonnaient un piège. Ils encerclèrent William en l'observant avec méfiance. Marcus en profitait pour agiter les doigts frénétiquement à l'intérieur d'une carapace.

— Je vous jure que ce n'est pas ma signature, monsieur Smith ! poursuivait William. J'ignore qui a déposé le transfert de deux cent mille livres sur un compte bancaire à mon nom, monsieur Smith !

Le revolver, le revolver, protestaient les doigts de Marcus, agissant plus vite que ceux d'un pickpocket. Où est-il ? Nulle part, il n'était nulle part. Les Tectons avaient décidé que la démence de William ne présentait aucun danger. Ils se jetèrent sur lui de tous les côtés, les quatre à la fois. Marcus pleurait des larmes de rage. Où est-il ? Où est-il ?

— N'en parlez pas à la police, monsieur Smith ! gémissait William en recevant des coups de pied et de massue. Mon père va tout arranger, monsieur Smith !

Les Tectons riaient. Donner une raclée à William n'était plus un acte de répression mais de diversion. Mais ils n'allaient pas tarder à s'en lasser. Les larmes de Marcus étaient tellement acides qu'elles lui brûlaient le visage. Ses doigts bougeaient plus par impulsions nerveuses que sous le contrôle de sa volonté. Jusqu'au moment où il sentit un frisson.

“Par tous les saints, remarqua-t-il bientôt, le revolver, c'est le revolver. Il a toujours été là.”

Il avait passé toutes ces nuits à chercher la forme d'un revolver. Mais il manquait à l'objet qu'il serrait la culasse et le protecteur de la gâchette. La tendance humaine à prendre les choses par le bon endroit avait empêché Marcus d'associer cette arme mutilée à l'objet qu'il recherchait. Mais c'était bien ça : un revolver auquel il manquait la culasse.

Les Tectons jetèrent William à côté de Marcus comme un sac de pommes de terre et se désintéressèrent de lui. Il faisait peine à voir. Son nez ruisselait de sang et son œil droit était gonflé comme un pneu. Mais Marcus avait le meilleur médicament du monde. En cachette, en faisant tourner sa main, il lui montra sa paume : avec le canon le long de l'avant-bras, apparaissait le revolver qu'il avait tant désiré. William siffla, dans une clameur contenue :

— Le revolver ! Merci mon Dieu. Donne-le-moi ! dit-il, tendant une main pour s'en emparer. Salauds de Tectons… je vais les liquider immédiatement !

Marcus faillit le lui céder. Mais, soudain, une lumière invisible lui traversa l'esprit. En une fraction de seconde, il lui revint à la mémoire le dernier baiser d'Amgam. Et il comprit, comme dans une révélation, que le but de cette étreinte en public allait au-delà de l'amour : distraire l'attention des Tectons pendant qu'elle cachait le revolver et les balles dans la carapace qu'il portait depuis le premier jour. Il se pouvait également qu'elle eût elle-même arraché la culasse afin d'introduire l'arme plus discrètement dans la carapace.

Ce revolver lui appartenait. Cette arme représentait l'espoir.

William et Marcus étaient tellement près l'un de l'autre que les arêtes de leurs nez se touchaient. Marcus cacha son bras. Il ne lui céderait pas le revolver. Jamais. William ouvrit la bouche, stupéfait. Marcus lui tourna le dos.

— Le revolver, imbécile ! cria William les lèvres serrées, secouant Marcus par l'épaule et lui frappant ensuite cruellement les côtes.

Mais Marcus projeta un coude en arrière, violemment, frappant un estomac mou. William en eut le souffle coupé. Et après la correction qu'il avait reçue il n'était pas en état de discuter.

William comprit qu'il se trouvait là devant une mutinerie. Car le cadeau d'Amgam commençait à atteindre son but : libérer Marcus. Et il allait le libérer de chaînes beaucoup plus lourdes que l'esclavage tecton. Même là, dans cet insondable lointain, perduraient les rapports de soumission qui liaient Marcus le garçon d'écurie à William l'aristocrate. Si Marcus n'avait fait que découvrir un pistolet, il ne se serait rien passé. Mais il se trouvait que c'était beaucoup plus qu'un revolver sans culasse. C'était une bifurcation du destin qui le poussait à choisir entre rester Marcus le domestique soumis et devenir un Marcus libre. Marcus n'avait qu'une certitude : tant qu'il respirerait, tant qu'il serait vivant, il ne livrerait jamais l'amour d'Amgam à William Craver. Jamais.

Le lendemain, William envisagea sa stratégie. Il savait que Marcus était têtu. Il le savait également plus fatigué que lui, aussi opta-t-il pour l'user.

— Le revolver ! Donne-le-moi ! lui cria-t-il à l'oreille la nuit suivante. Tu es un plouc ! Tout ce que tu as fait dans cette vie, c'est laver le cul des chevaux et mettre des marmites à bouillir. Comment veux-tu affronter quatre Tectons ?

Marcus ne pouvait se réfugier dans le sommeil. Il était fort probable que William en profiterait pour lui voler l'arme. Il lui sembla que William dormait, qu'il faisait une pause dans ce conflit particulier afin de reprendre des forces. Mais comment pouvait-il en être sûr ? Il dut donc veiller toute la nuit.

Ils reprirent la marche. Marcus ne s'était pas reposé. La carapace lui semblait peser deux fois plus lourd. Depuis quelques jours, le plafond se rapprochait, tombait sur leurs têtes. Mais il n'était pas encore suffisamment bas pour les obliger à ramper en poussant les carapaces, ce qui en aurait un peu allégé le poids.

— Le revolver ! insista William toute la nuit. Tu ne sais pas tirer ! Ta main tremblera ! Donne-le-moi ! Ou alors tu ne veux pas sortir d'ici ? Tu es devenu fou, Marcus ? Complètement fou ?

Mais pour toute réponse Marcus serra l'arme contre son ventre.

Le lendemain, ils durent reprendre la marche en se baissant. Comme s'il suivait le trajet d'une saucisse, l'espace qui les entourait se réduisait dans une direction unique. Maintenant ils devaient avancer courbés. William se désespérait. S'ils se remettaient à ramper, il ne pourrait plus s'emparer de l'arme. Il ne parvenait pas à le croire. Il avait cinq balles dans la paume de la main, cinq. Assez de munitions pour liquider les quatre Tectons. Et cet idiot de Garvey lui cachait un revolver. Sans culasse. Mais un revolver utile, en fin de compte. Vint un moment où William perdit la maîtrise de soi.

Il se jeta sur le dos de Marcus, qui s'enfonça sous son poids. Marcus avait sur lui la carapace et, dessus, un William enragé qui chevauchait cette monture improvisée et le frappait furieusement.

— Le revolver ! Donne-moi le revolver, malheureux ! Donne-le-moi ! Ils vont nous tuer !

Marcus n'avait même pas la force de se relever, encore moins de répliquer à l'attaque démesurée de William. Il ne parvenait qu'à se couvrir la tête d'un bras, pendant que de l'autre il cachait le revolver serré contre son nombril. Paradoxalement, ce furent les Tectons eux-mêmes qui le sauvèrent. Ils attaquèrent William avec leurs massues noires. Ils le frappaient à la tête et sur les côtes, ct quand il tomba ils continuèrent à le frapper pendant un bon moment. L'attaque de William remettait en question le monopole de la violence tecton, et c'était intolérable.

La nuit, ils se couchèrent à nouveau ensemble. William pleurait d'impuissance, avec le revolver si près et si loin de lui, et il murmurait :

— Bâtard de gitan... tu... tu nous as emmenés au-delà de la mort...

Cela supposait une manipulation très intéressante de la logique. Marcus ne s'en offensa même pas.

— Dors, William, dors, se contenta-t-il de dire.

Ce fut ainsi que, sans avertissement préalable, arriva le dernier jour du périple souterrain de Marcus Garvey. Et ce fut, d'après Marcus, la journée la plus semblable à la fin du monde que puisse vivre un être humain.

Le boyau en pierre se rétrécissait de plus en plus. Ils se virent bientôt obligés de ramper comme des lézards, exactement comme les premiers jours de leur immersion dans l'inframonde. Et comme les premiers jours, les Anglais avançaient escortés, deux Tectons devant Marcus et deux derrière William.

Marcus n'osait pas parler. Il urina sans s'arrêter. Son urine était un message pour William, une façon de lui dire de se préparer, qu'ils arrivaient à un point décisif. Comment Marcus pouvait-il savoir ce genre de chose ? Dernièrement, les voix des Tectons avaient un son particulier, ils forçaient la marche, détails qui ne pouvaient être gratuits.

— Nom de nom ! dit William quand ses mains touchèrent l'urine de Marcus.

Il n'aurait pas dû parler. Les Tectons qui le suivaient lui piquèrent les pieds avec une cruauté particulière. William hurla. Juste à cet instant, Marcus arriva à un point terriblement étroit du boyau. Les Tectons avaient pu le dépasser, mais la carapace se coinça. Marcus ne parvenait pas à la faire avancer, même en la poussant avec les bras. William hurlait. Les Tectons continuaient à lui blesser les pieds à coups de couteau. Cette dureté était un peu plus qu'un châtiment. Les Tectons suaient d'impatience d'arriver quelque part. Mais Marcus ne pouvait bouger, la carapace elle-même était devenue un bouchon qui obturait le tunnel. Il poussa un cri. Il avait besoin de l'aide des Tectons qui le précédaient, qui élargirent finalement la grotte en lui donnant des coups de massue.

Au fur et à mesure que les outils des Tectons ouvraient une fente entre la grotte et la carapace, un vent impétueux commença à cingler le visage de Marcus. C'était une forte bourrasque, si forte qu'il en avait mal aux yeux. Cela n'avait rien à voir avec l'air de la mer des Demoiselles, silencieux et sec. C'était un vent froid, accompagné d'un sifflement mécanique et furieux. Et le plus insolite : de lumière. Une lumière artificielle, orange. Les Tectons élargissaient la brèche, par laquelle filtraient des rayons de lumière qui lui transperçaient les yeux.

Mais la dernière chose qu'attendait Marcus était que, après avoir traversé ce goulot de bouteille, la grotte aille déboucher sur un palier, à ciel ouvert.

La lumière qui baignait le palier était si intense qu'elle lui brûlait la rétine. Marcus se traîna sur les genoux en se couvrant les paupières de ses mains. Il écarta deux doigts et vit la tête de William, se penchant par le trou.

— Ferme les yeux ! le prévint-il.

La lumière orangée dominait tout. L'excès lumineux ne gênait pas les yeux de chat des Tectons, mais présentait un danger pour la vue d'hommes qui s'étaient guidés pendant si longtemps avec des lanternes contenant des asticots verts.

Les deux Tectons qui suivaient William le poussèrent brutalement. Ils étaient impatients d'arriver au palier. Ils firent un saut par-dessus l'humain et le laissèrent derrière eux. Pendant quelques longues secondes, William et Marcus restèrent à terre, ensemble, les corps repliés, clignant des paupières de douleur. Ensuite, Marcus fit l'effort d'ouvrir les yeux très lentement.

Le palier avait la forme de ces champignons qui poussent sur l'écorce des arbres. Les quatre Tectons étaient debout juste au bord, tournant le dos aux Anglais. Que regardaient-ils ? Marcus ne comprenait pas. Un paysage caché ? Au-delà du champignon de pierre il n'y avait rien, rien, juste le vide, un désert d'air. Il leva la tête. Le plafond devait être tellement haut qu'on ne voyait que des nuages de couleur violet foncé. A l'intérieur des nuages, des éclairs rouges se poursuivaient furieusement, pendant qu'éclataient des coups de tonnerre qui résonnaient comme un combat de lions. Marcus comprit que les Tectons regardaient quelque chose qui se trouvait au-dessous d'eux. Il marcha à quatre pattes jusqu'au bout du champignon en se tenant aussi éloigné des bottes tectons qu'il le put, et il regarda en bas. Un hoquet lui vida les poumons.

Le palier offrait une magnifique perspective sur la ville tecton. Il était si élevé, ou la ville si basse, que Marcus se sentit comme quelqu'un qui contemple le monde depuis la lune. Mais la cité était d'une taille si démesurée que la hauteur n'en diminuait pas les dimensions. Elle semblait au contraire orgueilleuse de son immensité, d'être visible de si haut.

Certaines avenues devaient s'étendre sur cent cinquante kilomètres. Dans certains secteurs, la conception de la ville tecton épousait des géométries parfaites. Ailleurs, les bâtiments s'entassaient n'importe comment, et les gratte-ciels les plus hauts devaient dépasser le sommet terrestre le plus élevé. Marcus ne parvenait pas à déterminer si cette ville était le chaos le plus absolu ou l'ordre le plus parfait. A perte de vue, seules émergeaient des constructions en marbre et charbon, marbre et charbon, marbre et charbon, comme si les deux matériaux se livraient une guerre indécise et perpétuelle. La question, décida finalement Marcus, n'était pas de savoir si c'était le marbre ou le charbon qui prédominait : la question était que cette ville ne tolérerait jamais une autre ville. Et il pensa que le Congo pouvait être très vaste, oui, mais la cité tecton serait toujours plus grande que le Congo.

William imita Marcus. Et quand il aperçut la ville, il eut une sorte de crise d'asthme. Par sa bouche ouverte s'échappaient des sortes de halètements d'âne bâté. Marcus l'entraîna quelques pas en arrière. William était à moitié paralysé.

Et ce fut là, à la porte même de l'enfer, que Marcus se racheta de tous les actes impurs qu'il avait commis au Congo. Le vent, d'une intensité très violente, poussait les yeux des Anglais à l'intérieur de leurs orbites. Mais si la peau de William bougeait comme les hardes d'un épouvantail, la seule chose qui se troublait chez Marcus était ses cheveux, que l'esclavage avait rendus sauvages. Le reste de son corps était une sorte de rocher humain qui posait la main et exigeait sur un ton qui n'admettait pas de discussion :

— Les balles.

Cette main ouverte était exactement l'opposé de cette autre main qui avait un jour accepté des bâtons de dynamite. Elle appartenait à un autre homme, parce que le Marcus Garvey qui était arrivé au Congo n'avait plus rien à voir avec le Marcus Garvey qui était arrivé à la métropole tecton.

William se rendit. Il voulait lui donner les munitions, mais il ne pouvait pas. Il avait comprimé les balles à l'intérieur de ce poing fermé pendant trop longtemps, avec trop de force. Maintenant, ses doigts refusaient de s'ouvrir, comme le couvercle d'une malle oxydée.

— Les balles ! cria Marcus, conscient que les Tectons ne resteraient guère ébahis plus longtemps.

Il força les doigts serrés de William un par un, en faisant levier. Quand il lui ouvrit la main, Marcus ne put éviter un sursaut : les balles lui avaient creusé des plaies qui étaient de véritables stigmates. Il n'avait pas de temps à perdre. Il devait charger les cinq balles dans le tambour, et c'était beaucoup plus difficile que ça n'en avait l'air.

Les Tectons n'étaient qu'à quelques pas, leur tournant le dos. A tout moment, ils pouvaient se retourner et les arrêter. Marcus s'agenouilla. Il croyait qu'il serait ainsi plus facile de manipuler le revolver. Non. Ses doigts tremblaient tellement que les balles lui échappaient comme de petits poissons vivants. Et le vent, ce vent en rafales. Il ne parvenait pas à introduire une seule balle à l'intérieur du tambour. Pas une. Trois roulèrent à terre.

Il ne pourrait pas charger le revolver. Il ne s'en sentait pas capable. Il consacra une seconde, une éternité, à se dire à lui-même : "Pour l'amour de ta mère, respire, pense, calme-toi !" Mais soudain il changea d'avis. "Ne respire pas, ne pense pas, laisse tes doigts travailler seuls, ils savent bien ce qu'ils ont à faire", se dit-il.

Il parvint à charger une balle. Et l'agréable sensation du projectile s'introduisant dans le magasin, le glissement mécanique de ce petit cylindre, encouragea ses doigts, qui connurent le même succès avec une autre balle, et une autre, puis une autre, et il finit par loger les cinq projectiles dans le tambour. Il restait un espace vide. Il eut du mal à comprendre que le revolver fût conçu pour charger six balles et qu'il n'en eût que cinq. Après une hésitation stupide, il introduisit le tambour dans l'arme, tira le percuteur en arrière et mit les Tectons en joue.

Le revolver n'avait pas de culasse, Marcus devait donc le tenir dans une posture peu pratique pour viser. Il ne se décidait pas à tirer. William contemplait la scène en portant les mains à sa tête. Les quatre Tectons étaient encore de dos, admirant leur ville. Marcus était derrière eux, à quelques mètres à peine. Et il ne tirait pas.

William n'en supporta pas davantage. Il cria :

— Tire, maudit gitan ! Tire !

Ce fut le cri de William qui alerta les Tectons, absorbés par le paysage. Ils se retournèrent tous quatre à la fois.

Marcus pressa la gâchette. Mais au lieu d'une détonation il n'entendit qu'un clic vide. (Marcus rêverait pendant des nuits de ce clic.) William fut le premier à réagir. Il s'enfuit dans le trou par lequel ils étaient arrivés, à quatre pattes et avec l'agilité d'un écureuil.

La première balle se perdit au-dessus de la ville tecton.

La deuxième tua un Tecton qui tentait de poursuivre William.

La troisième rebondit contre un rocher, elle n'atteignit personne.

La quatrième blessa gravement un Tecton à la gorge.

La cinquième entra dans l'estomac d'un Tecton qui, sous l'impact, tomba dans le précipice.

Il restait un Tecton, le gorille aux paupières d'éléphant. Marcus eut la sensation qu'une avalanche de chair lui tombait dessus.

C'était le Tecton le plus fort et le plus corpulent. Sa voix avait toujours été d'une finesse paradoxale, mais Marcus fut surpris que ses cris rappellent tant la colère d'un enfant. Il l'entraînait vers le précipice, l'étranglait et lui frappait la tête contre la roche de la même façon qu'un gorille ouvrirait une noix de coco. Tout à la fois. Il convient maintenant de se demander comment il se peut qu'un petit homme court sur pattes, le corps dévasté par l'esclavage, famélique, la peau sur les os et épuisé, ait vaincu un guerrier tecton musculeux, protégé par une armure de pierre et expert dans le combat au corps à corps ?

Inutile de dire que Marcus fut incapable de me fournir un argument rationnel. Il ne mentionnait que des images, des sons gutturaux et un vertige inimaginable pour nos sens. Mais je risquai une explication.

C'était très simple. Le Tecton ne tua pas Marcus parce que celui-ci ne pouvait pas mourir. Il vivait parce qu'il avait une raison de vivre : retourner vers elle. Marcus ne mourut pas, en définitive, parce qu'un homme qui a survécu au Congo, aux frères Craver, aux Tectons et à cette route souterraine infernale ne peut mourir quand il se trouve aux portes du salut. Il ne peut pas.

Pendant que le Tecton l'étranglait, Marcus gardait les yeux fixés sur les paupières de son bourreau. “Il y a tellement de peau, sur ces paupières, on dirait des rideaux de velours”, pensa-t-il. Ils luttaient au bord du palier. Les mains du Tecton idiot lui tordirent le cou vers l'arrière, de sorte que Marcus vit la ville au-dessous de lui, à l'envers. A un moment donné, il le jetterait dans l'abîme.

Là, la mémoire de Marcus eut un blanc. Il se rappelait seulement que, soudain, les mains du Tecton avaient cessé de l'étrangler. Son agresseur s'était couvert le visage de ses mains, comme quelqu'un qui veut éviter une vision désagréable. Et il se revoyait poussant son adversaire des deux pieds. Quand le Tecton s'aperçut qu'il tombait, il était trop tard.

Le Tecton l'avait étranglé si fort qu'il respira pendant un long moment comme un cheval emballé. Pendant de longues secondes, et en raison du manque d'oxygène, son cerveau fut en proie à des délires très amusants. Tout tournait. Il aurait parfaitement pu se précipiter dans le vide. Seul le hasard fit tomber son corps du bon côté, vers la pierre.

Il remarqua qu'il avait la main barbouillée d'une substance grasse. Son cerveau asphyxié voulut peut-être le convaincre que c'était de la confiture de bananes. Au moment où il eut léché jusqu'à la dernière goutte de confiture il remarqua que les Tectons jetés dans le vide tombaient toujours. Il vit également que le gorille hurlait et n'avait pas d'yeux dans le visage. Son corps laissait un double sillon liquide et rouge. C'étaient les filets de sang qui coulaient des cavités oculaires. Marcus lui avait arraché les globes oculaires avec ses doigts de rat désespéré puis il les avait avalés.

Il se releva très lentement. Il ne restait plus que deux corps avec lui. Il s'occupa du Tecton qu'il avait blessé. Il ne bougeait pas, Marcus ne savait pas avec certitude s'il était vivant ou mort. Dans le doute, il le poussa, comme s'il avait roulé un tapis et le fit tomber dans le précipice. Il était tellement épuisé, physiquement et mentalement, qu'il ne fit pas ce qu'il fallait avec le Tecton mort. Il s'approcha du trou par lequel ils avaient accédé au palier et cria :

— William ? William ?

Il n'y eut pas de réponse. William fuyait probablement toujours, et il fuirait longtemps sans s'arrêter ni regarder derrière lui. Cela posait un problème. Mais d'un autre ordre. Il ne voulait pas y penser pour l'instant.

Il jeta un nouveau regard dans le vide. Les corps continuaient à tomber à travers cet espace aérien quasi infini, comme s'ils se poursuivaient dans une course lugubre entre corps morts et agonisants. La ville n'avait pas bougé. Il ne fallait pas s'inquiéter de ses habitants. En supposant que les trois corps ne se désintègrent pas dans la chute, en supposant que les Tectons envoient une patrouille, ils mettraient des jours, des semaines entières à atteindre le palier. Lentement, comme s'il ne voulait pas l'accepter, en lui s'immisça la vague idée qu'il pouvait se permettre une pause. Il s'allongea sur la pierre, nu, sans quitter le quatrième Tecton de l'œil. Même mort, il continuait de lui faire peur.

Il sentait tout le poids du monde sur lui ; c'était comme si ses épaules soutenaient toutes les pierres qui le séparaient de la surface. Mais il était un homme libre.

Endors-toi, Marcus Garvey, endors-toi.

23

Marcus pouvait avoir la certitude absolue d'être le premier humain qui ouvrait les yeux dans un tel lieu. La lumière orangée et triste du monde tecton éclairait le palier d'une paix agonisante. Impossible de savoir combien de temps il avait dormi, des heures entières ou quelques minutes.

Il commença à pleuvoir, comme si la pluie avait attendu son réveil pour tomber sur la ville tecton. Des nuages de cette atmosphère intérieure se détachaient quelques très grosses gouttes jaunes, qui bombardaient le palier comme de petites météorites aqueuses. Les gouttes humidifiaient la pierre du palier et remplissaient la bouche ouverte du cadavre tecton, rigide ; elles tombaient sur son armure en rebondissant avec un ploc-ploc-ploc métallique. Marcus fut mouillé lui aussi. En quelques minutes il fut trempé, joyeusement trempé. Il subissait cette déshydratation radicale que décrivent tous les hommes qui ont lutté pour rester en vie. Il s'agenouilla la bouche ouverte, prenant au vol toute l'eau que pouvaient absorber les pores de son corps.

L'espace d'un instant, il lui sembla que la pluie nettoyait sa douleur, comme si cela avait été de la saleté. Il y avait longtemps qu'il ne s'était pas senti aussi frais, aussi puissant. Même les multiples griffures sur sa peau semblaient plus courtes et étroites. On aurait dit que l'eau de ce ciel souterrain était une pommade magique.

De l'eau ? Marcus tendit ses mains ouvertes. Il remarqua les gouttes qui lui tombaient dans les paumes. Elles ne se diluaient pas. Et ce minerai jaune lui en rappela un autre très familier : l'or de la mine.

Dans le monde tecton, il pleuvait de l'or. Marcus cracha. Mais la surprise fit place au sens pratique. Jusqu'à ce moment, il n'avait obtenu aucun bénéfice de l'or de la mine. Pourquoi perdre son temps avec l'or tecton ? Il fit un bond agile, jusqu'aux carapaces, et les renversa sur le palier. L'étrange lumière orange en éclaira le contenu, qu'il pouvait enfin voir sans peur.

Ses doigts ne l'avaient pas trompé. Que de babioles, pensa Marcus. L'une des carapaces était pratiquement pleine avec trois objets : une petite défense d'éléphanteau, un tronc d'arbre à caoutchouc et une pierre de la taille d'un boulet de canon pirate, avec des points brillants incrustés. Il ne put retenir un geste de dégoût. Et c'était pour ça qu'ils avaient failli mourir, pour ça que les Tectons avaient attaqué tout un monde ! Pour emporter la défense d'un animal, une plante et une grosse pierre.

Il continua à fouiller et dans la deuxième carapace, parmi de nombreux bagages inutiles, apparut un trésor sous forme de boîtes de corned-beef et de pêches au sirop. Il découvrit également d'autres balles, mélangées à des cacahuètes. Puis il s'approcha du Tecton mort. Il lui ôta ces vêtements cuirassés qui s'ajustaient à la peau par un curieux mécanisme de boucles placées derrière. Sous la cuirasse, le Tecton portait une sorte de pyjama matelassé d'une seule pièce. Marcus se contenta de la tunique. Il l'essaya, mais les écailles de pierre lui piquaient la peau. Finalement, convaincu que les Tectons devaient avoir une bonne raison pour revêtir ce pyjama, il déshabilla entièrement le cadavre.

Oui, il se sentait mieux, beaucoup mieux. Le pyjama le couvrait et le protégeait des rugosités de cette mosaïque de petites pierres qu'était l'armure tecton. Dans la partie intérieure de la tunique, Marcus découvrit des sortes de poches latérales, faites de petits sacs de cuir, qui tombaient parallèlement aux aisselles. Et à l'intérieur de l'un des petits sacs, avec un grand "oh" de surprise, il trouva un deuxième revolver. Le Tecton avait dû se l'approprier comme souvenir, sans comprendre les possibilités mortelles qu'il recelait.

Il remplit les petits sacs latéraux avec les deux revolvers, les balles, les cacahuètes, les boîtes de viande et de pêche et il fit quelques pas. Au début, il se sentait comme un prêtre catholique, ou même l'une de ces demoiselles du XVIIIe siècle qui portaient des robes si évasées. Il dépouilla ensuite le cadavre de ses bottes. Il les examina et s'aperçut que les Tectons avaient eu l'idée de génie de les fourrer avec une mousse vivante qui amortissait les pas. Avec précaution, il chaussa la botte gauche. Oh, mon Dieu ! Quel plaisir de remettre des chaussures aux pieds après si longtemps.

Il se rendit au bord du palier et jeta un dernier coup d'œil à la ville tecton. Rien au monde ne pouvait être aussi sublime et aussi horrible à la fois. Des avenues sans fin. Des gratte-ciels parfaits. Et, de plus, il pleuvait de l'or. Mais les pluies d'or, pensa Marcus, n'avaient pas rendu les Tectons plus heureux, juste plus avides. Il vit aussi les trois Tectons qu'il avait lancés dans le vide. Ils tombaient encore, presque inertes dans l'espace, comme si la gravité hésitait à les attirer vers le bas.

Au début, l'armure représentait un obstacle supplémentaire, mais il est vrai qu'il s'y habitua très vite. Ce fut plus ou moins comme d'apprendre à faire du vélo et à ramer en même temps. Il devait combiner les élans des coudes et des genoux. Et ainsi, sa gêne initiale se transforma très vite en enthousiasme.

Cette pierre était un miracle de rigidité et de flexibilité en même temps. Infiniment plus légère qu'une armure en métal, infiniment plus résistante que n'importe quel vêtement en cuir. Avancer dans la grotte avec ce corps blindé était presque un plaisir. Marcus et la tunique consolidaient leur amitié au fur et à mesure qu'ils se déplaçaient dans le tunnel. Un, deux, un, deux, faisait-il avec les coudes, hip, hop, hip, hop, il se poussait avec les genoux. Comme les poches intérieures étaient placées sous ses aisselles, leur contenu ne le gênait pas. Un, deux, un, deux… hip, hop, hip, hop… Il s'était attaché une lanterne à la nuque, dans le sac il ne restait que deux vers vivants de même taille, et comme il était mou il lui retombait de part et d'autre du cou comme un joug lumineux. Tant mieux. Il avait ainsi un ver de chaque côté qui l'éclairait sur quelques mètres. Un, deux, un, deux… hip, hop, hip, hop… En avant, Marcus Garvey, en avant ! Tu reviens vers le monde ! Ne t'arrête pas !

La vie s'écoule à des vitesses différentes. Et ce voyage de retour dura le temps d'un soupir. Grâce à la tunique et à l'énergie qu'insuffle la liberté recouvrée, Marcus se mouvait avec une vitalité prodigieuse. Seul William le préoccupait. Quand il arriva devant ce mur plein de trous, il l'appela :

— William !

Il insista en passant la tête dans tous les tunnels :

— William ! William ! William !

Rien.

Il ne savait que penser. Il se réjouissait de ne pas avoir William à proximité. Mais ne pas savoir où il se trouvait ne lui plaisait pas non plus. Que voulait-il ?

Quand il arriva à la mer des Demoiselles, il insista :

— Wiiilliiaaam !

Jamais voix ne fut aussi solitaire. Une obscurité sans murs, une immensité vide, habitée par une masse compacte de milliers de mollusques morts, morts depuis des milliers de siècles.

Sa voix se répandit dans ces lieux désolés, loin, très loin, entraînée par un air si léger qu'il ne s'opposait pas au son et ne le diluait pas. L'appel enveloppa les colonnes et s'étendit par-dessus cet immense tapis de crustacés pétrifiés.

— Wiiilliiaaam !

Jamais voix ne créa une telle solitude. Marcus se pencha. A l'aller, ils avaient emprunté ce sentier. C'était le seul lieu par lequel on pouvait traverser l'étendue de coquilles de moules, aiguisées comme des couteaux. La trace qu'avait laissée la caravane restait intacte. A certains endroits, les plus mous, on pouvait repérer les traces des pieds nus de William et Marcus. Mais seulement pour l'aller. Aucun doigt déchaussé n'allait en sens contraire.

Marcus s'imposa une discipline très stricte. Deux morceaux de viande en boîte par jour, une demi-pêche au sirop et une gorgée du jus de la conserve. Pour dormir, il se pelotonnait au pied d'une colonne. Le vent le cinglait beaucoup moins fort qu'à l'aller. La tunique blindée était assez large. Il ôtait les bras des manches et rentrait la tête dans le cou. Il tirait sur une corde qui suivait le bord de la robe et la fermait ainsi par en dessous comme un sac de couchage, imitant les pratiques qu'il avait vues chez les Tectons.

Un jour, il fut réveillé par un bruit sans forme ni contenu. Il ne pouvait même pas dire si c'était le brame d'un hippopotame ou le murmure bifide d'un serpent. Enfin, il entendit une voix, une voix lointaine, qui disait :

— Maaar... cuuus...

Et l'écho, qui lui renvoyait son nom déchiqueté :

— us !... us !... us !

L'appel se répéta à plusieurs reprises. Toujours à l'improviste et quand il avait déjà les yeux fermés. Il se réveillait trempé de sueur, pointant les deux revolvers dans l'obscurité.

— William ? demandait-il sans baisser les armes.

Mais au-delà du petit cercle de lumière verte et faible des lanternes on ne voyait rien.

Ces voix avaient-elles une existence réelle ? Il ne savait pas avec certitude s'il les avait réellement entendues, ou s'il les avait rêvées ou pensées. Dans cet inframonde muet, où même le silence ne parlait pas, la frontière entre le rêve et le délire s'estompait.

Afin de se libérer des hallucinations sonores, Marcus voulut concevoir un plan d'action pour le moment où il atteindrait la surface. Mais ce n'était pas un stratège. Il ne parvenait pas à se concentrer. C'était un homme seul et dans la clairière il restait trois Tectons. Comment allait-il faire ?

Les travaux manuels constituaient la seule activité susceptible de le distraire un peu. Pendant les pauses, avant de dormir, il cherchait des crustacés pour reconstruire la culasse brisée. Il sortait du petit chemin et, avec la lanterne, il choisissait les meilleures carapaces. Elles étaient fichées en terre comme si une couche de ciment les avait recouvertes et il devait forcer pour les arracher. Pendant tout ce temps, il se comporta comme un troglodyte polissant des pointes de silex. Il eut du mal à trouver une pièce à encastrer, mais il finit par l'obtenir. Elle s'ajustait parfaitement et permettait à la main de se refermer dessus. Il fit des gestes avec la main qui tenait le revolver, comme un authentique pistolero du Far West, et il constata que la culasse résistait à toutes les poussées.

Le lendemain, il commença l'ascension du col qui serpentait. Quand il voulait dormir il entrait dans une brèche du terrain, au bord du chemin. Il cachait la lanterne entre ses pieds, sous la robe, pour ne pas être trahi par la lumière. Il découvrit qu'il ne restait qu'un ver à l'intérieur de la lanterne. Il avait dévoré l'autre avant d'arriver à la surface. Il éprouva beaucoup de peine en pensant à William.

Ce jour-là, Marcus regarda en arrière. Des hauteurs du col, il lui sembla voir qu'en bas, dans la mer des Demoiselles, très loin, brillait une petite lumière. C'était une petite bulle verte qui flottait au milieu de l'obscurité. Mais elle s'éteignit très vite. Des Tectons qui le poursuivaient ? Non, impossible. Ils auraient mis des semaines à organiser une expédition, et encore plus à monter de la ville à la plaine où il avait tué les quatre Tectons.

— William ! cria-t-il sans obtenir de réponse.

Une illusion d'optique, alors ? Son esprit était partagé. Jusqu'au jour où il se dit : "Ne sois pas stupide, tu ne devrais pas avoir peur de ce qui t'entoure, mais de ce qui t'attend."

Il n'y eut plus aucun incident. Il entra dans la dernière brèche, celle qui conduisait à la mine. Il traîna coudes et genoux avec une constance d'athlète, un, deux, un, deux, un, deux, hip, hop, hip, hop, et, malgré les rétrécissements, quelques jours plus tard, devant lui, au fond du tunnel, apparut une lumière blanche. Il se traîna peu à peu vers la lumière, essayant de ne pas faire de bruit. C'était une lumière très faible.

Il engagea le visage par l'un des trous. Très petit, certes. C'était comme mettre la tête dans le col d'un pull trop étroit. Pendant un bon moment, Marcus se borna à épier l'intérieur de la mine. Tranquille, muet, attentif.

Il examina la situation. Quelque part, très près, il y avait trois Tectons. Ils étaient trois. Mais lui possédait deux pistolets et l'avantage de la surprise. Dans la mine, rien. Cette mine avait été la scène de travaux forcés, de haines, d'amours. D'un combat. Et maintenant on ne voyait rien, on n'entendait rien. Les poutres en bois renversées étaient toujours là, dans la position où elles étaient restées après les explosions. Quelqu'un avait retiré les cadavres. C'était tout. On voyait des restes de lanternes brisées, de lambeaux de vêtements, de choses inutiles jetées par terre, comme si la mine était devenue un dépotoir.

Marcus hésitait. Le plus probable était que les Tectons se trouvaient dans la clairière. C'est-à-dire, tout près. Pour les attaquer, il devait accéder à l'intérieur de la mine. Tant qu'il se tiendrait à l'intérieur et qu'il monterait (par chance, les Tectons avaient laissé l'échelle en place), il serait terriblement vulnérable. Il avait le choix de chercher l'un des embranchements secondaires excavés par les Tectons pendant l'assaut, qui arrivaient à la surface par les abords de la mine. C'était comme ça que les Tectons les avaient attaqués, par-derrière, et cela constituerait peut-être la manœuvre la moins risquée.

Non, il ne tarda pas à découvrir que cette possibilité n'était pas non plus exempte de risques. Un nombre indéterminé de petites galeries souterraines confluait vers la mine. Chacun des trous qu'il y avait dans les murs était, de fait, un canal naturel. Les Tectons avaient effectué de nombreux travaux de sape en cherchant des chemins vers la surface, des travaux qui reliaient ces embranchements secondaires entre eux. Marcus choisit tout d'abord de suivre l'un de ces petits tunnels. Il espérait trouver une sortie, une petite tanière qui le conduirait plus discrètement à la clairière. De là, il pourrait pointer son nez pour observer le panorama avant d'attaquer. Mais il se perdait. Et il se désespérait. Les abords immédiats de la mine étaient truffés de tunnels qui montaient et descendaient, qui tournaient à droite et à gauche. Il ne savait pas si ce labyrinthe souterrain le rapprochait ou l'éloignait du monde. A un moment donné, il vit un petit rai de lumière face à lui s'infiltrer par un coin en pierre. Comme cette galerie montait, Marcus pensa donc qu'il finirait par sortir à la lumière du jour. Il se traîna frénétiquement sur les coudes et les chevilles. Mais il se trompait. Il était juste parvenu à la mine par un autre tunnel.

Résigné, il fit une pause. Il observa l'intérieur de la mine sans aucune pensée précise. Surprise : un bourdon sauvage, audacieux ou perdu, avait décidé de fureter dans ce puits désert. Il faisait des pirouettes, s'indignait, protestait avec irritation en vrombissant.

Comme un bourdon peut être joli ! Surtout pour quelqu'un qui revient d'une immersion souterraine qui l'a conduit aux pires contrées de la douleur et de l'esclavage. Après avoir partagé des espaces avec des rochers et des crustacés morts depuis des millénaires, cet insecte le rendait au monde. Il n'aurait jamais cru que le vol d'un simple bourdon pût receler tant de vie. Son cœur battait comme celui d'un lapin.

La vision de ce bourdon le poussa à bouger. Il ne pouvait pas rester là éternellement, aussi décida-t-il de se lancer. Son corps s'introduisit dans le trou avec des mouvements rapides et décidés. Et une fois dans la mine, il monta par l'échelle aussi vite et aussi silencieusement qu'il put.

Quand il parvint aux dernières marches, il passa la tête à hauteur des yeux. A l'extrémité sud de la clairière, dans l'ancien campement, il vit un feu. L'un des trois Tectons, un individu de toute petite taille, faisait bouillir l'immense marmite. Il en remuait le contenu avec une longue spatule. Le Tecton numéro deux était une créature très corpulente placidement étendue sur l'herbe, juste à côté de la marmite. Il regardait les nuages, les doigts croisés sur un ventre rond. La seule activité visible de cet individu se concentrait sur sa bouche, qui mastiquait une longue paille en actionnant les mandibules comme une vache. Où se trouvait le troisième Tecton ? Il ne le voyait nulle part.

Marcus s'approcha. A découvert, tenant en joue les deux Tectons. Il avança pas à pas et sans se cacher. Il était incroyablement proche des deux Tectons, et ceux-ci ne l'avaient pas encore vu. Le petit continuait à remuer le contenu de la marmite, absorbé par son travail. Le gros était distrait, regardant la forme des nuages.

Les deux bras de Marcus étaient raides, un revolver dans chaque main. Il était à trente pas de la marmite. A vingt, dix. Et les Tectons ne réagissaient pas. Même dans ses espoirs les plus fous, il n'aurait pu prévoir pareille chose. Il était convaincu que dès qu'il sortirait de la mine ils le repéreraient, qu'ils l'attaqueraient des trois endroits à la fois, qu'ils suivraient une parfaite stratégie militaire coordonnée. Eh bien non. Un malaise ridicule s'empara de Marcus. Le Tecton cuisinier restait concentré sur la cuisson dans la marmite, l'autre, fasciné par les nuages. Il dut finir par s'annoncer. Et tout ce qui lui vint à l'idée fut de dire :

— Bonjour.

Le cuisinier eut un spasme. Il laissa tomber la branche qui servait de spatule, sa mâchoire inférieure s'ouvrit toute grande. Il leva les bras en signe de reddition. L'autre réagit avec une sérénité plus martiale. Il se souleva à demi et, voyant la menace, il glissa discrètement une main vers le gourdin qui pendait à sa ceinture. Mais Marcus le visa avec l'un des deux revolvers directement au visage, comme pour dire : "Non, ne fais pas ça."

Le Tecton obéit, à contrecœur. Et il se produisit une étrange pause. L'initiative revient toujours à celui qui menace. Mais Marcus n'avait aucune idée de la façon de procéder, et il était tout aussi incapable de les tuer de sang-froid. Le temps se figeait. Les mains du Tecton cuisinier tremblaient. Le gros devinait les faiblesses de Marcus, mais il ne pouvait rien faire.

Marcus n'aurait peut-être jamais tiré si le troisième Tecton n'était pas apparu. Il sortait de la tente de William. C'était l'officier mince et grand qui l'avait capturé (cela semblait maintenant loin, très loin). Sous l'armure, on pouvait voir de longues jambes avec lesquelles il avançait d'un pas décidé. Il s'approchait de la marmite en vociférant des ordres sur un ton énergique et présomptueux. Jusqu'au moment où il vit Marcus. Il se tut. Il le regarda davantage avec des yeux de souris que de chat, petits, noirs et pleins de haine. En sortant de la tente, le Tecton avait laissé la porte en toile entrouverte. Par cette fente, Marcus put voir Amgam à l'intérieur, les mains attachées à un piquet.

Et maintenant un petit interlude pour nous poser la question suivante : ces trois Tectons étaient-ils physiquement tels que Marcus me les décrivit ? L'un d'eux aussi grand et mince que William ? L'autre aussi corpulent et robuste que Richard ? Et le troisième, en définitive, un cuisinier minuscule et subordonné aux deux autres ? D'après Marcus (mes notes, récurrentes sur ce point, ne laissaient place à aucun doute), les trois Tectons correspondaient effectivement à ce portrait. Mais j'en déduisis que la mémoire devait être très flexible, et s'adapter au noyau de la vérité : l'aventure de Marcus Garvey fut, par essence, une épopée purificatrice, et l'élimination de ces trois êtres constituait la dernière étape avant de devenir un autre homme.

La vision d'Amgam rendit Marcus fou. Il pointa les deux revolvers sur le grand Tecton. Celui-ci, avec un sang-froid remarquable, cria un ordre, et les deux autres bondirent en avant. Marcus tira des deux revolvers dans la poitrine du grand Tecton. Malgré ça, si les deux autres n'avaient pas bougé, il ne leur serait peut-être rien arrivé. Mais le mouvement stimule les tireurs. Le gros Tecton attaquait avec sa massue, le cuisinier avait sorti l'énorme spatule de la marmite pour l'utiliser comme gourdin.

Marcus tira sur les trois corps, hors de lui. A cette distance, il ne pouvait absolument pas les rater. Les Tectons tombaient, blessés, mais ils se relevaient et essayaient de le plaquer au sol. Ce fut une lutte sauvage. Les Tectons recevaient des balles à brûle-pourpoint. En même temps, ils savaient que leur seule chance consistait à immobiliser l'agresseur. Marcus tira à plusieurs reprises, jusqu'à ce que les revolvers fissent clic, clic, clic, et il ne se rendit compte qu'après de nombreux clic que les trois Tectons étaient bel et bien morts.

Tout était fini. Mais aucune joie ne l'envahit. Au contraire. Un sentiment de tristesse serpentait dans sa poitrine comme la brume au-dessus d'une forêt calcinée. Le Tecton grand et mince gisait, face contre terre, comme s'il avait voulu retourner dans son monde avant de mourir. Le cuisinier ressemblait à un chien renversé par un chariot. Et le gros était tombé dans la marmite. Il avait la moitié du corps dedans, les pieds pendant à l'extérieur.

Marcus laissa tomber les deux armes. Les deux objets lourds s'écrasèrent par terre avec un bruit compact. Il ne put détourner les yeux des canons fumants avant d'entendre la voix d'Amgam. Il courut à la tente, s'agenouilla et la libéra. Encore à genoux, Marcus se mit à pleurer. Plus que des pleurs, c'était une hémorragie de larmes.

J'aurais aimé être là pour y assister. Sans jalousie, juste pour le plaisir d'être le témoin d'un instant heureux, l'instant heureux par excellence. Amgam qui portait toujours les vêtements de William, qui le regardait sans parvenir à croire que c'était lui, qu'il était revenu. Marcus dans ces vêtements tectons si sales, se couvrant le visage de ses mains pour cacher des pleurs d'enfant. Elle qui s'approche, tend la main et lui touche la joue d'un doigt. Il lève la tête, se frotte les yeux larmoyants de ses mains sales, regarde la clairière, regarde les morts, regarde la mine, et quand il la regarde elle c'est comme s'il se réveillait d'un long cauchemar, le plus long de tous les cauchemars. C'est toi, et moi je suis là, se disent-ils l'un à l'autre, et tout est fini.

Il n'y eut pas de baiser passionné. Ils s'étreignirent plutôt comme deux créatures perdues qui se retrouvent : les deux enfants sont toujours perdus, mais au moins se retrouvent-ils ensemble. Marcus ôta la tunique et le pyjama. Il le fit parce qu'il détestait ces habits. Elle vit toutes ses blessures et se déshabilla elle aussi, arrachant presque les habits des Craver.

Là, Marcus eut un élan. Après tant de souffrance, il croyait peut-être que le monde lui devait quelque chose. Et, exerçant une vengeance poétique au nom de tous les porteurs du monde, il s'empara de l'une de ces odieuses bouteilles de champagne. Une grande bouteille, cinq litres de champagne français chaud. Puis elle lui prit la main et ils se mirent à courir. Ils arrivèrent aux limites de la clairière et continuèrent à courir, s'enfonçant dans la jungle. Où Amgam l'emmenait-elle ? Nulle part. Ils fuyaient juste la clairière les doigts entrelacés, sans but. Les branches leur cinglaient le visage et le corps. Mais cette douleur n'était pas dangereuse. Marcus l'appréciait même. C'était une douleur très différente de celle qu'il avait subie sous terre, une douleur qui ne réprimait pas la vie, mais qui la manifestait.

Il est impossible de savoir pendant combien de temps ils coururent à travers la jungle. Marcus se heurta finalement à un mur d'herbe qui leur barrait le passage et se laissa tomber. Ils se reposèrent sur place, allongés sur un tapis de pelouse sauvage. Ils haletaient et riaient à la fois. Ils étaient dans un endroit perdu et humide de la forêt. Le plafond d'herbe les protégeait de la force du soleil tropical. Au bout d'un moment, Marcus se rendit compte qu'ils étaient arrivés dans un endroit étrange.

Le mur d'herbe qui les avait arrêtés était beaucoup plus solide qu'il n'y paraissait. Des deux mains, il arracha une première couche végétale. Il ne tarda pas à découvrir que l'herbe n'était qu'un rideau. Derrière, se cachait une authentique muraille de bois. Ainsi donc, c'était la base d'un arbre, un arbre immense. Il tenta d'en faire le tour, mais il n'y parvint pas. Des branches, des piquants, et des buissons l'empêchaient d'avancer. La forêt, jalouse, voulait être la seule à caresser les pieds du géant. Davantage que voir, il pouvait deviner que le mur en bois continuait, encore, on n'apercevait même pas la fin de ses contours. Et si la base de l'arbre était d'une ampleur si incroyable, quelle devait en être la hauteur ? Marcus comprit qu'ils se trouvaient devant un phénomène naturel.

L'ascension commença. Amgam ne comprenait pas.

— Viens ! lui demanda Marcus en faisant un geste de la main.

Au début, Marcus donnait le rythme, en se frayant un passage à travers le dédale de lianes qui, comme eux, grimpaient sur le tronc. Mais Amgam ne tarda pas à le dépasser. La spéléologie et l'escalade doivent être des arts parallèles. Ou bien pour cette femme, qui avait traversé le ciel du monde tecton, le sommet d'un arbre, si élevé fût-il, n'était-il peut-être qu'un petit échelon. Ou alors simplement, Amgam n'était-elle pas faite pour que quelqu'un lui indiquât le chemin. Ce fut en tout cas une excellente idée. Les douze doigts d'Amgam s'accrochaient à l'écorce mieux que ceux de n'importe quel singe. De plus, elle avait un talent spécial pour trouver des prises.

— Attends ! cria Marcus, qui avait pris du retard.

Et comme elle n'en tint pas compte, il dut crier encore plus fort :

— Amgam !

Elle tourna la tête. Marcus agita la main qui tenait la bouteille de champagne pour lui faire comprendre qu'il avait du mal à avancer d'une seule main. Elle claqua la langue, comme pour dire : "Ah, c'est ça." Elle revint en arrière, lui prit la bouteille et se remit à grimper aussi vite voire plus qu'avant. On aurait dit une araignée blanche.

La première partie du trajet fut relativement simple grâce à la végétation qui s'accrochait à l'écorce. Un amalgame de lianes, plantes grimpantes et branches des arbres les plus proches. Comme les mains de mille fidèles qui se seraient contentés de frôler les pieds de leur idole. Mais quand ils traversèrent le plafond végétal de la forêt l'ascension se fit plus difficile. Le tronc était massif, lisse, très noble aussi, se dressant davantage avec l'orgueil d'une tour babylonienne que d'un ouvrage naturel. Ils commençaient maintenant à mesurer la taille de la créature qu'ils avaient abordée. Les dimensions exactes ? Quand je demandai à Marcus de les comparer pour moi à Big Ben, il me rit au nez.

Ils firent une pause sur la première branche. C'était une projection latérale énorme, ferme comme une figure de proue. Amgam disait des choses. Elle s'exprimait avec un enthousiasme joyeux, parlant plus vite et avec plus d'excitation que jamais. Elle venait très probablement de comprendre que l'arbre n'était pas une montagne de pierre morte, que c'était un être vivant plein d'êtres vivants. Marcus n'avait jamais vu les yeux de chat d'Amgam aussi ouverts. Mais lui était en pleine déroute physique. Les aventures souterraines avaient consumé ses forces. L'élan de volonté qui l'avait poussé à supporter toutes les douleurs, toutes les épreuves, n'avait plus de sens. Et maintenant ses jambes défaillaient. Elle comprit. Elle le prit dans ses bras et lui dit des mots doux en tecton. Mais Marcus se déroba à cette étreinte, presque comme si cela avait été une insulte :

— Non, non, insista-t-il, en haut, en haut !

Et ainsi, les deux corps nus continuèrent à escalader l'arbre. Lui avec tous les muscles des bras et des jambes qui se plaignaient à chaque mouvement, elle qui portait la bouteille de champagne. (Il fut inutile de lui demander pourquoi ils transportaient cette bouteille, simplement, ils la transportaient.) Amgam savait trouver les plus petits trous du tronc. Elle s'arrêtait souvent et elle aidait Marcus d'une main en le saisissant sous l'aisselle. Combien de mètres avaient-ils gravis ? Cent, deux cents ? Ils finirent par arriver à la cime, un palier petit mais très commode, une douce concavité dans le bois couverte de mousse. Au-dessus de leurs têtes, il ne restait qu'une fine couche de feuilles qui leur servait de parasol. Quand Marcus reprit son souffle, il ne dit qu'un seul mot :

— Regarde.

A cette hauteur, le monde était une steppe d'arbres. Des arbres, des arbres, des arbres. Amgam prit une inspiration. Elle remplissait ses poumons avec tant de force que Marcus eut peur. Tout l'oxygène du Congo tenait dans ce corps, créé pour respirer un air si différent.

Elle dit quelque chose.

— Oui, je sais, confirma Marcus. Ni Pepe ni champagne. Congo.

Marcus avait déjà vu cette jungle immense depuis une tour de guet plus petite bien que semblable, à l'aller. Et il ne l'avait pas trouvée attrayante. Au contraire. Quelle était la différence ? Marcus vit alors Amgam diriger son regard vers le ciel, en fixant le soleil tropical. Il voulut placer une main devant son visage pour lui faire comprendre que le soleil pouvait la blesser. Mais à cet instant il se rappela l'aspect félin des yeux d'Amgam. Si dans l'obscurité les pupilles d'Amgam se dilataient à l'extrême, occupant l'œil tout entier comme pour une éclipse de soleil, maintenant elles se rétrécissaient jusqu'à devenir une ligne verticale, plus fine qu'un cheveu.

Encore : qu'est-ce qui faisait du Congo un si bel endroit ? Marcus comprit que la différence ne tenait pas au paysage, mais à lui. La beauté du paysage, maintenant, provenait du fait qu'il n'était plus lui.

Puis, enfin, ils s'allongèrent sur ce lit en bois pourvu d'un oreiller en mousse. Pendant quelques instants, Marcus tint la bouteille de champagne en la contemplant attentivement, incrédule. Il ne se rappelait plus pourquoi il l'avait apportée.

Dans le livre, j'ai écrit que Marcus avait donné la bouteille à Amgam. Elle la porta, par pure curiosité, jusqu'au moment où elle entendit de la bouche de Marcus le mot "champagne". A cet instant, elle la jeta en bas de l'arbre, indignée par toutes les horreurs qui accompagnaient ce mot. C'est ce que j'écrivis dans la version originale. Mais le témoignage de Marcus fut très différent. Dans ce passage précis, je me laissai conduire autant par la passion littéraire que par mon amour pour Amgam. Beaucoup plus tard, je me rendis compte de la discordance entre ce que j'avais noté à la prison et le texte. Afin de me libérer de mes sentiments, et du livre, je décidai de me limiter à refléter la version exacte de Marcus. Ainsi donc, dans la troisième édition, je voulus rectifier ce paragraphe. Mais l'éditeur me demanda de ne pas y toucher, une Amgam qui boit n'apporterait rien de bon au livre. Nous étions dans les années 1920, en pleine prohibition, et la maison d'édition entretenait d'étroits liens commerciaux avec les Etats-Unis, où elle comptait vendre de nombreux exemplaires. Plus tard, lors de la cinquième édition, j'insistai pour supprimer cette erreur. Mais j'avais cédé les droits du livre à un autre éditeur, qui me pria également de ne pas toucher à ce passage. Le nouvel éditeur était un partisan convaincu de la littérature symbolique et il alléguait qu'il fallait conserver le geste d'Amgam : l'héroïne se rebellait contre les humains et les Tectons, contre la civilisation corrompue représentée par une bouteille de champagne. J'acceptai. Dans les années 1970, une nouvelle maison d'édition tira le livre de l'oubli. On me demanda également de ne pas toucher à ce paragraphe sur le champagne. L'écologie était à la mode, et le refus d'Amgam d'une boisson aussi élaborée que le champagne était une preuve de l'intégration du couple à un environnement naturel, blablabla. Bref, pour la dernière édition, l'éditeur était une éditrice. Elle pensait qu'une femme libérée devait briser la bouteille de champagne en mille morceaux, puisque dans la trame narrative le mot champagne était devenu synonyme de l'ordre machiste et patriarcal. En définitive, en soixante ans, il m'a été impossible d'ajuster ce fragment aux notes dictées par Marcus Garvey. Aujourd'hui enfin, je vais le faire.

La version de Marcus, cette sacrée version de Marcus Garvey, disait que le couple s'était saoulé avec la bouteille de champagne de cinq litres. C'est là ce que m'expliqua Garvey à l'origine, eh oui.

24

Est-il nécessaire de préciser que c'était moi qui avais grimpé à cet arbre ? A ce stade de l'histoire, mon identification à Marcus Garvey était totale.

Même le meilleur écrivain du monde ne pourrait décrire la force qui unissait Marcus et Amgam. Affirmer qu'ils étaient heureux serait une évidence. C'est comme si un naturaliste nous informait que les papillons et les scarabées sont des insectes. Splendide. Mais nous continuerions à ignorer le secret le plus généreux de la nature : l'élan qui peut parvenir à transformer un papillon et un scarabée en amants.

Etant donné que je me savais incapable de dépeindre les sentiments de Marcus et Amgam, dans le livre, je me contentai de rapporter les actes vécus au sommet de l'arbre. Naturellement, la censure morale de l'époque me permit juste un genre d'ellipse monstrueuse. Car que faisaient Amgam et Marcus sur cette cime arboricole ? L'amour, toute la journée, sans arrêt. Aujourd'hui, soixante ans plus tard, je me trouve face à la difficulté quasi inverse : décrire des acrobaties sexuelles ne comporte aucun mérite littéraire. C'est-à-dire que, quoi que j'écrive, je ne serai pas original, je vais donc résumer en un seul mot et vogue la galère : ils baisaient.

Plaçons deux corps nus en haut d'un arbre et laissons-les faire. Pendant que Marcus l'étreignait, il semblait qu'Amgam n'avait pas d'os, elle était d'une souplesse inhumaine. Et, en revanche, quand ce corps dépassait une limite déterminée de plaisir, il éclatait comme une planche de bois qui se brise. Sur les arbres environnants, bien au-dessous d'eux, habitait une horde de singes. Les gémissements du couple les excitaient, ou les indignaient, ou les deux à la fois, comme cela arrive souvent avec les troupeaux de vieilles puritaines, et ils répliquaient par une gamme de mille tons de hurlements aigus.

Même la pluie semblait être du côté des amants. S'il pleuvait à torrents pendant qu'ils faisaient l'amour, l'orage les excitait encore plus. S'il pleuvait après, l'eau les lavait. Certaines gouttes présentaient une dimension et une densité prodigieuses, et quand elles tombaient sur leurs corps, c'était comme de grosses lèvres qui leur auraient sucé la peau. Quand ils n'en pouvaient plus, ils dormaient accrochés l'un à l'autre, le torse de Marcus contre le dos d'Amgam, ou à l'inverse, emboîtés comme deux cuillères.

Les orages africains réduisaient les éclairs européens à des éclats d'allumette, faibles et efféminés. Au Congo, ils ne pouvaient ignorer même les éclairs les plus timides. Les flambées, catégoriques, exigeaient leur attention, jour et nuit, les yeux ouverts ou fermés. Quand il y avait des éclairs et que leurs yeux étaient ouverts, la nuit devenait le jour. Quand ils étaient fermés, derrière les paupières, la noirceur se voyait prise d'assaut par un éclair jaune, et cette lumière leur rappelait qu'il ne suffit pas de fermer les yeux pour effacer le monde. En réalité, ils ne dormaient pas ; un voile mince séparait les jours des nuits. Sur cet arbre, Marcus apprit qu'entre le sommeil et la veille il n'existe pas de frontière précise. Si le rêve était la mer et la veille la terre ferme, ils vivaient sur une plage éternelle. Cela, et le régime de fruits de l'arbre, altérait les sens. Surtout ceux de Marcus. Il lui semblait parfois que s'il frôlait Amgam du doigt elle éclaterait comme une bulle de savon. D'autres fois, elle était la seule réalité au monde, plus tangible que le Congo, plus proche de lui que son propre corps.

Tant qu'il fut en haut de l'arbre, Marcus ne parvint à concevoir qu'une pensée, une seule. Il avait toute sa vie eu une seule finalité : arriver au sommet de cet arbre, avec elle.

Ou le monde est imparfait ou la perfection est finie, parce qu'un jour Marcus décida de tuer ce paradis en descendant de l'arbre. Amgam ne s'y opposa pas. Elle savait avant Marcus ce que celui-ci allait faire.

Un homme peut-il sauver le monde ? Je crois plutôt que c'est le monde qui décide de se sauver à travers un homme. Jusqu'alors, les Tectons n'avaient que des nouvelles parcellaires de la surface. Le pouvoir tecton devait attendre le retour de l'expédition militaire. Si elle ne revenait pas, tôt ou tard ils en enverraient une autre. Infiniment plus nombreuse. Une route avait été ouverte entre le monde des humains et le monde tecton. Et Marcus était le seul à savoir ce que cela signifiait. Pouvait-il rester éternellement en haut de cet arbre pendant qu'une armée tecton se préparait à envahir le monde ? Marcus avait vu la métropole tecton, plus étendue et puissante qu'un million de Londres. Ils commenceraient par s'emparer du Congo. Et après ? Où leur ambition s'arrêterait-elle ? Devant la muraille de Chine ? Au canal de Suez, de Panamá ? Ou peut-être le canal de la Manche ? Non. Les Tectons étaient aussi persévérants que les termites, et plus nombreux. Par certains aspects technologiques ils étaient peut-être en retard par rapport à la science terrestre. Par d'autres, sans doute, ils étaient plus avancés. Après tout, ils avaient découvert le Congo, et les humains ne soupçonnaient même pas l'existence du monde tecton. Ils apprendraient à copier les appareils les plus destructeurs de l'humanité. Et même, ils les surpasseraient. Combien de soldats pourraient parvenir en surface ? Un million ? Dix ? Cent ? Marcus avait subi le régime tecton. Il ne voulait même pas imaginer ce que cela signifierait de l'appliquer à l'échelle universelle.

L'idée se fit jour dans l'esprit de Marcus Garvey très en marge de sa volonté, sans qu'il en fût conscient. De la route souterraine il se rappelait particulièrement la mer des Demoiselles. Cette immense steppe était pointillée de colonnes en pierre. "Les piliers de la Terre", avait observé William.

Si quelqu'un pouvait dynamiter ces colonnes, le plafond intérieur s'effondrerait. La masse enfouie devait posséder un volume inimaginable. La mer des Demoiselles s'étendait à mi-chemin entre les deux mondes, c'était le passage obligé. Et si les Tectons ne se laissaient pas dissuader par cette barrière imprévue, s'ils décidaient de la creuser pierre par pierre, ils mettraient mille ans à parvenir à la surface.

Marcus se dirigea vers la clairière en compagnie d'Amgam. Ils entreprirent une marche aussi résignée que ferme. La jungle n'avait jamais vu un être vivant affronter son destin avec autant d'énergie et de détermination. Et il valait mieux que le courage ne les abandonnât pas, car l'avenir du monde était entre les mains d'un petit gitan nu, chétif et court sur pattes. Les journées passées dans l'arbre avaient régénéré son corps jusqu'à des extrémités miraculeuses. Une suture invisible avait refermé toutes ses blessures, qui ressemblaient maintenant au legs d'un lointain passé. Ce régime d'eau de pluie, de fruits et de sexe avait consumé le peu de graisse qu'il lui restait. Mais c'était comme si ce laps de plaisirs avait nettoyé toutes les impuretés de son corps.

La clairière était déserte, aussi déserte qu'ils l'avaient laissée. Peut-être plus désolée. Il flottait dans l'air une sorte de tristesse tropicale, languide et chaude. La dispersion des restes rappelait la plage après un naufrage. Il n'y avait plus qu'une tente debout, mais plusieurs piquets avaient sauté et le vent cinglait une bonne partie de la toile, qui tremblait comme le drapeau d'un chiffonnier. La grande marmite dans laquelle Marcus préparait les repas était tombée avec la dignité d'un roi d'échecs vaincu. De l'intérieur sortit une espèce de fourmilier nain et poilu, qui en les voyant s'enfuit en poussant de petits cris indignés. Les cadavres des Tectons n'étaient même plus de la charogne. La jungle les avait réduits à l'état de squelettes. Ils portaient des vêtements désintégrés par des ongles et des griffes, des becs et des crocs. Marcus remarqua que les os tectons étaient plus sombres que la peau qui les recouvrait. A part ça, la jungle avait préféré rester en marge de la clairière. Elle donnait l'impression que les arbres qui marquaient les limites de cette dernière avaient tourné le dos à la mine, dégoûtés.

Amgam fut d'une grande aide. Plus encore, l'instigatrice de l'initiative. Parmi tous les restes du matériel tecton, elle sut choisir les pièces les mieux adaptées à la traversée qui les attendait. En particulier deux sacs de marin, très profonds. Quand on les remplissait, ils ressemblaient à des saucisses, une forme qui leur permettrait de les transporter dans les galeries les plus étroites. Amgam lui raconta avec ses mimiques uniques qu'on les attachait aux chevilles, de sorte que le porteur les traînait derrière lui. Marcus choisit lui aussi ses bagages : de la dynamite, beaucoup de dynamite, tous les bâtons qu'ils purent trouver. Ensuite, ils s'aidèrent mutuellement à refermer les boucles des armures tectons.

Mais au moment où ils étaient sur le point de descendre dans la mine ils furent arrêtés par un ordre impératif. Une voix qui disait :

— Tu vois, Marcus ? Tu vois que nous sommes tous égaux ?

C'était William, naturellement. Il portait une armure tecton et les menaçait de sa Winchester. Marcus n'eut pas de mal à reconstituer les faits. William avait dû se cacher après sa fuite, quand il avait abandonné Marcus qui se battait seul contre les quatre Tectons. Il s'était caché dans un coin, un peu plus loin, et avait vu Marcus entreprendre le chemin du retour. Un Marcus qui avait vaincu, était armé et portait une armure tecton. Dans ces conditions, William préféra ne pas l'attaquer. Il ne se montra même pas. Il revint sur ses pas, à la tour de guet en pierre où s'était produit le combat. Marcus avait dû laisser des boîtes de conserve, des restes comestibles, n'importe quoi, qui nourrit William sur le trajet de retour. Mais il préféra laisser Marcus toujours devant. En fin de compte, là-haut, il y avait toujours trois Tectons vivants, et il était désarmé. Quand William se décida à émerger, il eut deux très agréables surprises : Marcus avait tué les Tectons de la clairière, et les petits sacs d'or qu'il avait enterrés sous la tente étaient intacts. Pour quelqu'un comme William, c'était incompréhensible. Pourquoi ce pauvre diable de Garvey n'avait-il pas emporté l'or ? Tôt ou tard, il reviendrait chercher l'or au campement. William attendit donc, et maintenant la présence de Marcus confirmait le critère selon lequel il jugeait l'espèce humaine.

Marcus comprit son raisonnement et dit :

— Je ne cherche pas l'or – mais il abandonna vite : non, bien sûr, tu ne peux pas comprendre ce que je fais ici. Tu ne comprendrais pas.

Et il fit la seule chose à laquelle William ne s'attendait pas : l'ignorer. Il resta à genoux, empaquetant la dynamite comme si l'autre n'était pas là. William actionna le chargeur de la Winchester avec un son brusque. C'était une façon de réclamer l'attention de Marcus :

— C'est toi, qui ne comprends pas, dit-il. Tu ne comprends pas qu'il ne te reste de vie que ce que mon doigt t'accordera.

A cet instant, Amgam dit quelque chose. Ni Marcus ni William ne comprirent, mais elle semblait triste. N'importe qui d'autre, dans la situation d'Amgam, aurait été en colère, indigné ou effrayé. Elle, elle était seulement triste. Non, c'était plus que ça, c'était comme si le corps d'Amgam avait constitué un récipient où l'on aurait versé toute la tristesse du monde. Elle fit quelques pas en direction des deux hommes. Mais, et si difficile à comprendre que cela fût, sa tristesse constituait aussi une menace. Marcus remarqua que William changeait d'expression. Il ne savait qui viser, il semblait même intimidé. Marcus se leva :

— Tu ne l'as jamais touchée, n'est-ce pas ? dit-il. C'est ça.

On aurait dit deux duellistes. Ils portaient tous deux l'armure tecton, dix mètres les séparaient. William était armé d'une Winchester, Marcus d'une vérité nouvelle :

— Toutes ces nuits avec elle, sous ta tente, tu n'as pas pu la toucher, dit-il. Même toi, tu n'as pas pu, tu n'as pas osé. Et tous ces jours ici, caché avec une arme dans les mains… Ce n'est pas moi que tu attendais. C'était elle.

Marcus regardait son rival comme s'il avait été un livre, un livre écrit en si petits caractères qu'il avait du mal à le lire :

— Tu l'aimes ? Non, je ne crois pas. Tu ne peux aimer personne. Mais tu souhaiterais qu'elle t'aime. C'est pour ça que tu ne m'as pas tué comme un chien. Tu voulais que ce soient les Tectons qui me liquident, pour qu'elle ne t'accuse pas de ma mort. Mais si c'est comme ça, William Craver, à quoi te sert ce fusil ? Marcus ouvrit les bras en lui offrant sa poitrine : Elle t'aimera davantage quand tu m'auras tué ? Tu crois qu'elle ne te connaît pas ?

Furieux, William leva son fusil, disposé à frapper Marcus. Mais elle ne le lui permit pas. Amgam saisit William aux poignets. Elle le retenait avec des doigts de fer et une moue de contrariété. Tout arriva vite, si vite que William n'eut même pas le temps de se plaindre. Soudain, Amgam fit un geste brusque des deux mains. Dans la clairière, on entendit comme un son de noisettes brisées : c'étaient les os des poignets de William, fracturés net. William émit un hurlement, plus surpris qu'endolori. Son fusil était tombé et il contemplait stupidement ses mains brisées, qui pendaient comme celles d'un pantin. Elle était triste ; elle n'avait pas voulu lui faire de mal, juste l'arrêter.

Un concert d'insectes envahissait l'air de la clairière. Ces cantiques joyeux ne pouvaient être plus à l'opposé de l'attitude de William.

— Maintenant, tu ne peux plus t'en servir, dit Marcus, passant l'épaule dans la courroie de la Winchester. Il vaut mieux que je l'emporte, pour que tu ne te fasses pas de mal.

Amgam descendit dans la mine et Marcus la suivit. Il avait encore la moitié du corps en haut de l'échelle quand il prit congé en ces termes :

— Tu es une créature unique, William Craver. On devrait te conserver dans un musée. Ton existence prouve le degré d'inhumanité auquel on peut arriver quand on le souhaite. C'est pour cette raison que le monde vaut la peine d'être sauvé : parce que les autres êtres humains auraient pu être comme toi, mais ils en ont décidé autrement.

Marcus ne voulut pas entrer dans les détails sur ce second voyage dans les profondeurs. Les premiers jours, ils avancèrent très rapidement. Contrairement à l'immersion précédente, Marcus ne souffrait pas des entraves de l'esclavage, et Amgam était maîtresse dans l'art de se déplacer sous terre. J'ai dit que Marcus ne voulut pas s'étendre sur cette expédition. Mais une scène resta gravée en moi.

Comme pour le premier voyage, ils débouchèrent dans cette petite bulle d'air qui se formait dans le boyau en pierre et qui marquait une pause obligée sur la roue de l'inframonde. Ce qui m'émut fut la vision d'Amgam et de Marcus enlacés dans cet espace infime, sans aucun son, ensemble pour l'avant-dernière fois. Tous les deux et rien d'autre, entourés de toutes les pierres du monde et de la pénombre verte d'une lanterne contenant des vers. Ils n'ignoraient pas qu'ils se quitteraient bientôt pour toujours. Ils savaient que dès qu'ils auraient allumé cette mèche chacun irait en direction de son propre monde. Et malgré tout, ils étaient décidés à faire ce qu'il fallait : sauver des millions d'inconnus sans contrepartie. On ne pouvait imaginer deux amants plus seuls. Tout ce qu'ils possédaient au monde était la volonté de le sauver et une poignée de vers luisants.

Quand il ne fut plus nécessaire de continuer à ramper, Amgam fit une nouvelle démonstration de la magnifique conception de l'équipement tecton. Ces sacs allongés qu'ils avaient portés attachés à leurs chevilles pouvaient se plier en deux et se transformer en sacs à dos grâce à un ingénieux système de boucles.

Quelques jours plus tard, ils accédèrent à la gorge qui descendait entre des canyons en pierre et ils parvinrent peu après à la mer des Demoiselles. Lors de ce dernier acte, Amgam se montra également plus habile que Marcus. Pendant les batailles de la clairière elle avait appris tout ce qu'elle avait besoin de savoir sur le pouvoir destructeur de la dynamite. Ce fut elle qui indiqua à Marcus où placer les bâtons. Les colonnes avaient une forme de sablier, il suffisait de placer une petite charge au centre des piliers pour les faire sauter. D'autres subtilités d'Amgam : dans certains endroits, il y avait dix, vingt ou trente colonnes très proches les unes des autres avec la partie la plus étroite à la même hauteur. Un paquet placé stratégiquement sur la colonne la plus centrale suffirait pour que l'onde de choc les fasse toutes sauter en même temps. Ils purent ainsi couvrir d'explosifs une énorme portion de terrain. La mèche ne pouvait réunir toutes les charges, mais Marcus comptait sur le fait que, par sympathie, les bâtons qui n'étaient pas reliés exploseraient eux aussi.

Tout était prêt. Marcus retardait les préparatifs, conscient que lorsque les travaux de sape seraient achevés viendrait l'heure de se dire adieu. Ce fut elle qui lui plaça la boîte d'allumettes entre les doigts, sinon il n'aurait jamais pu se décider. Ils devaient partir dans des directions opposées. Marcus venait d'un monde, Amgam d'un autre. Marcus n'aurait jamais pu vivre dans le sien, et il était inimaginable qu'elle menât une vie un tant soit peu normale à Londres. Avec un peu de chance, elle échouerait au zoo. Et Amgam, après avoir connu les frères Craver, le savait. Quelle alternative leur restait-il ? Vivre dans la forêt comme une humanité primordiale ? Non. Pepe était mort, et sans personne pour intercéder en leur faveur auprès de la population africaine, Marcus n'osait pas risquer la vie d'Amgam. On peut faire l'amour n'importe où, même à la cime d'un arbre. Mais dans les arbres ne vivent que les singes.

Marcus baissait la tête, manipulait les allumettes en bois longues comme des doigts et disait juste : "Va-t'en." Il ne pouvait pas la regarder dans les yeux. Elle ne partait pas. Marcus comprit qu'Amgam pleurait. De chaque œil tomba une larme, une seule. Un liquide dense et coloré en vert par la lanterne. Les deux larmes glissèrent très lentement le long de ces grandes joues. Elles grossissaient un peu plus à chaque centimètre, un peu plus. Amgam voulut abréger l'agonie. Elle lui donna un baiser sur les lèvres et un autre sur le front, et quand il voulut les lui rendre, il ne donna qu'un baiser dans le vide. Le dos d'Amgam était déjà loin. Elle fuyait vers l'obscurité, en direction du monde tecton. Sur la terre restaient les deux larmes, transformées en diamants de la taille d'une balle de base-ball. Marcus les conserva dans une des longues poches de l'armure tecton.

Il attendit encore quarante-huit heures avant d'allumer la mèche. Il n'avait aucune idée de l'ampleur de l'effondrement que cela provoquerait et il voulait s'assurer qu'elle aurait le temps de s'éloigner.

Nous pourrions maintenant réfléchir au sens philosophique de cette mèche. L'allumer impliquait de séparer deux mondes à jamais, les deux mondes qui partageaient une vie intelligente sur la planète Terre. Marcus et Amgam avaient-ils raison de faire sauter le seul pont qui les reliait ? Je me contente d'avancer une réponse : nous ne saurions jamais dans quelle mesure la décision avait été la bonne, mais ils étaient indubitablement les deux êtres les plus légitimes pour la prendre, parce que personne ne connaissait mieux qu'eux les deux mondes. Et personne n'y perdait autant qu'eux.

Ainsi, deux jours plus tard, Marcus alluma la longue mèche et courut en sens contraire. Quelques secondes moribondes s'écoulèrent. Marcus courait, et derrière lui on commença à entendre des boum, boum, boum plus fragiles que violents. Chaque "boum" correspondait à une colonne qui s'effondrait. Les explosions retentissaient comme un son étouffé, comme si la dynamite n'avait pas de consignes pour détoner dans un lieu aussi spécial. Pendant un bon moment, cette obscurité verte s'illuminait grâce aux brèves flambées des bâtons. Parfois, des groupes de colonnes éclataient presque à l'unisson avec des boum, boum, boum, qui lui rappelaient un orchestre de tambours. Combien de "boum" avait-il entendus ? Cent ? Deux cents ? Marcus courut sans trêve jusqu'au moment où il dut s'arrêter, hors d'haleine.

Il avait laissé la zone des explosions très loin derrière. En réalité, cela faisait déjà une heure, ou deux, qu'il remontait la gorge du canyon. Il s'assit, son pyjama trempé de sueur. Si légère fût-elle, l'armure de pierre supposait un lest considérable. Il n'en pouvait plus. Il profita de cette pause forcée pour soulever la lanterne au-dessus de sa tête. Il comptait que la hauteur qu'il avait acquise lui permettrait de voir les destructions causées, en bas, dans la mer des Demoiselles. Mais ce qu'il vit le stupéfia.

Dans un vaste espace, oui, il avait renversé une multitude de colonnes de pierres. Il pouvait en juger à l'immense tapisserie d'éclairs rouges, de pierres flambées qui brûlaient comme du charbon. Mais la dynamite ne semblait pas avoir atteint l'objectif primordial : détruire la base pour faire s'effondrer ce plafond intérieur. Si de gros rochers étaient tombés depuis une telle hauteur, il les aurait entendus. De plus, la poussière aurait recouvert toutes les étincelles.

Marcus fut déprimé. Le lendemain, il avança sur le chemin de la gorge en gémissant comme un chien, en se mordant rageusement les jointures. Le désespoir ne l'empêchait pas de penser. D'après William, c'était un terrain poreux, et il s'était référé aux colonnes comme aux “piliers de la Terre”. Il se trompait. Les colonnes ne devaient être que des stalactites et des stalagmites gigantesques dont les extrémités se touchaient. Ce n'était pas le support de ce plafond intérieur, mais un simple produit des profondeurs.

Ainsi donc, tout avait été inutile ? Le Marcus qui avait un jour foulé la terre du Congo pour la première fois n'avait rien à voir avec celui qui avait tenté de sauver l'humanité, effectivement. Mais à quoi cela avait-il servi au monde de sauver Marcus si le monde ne permettait ensuite pas à Marcus de sauver les hommes ?

Il continua à monter, sans entrain. Il perdit la notion du temps. Il se trouvait peut-être déjà près de l'entrée de la grotte, du boyau qui conduisait à la surface. Ou peut-être pas. Il ne s'en souciait plus. Il s'allongea, près de la lanterne verte, et se pelotonna pour dormir.

Il rêva qu'il pleuvait. Dans son rêve, Marcus dormait quelque part dans la jungle congolaise jusqu'au moment où un coup de tonnerre le réveilla. C'était d'abord un coup léger, puis un peu plus fort. Il se réveilla. Les rêves où il rêvait qu'il rêvait l'avaient toujours dérangé. Mais il n'était pas dans la jungle, il se trouvait encore dans l'un des escaliers sombres de la gorge. Il entendit un autre coup de tonnerre, et se demanda : "Suis-je réellement éveillé, ou est-ce que je rêve encore ?"

Il était éveillé. Et ce n'était pas précisément un coup de tonnerre. C'était un son comme celui du papier qui se déchire. Une feuille qui devait être grande comme le ciel. Il entendit aussi quelques claquements, des grincements de pierre lents et dilatés. Il comprit que là-haut, tout là-haut, le plafond se lézardait comme le mur d'un étang. Oui, un étang qui contenait des pierres, toutes les pierres du monde.

Cours, Marcus Garvey, cours ! Effectivement, il courait maintenant pour sauver sa vie. Mais maintenant en riant, parce que si un instant auparavant sa vie n'avait servi à rien, maintenant sa mort n'annulerait pas la victoire.

Il parvint à la grotte. A l'aller, Amgam l'avait convaincu de déplacer une grosse pierre en forme de roue de moulin jusqu'à l'entrée, l'obturant presque. Il l'aida, simplement, parce qu'il voulait lui faire plaisir. Il comprenait maintenant que le but d'Amgam ne pouvait être plus clair. Marcus était parvenu à trouver la grotte, mais s'il ne fermait pas une porte derrière lui, et de la façon la plus étanche possible, l'inondation de pierres et de poussière l'engloutirait.

Il commença à pleuvoir des pierres. Au début, ce n'étaient que des cailloux. Cela ne tarda pas à devenir un bombardement de météorites. Il ne voyait pas la plupart d'entre elles. Il pouvait juste les sentir, s'écrasant à proximité, carillonnant contre le sol et éclatant comme de la mitraille. Certains rochers tombaient si près que la lanterne les éclairait d'un faisceau, comme des étoiles filantes vertes.

La terre s'effondrait sur sa tête. S'il ne parvenait pas à entrer dans la grotte comme une souris dans la souricière, elle l'écraserait. Il se glissa par l'étroite ouverture en forme de lune qu'Amgam et lui avaient laissée entre la roue de moulin et la paroi de la grotte.

Il entra juste à temps, parce que le monde commença immédiatement à chanceler. Certains individus se sont trouvés au centre d'un ouragan. Marcus pouvait s'attribuer l'étrange honneur d'avoir été sous un tremblement de terre. Imaginons un homme qui approche une boîte d'allumettes de son oreille et l'agite pour savoir s'il en reste une : Marcus était l'allumette. Et pendant que tout son être chancelait et se secouait, assourdi par mille tambours qui résonnaient à la fois, il continuait à pousser la roue de moulin. Il devait l'encastrer parfaitement dans l'entrée de la grotte. Sans quoi il n'isolerait pas le tunnel de cette inondation solide. Mais il n'y parvenait pas. La pierre qui servait de porte, bien qu'elle fût ronde, était trop lourde. Les bras d'Amgam, plus musclés, n'avaient pas eu de difficulté à la faire rouler. Lui seul, en revanche, se sentait incapable de la déplacer.

L'entrée de la grotte était arrondie, la pierre aussi. Et en réalité, elle était presque encastrée. Amgam l'avait laissée ainsi pour que Marcus n'eût qu'à l'ajuster de quelques centimètres. L'ouverture se réduisait à une petite fissure. Suffisante, cependant, pour y faire entrer un enfer de pierre pulvérisée. Il ne pouvait pas la déplacer. Il ne pouvait pas.

A la lumière de la lanterne, il vit l'horreur qu'il avait lui-même provoquée et qui s'approchait maintenant. Un océan de cendre grise et de pierre broyée, une vague dense, sombre, qui montait par la gorge à une vitesse fulgurante. Ou il fermait la porte ou il mourait. C'était aussi simple que ça.

Il le fit. Ce petit homme court sur pattes parvint à fermer cette porte improvisée. Il força au maximum ses muscles et ses tendons, et la pierre bougea des quelques centimètres nécessaires.

Il s'assit, épuisé, le dos contre la grosse pierre. Il avait les bras comme si on les lui avait étirés sur un chevalet médiéval. Derrière la porte en pierre on entendait le fracas de la tempête. Il ouvrit la paume de la main, toute sale, pour contempler les deux larmes cristallisées. Il rit. C'était le rire le plus contradictoire du monde. Il ne pensait pas à l'humanité qu'il avait sauvée, juste à elle. Il était l'homme le plus heureux du monde, parce qu'il l'avait possédée. Et il était l'homme le plus malheureux des deux mondes, parce qu'il l'avait perdue.

On peut affirmer que l'aventure de Marcus Garvey s'acheva au moment où il parvint à survivre à l'inondation de pierres. Ce qui suivit fut une promenade simple et longue qui allait le conduire directement à la prison.

A la surface, il ne vit aucune trace de William Craver. Il s'équipa du mieux qu'il put, avec des vêtements européens et un sac à dos tecton, et il entreprit une longue marche à travers la jungle. En réalité, le sentier qui traversait la végétation n'était pas si différent du tunnel souterrain. Il se ramifiait très peu, il était donc difficile de se perdre. Après une longue marche, il parvint à la clairière dominée par ce grand arbre, celui-là même où un jour, à l'aller, il avait grimpé pour contempler l'immensité du Congo. William était là.

Suspendu par les pieds à l'une des branches les plus basses. Les indigènes l'avaient laissé là pour prolonger son agonie, la tête à cinquante centimètres au-dessus du sol. William avait dû passer les dernières heures de son existence à se tordre comme un ver pour se protéger des attaques des charognards. Les bêtes sauvages avaient fini par gagner.

Marcus s'approcha du corps nu, qui pendait encore. La poitrine, les bras et la tête étaient rongés. Marcus se demanda quel genre d'animaux avaient pu faire ça. Ils n'étaient pas suffisamment grands pour décrocher le corps de la corde, mais ils avaient dévoré les parties qu'ils avaient à leur portée avec une voracité méticuleuse. A travers les côtes, dépourvues de chair, on pouvait voir de l'autre côté comme à travers une fenêtre avec une grille. Jusqu'à hauteur du coude, ses bras n'avaient ni peau ni muscles, juste des os. Il lui manquait les mains qui, avec les poignets brisés, s'étaient détachées facilement. Quant à la tête, il était évident que les sauvages en avaient scié la partie supérieure comme si cela avait été le couvercle d'une casserole. Mais sans le tuer. Puis ils avaient abandonné William, la tête littéralement ouverte. Marcus se pencha pour observer l'intérieur du cadavre. Le crâne était vide comme une coupe. Les animaux avaient dévoré le cerveau et léché jusqu'à la dernière miette, laissant intactes les parois. On peut imaginer le désespoir de la victime, la tête se vidant de son sang et le cerveau à découvert, pendant que sous lui se rassemblaient toutes les créatures rongeuses de la forêt africaine. Marcus n'eut pas le courage de décrocher le corps et s'éloigna silencieusement.

D'après Marcus Garvey, telle avait été la fin de William. Une fin dépourvue de sens ? Cela dépend. Nous pourrions spéculer sur l'idée que la mort de William sauva la vie à Marcus : l'assassinat de William apaisa certainement le désir de vengeance des tribus locales, ce qui permit à Marcus de traverser cette région étendue sans difficultés.

Un beau jour, enfin, il vit une cabane en bois à côté d'un grand fleuve. Il y avait un quai étroit qui s'enfonçait dans l'eau. Et sur le mur, des douzaines de Noirs. Ils attendaient sans doute l'arrivée d'une embarcation pour y charger le caoutchouc qui s'accumulait sur la rive.

Les Noirs paressaient, allongés, victimes indolentes des moustiques. Leur faible attention était retenue par le courant du fleuve. Ce à quoi ils s'attendaient le moins était à un homme qui arriverait par-derrière, par la forêt. Ils le virent et bondirent tous sous l'effet de la surprise. Les plus malins coururent à la cabane pour prévenir un Belge de haute taille, en sueur, à la peau rougie. L'homme sortit de la cabane armé d'un grand fusil.

— *Mon Dieu ! C'est pas possible !* cria le Belge en abaissant son arme. Mais d'où sortez-vous ? Je croyais qu'il n'y avait pas d'homme blanc à mille kilomètres à la ronde !

Il l'accueillit dans sa cabane et lui offrit une bière qu'il sortit d'une caisse restée intacte depuis un certain temps. C'était une bouteille sale, au verre couvert d'une couche de toiles d'araignée et de poussière. Mais c'était une bière belge, c'était la civilisation, et, avant que la première gorgée ne lui parvînt dans l'œsophage, Marcus était déjà rentré en Europe.

— Et ce fut tout, dis-je.

— Oui, acquiesça Marcus, ce fut tout. Ensuite, quand j'arrivai à Londres, on m'accusa d'avoir dépouillé et assassiné les frères Craver. Il fit un geste qui lui rapprochait les épaules des oreilles : Comment aurais-je pu expliquer à la police que les diamants étaient deux larmes d'une femme tecton ?

Cette fois, Marcus ne regarda pas des deux côtés de la table. Il avait les yeux fixés sur un point distant, un infini que les murs de la prison ne pourraient jamais clôturer. Je n'osais rien dire.

Il y a des silences qui annoncent un événement historique et terrible, comme celui qui s'était produit dans la clairière quelques instants avant la première attaque tecton. D'autres silences annoncent qu'un événement terrible fait déjà partie de l'histoire. Marcus prononça ce "oui, ce fut tout", et la prison tout entière se tut. Les reclus avaient dû être transférés dans une autre aile ; c'était sûrement l'heure du repas ou de la promenade, aussi les sons s'étaient-ils tellement amenuisés. Mais je voulais croire que la prison, la prison en tant que telle, nous écoutait, que la fin du récit l'obligeait à contenir sa respiration. Tous les bruits étaient morts et je ne pouvais rien imaginer, ni personne, capable de briser ce silence.

— C'est l'heure, dit le sergent Long Dos ouvrant la porte métallique dans un crissement de fers.

25

Il est certain que les années qui suivirent mon retour du front offrent peu d'intérêt. J'écrivais et rendais visite de temps en temps à Marcus Garvey, autant pour apporter les dernières touches au livre que pour lui remonter le moral. L'amitié et l'indulgence du couple MacMahon étaient infinies. Ils ne me demandaient rien. Si je les aidais par de menus travaux, c'était de mon propre chef. Sans frais d'entretien, et avec ce que j'avais économisé à l'orphelinat, je n'avais pas de souci à me faire. J'écrivais sans trêve, et mon existence était aussi monotone que celle d'un moine, je ne peux donc rapporter grand-chose de cette époque. Que la guerre avec Marie-Antoinette continuait, ça oui.

Je découvris qu'elle aimait l'odeur du cirage. Si quelqu'un laissait une boîte ouverte, elle pouvait passer des heures le museau dedans. Je crois que l'odeur la mettait dans une sorte d'état éthylique, parce qu'elle tanguait alors plus qu'un ivrogne à la recherche d'un réverbère. Je proposai aimablement de cirer toutes les chaussures de la maison. Inutile de dire que mon intention était de la faire enrager. Je m'asseyais sur un tabouret entouré de chaussures et avec une grande boîte de cirage noir ouverte et en vue.

Il est facile d'imaginer à quel point cette boîte était tentante pour la tortue la plus infâme du Royaume-Uni. Marie-Antoinette n'était pas sotte, elle savait la boîte surveillée par son pire ennemi, même s'il feignait la distraction. Je pouvais la voir pointer le nez dans tous les recoins de la maison, indécise et dévorée par le vice. A la fin, l'animal ne pouvait en supporter davantage et s'approchait, comptant que le travail de nettoyage des chaussures absorberait mon attention.

On comprendra que c'était précisément là ce que j'attendais. Un bon coup de brosse sur son échine à nu, et Marie-Antoinette devenait une tortue zouloue, plus noire que le charbon. Elle fuyait, indignée, faisant des sauts démesurés dont seule une tortue monstrueuse comme elle était capable.

Mais dans cette campagne d'astuces et de stratagèmes, Marie-Antoinette contre-attaquait toujours : en représailles, elle décida de pisser sur mon lit. Pour qui l'ignorerait, je dirai que la pestilence qu'émet l'urine de tortue n'est comparable qu'à une omelette aux œufs pourris et aux détritus marins. Au moment où je m'y attendais le moins, elle ouvrait la porte de ma chambre et je trouvais cette miniature aberrante allongée sur le matelas. La queue dressée et un jet d'urine sortant par en dessous, comme une seringue. Je pris mille précautions, verrous et cadenas inclus. Tout fut inutile. Tôt ou tard, Marie-Antoinette profitait d'un moment d'inattention et parvenait à s'infiltrer, à pisser et à fuir. Je souhaite à qui trouvera cela drôle de se mettre au lit après une dure journée et de respirer un oreiller arrosé d'urine de tortue. En définitive, une fois de plus, le conflit avec Marie-Antoinette parvint à une égalité technique.

Le seul élément marquant de cette période fut ma relation avec M. Modepa. Comme je me trouvais être la personne qui parlait le mieux français à la pension, je devins donc l'interlocuteur officiel de Modepa. Cependant, je limitai dès le début nos conversations aux aspects techniques. Je lui indiquais les tâches à effectuer en tant que jardinier, guère plus. Cet homme ne me plaisait pas, malgré ce que pouvait en dire M. MacMahon. C'était certes un jardinier efficace et un jouet parfait pour les enfants de M. MacMahon, qui l'adoraient. Il s'entendait bien même avec Marie-Antoinette, ce qui n'est pas peu dire. Mais il avait ses défauts. Par exemple : il gardait sans raison une attitude disciplinée. Au début, MacMahon tenta de lui faire relâcher le cérémonial. Ce fut inutile. Sa cordialité irlandaise se heurtait à une raideur figée par les habitudes. Modepa rappelait davantage un sergent qu'un simple soldat colonial. Nous finîmes tous par nous résigner. En fin de compte, si quelqu'un est plus heureux en recevant des ordres qu'en se faisant des amis, c'est son affaire. Je ne pouvais taire la voix intérieure qui me disait de me méfier de lui et un jour, au jardin, je lui fis face :

— Vous avez dû remarquer que M. et Mme MacMahon vous professent des sentiments beaucoup plus riches et aimables que moi, commençai-je.

Il ne répondit pas. Je poursuivis.

— Vous vous cachez. Maintenant, répondez : de quoi ou de qui ?

— Je ne me cache pas, fut sa réponse, j'attends.

— Qui ou quoi ?

— Je ne suis pas autorisé à en parler.

— Vous attendez la fin des hostilités ? Eh bien sachez que les crimes militaires ne sont jamais prescrits, mentis-je, pour lui faire peur. Et je criai dans mon français le plus mélodramatique : *Jamais !*

Mais mon emphase ne l'affecta absolument pas, et il se renferma dans son attitude de crabe sourd.

— Vous êtes recherché par la justice ? insistai-je. Quelle justice ? Celle des hommes, ou la divine ?

— Non ! fut sa réponse, aussi indignée que laconique. Mais soudain, de façon contradictoire, il se corrigea : Oui !

— Expliquez-vous.

— Je ne peux pas.

— Vous ne voulez pas ! l'accusai-je. Après le silence qui suivit, j'affirmai : Sachez que je ne crois pas un mot de ce que vous dites.

Plus tard, en quelques occasions, peu nombreuses, je repris la conversation ou plutôt l'interrogatoire, et je me heurtai toujours à ce ton circonspect. De mon point de vue, les personnes qui revenaient sur ce qu'elles avaient dit étaient soit des escrocs, soit des imposteurs. Et Modepa appartenait très probablement aux deux catégories. Je le surveillais de près.

Quant au livre, fin 1917, la deuxième version était pratiquement prête. Avant d'écrire le dernier chapitre, je décidai de soumettre le texte à une lecture pondérée, critique et attentive. Ce que je fis. Conclusion ? Le livre était nul.

Ce soir-là, le dîner fut joyeux. Sans raison particulière. La vie était belle. Le couple MacMahon, heureux. Et ils avaient une kyrielle d'enfants. Pourquoi ne pas fêter ça ? Après le dîner, nous bûmes un peu pendant que MacMahon et Modepa rivalisaient en chantant. (MacMahon interprétait des chansons irlandaises parce qu'il en avait envie, et Modepa entonnait des mélodies africaines parce que MacMahon le lui avait ordonné.) Mme MacMahon les servait avec complaisance. Chaque fois qu'elle apportait quelque chose à table, son mari la remerciait d'un “merci, ma chérie”, et il la dévorait des yeux.

Je restais incrédule devant ce couple. Et, en les observant, conscient de cet espace de bien-être qu'ils avaient créé, il ne me restait qu'à les applaudir.

Je m'approchai d'un poêle alimenté par un tube coudé que nous avions dans un coin de la pièce. MacMahon remarqua que j'utilisais trop de papier pour l'allumer. Il me demanda ce que je faisais.

— Oh, rien. Je fais brûler quelque chose.

Ce “rien” était le travail d'une année entière. C'est-à-dire, la deuxième version ratée du livre. Mais je fis bien. J'aurais pu récrire le livre mille fois, l'une après l'autre, sans m'arrêter. Je connaissais si bien l'histoire de Marcus Garvey au Congo que j'étais guidé par une certitude de somnambule. Je ne pourrais jamais serrer Amgam dans mes bras. Mais je pouvais décrire Marcus le faisant.

Bref, toujours est-il que, finalement, presque un an plus tard, j'achevai la troisième et définitive version de l'histoire d'Amgam et de Marcus Garvey.

Je fus émus comme une midinette. Qu'est-ce qui m'émouvait tellement dans ce livre ? Sa beauté ? Non. La beauté est volubile : le livre que j'écris aujourd'hui est la même histoire que celle que j'ai écrite il y a soixante ans, et la forme des deux ne peut être plus différente. La vérité ? Non plus. Depuis le jour où je pris les premières notes de l'histoire de Marcus au Congo jusqu'à celui où j'observais un énorme paquet de feuilles, j'avais entendu des millions de mots. Nous avions revu ensemble chaque scène jusqu'à nous exténuer mutuellement. Et à chaque séance, Marcus ajoutait ou supprimait un détail. Comment pouvais-je savoir laquelle des versions approchait le plus de la vérité exacte sur tout ce qui s'était passé au Congo ? La mémoire de Marcus n'était pas infaillible. Ou plutôt : c'était une mémoire comme les autres, qui modifiait les contours des faits à mesure qu'ils s'éloignaient dans le temps. Mes notes se contredisaient souvent, et quand je lui demandais des précisions il ne faisait qu'ajouter à la confusion. Je ne pouvais pas le critiquer. Il m'arrivait la même chose, car le livre faisait déjà partie de ma mémoire et, par conséquent, j'ajoutais ou enlevais avec le même mécanisme bâtard. En marge des trois rédactions définitives, j'avais récrit chaque page des douzaines de fois. Si l'on comparait la première page que je rédigeai d'un chapitre quelconque à la dernière et définitive, on trouverait certainement autant de variations que dans les récits oraux de Marcus. Il ne s'agissait pas d'une volonté délibérée d'altérer l'original. C'était simplement que le style devenait l'interprète du contenu. Que notre mémoire, maintenant commune, et nos désirs cachés émergeaient avec une voix différente.

Ce qui m'intéressait n'était pas tant de juger ce que Marcus m'avait raconté que ce qu'il avait voulu me raconter. Ce livre élevait des personnes de chair et de sang à la catégorie de personnages littéraires. Aussi, peu importait qu'ils aient prononcé ou non telle ou telle phrase. Qu'ils aient tiré une balle de plus ou de moins. L'important n'était pas ce que faisaient les personnages dans cette histoire, mais ce que l'histoire faisait de ces personnages. Le procès ne se passerait peut-être pas bien et l'on pendrait Garvey, et peut-être que le lendemain un zeppelin égaré nous transformerait en charbon, Norton et moi. Mais tant qu'il existerait des lecteurs Marcus et Amgam continueraient à faire l'amour sur leur arbre. Tout ce que je pouvais faire était de le raconter, et c'était exactement ce que j'avais fait. La seule chose que je regrettais était que ce fût l'histoire d'un autre. D'avoir dû me transformer en parasite des aventures d'un autre pour obtenir un bon récit. Rien n'est parfait, c'était ma consolation et mon tourment.

Je voulais fumer mais je n'avais plus de tabac. Je sortis de ma chambre. M. MacMahon continuait à jouer avec trois de ses enfants, autour d'un fauteuil du séjour. Je lui demandai de me prêter quelques shillings et je partis. Il faisait nuit, il avait plu. Les rues étaient vides et sentaient les pavés frais. Tous les endroits on l'on pouvait acheter du tabac étaient fermés. Mais j'eus la chance de tomber sur l'un de ces gamins qui en vendaient dans la rue. Il s'était endormi dans un coin avec sa boîte de cigarettes en guise d'oreiller. Il eut très peur quand je le réveillai. Je rentrai à la maison en fumant. La rue était incroyablement silencieuse. C'était très agréable de se remplir les poumons de ce mélange d'air humide et de fumée de tabac. Je me sentais vide et propre comme une bulle de savon.

Quelle importance cela a-t-il que je sois sorti chercher des cigarettes cette nuit-là ? Je ne sais pas très bien. Mais, si longtemps après, ma mémoire flotte comme le fantôme d'une méduse et revient vers ce gamin endormi. C'est étrange, je me demande souvent ce qu'il est devenu, ce garçon. La mémoire est une femme éternellement enceinte, elle a toujours des envies. Ou peut-être pas. J'ai peut-être passé les soixante dernières années comme ce gamin. Endormi dans un coin de ma vie, à rêver d'elle. C'est pour cela que je pense tellement à ce petit.

De retour dans ma chambre, j'allumai une nouvelle cigarette. Je voulais m'allonger sur mon lit. Et qui est-ce que je trouve ? Marie-Antoinette, naturellement, sur l'oreiller et en position de miction. J'enroulai un journal pour en faire une matraque en papier. Cette fois, j'étais décidé à la transformer en purée de tortue.

Dans sa fuite, elle sauta du lit à la table, et une fois là elle commença à marcher sur la machine à écrire. Route fatale : entre les touches, il y avait un espace suffisant pour que ses petites pattes se coincent. Je levais le journal, décidé à lui donner une forte correction, quand je m'aperçus qu'il y avait une feuille dans la machine. Par un fichu hasard, les petits doigts de Marie-Antoinette avaient écrit :

TTrès bieen

Je regardai la pauvre Marie-Antoinette, coincée dans le clavier, avec une compassion que je ne lui avais jamais accordée. Je ne me souvenais même pas des origines de notre guerre. Pendant tout ce temps, nous avions peut-être juste essayé de nous affirmer contre le monde, elle comme une tortue sans cuirasse et moi comme un écrivain sans histoire.

"Très bien", avait dit Marie-Antoinette. Et elle avait raison. Quelle importance cela pouvait-il avoir, que mon histoire fût celle d'un autre ? Certainement aussi peu que le fait que la carapace de Marie-Antoinette fût artificielle. Cela ne m'en rendait pas moins écrivain, de la même façon que la carapace en bois ne la rendait pas moins tortue.

Au lieu de la frapper, je l'emmenai à la cuisine pour prendre un verre ensemble. Je veux dire que je bus un whisky et qu'elle respira du cirage.

(Quelqu'un se demandera peut-être ce que devint Marie-Antoinette. Il m'est extrêmement facile de répondre à cette question : elle vit avec moi. Je partage cette maison avec elle depuis 1955, quand Mme MacMahon me la laissa en héritage. D'après un vétérinaire, elle appartient à une race de tortue qui peut vivre trois cents ans, donc quand je mourrai, elle aura survécu à tous les personnages de cette histoire, moi y compris. Je ne sais pas très bien comment le prendre.)

Je me rendis au bureau de Norton pour lui remettre le manuscrit définitif. Et je le fis le jour même où j'envoyai une copie par courrier certifié au duc de Craver, en respectant notre pacte de gentilshommes. Nous convînmes avec Norton de nous voir une semaine plus tard pour superviser l'ouvrage définitif. Je mis à profit l'interlude pour rendre visite au duc de Craver.

Le duc avait toujours eu une idée très vague de la façon dont ses fils étaient morts. En lui envoyant l'original, je l'obligeais à observer Richard comme un animal dans l'arène. Et William avec le cerveau dévoré par les rats africains. Je me présentai chez les Craver sous le prétexte d'écouter les objections du duc. Mais ce qui me conduisit là, en réalité, fut le besoin d'expiation.

— Ah oui ! me salua le majordome. Sachez que le courrier arrive en retard, ces derniers temps, et nous n'avons reçu votre manuscrit qu'hier. Le duc a passé la journée à le lire. Et il ajouta, sur un ton crépusculaire : Il n'est pas encore sorti de son bureau.

Le majordome fit un aller-retour de la salle d'attente, où il m'avait laissé, aux appartements du duc. Il revint finalement, pâle, et me dit :

— Le duc veut vous voir.

Au lieu de m'annoncer, il me laissa dans l'entrée du bureau et repartit effrayé. Je dus pousser la porte moi-même. Cette pièce était toujours plongée dans les ténèbres, comme lors de ma première visite, les rideaux obturant les fenêtres. La seule source de lumière était une lampe à la flamme bleue qui libérait le gaz avec un sifflement.

Je m'attendais à voir la solide silhouette du duc retranchée derrière sa grande table, prêt à me détruire avec son artillerie verbale. Au lieu de ça, je découvris un homme tassé sur une chaise, dans l'angle que formaient deux murs. Le duc de Craver était l'un de ces individus qui semblent beaucoup plus robuste debout qu'assis. Maintenant que son squelette avait trouvé un point d'appui, les chairs, molles, tombaient et se répandaient le long de ses côtes. Son menton lui frôlait la poitrine. Il pouvait ainsi se distraire en observant comment les doigts d'une main jouaient avec ceux de l'autre. Il rappelait Napoléon juste après Waterloo.

— Je peux imaginer ce que vous ressentez. Du moins un peu, dis-je. Mais le duc ne répondit pas. En fait, il ne détournait même pas la vue de ses doigts. Je ne voulais faire ni de William ni de Richard, surtout de William, l'un des deux personnages les plus mauvais du XXe siècle, dis-je sur un ton très différent.

Le sifflement du gaz était encore pire que le silence du duc. Je fus reconnaissant à mes mains de pouvoir s'occuper en tenant mon chapeau. Dans le cas contraire, j'ignore ce que j'aurais fait.

— Je suis ici pour vous dire quelque chose, annonçai-je. L'avis d'un père ne pourra jamais être remplacé par celui d'un chroniqueur. Mais je crois que vous feriez bien de m'écouter.

J'avançai d'un pas, m'encourageant moi-même, et je dis de façon un peu plus incisive :

— C'est très curieux. Mais si nous analysons William comme personnage, objectivement, il nous apparaît comme quelqu'un de moins coupable que ne le stipulent les adjectifs. Ce fut pour moi-même une surprise de le découvrir. En fin de compte, William ne commet aucun délit qui puisse être puni par la loi. Son attitude envers les Africains est en accord avec le système colonial. Et, en tant qu'Européens, nous en sommes tous en partie responsables. En ce qui concerne les Tectons, qui n'aurait pas tiré sur eux ? Il nous reste la jeune fille bien sûr, et l'ignominieuse séquestration dont elle fit l'objet. Séquestration ? Nous ne saurons jamais ce qui s'est passé entre William et Amgam sous cette tente. La seule chose certaine est qu'à la fin du récit on découvre que William ne l'a jamais touchée. Il en a été incapable. Et nous ne pouvons pas détester quelqu'un parce qu'il n'a pas pu consommer un crime. Je secouai la tête, chagriné : Monsieur Craver, j'ai peut-être été trop cruel avec William. Ce qui finit par condamner un homme n'est peut-être pas tant ses actes, que le style littéraire de celui qui les transcrit.

Je voulais respecter le silence du duc. Je fis deux pas en arrière sans lui tourner le dos, comme quelqu'un qui prend congé d'un roi. Au moment où j'avais déjà la main sur la poignée de la porte, on entendit une voix qui disait :

— William était devenu quelque chose d'infiniment plus odieux qu'un violeur ou un assassin.

Je m'arrêtai. Toujours sans lever les yeux de ses doigts, le duc ajouta :

— William était un obstacle à l'amour.

J'attendis encore six jours avant d'aller retrouver Norton, comme nous l'avions décidé. Ce fut ainsi, après tant d'insomnies et tant d'émotions, quatre ans après cette rencontre fortuite au cimetière, que nous nous retrouvions assis dans le même bureau. Mais maintenant avec le manuscrit définitif entre lui et moi.

Je n'aurais jamais pensé voir Norton ému, de la même façon qu'on ne s'attend pas à voir danser une pierre. A cette occasion, il ne fit pas ce geste qui lui était si habituel de réfléchir avec une pyramide de doigts lui touchant le nez.

— C'est un grand livre, commença-t-il, tambourinant avec deux doigts sur le paquet de feuilles reliées, un livre majeur, Tommy. A cause du style, du sujet, des personnages. Mais, surtout, de la perspective. Vous avez su trouver le noyau de vérité dans cette histoire si tordue et si difficile, si confuse.

Il s'arrêta. Il leva les yeux de la table et son regard me rendit hommage :

— Un jour, dans un avenir que nous ne pouvons déterminer, les critiques diront des auteurs qui sont actuellement les étoiles du firmament littéraire anglais : c'était un contemporain de Thomas Thomson. Et ils n'ajouteront rien d'autre – il se rejeta en arrière et conclut : Vous ferez carrière, j'en suis sûr.

Devrais-je me lamenter de reconnaître que les éloges de Norton flattèrent ma vanité ?

— Nous allons sauver Marcus de la pendaison, n'est-ce pas ? demandai-je, créant une distance absolument désintéressée entre les éloges de Norton et mon œuvre.

Norton dit :

— Avec l'aide aveugle de la justice, ce sera le cas.

C'était plus un slogan qu'une conviction. Mais il mit un point final à notre entretien. Je n'avais rien à dire. Il me paya en liquide les honoraires qu'il me devait et je les empochai. J'avais fait le travail dont Norton m'avait chargé, il m'avait payé ce qu'il me devait. Nous étions quittes. Norton ne posait pas de questions et n'attendait pas qu'on lui en pose. Il resta complètement immobile. Il ne cillait même pas des yeux. C'était une façon de me dire que nous avions fini. Je me sentis soudain mal à l'aise, sans pouvoir préciser exactement pourquoi. Mais tout était correct. Je partis, bien sûr. Que pouvais-je faire d'autre ?

Dès que je marchai dans la rue, la prémonition diffuse que quelque chose n'allait pas bien s'empara de moi. Je suppose que je souffrais des symptômes d'un excès de travail. Je ne parvenais pas à me persuader que tout fût déjà terminé, du moins en ce qui me concernait. Je m'étais trop impliqué dans l'affaire Garvey pour le liquider de cette façon si fugace, si aseptique. Norton était comme ça. Et notre relation avait toujours circulé entre des murs strictement professionnels.

Ainsi, soudain, ce jour de l'automne 1918, je me retrouvai dans la rue les mains vides. Je me sentais comme si le prisonnier que nous avions tenté de faire sortir de sa cage, c'était moi, et non Marcus. Comme un authentique ancien prisonnier, j'avais peu d'argent sur moi, et aussi peu d'idées qu'un ancien prisonnier de ce que je devais faire de ma vie. Le livre m'avait absorbé à tel point que pendant que je l'écrivais mon avenir ne semblait pas avoir la moindre importance.

Comme toujours, l'aide de M. MacMahon me parvint avant même que je sache que j'en avais besoin. Quelques jours plus tard, MacMahon m'appela :

— Tommy, mon garçon ! Dans la vitrine du *Times of Britain*, il y a une annonce, ils cherchent des apprentis journalistes. Comme tu écrivais ces feuilletons, j'ai pensé que ça t'intéresserait de le savoir.

Le *Times of Britain* était un hebdomadaire modeste et bavard qui disparut dans les années 1950. Je m'y rendis et on me convoqua pour un test. Un test de quoi ? De rédaction. Je devais rédiger un texte de quatre-vingts lignes sur un sujet, et je pouvais choisir entre "L'épique des mitrailleuses modernes" et "La critique des théories darwiniennes d'un point de vue chrétien". A ce stade, nous en avions tous assez de la guerre, et je choisis Darwin.

Je m'étais présenté au test uniquement pour faire plaisir à M. MacMahon. A ma grande surprise, au bout de quelques jours, on me fit venir au bureau du directeur.

— Fermez la porte, me dit-il.

De cet homme, je me souviens juste qu'il avait des lèvres qui ressemblaient à de la chair de poulpe rouge, spécialement dessinées pour téter des cigares. Et que c'était un individu aux yeux très écartés, énorme, gros et lourd comme un crapaud sans pattes. Il semblait qu'on avait utilisé une grue pour l'encastrer dans son fauteuil et qu'il n'ait plus jamais besoin de se lever.

— Votre diatribe contre Darwin me semble très originale, commenta-t-il quand je m'assis en face de lui. Je n'aurais jamais eu l'idée de faire d'une tortue sans carapace le narrateur. Et vous avez raison ! Si les tortues sont plus légères et plus heureuses sans carapace, pourquoi diable devraient-elles en porter une ? Cela va contre tous les principes darwiniens.

Il se pencha en avant :

— Vous êtes très jeune. Comment le *Times of Britain* peut-il savoir si vous avez l'étoffe d'un journaliste ?

Je haussai les épaules. En fait, j'étais plus curieux de le savoir que lui. L'homme avait de très gros doigts et il tenait un cigare si long qu'on aurait dit un bâton qui rejetait de la fumée à une extrémité. Il utilisa le havane comme indicateur pour me désigner la porte que je venais moi-même de fermer.

— Essayez de faire de cette porte un gros titre d'article.

Je tournai la tête vers la porte qu'il m'avait ordonné lui-même de fermer. Je repris ma position initiale et dis :

— La porte du directeur du *Times of Britain* est toujours ouverte.

Cela le fit rire et il m'engagea.

Ainsi donc, le grand changement de cette période fut ma situation professionnelle. J'avais achevé mon livre et j'avais un nouveau travail. Malgré cela, je ne parvenais pas à chasser Amgam de ma tête.

Si ridicule que cela puisse paraître, je passais des heures à penser à elle. J'imaginais que nous nous promenions ensemble sous le même parapluie. Que nous vivions ensemble et que nous nous disputions pour des riens. Je vivais ces fantaisies d'une façon intense et puérile ; je pouvais presque toucher les motifs ordinaires d'une dispute, les arguments et les contre-arguments de chacun, le processus de réconciliation. Quand j'étais absorbé de la sorte, me délectant sans fin de chaque détail de ces fictions, j'obtenais une sorte de plaisante douleur indescriptible. Jusqu'au moment où je me disais : "Réveille-toi, tu ne verras même jamais son visage." Ensuite, la tristesse.

26

Quand j'ai dit que le *Times of Britain* était un journal à sensation, j'ai été gentil. D'après les critères d'aujourd'hui, on pourrait le considérer comme une authentique fabrique de fantaisies. Si par exemple il nous parvenait une dépêche qui annonçait des inondations dans l'estuaire de Buenos Aires, le gros titre devenait : "De graves inondations recouvrent le tiers de la République argentine." Si des bandits chinois attaquaient un train dans les environs de Shanghai, le *Times of Britain* titrait : "Le péril jaune aux portes de l'Europe." Et si une variante de la grippe dévastait l'Ouest de la péninsule de Crimée, la nouvelle était : "Les bolcheviks propagent une maladie asiatique qui menace d'extinction le genre humain." C'était l'esprit de l'époque. Le *Times of Britain* ne se distinguait guère du reste des hebdomadaires. Sa force résidait dans les photographies, les gravures et les dessins en couleur, et l'on attendait juste des textes qu'ils accompagnent le spectacle graphique.

On me confia des tâches simples. En ma qualité d'aspirant rédacteur, on ne me laissait pas participer à l'élaboration des textes à proprement parler. J'étais un apprenti et je me contentais de petits travaux tels que les légendes des photos. L'imprimerie exigeait de nous des légendes avec un nombre déterminé de lettres. Il ne pouvait y avoir une lettre de plus ou de moins, et cela incluait même les espaces entre les mots. Depuis cette époque, j'ai un grand respect pour ces travaux invisibles, authentiques sous-genres littéraires non reconnus. Et ça n'avait rien de facile !

Je me rappelle une fois, par exemple, où je changeai accidentellement de place un point d'exclamation et la majuscule suivante. Ce n'étaient qu'un point d'exclamation et une majuscule mal placés, mais ils eurent des conséquences désastreuses. Nous vivions les moments culminants de la grande offensive allemande de 1918. Sur la couverture de l'hebdomadaire apparaissait une illustration de Paris sous les bombardements des *Bertha*, les canons allemands géants. A l'époque, il y avait une polémique publique sur le bien-fondé de défendre Paris ou non. Les uns, les "héroïques", affirmaient qu'il fallait défendre la ville jusqu'à la dernière goutte de sang. Les autres, les "réalistes", qu'il était préférable d'établir les défenses sur une position plus solide, au sud, avant de contre-attaquer avec les renforts yankees. Naturellement, les partisans de la défense à outrance accusaient les "réalistes" d'être défaitistes. En définitive, il ne s'agissait que d'une polémique de comptoir, mais cela faisait vendre. La direction décida de s'aligner sur les héroïques, il n'aurait plus manqué que ça. Mais, au lieu de :

Paris ! Jamais serons vaincus !

Je le transformai en :

Paris jamais ! Serons vaincus !

Ce fut une bonne excuse pour que M. Hardlington me réprimandât une énième fois.

M. Hardlington était mon chef au *Times of Britain*. Pour une raison que je ne parvins jamais à comprendre, il voyait en moi une représentation humaine de tous les défauts du métier de journaliste. Je suppose que c'était l'un de ces individus qui ont besoin de montrer leur pouvoir, et, étant donné que j'étais son unique subordonné direct, il me servait une double ration. La silhouette de Hardlington rappelait extraordinairement celle des stylites classiques, mais à la barbe très travaillée, qu'il peignait avec une raie au milieu. Il portait un monocle, ces ridicules objets aujourd'hui heureusement en désuétude. A cette époque, je connus de nombreux individus portant monocle, et je dois dire que c'étaient tous des pédants et des impertinents. Hardlington avait dans les yeux ce fanatisme mal dirigé qui exaspère généralement un interlocuteur et consume le prophète lui-même. C'était un grand admirateur de Zola. Mais comparer Hardlington à Zola serait comme de comparer le ver d'une pomme à un anaconda du Brésil.

Toutes les maisons d'édition anglaises, sans exception, avaient refusé ses romans. Souvent avec une violence verbale, parce que son insistance maladive épuisait la patience des éditeurs les plus courtois. Mais Hardlington, comme cela arrive souvent chez une certaine catégorie de ratés, ne possédait que le talent de la persévérance. Ça oui, au sens superlatif : il bombardait de ses écrits les maisons d'édition des Etats-Unis, du Canada, de l'Australie et même de la Nouvelle-Zélande. Si incroyable que cela paraisse, certaines de ces maisons d'édition daignaient lui renvoyer les originaux avec une note dans laquelle elles regrettaient de ne pas pouvoir le situer parmi les têtes les plus puissantes de la littérature universelle.

Il était facile de deviner si on lui avait renvoyé un manuscrit à l'expression avec laquelle il passait la porte du *Times of Britain* à la première heure de la matinée. Imaginons un homme qui regarde le ciel dans l'espoir qu'il y ait du soleil, et que juste à cet instant il reçoive au visage l'impact d'une météorite de la taille d'un tramway. Tout le personnel connaissait cette expression, et quand un rédacteur le croisait, il l'aiguillonnait :

— Cher monsieur Hardlington, la maison brûle du désir de lire votre œuvre. Vos contacts éditoriaux avancent-ils dans la direction que nous souhaitons tous ?

— Vous vivez dans l'ignorance de la boue primordiale, mais j'ai des preuves irréfutables que les tentacules sémites sont parvenus en Nouvelle-Zélande, répondait-il généralement.

Ou en Tasmanie, ou au Nigeria, ou dans le pays où il avait pu envoyer son dernier livre. C'était très amusant de voir M. Hardlington entre les tables du *Times of Britain*, blessant l'air de son parapluie comme s'il brandissait une épée. La cause directe de ses échecs ? Un complot juif, obstiné à faire taire le génie humain là où il se manifestait. Il avait une immense capacité à dévier ses misères vers une cause aussi supérieure qu'intangible. Plus les éditeurs s'obstinaient à l'ignorer, plus il était convaincu d'être victime d'un complot. D'après Hardlington, l'état-major allemand était entièrement constitué de généraux juifs. Toutes les rébellions contre l'empire, y compris la révolte des mahdites, au Soudan, l'insurrection boer et le récent soulèvement irlandais, avaient été provoquées par les juifs. Les juifs étaient directement responsables des hivers trop froids et des étés à la chaleur étouffante, des sécheresses et de la grêle. Ils avaient inventé la syphilis, le paludisme, le typhus, les poux et les cors aux pieds.

Mais si c'était parfois amusant, l'avoir en permanence sur le dos constituait une calamité. Il était doté d'une voix impertinente, très désagréable. Imaginons quelqu'un qui parle comme s'il avait la bouche pleine de tessons de verre. Et maintenant, imaginons que cette voix devienne le maître de nos journées.

Peut-être, un jour, Tommy Thomson serait-il journaliste. Mais pour l'instant Tommy Thomson n'était qu'un dépôt sur lequel M. Hardlington projetait ses frustrations. N'importe qui aurait été déprimé. Le matin, quand la sirène de la Royal Steel me réveillait, la première pensée qui me venait à l'esprit était Hardlington, et soudain les draps s'imprégnaient de colle synthétique.

Je crois que la figure de Hardlington, plutôt insignifiante, n'était pas la cause réelle de mes motifs d'amertume. Hardlington ne faisait que perfectionner la roue de ma vie. Avant le livre, j'avais été aux ordres de Flag. Et maintenant, j'étais à nouveau sous la domination d'un autre Flag. Un Flag en miniature, peut-être, mais qui refermait la parenthèse d'euphorie créative que la rédaction du livre avait supposée pour moi.

Je pensais à Amgam, bien sûr, plus que jamais. Mais sans l'énergie qui accompagne le désir. D'autre part, que pouvais-je faire ? Aller la chercher au Congo ? Creuser un trou plus grand que celui de ce jour-là, sur le champ de bataille ? Non. J'aurais admis que l'amour fût une expérience triste, désespérée ou cruelle. Ma version de l'amour consistait en du brouillard sous les pierres, rien d'autre.

Mes pensées en étaient à ce point de tristesse et de résignation à la fin du premier mois de mon incorporation au *Times of Britain*. On me versa mon salaire, mon premier salaire, et je suppose que ce fut une sorte de baume.

Aller se promener les poches pleines ! Quelle nouveauté curieuse et plaisante ! C'en était fini de l'été, mais le temps nous offrait encore des matinées ensoleillées et aussi joyeuses que pouvait nous le permettre la guerre. Je me rendis dans une librairie. Avant, quand je dépendais des petits travaux importuns et mal payés du docteur Flag, je devais toujours soupeser chaque livre et me demander : Vaut-il vraiment le prix qu'on m'en réclame ? M'offre-t-il des perspectives suffisantes pour risquer le chiffre fabuleux qu'il coûte ? Et je dois dire que la pauvreté est le critique le plus pointu. Mais à cette occasion, pour une fois, j'avais l'intention de m'acheter tous les livres que je voudrais.

J'entrai dans une librairie qui m'avait toujours plu. Les murs étaient tapissés de livres. J'entends par là entièrement tapissés. Le plafond était très haut, pour y accéder il fallait donc l'aide d'une échelle à vingt barreaux. On pouvait presque entendre les livres converser entre eux.

Je réfléchissais à tout cela et je compris que les émotions de Marcus envers les arbres étaient les mêmes que celles que j'éprouvais pour les livres. C'était peut-être la raison pour laquelle j'avais tellement insisté sur l'amour de Marcus pour les arbres ? Enfin, cela n'avait pas tellement d'importance.

Cette librairie ressemblait à la jungle. Le propriétaire était juché en haut de l'échelle, travaillant sur un rayon caché. Je m'annonçai :

— Que me recommandez-vous, monsieur ?

Le libraire était un homme aux cheveux blancs comme ceux d'un saint et un peu sourd. D'une main, il fit un cornet autour de son oreille et demanda :

— Que dites-vous, jeune homme ?

Je dus faire une trompette de mes deux mains et crier :

— Je dis : Quelles nouveautés me recommandez-vous ?!

— Ah, oui, nous sommes d'accord ! fut la réponse. Un livre hors du commun, effectivement.

Et il poursuivit sa tâche d'intellectuel arboricole. Il était très difficile de se comprendre, je parcourus donc les étagères du regard. Je regardai une table, puis une autre, et sur la troisième ce fut comme si mon livre me saluait. J'eus la sensation que le sang qui circulait dans mes veines se figeait et reprenait une seconde plus tard son cours en sens inverse.

Sur la couverture du livre, on voyait le dessin d'un couple qui se tenait par la main et fuyait à travers une jungle représentée en noir et blanc. L'homme était jeune, la peau olivâtre. Le dessinateur n'avait pas reproduit le défaut de Marcus aux jambes. Elle, beaucoup plus grande, blanche, avec ses tresses comme des queues de rat. Marcus et Amgam étaient nus, mais un jeu d'ombres et de végétation stratégiquement situées permettait à la scène de respecter toutes les règles de la décence.

Elle était jolie. Stupidement jolie. Une demoiselle tendre et faible. Le dessinateur n'avait rien compris.

Sur la quatrième de couverture, l'histoire était présentée comme "l'extraordinaire aventure d'un jeune Anglais qui a affronté les rigueurs des tropiques, la stupidité de deux frères corrompus et l'assaut d'une civilisation souterraine". Norton était parvenu à le faire publier chez un bon éditeur. Peut-être pas le meilleur, mais pas le pire non plus.

J'ignore combien de temps je restai là, debout, le livre entre les mains. Mes genoux s'étaient transformés en glaçons. Si je restais longtemps debout, ils fondraient et je m'effondrerais. A la fin, me parvint une voix qui proclamait :

— N'est-ce pas que c'est un livre peu ordinaire ?

C'était le libraire, qui était descendu de l'échelle. J'ouvris la bouche mais je ne pus parler.

— Mon ami ! s'exclama-t-il, très amusé. Vous vous sentez bien ? Vous êtes plus blanc que les personnages du livre !

Il s'approcha un peu plus près et, sur un ton oscillant entre la confidence et la résignation, il me dit :

— J'avais toujours cru que la menace fatale viendrait de Mars. Nous nous trompions, vous savez. La grande horreur ne se situe pas au-delà des étoiles, mais sous nos pieds. Et nous sommes là à perdre notre temps en faisant la guerre contre ces têtes de chou !

Je réalisai ensuite l'acte le plus farfelu de ma courte existence : je m'achetai mon propre livre. Le plus déplorable était que je ne pouvais pas me plaindre. Norton m'avait payé religieusement. Ce qu'il avait ensuite fait du livre ne me regardait pas.

Je relus ma propre histoire en proie aux sensations les plus contradictoires. Autant que je puisse en juger, Norton n'avait pas changé une virgule. Par contre, il avait ajouté un prologue. Il expliquait qu'il s'agissait d'une histoire vraie, mais que par respect envers les protagonistes il avait changé les noms. J'en déduisis que son intention n'était pas d'occulter les identités réelles, juste d'échapper à la loi au cas où le duc de Craver l'aurait traîné devant les tribunaux. Il parlait de Marcus Garvey comme de Rufus Garvey, et pour William et Richard il se contentait de ne pas mentionner leur patronyme. (Par contre, il précisait qu'ils descendaient d'un "gentilhomme distingué qui avait pris une part active à la campagne soudanaise et à son dénouement tragique"). A l'époque, l'assassinat des frères Craver avait fait beaucoup de bruit. Maintenant, tout le monde allait établir le lien entre l'affaire Garvey et le livre. Comme nous le savons, l'histoire disculpait Marcus de tout délit. Qui plus est, elle l'élevait à la catégorie de héros. Cela profiterait peut-être à Marcus. Mais que Norton utilisât cette argutie me sembla ignoble. De toute façon, je ne comptais pas aller le voir pour en discuter. Connaissant sa capacité rhétorique, il était capable de me convaincre que l'Angleterre était alliée à l'Allemagne et en guerre avec la France. Au lieu de quoi je décidai d'aller rendre visite à Marcus. J'étais resté trop longtemps sans le voir. Il était même possible, soupçonnai-je, qu'il ne connût pas l'existence du livre.

A cette occasion, je n'étais pas venu en qualité d'assistant légal de Norton. Je n'avais donc pas droit à notre salle habituelle. Théoriquement, j'aurais dû me contenter de le voir dans l'une de ces petites pièces où le prisonnier et le visiteur sont séparés par une grille. Mais en arrivant je vis que le sergent Long Dos était absent. L'un des fonctionnaires chargés de transférer Marcus de sa cellule à la salle de réunion passait par là, et je lui demandai :

— M. Long Dos ne travaille pas, aujourd'hui ?

— Long Dos ? sourit-il. Comment savez-vous que nous, ses subordonnés, nous l'appelons ainsi ?

— Je ne le savais pas. C'est une coïncidence. Moi aussi, je lui ai donné ce surnom, m'excusai-je.

En réalité, il n'a jamais voulu me dire comment il s'appelait.

Le fonctionnaire se mit à rire :

— Eh bien moi, je m'appelle John, dit-il. Comme ça, vous n'aurez pas besoin de me donner un surnom.

Sans la présence de Long Dos, John semblait plus humain. Je lui proposai une cigarette et réciproquement, et je n'eus pas à lui poser de questions :

— Les jours de fête, comme aujourd'hui, il y a beaucoup plus de visiteurs et Long Dos a l'habitude de "diriger le convoi", comme il l'appelle.

Je le savais. En fait, j'entrais toujours par l'aile habilitée pour les assistants légaux. Mais le jour où Norton et moi résiliâmes le contrat qui nous liait, je dus également rendre le laissez-passer qu'on m'avait délivré en tant qu'assistant juridique. Malgré cela, je venais d'entrer par la porte habituelle. Je n'aurais pas dû être là, j'aurais dû faire la queue avec la foule, et le dénommé John le savait peut-être.

— Vous ne travaillez plus pour l'avocat de Garvey, n'est-ce pas ? me dit-il avec un soupçon dans la voix ; et aussi, en agitant une main avec dédain : Bah, ça n'a pas d'importance.

Il écrasa son mégot, regarda des deux côtés les mains dans les poches, comme un vrai maquereau, et me dit :

— Vous voulez que je conduise Garvey à la salle habituelle ? Vous y serez mieux.

Il s'exécuta. Le dénommé John se contenta de nous enfermer ensemble et de nous dire qu'il reviendrait quand ce serait l'heure. Il ôta même les chaînes aux mains de Garvey (pas aux chevilles). Nous n'avions pas besoin d'être assis, et nous pouvions fumer. Nous n'avions jamais eu autant de liberté. Mais tout alla mal dès le début.

Quand il me vit, au lieu de s'en réjouir, Marcus se contenta de lâcher un "ah, c'est vous" qui résonna entre la déception et l'abattement. Il fumait en aspirant le tabac avec une force agressive, comme si la cigarette et lui étaient des ennemis personnels. Malgré ses entraves aux chevilles, il ne cessait d'aller et venir d'un bout à l'autre de la pièce, avec un désarroi maladif qui rappelait une bête que l'on viendrait d'enfermer au zoo. Il était évident que je ne l'intéressais pas. J'étais certainement tombé sur un mauvais jour. Mais pouvait-il y avoir de bons jours en prison ? Pour moi, c'était une situation très embarrassante. Je m'étais présenté pour le distraire un peu, et au lieu de ça ma présence semblait le crisper. Bref, je ne pouvais pas reprocher à un homme innocent, dont la vie tenait à un fil, d'être de mauvaise humeur.

Je lui montrai le livre. Cela calma son agitation pendant quelques instants. Il le soupesa. Ses lèvres, toujours si séduisantes, ébauchèrent même un sourire. Mais il leva subitement la tête, ses yeux verts me regardèrent presque avec un éclair de haine, et il dit :

— Que suis-je censé faire de ça ?

Je ne pouvais pas lui répondre, je n'étais pas Norton. Il mentionna lui-même son nom. Il posa le livre, qui l'intéressait beaucoup moins que la cigarette, et il cria :

— Que fait Norton ? Vous pouvez m'expliquer ?

Je pensai que si je lui exposais des arguments de poids je l'obligerais à réfléchir pour me répondre, et cela modérerait son ton. Je craignais que les gardes n'arrivent et mon seul intérêt était d'éviter qu'ils n'interviennent.

— Norton travaille beaucoup sur le dossier, commençais-je, mais vous savez que ce n'est pas une affaire facile. Songez par exemple qu'il existe la déclaration sous serment d'un consul britannique qui vous accuse. Je ne crois pas que ce soit un témoignage facile à réfuter.

— Casement ? Le consul Casement ? dit-il en fronçant les sourcils.

— Exact. Lui et la somme de signatures qu'il a recueillies dans la colonie britannique de Léopoldville.

Le profil du sujet de Sa Majesté Marcus Garvey y est tracé, pour ainsi dire, sous une lumière qui n'a rien de favorable.

Je ne parvins qu'à l'exaspérer davantage.

— Casement ? répéta-t-il en levant les bras au ciel. Bon Dieu, Casement est un sodomite ! Demandez à n'importe quel Blanc qui a vécu en Afrique, et il vous le dira ! Il m'a poursuivi pendant tout le temps que j'ai passé au Congo. Tous les jours et toutes les nuits que j'ai vécus à Léopoldville, j'ai été la cible de ses insinuations ! Casement est aigri. Et comme il n'est pas parvenu à ses fins, si viles, il s'est vengé d'une façon vile elle aussi.

— Et pourquoi ne vous êtes-vous pas livré aux autorités anglaises après les faits ?

— Mais qu'est-ce que vous croyez ? Que le bateau sur lequel je me suis engagé en tant que cuisinier avait la moindre intention de se détourner de sa route pour me conduire à Londres ? Ils suivaient une route commerciale, et il leur a fallu un an avant de mouiller dans un port anglais.

— Bon, de toute façon, insistai-je, même tard, pourquoi ne pas vous être livré aux autorités une fois en Angleterre ?

Marcus n'avait jamais autant écarquillé les yeux. Il ne regarda pas des deux côtés. Soudain, il baissa le ton, jusqu'alors un cri de rancœur, et dit :

— Thomson, comment pouvez-vous être aussi stupide ?

Je m'assis sur une chaise, vaincu. Je regardai le mur pour fuir son regard. Il avait raison. J'avais moi-même mis quatre ans à écrire son histoire. Comment pouvais-je demander à un homme tel que lui, sans lettres de créance, sans passé et sans avenir, de se présenter dans un commissariat britannique et ainsi, de force, de leur raconter toute l'histoire ? Sans le regarder encore, j'ajoutai :

— Il reste votre déclaration. Vous avez avoué par écrit avoir tué William et Richard Craver. J'ai pu en lire une copie dans le dossier de Norton.

Ce fut une erreur, je n'aurais pas dû mentionner la confession. Marcus était hors de lui.

— Avouer que j'ai tué William et Richard ? hurla-t-il. Bien sûr que je l'ai fait ! Mais comment croyez-vous que la police traite les gens comme moi ? Pour qu'ils arrêtent de me frapper, j'aurais avoué être l'assassin de l'archiduc François-Ferdinand d'Autriche !

Tout ce que je pouvais faire était de lui demander de baisser le ton. C'était inutile. Il s'agitait comme un fou dans sa camisole de force et criait :

— Je suppose que Norton doit être bien tranquille, dans son bureau ! Il n'a aucune idée du froid qu'il fait dans une cellule – il m'inclut dans ses reproches : et vous non plus. Personne ne peut s'imaginer le froid qu'il fait dans une cellule ! C'est un froid qui s'installe dans les os comme les vers dans le bois. Et cela m'arrive à moi, à moi, qui ai vécu au Congo, au Congo ! Pourquoi ne me laisse-t-on pas retourner au Congo ? Je veux retourner au Congo !

J'entendis le son de grilles qui s'ouvraient, au-delà du couloir, et j'implorai :

— Taisez-vous, s'il vous plaît.

Mais il ne m'écoutait plus. Il se déplaçait en cercles comme une toupie et regardait au plafond :

— Je suis allé au Congo. Au Congo ! Et maintenant, en attendant qu'on me pende, je couds des sacs. Ils ne me laissent rien faire d'autre ! Coudre des sacs dans un atelier de prisonniers !

Le dénommé John vint nous dire quelque chose, peut-être me demander une autre cigarette, parce que notre temps n'était pas encore écoulé. Mais Marcus faillit se jeter sur lui. Il s'accrocha aux grilles et cria comme s'il avait craché les mots :

— Des sacs, des sacs, des sacs, des sacs !

Il avait l'air d'un fou. C'était un fou. Le fonctionnaire prit peur et s'enfuit.

— Vous savez ce que vous venez de faire ? criai-je. Il va aller chercher des renforts ! Calmez-vous !

Pour toute réponse, Marcus tenta d'arracher l'un des pieds de la table pour l'utiliser comme gourdin. Il n'en eut pas le temps. Long Dos et deux gardiens se présentèrent devant la porte.

— Monsieur Thomson, que faites-vous ici ? me demanda Long Dos sur un ton de reproche plus moral que légal. Vous connaissez bien cette institution, vous savez que vous n'êtes plus autorisé à venir voir les prisonniers dans cette aile. Vous devez intégrer le groupe de visiteurs sans accréditation juridique !

Marcus ne cessait de crier, comme un fou :

— Je suis allé au Congo, au Congo ! et il continuait à tirer sur le pied de table.

Mais la table devait précisément être conçue pour empêcher ce genre de choses. Long Dos lui fit trois sommations, comme le stipulait le règlement pénitentiaire. Il ouvrit immédiatement la porte, lui et les trois gardiens entrèrent et frappèrent Marcus avec leurs matraques en caoutchouc froid.

Je n'aurais jamais soupçonné qu'une force appliquée aussi brutalement pût être à la fois aussi rationnelle. Long Dos et ses hommes frappaient avec une cruauté stratégique. Les matraques attaquaient le cou, les reins, les testicules, dans cet ordre, et recommençaient, des deux côtés du cou, les deux reins, les testicules. Marcus, à terre, se défendait comme un chat, griffant et leur mordant les chevilles. J'aurais préféré subir cette violence plutôt que d'y assister.

Je partis avant qu'ils n'aient fini. Je sortis de la cellule, tournai deux fois dans le couloir et j'entendais encore les cris de Marcus. Et sa proclamation : "Je veux aller au Congo ! Je veux aller au Congo !" Je trouvai un robinet quelque part. Ce jour-là, je découvris que l'on peut être profondément reconnaissant envers un objet aussi vulgaire qu'un robinet. Je me mouillai le visage avec les mouvements frénétiques des mouches lorsqu'elles se frottent la tête. Ensuite, un peu calmé, j'eus une idée : il était très probable que, en cet instant même, l'ami de Marcus dont Norton m'avait parlé fût en train de faire la queue pour lui rendre visite. Je savais que les anciens colons africains étaient très solidaires entre eux, à un point qui restait difficile à comprendre au restant des personnes civilisées. Etant donné qu'il s'agissait d'un jour de fête, il n'aurait pas été étonnant qu'il se fût déplacé jusqu'à la prison. Et sans doute, qui que ce fût, serait-il content que quelqu'un l'informât de ce qui venait de se passer. Je me dirigeai donc vers l'aile des visites et cherchai parmi une longue file d'hommes et de femmes qui faisaient la queue. Deux paires de fonctionnaires les recevaient, remplissant les papiers et les examinant un par un avant de les conduire à l'intérieur. Quatre fonctionnaires étaient parfaitement insuffisants pour s'occuper d'autant de gens et la queue avançait avec une lenteur extrême.

Parmi les personnes qui attendaient, il y avait une femme incroyablement grande. Elle était très mince et devait mesurer au moins deux mètres. En grand deuil, toute en noir. Robe longue jusqu'aux chevilles, bottines noires, chapeau noir et, cousu au chapeau, une sorte de voile très fin, noir lui aussi, qui lui couvrait le visage. Elle ne m'intéressa tout d'abord absolument pas. Je cherchais un individu à l'allure de vétéran africain, le visage buriné par les plaisirs et les carences tropicales. Mais je finis par remarquer cette femme grande et élancée comme une asperge qui se détachait inévitablement par sa taille.

Ce devait être une personne très spéciale, avec cette féminité enfouie sous des couches de vêtements noirs. Et elle semblait si triste, si attentive à la queue, à n'avancer que d'un pas, que tout son monde se réduisait au dos situé devant elle. Elle était comme l'un de ces spectres qui habitaient les enfers grecs, pour qui le temps et l'espace n'existaient pas. La voir teintait mes pensées de gris. Pour accéder à la personne aimée, elle devait se plonger dans ce monde carcéral, si lugubre. Et de plus, elle était obligée de supporter une file d'attente lente, torture supplémentaire. Pendant que je me dirigeais vers la sortie, j'agitai la tête avec tristesse, en me disant : voilà une femme juste aux antipodes d'Amgam. J'eus cette pensée, et je m'arrêtai comme si j'étais tombé sur un mur d'air.

En une fraction de seconde, l'histoire que j'avais construite pendant quatre ans vit toutes ses couleurs changer. Pensons à l'épisode de saint Paul tombant de cheval. Eh bien, j'étais le cheval.

Pouvait-il y avoir à Londres, en Angleterre, dans le monde, beaucoup de femmes mesurant deux mètres ? A qui cette femme venait-elle rendre visite ? Mes yeux cherchèrent ses mains. Elle portait des gants, mais ils étaient d'un modèle étrange, comme des moufles en soie, on ne pouvait donc pas compter ses doigts.

Et si Marcus avait altéré des fragments de l'histoire afin de protéger Amgam ? Soudain, j'ouvris les yeux : deux amants tels que Marcus et Amgam ne se seraient jamais séparés, jamais. “Si ce jour-là tu t'étais trouvé à la mer des Demoiselles, la mèche de dynamite dans les mains, aurais-tu toléré qu'elle s'en aille ?” me demandai-je.

Les réponses fusaient. La question n'était pas ce que Marcus aurait fait. La question était qu'elle, Amgam, n'aurait jamais renoncé à l'amour pour une chose aussi triviale que le salut du monde. Et quand elle dut choisir entre le monde tecton et le monde humain, elle opta pour l'amour, où qu'il la conduisît.

Je me palpai le front pour m'assurer que je n'avais pas de fièvre. Comment avais-je pu être aussi stupide ? Marcus avait voulu m'égarer avec de petits détails concernant Pepe, juste pour préserver la réputation d'un ami africain. Que n'aurait-il pas dit pour protéger la piste d'Amgam ?

Je me revois là, stupéfait dans l'enceinte de la prison, les yeux fixés sur une femme qui faisait la queue. Je ne pouvais pas bouger. C'était comme s'il m'avait poussé des racines aux semelles. Pendant que je la regardais fixement, et sans qu'elle s'en rendît compte, en moi se reconstruisait toute l'histoire de Marcus et d'Amgam, l'histoire authentique, du moins cette partie que Marcus m'avait cachée afin de protéger son amour. Je la recréai en un instant, comme une toile d'araignée qui se serait tissée à une vitesse fulgurante.

Je voyais Amgam prendre l'initiative. Je la voyais convaincre Marcus de rentrer à Londres, chez son aimé. Je voyais son intelligence supérieure appliquée à comprendre un monde inconnu et nouveau. Et à survivre. Je la voyais devant un miroir, apprenant l'art du maquillage pour cacher des traits trop clairs. Je la voyais camouflée par les vêtements victoriens, par la mode d'une époque qui lapidait la liberté des femmes, mais qu'elle mettait à profit pour protéger la sienne. Et après ? Marcus arrêté, elle pétrifiée. Pourquoi ? Pourquoi les hommes arrêtaient-ils l'homme qui avait sauvé l'humanité de la race la plus destructrice de l'univers ?

Ce jour-là, j'eus honte d'appartenir au genre humain. Amgam quitte tout pour venir dans notre monde. Elle choisit de vivre parmi nous, un "nous" qu'incarne Marcus. Et quelle est la première chose que nous faisons ? Prendre son amant, l'emprisonner derrière des murs de pierre. Des murs construits avec des pierres plus grosses et indestructibles que toutes celles qui séparaient le monde humain du monde tecton, parce que chez les humains et les Tectons il n'y avait que des pierres, mais entre elle et lui s'interposaient maintenant les lois d'un empire.

Une sueur froide me gagna. Me trouver face à face avec Amgam était ce que j'aurais souhaité le plus en ce monde. C'était également la dernière chose dont je pouvais croire qu'elle m'arriverait un jour. Personne ne la voyait. Pour les visiteurs qui faisaient la queue, la seule chose qui importait était d'avancer de quelques centimètres. Et les fonctionnaires de la prison, avec leur intelligence de puces dressées, n'étaient pas préparés à chercher des femmes tectons, juste des limes.

Je m'approchai d'elle, fermement décidé à soulever son voile. Mais quand le bout de mes doigts fut à dix centimètres de son visage je m'arrêtai. Et si je me trompais ? Et si ce n'était qu'une femme de grande taille ? Il existait encore une possibilité plus horrible : que je ne me trompe pas. Si c'était elle et que je la découvrais en public, les conséquences seraient fatales.

Elle restait si absorbée par la queue qu'elle mit encore quelques secondes à voir mes doigts, si près du voile. Elle finit par comprendre mes intentions et poussa un cri de surprise d'une voix très masculine. Je fus aussi – voire plus – effrayé qu'elle. Elle fit un bond en arrière, et s'enfuit. Je me lançai à sa poursuite, mais alors que j'étais encore à l'intérieur du bâtiment on entendit une voix impérative :

— Monsieur Thomson ! On peut savoir ce que vous faites ?

Je voulus l'ignorer, mais Long Dos avait bramé un "stop" catégorique. Je ne pouvais pas désobéir à un ordre aussi direct.

— J'ai toujours eu une bonne opinion de vous, monsieur Thomson, me reprocha-t-il. Pourquoi vous obstinez-vous à la salir aujourd'hui ? Vous savez que vous avez commis une faute grave ? Deux fautes ! D'abord, vous allez voir un prisonnier alors que vous n'en avez pas le droit, et tout de suite après vous importunez une visiteuse.

Ceux qui portent l'uniforme, si insignifiant soit-il, ne cherchent pas tant à faire respecter la loi que la soumission du suspect. Se rendre est généralement la meilleure formule afin que l'autorité nous oublie, aussi dis-je :

— Je suis un peu honteux. Acceptez mes excuses. Et, soudain : Je peux partir ?

Long Dos, effectivement, devint plus indulgent :

— M. Norton m'a appris que vous étiez dans les tranchées. Vous vous êtes battu pour votre pays, cela vous honore.

— Oui, c'est vrai. Dans l'artillerie. Je peux partir ?

Long Dos parlait en regardant au-dessus de ma tête et de tous côtés, comme si j'avais été la dernière personne au monde qui l'intéressait :

— L'artillerie est une grande arme. Je suppose, aussi, que c'est la moins risquée de toutes. Je veux parler de la distance que cela comporte par rapport à l'ennemi. Bon, ne le prenez pas comme un reproche. Vous êtes revenu indemne ?

— Oh, oui. Mes poumons sont un peu élastiques, d'après les médecins. Mais je suppose que je peux considérer que j'ai eu beaucoup de chance.

Il me retint encore un peu. Il passa du stade où il m'ignorait à celui où il me scrutait de son regard habituel de phare de nuit. Long Dos regardait chaque être humain comme s'il lui connaissait quelque défaut. Puis il releva la tête et me donna deux petits coups affectueux sur la poitrine avec sa matraque :

— Pour une fois, nous tairons ce qu'ont vu nos yeux. Mais ne persistez pas dans cette conduite. Il me signala enfin la sortie avec la matraque en caoutchouc, en disant : Circulez, monsieur Thomson.

Quand je sortis, il était trop tard. Dans la rue, il n'y avait que le pavé habituel, noir et humide, et des coins de rue vides en ciment.

27

Du jour au lendemain, ma vie devait affronter un double saut périlleux. D'une part, la présence d'Amgam. De l'autre, le succès du livre. La presse en parlait, les critiques étaient bonnes. Aujourd'hui, plus d'un demi-siècle plus tard, il est très facile d'apercevoir les facteurs extralittéraires qui entourèrent l'histoire de Marcus. Nous vivions la quatrième année de la guerre. Tout le monde voulait respirer un autre air. Et Garvey, le personnage de Marcus Garvey, incarnait un type de héros différent, idéal. L'opinion publique était lasse d'une guerre aussi absurde qu'interminable. La cause de Marcus, en revanche, était propre et nette. La Grande Guerre fut une sorte de guerre civile mondiale. Par opposition, l'odyssée de Marcus réconciliait l'humanité avec elle-même.

Quant à moi, le monde me tombait dessus. Je me sentais fier d'être l'écrivain qui avait donné forme à l'histoire. En même temps, je n'étais pas reconnu comme tel et ne le serais jamais. Peut-on imaginer situation plus tragique pour un auteur ? A l'époque, le livre avait même abordé les locaux du *Times of Britain*. De la main, justement, de l'ineffable M. Hardlington.

Un jour, il se présenta au bureau, en caquetant de sa voix désagréable, comme un perroquet enroué :

— Faites-moi le plaisir de lire ça, monsieur Thomson !

Et il déposa un exemplaire du livre sur ma table. Il le laissa tomber par surprise et de très haut, comme une brique.

— Une structure solide comme le fer et un style léger comme le cuir. Et il déclara triomphalement : Adieu romantisme ! Adieu réalisme social ! Ça, c'est de la prose moderne, monsieur Thomson !

On aurait dû me prendre en photo à cet instant. Moi et Hardlington. Surtout Hardlington. Il était enthousiasmé :

— Je doute que vous puissiez apprécier la grandeur de cette œuvre, parce que vous êtes un microbe des lettres. Mais essayez, monsieur Thomson, essayez au moins, dit-il sur un ton faussement paternel. Vous ne me remercierez jamais assez de vous avoir permis d'accéder à ce joyau littéraire.

Il fit une pause et reprit son ton moqueur de chaque jour :

— Au fait, comment va le front de l'Ouest aujourd'hui ? Nos troupes se maintiennent-elles ? Ou avons-nous déjà perdu Paris ?

Mais je lui dis, lui rendant l'exemplaire d'une voix aigre :

— Il se trouve que j'ai lu ce livre et il n'est donc pas utile que vous me le prêtiez.

Je ne parvins qu'à le disposer encore plus mal envers moi.

— Vraiment ? fit-il, très surpris. Et dites-moi, monsieur Thomson, quelle exégèse en faites-vous ?

J'ignorais ce qu'était une exégèse. Hardlington se mit à rire.

— Quel est le concept que vous avez préféré ? demanda-t-il avec un sourire malveillant. La rédemption des deux frères ? La sublimation de Garvey le cuisinier ? Ou peut-être la supériorité de la race anglaise sur la menace sémite ?

Cela me déconcertait :

— De quelle rédemption me parlez-vous ? Les Craver étaient des dégénérés sans âme ! Le livre le démontre amplement.

— Vous voyez ? Vous êtes incapable de comprendre les clés internes qui se cachent derrière toute grande œuvre. Les deux nobles anglais avaient selon toute vraisemblance commis une faute sociale. Cependant, la lutte qu'ils mènent au Congo les rachète.

Je m'échauffai :

— Mais ce sont des saboteurs de la vie ! Celui qui sauve le monde, c'est Garvey. Les deux frères, William en particulier, font tout leur possible pour l'en empêcher !

Hardlington avait prévu ma réponse, parce que, avant que j'aie fini de parler, il dit :

— C'est la sublimation à laquelle je faisais allusion. Même un simple cuisinier, s'il est guidé par l'exemple de deux nobles anglais, finit par acquérir la noblesse d'esprit de la race anglaise.

— Mais Garvey est à moitié gitan ! fis-je. Ce n'est pas une question de race ni d'ascendance !

Hardlington adopta une posture de résignation feinte :

— Hélas, mon ami. Je vois que vous n'avez rien compris. Il est évident que ce livre contient des symboles et doit être interprété comme tel. Même vous, vous pourriez comprendre que les profondeurs tectons sont une métaphore de la grande menace qui préside à notre époque. Hardlington croisa cérémonieusement les bras sur sa poitrine et demanda : Voyons, monsieur Thomson, quelle race se cache dans les égouts, en attendant le moment opportun pour attaquer les intérêts collectifs de l'humanité ?

— Mais les Tectons ne sont absolument pas un symbole du judaïsme international ! répliquai-je. Pendant un certain temps, je me sentis à nouveau auteur du livre. D'un doigt rigide, je frappai la couverture du livre comme si j'avais voulu la perforer, en proclamant : Le livre dit ce qu'il dit et rien d'autre.

— Bravo ! dit Hardlington, applaudissant de façon ironique.

Je l'ignorai et poursuivis :

— Les Tectons sont des Tectons. Et les deux nobles anglais une copie exacte des Tectons. Ou l'inverse. Voilà le problème ! Je désignai ma poitrine de mes deux pouces : Nous sommes les Tectons.

Hardlington claqua la langue d'une façon particulièrement odieuse. On aurait dit un entraîneur de kangourous. Et il niait mes prétendues interprétations en faisant osciller un doigt comme un pendule :

— Non, mon ami, non. Votre naïveté m'accable. Il fit une pause et demanda : D'après l'aspirant rédacteur de première classe Thomas Thomson, quel est l'axe essentiel de cette grande œuvre ?

Je n'avais jamais affronté Hardlington avec autant d'aplomb. C'était peut-être pour cette raison que j'avais attiré l'attention de mes collègues, qui interrompirent leurs tâches pour suivre la polémique en qualité de spectateurs. Dix machines à écrire qui cessent d'écrire simultanément créent un silence assourdissant. Hardlington attendait ma réponse. Mes collègues l'attendaient. Je l'attendais. Après un temps de réflexion infini, je répondis :

— Amgam et Garvey s'aiment. Et leur amour sauve le monde.

Les yeux de Hardlington gonflèrent comme deux boules de billard. Ils grossirent tellement que l'espace d'un instant je crus qu'ils allaient tomber par terre, comme le fruit mûr tombe des arbres.

— Ce que vous tentez de me dire est qu'une structure narrative aussi sophistiquée a pour objet d'expliquer le flirt entre un gitan à moitié boiteux et une femme laiteuse et laide ?

J'hésitai et finis par répondre :

— Eh bien oui.

Ma réponse le fit rire. Tellement fort que tous les autres employés furent surpris que M. Hardlington, si grave habituellement, consacrât ses poumons à une activité aussi gratuite que le rire. Puis il s'approcha de moi encore plus près, me donna trois petits coups dans le dos d'un geste d'une apparente amabilité, bien qu'il utilisât dans le fond ma chemise comme un chiffon pour s'essuyer les mains, et dit :

— Vous réduisez un conflit cosmique à une aventure charnelle débridée. Non, mon ami, non. La grande littérature n'est pas le patrimoine des simples.

Le plus impardonnable chez Hardlington était qu'il s'amusait vraiment à me railler. J'étais un jeune homme et la pression systématique de Hardlington me poussa finalement à hésiter. Sur quoi ? Sur tout.

Je n'étais même pas sûr de mon apport réel au livre. Le vrai protagoniste de l'histoire était Marcus Garvey. Et son ange gardien, Edward Norton. Sans eux, il n'y aurait pas eu d'histoire. Ils avaient tous les deux été indispensables au livre. Pas moi. Les écrivains capables d'écrire l'histoire de Marcus Garvey ne manquaient pas. Mais il n'y avait qu'un seul Marcus Garvey. Des milliers d'avocats pullulaient dans Londres. Mais un seul pouvait traiter l'affaire Garvey comme Norton. Tout devenait confus et gris.

En ce qui concerne Hardlington, j'ignorais encore que les âmes médiocres aiment s'entourer d'individus encore plus limités. De la sorte, il leur est plus facile d'imputer leurs échecs à une injustice cosmique. C'est comme s'ils nous disaient : Comparez mon intelligence à celle de celui qui se trouve à côté de moi. N'est-il pas évident que je mérite une situation plus digne de mon esprit ? Les gens comme Hardlington élèvent leurs problèmes personnels à la catégorie de symptôme social. (Dans le cas de Hardlington, les coupables qu'il choisissait étaient les juifs. Mais il s'agissait de son classement personnel, nous pourrions trouver une infinité de variantes.) Le plus curieux était qu'une limitation inverse m'affectait : je ne pourrais jamais démontrer la vérité à Hardlington, je ne me souciais donc même pas de l'affirmer. Quand j'y pensais, cela me désespérait, il y avait des jours où je ne voulais même pas me rappeler qui était le véritable auteur. Peut-être parce que j'avais l'esprit trop occupé par un autre problème. Lequel ? C'est facile à deviner : la présence de Hardlington me causait un chagrin aussi grand que l'absence d'Amgam.

La simple éventualité qu'elle se trouvât en cet instant quelque part dans Londres me rendait fou. Je ne pouvais pas m'ôter de la tête l'image de ce dos si haut et si élancé, noir et fuyant. Mes doigts avaient failli la toucher, et cette fois cela n'avait pas été une hallucination provoquée par des gaz militaires. Pourquoi m'avait-elle fui ? N'importe quelle femme offensée, dans la même situation, m'aurait reproché d'avoir tendu deux doigts insolents vers son visage. Elle, en revanche, avait préféré s'échapper.

Cette guerre sur deux fronts fut excessive pour le pauvre Tommy Thomson. Les jours suivants, une curieuse réaction d'apathie s'empara de moi. En dehors des heures de bureau, j'étais allongé dans ma chambre, ou dans un coin de la pension, et je n'agissais que sur indication d'autrui. C'était la perplexité de qui se heurte à un mur au bout d'une impasse. Toutes les choses de ce monde provoquaient en moi une gigantesque indifférence. Je devins une sorte de copie incolore de M. Modepa, à la différence que lui, au moins, souriait toute la journée. M. Modepa et moi nous retrouvions souvent dans le séjour. Il souriait, de ce sourire stupide et heureux si caractéristique, et je ne pouvais que lui rendre son sourire dans un dialogue muet. De temps en temps, M. MacMahon nous sortait. Nous nous rendions tous trois au pub irlandais qui se trouvait à deux pâtés de maisons, et prenions une bière avec le groupe d'amis irlandais de MacMahon qui fréquentaient les lieux. Modepa était toujours aussi passif, avec ce sourire muet sur les lèvres. Quel contraste, entre ces Irlandais, qui s'insultaient cordialement à grands cris, derrière un nuage de fumée de cigarette, et nous deux.

Eh bien, en ces instants, la personne dont je l'attendais le moins au monde me donna un élan nouveau. De qui s'agit-il ? Effectivement, de l'ineffable M. Hardlington.

J'ignore pourquoi je parle aussi mal de lui. A sa façon, il occupe une place non négligeable dans cette histoire. Le livre faisait parler de lui, et la torture qu'il m'infligeait me poussa à réagir. Ce fut à la fin du processus d'adoration de Hardlington pour le livre. Au début, il en vantait le contenu. Puis il pontifiait chaque jour sur ses qualités littéraires, se présentant comme le seul homme sur la terre capable d'interpréter correctement le sens de l'œuvre. “Le mot lecteur n'a pas de pluriel”, assurait-il, et il entra finalement dans une phase de camaraderie indulgente avec l'auteur. En fait, il en vint à le dénigrer : “Eh bien, nous devrions reconnaître que j'aurais mieux poli certains paragraphes”, disait-il. Et il ajoutait et supprimait des mots sur un exemplaire, à l'aide de sa plume caustique. Un jour, je ne pus me retenir et l'attaquai :

— Si c'est si facile pour vous de corriger les erreurs d'un chef-d'œuvre, pourquoi n'en écrivez-vous pas un semblable ?

Il me répondit sans quitter le livre des yeux, et avec une autosuffisance exquise :

— Je n'ai aucune impatience à consumer mon œuvre. Aujourd'hui, l'usure domine tout. Les juifs sont devenus les maîtres du monde de l'édition et en ont exclu toute création qui ne soit pas lucrative. Mais je n'aspire pas à m'enrichir, juste à gagner l'immortalité. Et je ne mêle pas l'art aux intérêts financiers. Il agita un doigt pédagogique en l'air et dit : La frontière entre la littérature et l'industrie littéraire, monsieur Thomson, tient au fait que la première évolue parmi les lettres et la deuxième parmi les chiffres.

Je retournai plusieurs fois ce commentaire dans ma tête. Je n'avais jamais songé qu'un livre à succès pût brasser autant d'argent. Mais quelqu'un comme Norton si, bien sûr que si. Cette idée brisait l'image que je m'étais faite de Norton et de l'affaire Garvey. C'était comme de voir sous un autre angle un paysage familier. Plus j'y pensais, plus je me sentais blessé, indigné et floué, et le troisième jour je me dirigeais vers son domicile. Je m'y rendis à la nuit, ce jour-là j'étais sorti très tard du *Times of Britain*. Hardlington m'avait titillé en permanence, chaque fois que je me trompais dans la typographie. Tant mieux. Il activait de la sorte une bombe. La bombe, c'était moi.

Norton ne m'attendait pas. Il portait des pantoufles et un peignoir en soie. Mais il me fit passer dans son bureau. Je ne lui donnai pas le temps de s'asseoir. J'avais encore en tête ma dernière visite à la prison, très récente, et je commençai ainsi :

— Vous devez faire quelque chose pour Marcus. Ce garçon n'en supportera guère plus. Il est tout près de se transformer en un pauvre fou qui chasse les mouches.

Norton était un homme très intelligent. Je détestais cette intelligence. J'avais soigneusement préparé mon discours, mais il lui suffit d'ouvrir la bouche pour le démonter :

— Vous n'êtes pas venu pour parler de Garvey.

Après avoir été déconcerté pendant quelques secondes, je réagis en levant les poings. Je ne me serais jamais imaginé les poings serrés au-dessus de ma tête :

— Oui et non ! criai-je. Vous m'avez trompé !

Il fit une étrange grimace à l'aide de ses sourcils et de sa petite moustache. Cela me rendit encore plus furieux. Un homme avec les deux poings levés nous dit qu'il est en guerre contre le monde, mais quand il n'en lève qu'un, fermé, et de surcroît à la hauteur du nez, il nous dit qu'il est en guerre contre celui qu'il a en face de lui.

— Ne faites pas celui qui n'est pas au courant ! dis-je. S'il y a un profiteur dans ce bureau, ce n'est certainement pas moi. Et s'il y a un idiot, ce n'est certainement pas vous !

Norton ne se départit pas de son calme. Il se contenta de calmer le jeu :

— Vous voulez un verre de cognac ?

Et d'une main il me désigna la porte qui conduisait à ses appartements privés.

Nous entrâmes dans un petit salon accueillant qui comprenait deux fauteuils et même une petite cheminée. Il me servit un cognac. Je trouvais très étrange d'être servi par un homme tel que lui. Et le changement de cadre produisit certainement son effet. Nous étions assis de part et d'autre de la cheminée et je me calmai un peu, même si je n'en étais pas moins indigné pour autant. Mais Norton ne voulait pas que je me taise ; le verre de cognac aux lèvres, il fit un geste indulgent de sa main libre qui voulait dire : expliquez-vous, s'il vous plaît.

— Je considère que vous nous avez trahis, commençai-je. Marcus et moi ! Je crois que vous ne m'avez jamais envisagé comme assistant juridique. Je crois que vous n'avez jamais pensé que mes efforts aideraient Marcus. Au fur et à mesure que je parlais, je m'exaltais. Je le désignai d'un doigt accusateur : Je crois que, depuis le début, vous avez agi sous l'effet d'une mentalité opportuniste et patronale et que Marcus et moi avons tenu le rôle des prolétaires exploités. Prolétaires de la plume et des fers, mais prolétaires, en fin de compte !

— C'est ce que vous pensez ?

— Que voulez-vous que je pense ? Vous avez compris que l'histoire de Garvey était prometteuse. Mais vous n'êtes pas écrivain. C'est pour cela que vous m'avez engagé moi, un pauvre diable de vingt ans. Si le livre n'avait été accepté par aucun éditeur, vous n'auriez rien perdu. Mais s'il devient un succès de ventes, et tout annonce qu'il en sera ainsi, vous en tirerez beaucoup d'argent !

Je soufflai bruyamment et bus une très longue gorgée, davantage pour me réfréner que pour le plaisir de boire. Mais je poursuivis :

— Vous vous êtes débarrassé de moi par une récompense insignifiante. Comme je n'ai jamais signé aucun contrat, à qui puis-je me plaindre ? Si je protestais, qui croirait qu'un auteur aussi jeune et sans références a écrit un livre de ce niveau ? Depuis notre rencontre ce jour-là, au cimetière, vous saviez que le docteur Flag ne me donnerait jamais son aval. Il y a un seul autre témoignage, Marcus. Et Marcus est sur le chemin de la potence. Le crime parfait !

Norton suivait ma logique en faisant de légers mouvements d'assentiment de la tête :

— Oui, bien sûr, j'ai toujours pensé que les crimes parfaits étaient commis à l'intérieur du cadre de la loi, plaisanta-t-il. Mais il ajouta vite, sur un ton métallique que je ne lui avais jamais entendu et qui me laissa coi : Je ne savais pas que vous me teniez en si piètre estime, monsieur Thomson.

Norton était un homme beaucoup plus adulte que moi. Plus mûr, plus sûr, mieux préparé. J'avais du mal à rester ferme. Je ne dis rien, mais je ne bougeai pas. Il se détendit. Ce fut comme si le fauteuil, plus mou, l'avait en partie englouti :

— Vous me rendez les choses difficiles, monsieur Thomson. Quoi que je dise, vous ne me croirez pas. En termes de droit, j'ai la charge de la preuve. C'est-à-dire que c'est à moi de vous prouver mon innocence.

Après s'être exprimé, il se plongea dans une profonde réflexion. Je ne pouvais m'empêcher de l'admirer à cause de la manière dont il reliait sa personnalité à son personnage. Je m'étais efforcé de me présenter chez lui vêtu avec la plus grande élégance que je pouvais me permettre. Lui, en revanche, bien qu'il n'attendît pas ma visite, ressemblait à un dandy : les bas en soie noire, le pli impeccable du pantalon repassé, le peignoir en soie lui aussi. Et sa calvitie, toujours prodigieuse. Cette calvitie proclamait au monde qu'entre ses parois propres et concaves se cachait une intelligence qu'il ne convenait pas d'importuner. De surcroît, à l'élégance naturelle, Norton ajoutait une composante de mise en scène inégalable.

Norton réfléchissait, et je savais qu'il s'amusait à m'ignorer, démontrant que pour freiner mes élans insensés il lui suffisait de méditer, un cognac entre les mains. En réfléchissant, il faisait tourner son verre entre le pouce et l'index, comme un expert. Pensait-il au cognac, ou à l'affaire Garvey ? J'étais sûr que Norton s'y connaissait autant en cognac que les Tectons en astronomie. Il releva la tête de ces profondeurs liquides et dit sur un ton pompeux :

— Très bien, monsieur Thomson, voilà ce que nous allons faire : vous êtes providentiellement arrivé au bon moment. Sachez qu'en raison du succès la deuxième édition est en préparation. Avant qu'elle ne sorte, je leur remettrai une note afin qu'ils l'incluent à la première page. Je vais la rédiger sur-le-champ.

Il me laissa dans mon fauteuil, seul avec mon cognac. Les murs de la maison de Norton étaient eux aussi peints d'une couleur cognac.

A son retour, il me mit une feuille dans les mains. Je la lus. Elle était impeccable. En moins de quarante lignes, il expliquait ma relation avec Norton et avec le livre, sans la fausser ni la déformer. Norton s'excusait d'avoir usurpé mon nom. Au début, il n'avait accordé aucune importance au fait d'engager un "nègre". Mais après que le livre se fut émancipé du cadre juridique pour s'engager dans l'excellence littéraire il lui semblait juste de rendre public le nom du véritable auteur : Thomas Thomson. Il n'avait fait que servir de pont entre Marcus Garvey et Thomas Thomson, action qui le remplissait d'orgueil. A partir de cette édition, il retirait son nom et demandait que le jeune Thomas Thomson fût considéré pour toujours comme son authentique et unique auteur. Norton finissait par demander justice pour Garvey :

> Les critiques n'approuveront pas ces lignes, parce que les livres sont immortels et que nous, les hommes, nous n'avons en revanche qu'une vie, et les affaires juridiques, encore plus limitées, des délais. Je ne suis pas l'auteur et n'aurais jamais dû figurer comme tel. Je peux donc maintenant retourner à ma fonction privée et juger le livre d'un œil neutre. Ce qui me permet de constater un fait : les hauteurs artistiques auxquelles s'élève ce roman sont directement proportionnelles aux profondeurs souterraines où parvint Marcus Garvey, et les deux voyages ont un noble but. L'un, élever les lettres anglaises plus haut qu'elles n'étaient jamais allées ; l'autre, sauver l'humanité entière. Et c'est ici que j'implore le lecteur de se poser la question suivante : ne serait-il pas d'une beauté incroyable que notre lecture contribuât à faire du monde un lieu plus juste ? Quand un innocent est condamné, une partie de notre innocence en tant que société meurt avec lui. Evitons cela.

J'étais naturellement bouche bée.

— Il faut rendre à la littérature ce qui est à la littérature, et au droit ce qui est au droit, déclara Norton. Et il ajouta : A compter de ce jour, et avec un caractère rétroactif, tous les droits du livre vous appartiennent, monsieur Thomson. Cela inclut la gloire artistique et les bénéfices économiques. Il sourit et ajouta avec une pointe de retenue : Ai-je modifié en quelque chose l'opinion que vous aviez de moi ?

Que pouvais-je répondre ? Un simple "oui" aurait été d'une grande platitude. Non seulement Norton dissipait tous mes soupçons, mais il satisfaisait même des prétentions dont je ne lui avais pas fait part. J'étais très jeune. J'ignorais encore que les hommes calculateurs sont souvent généreux.

— En effet, ma stratégie concernant l'affaire Garvey est extra-juridique, monsieur Thomson. Mais pas dans le sens que vous croyez deviner, dit-il au moment où nous prenions congé.

Les jours suivants, cette stratégie devint évidente. Le livre fit un saut de grenouille des pages de la critique littéraire à la presse non spécialisée. C'était Garvey par-ci, Garvey par-là. Un jour, à la rédaction, je portais une pile de feuilles les bras tendus, une pile si haute qu'elle m'arrivait au menton. Je suivais le dos de Hardlington, qui me chargeait de dossiers qu'il sélectionnait sur de vieilles étagères. Je portais un poids si lourd que je compris les porteurs du Congo. Nous nous trouvions à mi-chemin de nos tables quand une voix exigea que Hardlington se rendît dans le bureau du directeur. Je le suivis, poussé par l'instinct de la mule qui ne voit que le dos de son maître.

— Hardlington ! cria le directeur avant même que nous n'ayons franchi la porte.

La tête de l'homme hésitait entre deux papiers, sur lesquels il reportait alternativement son attention.

— A quel sujet devons-nous consacrer la couverture du prochain numéro ? L'affaire Bergström, ou l'affaire Garvey ? Au fait, quelqu'un sait-il qui est ce type ?

L'affaire Bergström n'avait pas besoin de références. Bergström était un entrepreneur suédois accusé de vendre des armes aux Allemands. Cela aurait été parfaitement admissible de la part d'un entrepreneur d'un pays neutre, mais comme Bergström avait des affaires en Angleterre, il avait toujours nié avoir passé des accords avec les puissances centrales. Bergström était un homme très connu dans les ambiances les plus frivoles de Londres, riche, jeune, séduisant et célèbre grâce aux fêtes qu'il donnait. Qu'un homme tel que lui pût tomber en disgrâce était un scandale qui englobait l'espionnage et la politique de haut vol, le tout sous une patine de *glamour*. C'est-à-dire la spécialité du *Times of Britain*. En ce qui concernait Marcus, Hardlington résuma avec un certain laconisme :

— M. Garvey est le personnage secondaire d'une étrange histoire qui se passe au Congo.

— Non, non ! protestai-je, derrière la pile de dossiers.

Personne ne m'avait donné la permission de m'asseoir, même pas pour me reposer, et mes bras commençaient à craquer sous le poids des dossiers. Mais je devais défendre Marcus :

— Garvey est le protagoniste d'une épopée universelle. Son histoire mérite un numéro entier du *Times of Britain* !

Le directeur demanda :

— Laquelle des deux histoires présente le plus d'intérêt sur le plan humain ?

— Les deux, dit Hardlington, mais celle de Bergström est plus patriotique. Il s'agit d'un scandale financier avec des implications militaires. Grâce à l'intervention d'un cabinet comptable du ministère de l'Intérieur, on a découvert que l'entrepreneur suédois jouait double jeu. Il est certainement juif… Et il affirma, enthousiasmé : Les jeunes gens de ce cabinet sont d'authentiques héros !

— Monsieur le directeur, l'héroïsme n'est pas une question de numéros, mais de générosité. Et Marcus est un héros unique, me permis-je d'intervenir.

— Un héros, s'intéressa le directeur. J'aime les héros.

— Oui ! dis-je. Garvey a sauvé toute l'humanité !

— L'humanité de tout le monde ? Cet individu a sauvé la vie de toutes les personnes de ce monde ? Il agita son cigare en regardant ironiquement Hardlington et demanda : Celle de ma belle-mère aussi ?

Hardlington, qui par certains aspects était plus borné que limité, ne comprit pas la plaisanterie. Et je ne pouvais pas rire, parce que le poids des dossiers menaçait de m'écraser. Mais pendant que Hardlington décidait si Marcus avait sauvé la belle-mère du directeur ou non, j'en profitai pour dire :

— Bergström n'est qu'un millionnaire suédois victime des circonstances – je parlais en faisant un effort surhumain –, en revanche, Garvey est un héros anonyme. Et à la différence des héros d'aujourd'hui, il ne l'est pas pour avoir liquidé un nid de mitrailleuses. Il l'est parce qu'il a sacrifié son bonheur en échange de la liberté du monde.

— D'accord, d'accord, dit le directeur en agitant une main impatiente. Mais dans laquelle des deux histoires y a-t-il le plus de sexe ? Celle de Bergström ou celle de Garvey ?

— Dans les deux, criai-je à moitié asphyxié. Je me courbais comme une tour de Pise humaine. Je fus cependant encore capable de proclamer : Mais dans l'histoire de Marcus, en plus, il y a de l'amour.

— L'amour ! s'exclama le directeur. L'amour fait beaucoup vendre. Va pour Garvey.

Je l'entendis et m'écroulai. Les muscles de mes bras me lâchèrent comme des ressorts brisés. Tous les dossiers s'éparpillèrent sur le sol, et je tombai dessus comme sur un matelas de papiers. Le directeur n'avait même pas vu mon visage. Alors seulement il me reconnut :

— Ah, Thomson, c'est vous. L'homme à la tortue sans carapace, dit-il en se penchant un peu. Ça va, le travail ?

Le *Times of Britain* ne fut pas le premier quotidien à parler de l'affaire Garvey, ni même le premier hebdomadaire. Mais ce fut l'un des premiers à prendre clairement position. Le fonds de commerce du *Times of Britain* consistait à offrir des histoires de bons et de méchants, sans demi-teintes. Il ne s'agissait pas de susciter des débats mais d'exciter des sentiments. Et dans ce cas la victime, naturellement, était Marcus. C'est-à-dire que, pour une fois, le sensationnalisme s'alliait à la vérité. Enfin, cela n'est pas exact non plus. Quand le *Times of Britain* publiait des gros titres annonçant que "le peuple britannique réclamait désespérément la liberté de Marcus Garvey", ce qu'il voulait dire, c'était que le *Times of Britain* réclamait désespérément la liberté de Marcus Garvey. Ou plutôt : que le *Times of Britain* espérait accroître ses ventes en réclamant désespérément la liberté de Marcus Garvey.

Il s'établit bientôt un circuit qui se rétro-alimentait : le livre faisait vendre des exemplaires de revues telles que le *Times of Britain*, et lire le *Times of Britain* faisait vendre davantage de livres. Travailler à la rédaction me permettait de suivre l'évolution de l'opinion publique. En résumé, tout était très complexe. D'un côté, le *Times of Britain* voulait savoir de quel côté penchait l'intérêt de cette opinion publique. (Pour vendre plus d'exemplaires.) D'un autre, il était évident que le *Times of Britain* contribuait à créer cette même opinion publique. (Parce que les gens lisaient le *Times of Britain*.)

Un jour arrivèrent deux lettres de lecteurs qui s'intéressaient à Garvey. Le lendemain, trois autres. Le surlendemain, aucune, mais le jour suivant cinq, très indignées. Un jour passa un journaliste qui travaillait pour la concurrence, mais qui était un ami des gens de la rédaction, et il nous apprit qu'ils allaient eux aussi sortir un numéro spécial consacré à Marcus Garvey. Et un autre jour, l'un des plus prestigieux chroniqueurs de l'un des journaux les plus prestigieux du pays consacra sa rubrique à l'affaire Garvey.

Tout cela me rendait heureux. Mais si c'était le cas, si l'affaire prenait de l'ampleur et que l'on vendait en conséquence de nombreux exemplaires du livre, qu'attendait-on pour publier une deuxième édition avec la note de Norton ? Deux semaines s'écoulèrent sans plus de nouveautés, et je pouvais juste me dire : "Norton m'a encore menti." Il était vrai que l'histoire de Garvey dépassait les limites de notre modeste rédaction. Pendant cette période, je pus me débarrasser de Hardlington, du moins pendant un moment, en assistant en tant que journaliste du *Times of Britain* aux revues de presse de l'armée, si ennuyeuses que personne ne voulait y aller. Jusqu'au jour où, alors que je regagnais la rédaction après l'une de ces réunions d'information, j'assistai à une scène insolite.

Le directeur courait comme un fou à travers la rédaction, une main levée montrant le tome d'un livre.

— Ouvrez vos oreilles ! disait-il, son cri de guerre préféré. Et aussi : Il faut changer le gros titre !

Je n'avais jamais vu le directeur hors de son siège. J'ai dit que c'était une sorte d'énorme crapaud, toujours encastré dans son fauteuil, mais il se déplaçait avec l'agilité d'un hippopotame hors de l'eau : rapidement, pour pouvoir vite regagner son élément. La course de cet homme avait transformé la rédaction en un poulailler. Sans ôter son cigare de sa bouche, il bramait :

— La deuxième édition du livre qui explique l'histoire du gitan qui le fait avec une petite plus blanche que le papier est sortie !

— Parfaitement d'accord, monsieur le directeur ! s'empressa de l'appuyer Hardlington, trottant derrière lui. C'était un homme peu habitué à l'exercice physique et il courait en soulevant haut les genoux. Ce livre est une œuvre extrêmement importante de la littérature anglaise et il mérite mille éditoriaux du *Times of Britain*.

— Imbécile ! Qui s'intéresse à la littérature ? le reprit le directeur, sans s'arrêter.

Il me repéra du regard et s'approcha de moi :

— Il se trouve que l'auteur est un employé du *Times of Britain* ! Vous avez entendu ? Et, tournant le cou sur son axe, accusant tout le monde et personne : Pourquoi est-ce que personne ne me l'a dit ? Je dois l'apprendre par mon épouse, qui perd son temps à assister à des réunions où il n'y a que de l'anis, des chats angoras et des dames plus ridées que la Bible d'un condamné ? Et, pointant du cigare le chef des machines : Notez : gros titre en majuscules : "L'auteur de l'histoire de Marcus Garvey est un employé du *Times of Britain.*" Sous-titre : Le *Times of Britain* continue à exiger la libération immédiate de Marcus Garvey.

Puis il se tourna vers moi et dit :

— Thomson, mon garçon, pourquoi est-ce que vous ne nous le disiez pas ?

Le directeur me remit le livre à la stupéfaction générale. C'était la deuxième édition, effectivement. Comme auteur, et à la place de Norton, figurait un certain Thomas Thomson. Et en première page figurait la note convenue. Ainsi donc, Norton avait tenu parole.

Après ma personne, le plus touché par la nouvelle était naturellement M. Hardlington. Si à cet instant quelqu'un l'avait touché du doigt, il se serait délité comme une statue de sable sec. Je n'ai jamais revu personne d'aussi stupéfait. Sa lèvre inférieure lui pendait jusqu'au menton. Ce morceau de chair rougie et brillante était la chose la plus répugnante et obscène que l'on eût jamais vue. C'est la seule fois dans ma vie où j'ai eu envie de rire et de vomir en même temps.

Le directeur me passa un bras autour des épaules et me présenta à tout le personnel, comme si nous ne nous connaissions absolument pas. Quand nous arrivâmes à Hardlington, qui était resté pétrifié, j'eus peur qu'il ne fît un infarctus sur-le-champ. Mais j'étais trop nerveux pour penser à une vengeance. Le lendemain précisément, le procès de Marcus commençait, et je profitai de l'euphorie publique du directeur pour lui demander quelques jours de congé.

— Oui, bien sûr ! m'accorda-t-il. Mais avant de partir, quelqu'un devrait vous interviewer. Et se ravisant : Ça alors ! Pourquoi perdre du temps ?

Depuis que j'ai fondé le *Times of Britain*, nous n'avons jamais publié aucune interview sans la récrire de A à Z. Vous n'imaginez même pas le nombre de stupidités que disent les gens interviewés. Partez et revenez quand vous voudrez. J'écrirai l'interview moi-même.

Je partis en courant à la prison, dans l'intention de réconforter Marcus. J'étais convaincu qu'on s'y opposerait, car je n'avais pas le laissez-passer d'assistant légal. Par chance, ce jour-là Long Dos était de bonne humeur et il se montra très cordial.

— Ah, monsieur Thomson ! dit-il. C'est curieux, vous et M. Norton ne venez généralement pas le même jour. Bien, je suppose que Garvey pourra supporter les deux visites à la fois.

Je trouvais très étrange de les voir ensemble. Je dois dire qu'aucun d'eux ne fit tellement attention à moi. Ils étaient très occupés à préparer le procès. On aurait dit un metteur en scène et l'acteur principal de la pièce pendant une répétition générale. Norton, qui avait ôté sa veste, était debout près de Garvey et pointait le doigt sur son nez.

— Si un membre du tribunal dit une chose drôle, ne sois pas le premier à rire. Attends un éclat de rire général, au cas où. Tu comprends ?

— Oui, oui, disait Marcus, soumis, notant mentalement les instructions de Norton.

— Ne baisse jamais les yeux : ils croiront que tu veux dissimuler la vérité. Ne regarde jamais au plafond : ils croiront que tu veux l'inventer. En cas de doute, gagne du temps. Comment ? Avec un air triste et naïf. Le juge doit croire qu'il a devant lui une personne incapable de faire du mal à un cabot galeux. Tu te sens capable de donner cette image ?

— Eh bien… non… je… jamais… hésita Marcus, regardant des deux côtés de la table.

— Magnifique ! dit Norton. Comme ça, exactement comme ça ! Répète cette attitude autant que tu pourras.

28

Le procès de Garvey avait éveillé une curiosité inhabituelle. Peut-être parce que c'était l'une des premières affaires du XXe siècle où la justice croisait l'héroïsme. Le journaliste qu'avait envoyé le *Times of Britain*, un vétéran, était surpris par l'affluence des collègues. Il m'apprit qu'à la revue de presse militaire où l'on avait annoncé l'offensive de la Somme trente-huit journalistes étaient venus. Et pour couvrir l'affaire Garvey il en avait déjà compté presque cinquante. Il est difficile de savoir si ce qui attirait ce public était le Marcus littéraire ou le Marcus martyr. Quoi qu'il en fût, la salle était pleine à craquer. Heureusement, je fus prévoyant et je me présentai une heure avant le début de la séance. Malgré cela, et bien que la salle contînt cinq cents personnes, je fus parmi les derniers admis et je dus m'asseoir au fond, tout près de la porte. Cela, du moins, me procura une petite joie : quand on conduisit Marcus au tribunal, enchaîné et escorté par deux policiers, je pus le saluer fugacement.

— Ne t'inquiète pas, Marcus, lui dis-je, serrant sa main entre les miennes. Tout ira bien, fais confiance à Norton !

Les policiers ne me permirent pas de le retenir au-delà d'un bref instant. Ce fut peut-être mieux ainsi. Je suis de ces personnes dont les émotions étranglent la voix, et mes paroles transmettaient davantage de chagrin que d'espoir.

Je commençais à comprendre la portée de la stratégie dont Norton m'avait parlé. Ces gens voulaient la liberté de Marcus. Et l'indignation populaire n'est pas une force négligeable. Mais lors de cette première séance l'immense pouvoir des forces contre lesquelles nous allions devoir lutter fut également visible.

En premier lieu, l'espace scénique en soi. Le déploiement était étourdissant. Le juge, les perruques, les toges rouges et noires, les meubles en acajou. Tout était conçu à une échelle pensée pour réduire les êtres humains à la condition d'insectes. Quand le procureur se leva, quand il désigna Marcus d'un doigt et l'accusa au nom de la couronne anglaise, à ce moment mon cœur se réduisit à la taille d'une cerise. Et si, moi, j'étais affecté, imaginons le pauvre Marcus. Il me sembla plus petit que jamais. D'où j'étais assis, je ne voyais que sa nuque. C'était comme si on avait relié sa tête à une source d'électricité : il avait les cheveux si hérissés qu'ils rappelaient les piques d'un oursin. Tout le poids de l'Empire britannique tombait sur un individu solitaire.

Au début de sa plaidoirie, le procureur fut modéré. Mais il éleva progressivement le ton. A travers lui s'exprimait une fureur justicière. Il décrivit Marcus comme une créature vile, un serpent félon, un monstre indigne d'appartenir au genre humain. Quand il réclama la potence, il se fit un silence général. Les cinq cents personnes présentes et moi respirâmes en même temps.

Mais si Marcus et moi entrions en contact pour la première fois avec l'univers juridique, c'était le terrain de prédilection d'Edward Norton. Je le revois, debout, tranquille mais résolu, avec sa calvitie cachée sous la perruque blanche et sa petite moustache décidée. La plaidoirie du procureur avait été dure, longue et pesante. Norton, en revanche, se contenta de prononcer les paroles suivantes, que je me rappelle une par une :

— M. Garvey est innocent. Et d'ici la fin de ce procès nous aurons réfuté tous les arguments rationnels qui pourraient laisser penser le contraire. M. Garvey est innocent. C'est un héros. Et d'ici la fin de ce procès nous aurons apporté toutes les preuves nécessaires pour le démontrer.

Je crois qu'ici Norton gagna la moitié du procès. Son ton était si posé, si sûr de la vérité qu'il énonçait et si éloigné de l'excitation du procureur, que tout spectateur un tant soit peu neutre aurait eu tendance à pencher pour Garvey.

Il fallut plusieurs jours avant que Marcus ne fût appelé sur l'estrade. Quand il finit par se déplacer, ce fut en traînant les jambes plus que la normale, en accentuant son handicap. Je savais que ces petites jambes étaient courtes, et que les genoux ne fonctionnaient pas bien. Je savais que lorsque Marcus marchait son corps bougeait comme si les rotules avaient été des pistons défectueux. Mais je savais aussi qu'il exagérait. Et c'était fort bien qu'il exagérât.

Le procureur l'interrogea. Je ne me rappelle pas la question. Je me rappelle que Marcus regarda des deux côtés, comme s'il cherchait une protection, et ce petit gitan, que l'on accusait de deux assassinats cruels, surprit tout le monde par un ton extrêmement bien élevé, qui disait :

— Excusez-moi. Voudriez-vous avoir l'amabilité de me répéter la question ?

Et moi, qui connaissais par expérience l'effet de ce regard hésitant, je ne parvins qu'à penser : "Bravo."

Le procureur n'avait pas bien évalué l'ampleur de l'opposition qu'il allait trouver. Dans la première phase du procès, Norton se contenta de le contenir. C'était comme si tous les efforts de l'accusation s'étaient heurtés à une muraille imprévue qui diluait n'importe quel argument qui pourrait incriminer Marcus. Ce brise-lames humain s'appelait Edward Norton. Les premiers jours, il réfuta chacune des preuves contraires à Marcus. Et il le fit d'une façon méthodique, sciemment lente, comme s'il s'était complu à tuer les espoirs de son adversaire. Puis nous entrâmes dans une phase plus languissante.

La quantité de détails insignifiants qu'implique un jugement est incroyable. Les procès, même les plus spectaculaires, sont surtout ennuyeux. La majeure partie des séances fut consacrée à des vétilles de procédure des plus anodines, du moins pour les novices en questions juridiques. Au cours de la deuxième semaine, la salle se vida. Ceux qui n'étaient pas directement concernés par l'affaire cessèrent de venir, dans l'attente de journées décisives. Le huitième jour, il ne restait presque personne dans la salle. Si je persévérais moi-même, c'était par solidarité avec Marcus. Je me rappelle qu'un jour le procureur parla du duc de Craver. Cela me fit de la peine. Quand le procureur mentionna son nom, j'eus un nœud dans la gorge, exactement comme si je m'étais étouffé. Je pensai à lui et à sa robuste silhouette. C'était un homme âgé, mort six mois plus tôt. Dans cette course de fond qu'était devenue l'affaire Garvey, il figura parmi les victimes qui restèrent dans le fossé. Cela valait peut-être mieux ainsi. Quelle que fût l'issue du jugement, le succès du livre avait déjà condamné ses fils dans un jugement parallèle qu'il n'aurait jamais pu gagner.

Ce huitième jour, je m'étais assis à l'un des premiers rangs. Comme je me trouvais tout près du tribunal, j'essayais de me couvrir la bouche de ma main. Mais je ne parvenais ainsi qu'à rendre plus évidents mes bâillements. A un moment donné, je me tournai à demi pour échapper au regard réprobateur du juge.

Les rangées de bancs en bois qui se trouvaient derrière moi étaient presque vides. Il devait y avoir tout au plus dix personnes. Certaines se désintéressaient totalement du procès, comme une femme d'une cinquantaine d'années qui en profitait pour faire ouvertement du crochet avec une relative insolence. La lumière de la salle se réduisait à une sorte de triste obscurité. Au plafond, très haut, il y avait de grandes lucarnes en verre conçues pour permettre à la lumière d'entrer. Un dessein très louable de l'architecte, qui n'avait pas tenu compte de l'existence dans le ciel britannique de phénomènes atmosphériques appelés nuages. Je me trouvais ainsi, à réprimer un bâillement tout en jugeant l'architecture et la maigre assistance, quand je la vis.

C'était elle. Au dernier rang, tout près de la sortie. Même assise, son corps s'élevait pratiquement à la hauteur de l'huissier qui se trouvait debout près d'elle, chargé d'ouvrir la porte à ceux qui souhaitaient quitter la salle. Elle portait un deuil strict, comme à la prison, et avec ce voile noir épais qui lui masquait le visage.

La surprise m'avait paralysé. Mais cela me profitait, car mon immobilité m'accordait quelques secondes supplémentaires pour réfléchir. Au lieu de l'aborder de façon étourdie, comme à la prison, je décidai de gagner peu à peu l'allée centrale, où l'obscurité était encore plus dense. Une fois là, je me collai au mur, en déplaçant mon corps dans les ténèbres. Mais ce visage voilé tourna de quelques degrés. Elle m'avait repéré. Derrière le voile noir, deux yeux scrutaient chacun de mes mouvements. Je m'arrêtai. "Il est impossible qu'elle m'ait vu", me dis-je. "Pas pour quelqu'un qui a des pupilles de chat", me répliquai-je à moi-même. Je fis un pas en avant. En guise de réponse, elle se leva. Elle ne partait pas encore. Je compris qu'elle avait établi une distance de sécurité. Si je ne la respectais pas, elle disparaîtrait. Que pouvais-je faire ? Pas grand-chose. Je joignis les mains comme si j'avais prié, l'implorant de ce geste muet de ne pas me fuir, je ne lui voulais pas de mal. D'une main je fis comme si j'écrivais en l'air avec un crayon invisible. Je lui disais ainsi : je suis l'auteur du livre, je peux comprendre votre expérience et votre douleur mieux que personne. Derrière moi, la rhétorique de Norton hypnotisait le tribunal. J'ignore ce qu'il disait. Cela ne m'intéressait pas non plus. Je fis une petite révérence de la tête, puis avançai d'un pas. Elle restait immobile. Je fis deux pas de plus. Elle se retourna et quitta la salle.

Mon Dieu, quelle frustration. J'eus des envies frénétiques de crier et de courir, précisément les deux choses qui m'étaient défendues dans une salle de tribunal. Elle savait que je devrais parcourir plus lentement le couloir qui me séparait de la porte. Un laps de temps qu'elle mettrait à profit pour créer une distance infranchissable entre nous. Malgré tout, pourquoi pas, je partis à sa recherche. A l'extérieur, il n'y avait qu'un vieil huissier. L'homme se trouvait entre les volumineuses couronnes en pierre qui soutenaient le porche de l'édifice. Il était assis sur une petite chaise en bois qui contrastait avec ce cadre de colonnes géantes et de perrons en marbre. Je lui demandai s'il avait vu une grande femme en noir. Il me répondit que oui. Je lui demandai par où elle était partie. L'homme fit un geste las du bras, comme s'il avait jeté une carte, et me dit avec une apathie de fonctionnaire :

— Par là.

Ce "par là" désignait tout Londres.

Quand je réexaminai les faits, je trouvai plus d'une raison de me sentir coupable. Tôt ou tard, Amgam devait apparaître au procès de Marcus, son amour. Quelle évidence. Comment n'y avais-je pas songé avant ? Eh bien, certainement parce que les choses sont beaucoup plus faciles à comprendre qu'à prévoir. Et il était évident que je l'avais éloignée de Marcus pour le reste du procès. J'étais encore moins fier de ça. A cet ensemble de déductions, il fallait ajouter l'aspect le plus déprimant de tous : inutile d'être un génie pour déduire qu'en ces instants où elle était restée debout devant la porte elle m'envoyait un message. Il lui aurait été très facile de fuir dès qu'elle m'avait vu apparaître. Elle ne l'avait pas fait. Elle préféra établir un dialogue.

Elle voulut me signifier son refus. Je lui avais présenté mes lettres de créance et lui avais demandé une audience, et elle m'avait éconduit : "S'il vous plaît, je ne veux pas que vous m'approchiez." C'était son opinion souveraine et ce n'était pas à moi de la remettre en cause.

Je passai la nuit assis sur mon lit, les coudes sur les genoux et la tête entre les mains. Et maintenant une confession douloureuse et honnête : si étrange que cela paraisse, l'amour et l'amour du prochain peuvent emprunter des directions opposées. C'était mon cas. Ou bien mon amour pour Amgam n'était-il pas en rivalité avec celui de Marcus ? Qui a dit que l'amour était beau ? L'amour est, par-dessus tout, puissant. L'amour peut déformer notre morale de la même façon qu'une poutrelle en fer, si dure et si solide, se tord dans un four. Ma raison voulait que Marcus fût déclaré innocent. Bien sûr. Mais une partie de moi réclamait son exécution. Personne ne la connaissait aussi bien que moi, personne d'autre ne pouvait l'approcher en meilleure connaissance de cause.

Amgam était une créature extraordinairement intelligente. Elle avait certainement appris l'anglais. A le parler et à le lire. Personne ne pouvait être plus intéressé qu'elle par le livre. Quelle était donc la raison exacte de ce refus si catégorique ? N'avait-elle pas compris que je lui tendais la main la plus aimable, la plus chaleureuse ?

Elle avait peut-être compris, après tout. C'était peut-être le seul être de la planète capable d'entrevoir les sentiments qui actionnaient les touches de ma machine à écrire. Et peut-être pour cette raison, précisément, refusait-elle de me laisser parler. Au-delà des mesures de sécurité, il existait peut-être un motif supplémentaire pour celui qui gardait cette distance : pour me faire savoir qu'elle était la femme de Marcus, pas la mienne.

Imaginons que l'amour de notre vie se cache sous des millions de pierres. Il ne peut rien y avoir de pire. Ou si : qu'il vive à un carrefour de la vie et ne veuille rien savoir de nous.

Un mois après ses débuts, le procès de Marcus Garvey s'anima de nouveau. Des témoins plus passionnants furent convoqués, et nous approchions du dénouement. Le dernier jour, la foule était si compacte que c'était comme si nous formions un seul corps inquiet ; un pincement à un bras était ressenti par tous les bras. J'avais pris mes précautions, et à cette occasion j'étais assis sur le premier banc, juste devant la barre qui séparait le public du tribunal.

Il était écrit dans les étoiles que ce devait être le grand jour d'Edward Norton sur la Terre. J'admire encore la façon dont il avait manœuvré pour que tous les miroirs soient en position de refléter sa gloire. La presse était là. Le public, enhardi. Et comme dernier décor, un procureur moralement vaincu depuis des semaines. Il n'était absolument pas incompétent. Mais dès la première séance il me fit penser à un boxeur à qui l'on a promis un combat contre un nain et qui, une fois sur le ring, se retrouve devant un titan. Ou peut-être appartenait-il à cette catégorie de chiens qui font plus de mal quand ils aboient que lorsqu'ils mordent, qui sait. Par des moyens désespérés, il dut recourir aux déclarations de Casement, le consul britannique au Congo. Mon Dieu, quel pauvre recours. Casement avait été un brillant diplomate, effectivement. Mais ici la fortune jouait en faveur de Marcus. Deux années plus tôt, en 1916, Casement avait été l'un des leaders de la rébellion de Dublin. Quand on l'arrêta, pour achever de le discréditer, on découvrit des preuves irréfutables de son homosexualité. Quand on le fusilla, personne ne le pleura. Quoi qu'on en dise, la politique sera toujours un jeu dangereux. Avec ces précédents et en 1918, quel tribunal anglais aurait tenu compte de l'avis de

Casement ? Il ne faut pas oublier qu'à cette époque la guerre atteignait son point culminant et que l'atmosphère patriotique était si tendue que les couleurs de l'Union Jack se retrouvaient jusque sur le beurre dans les restaurants.

C'était là ce que Norton attendait pour faire venir Garvey à la barre pour la dernière fois. Il condensa le tout en une seule question :

— Monsieur Garvey : quelle opinion mérite M. Casement, d'après vous ?

Marcus fut assez théâtral pour se réfréner quelques secondes, réprimant une saillie, avant de s'exclamer :

— Celle que mérite tout traître à l'empire. Il devrait brûler en enfer jusqu'à la fin des temps.

Au plafond de la salle, des chapeaux volèrent. Et dans une euphorie qui frôlait le délire, Norton s'avança en direction du juge, tenant dans sa main levée les trente-sept ("oui, effectivement, Votre Honneur, trente-sept") demandes d'enrôlement volontaire que Marcus Garvey avait présentées quand la guerre avait éclaté, toutes systématiquement rejetées par l'administration militaire. En réalité, Norton avait recommandé à Marcus de présenter toutes ces demandes parce qu'il savait que l'armée n'admettrait jamais dans ses rangs quelqu'un qui était en instance de jugement pour assassinat. Mais l'image de Norton brandissant les papiers et les remettant au juge dans un parcours aussi pléthorique qu'inutile mit en plein dans le mille. En théorie, il aurait dû les remettre à un huissier, qui les aurait à son tour remis entre les mains d'un secrétaire, qui aurait fait parvenir les papiers au juge. Mais c'était la marche triomphale de Norton. Qui aurait pu la lui refuser ? De toute façon, ne fût-ce que pour garder les formes, le juge frappait régulièrement avec son petit maillet, et il faillit perdre patience.

Et maintenant une parenthèse. Je ne le savais pas encore, mais le procès était gagné avant d'avoir commencé. Comment ? Très facile. Norton était membre de l'un des clubs les plus élitistes de Londres. Bien que ce fût un homme sans fortune ni ascendance prestigieuse, je ne fus pas surpris qu'on l'y eût admis. Un homme tel que lui portait écrit sur le visage qu'il entrerait tôt ou tard dans le cercle des patriciens. De la même façon qu'une lettre peut se tromper d'adresse, le destin commet également des erreurs et fait naître un individu dans la mauvaise maison. Mais les lettres trouvent généralement leur destinataire, un jour ou l'autre, et les hommes leur destin.

Dans ce club, la haute société se fréquentait et traitait des affaires sous prétexte de jouer au billard ou de déguster un verre. Le juge qui avait été affecté à l'affaire Garvey était lui aussi membre du club. Je ne veux absolument pas parler de corruption. Ce n'était pas le genre de Norton. Au club régnaient des normes non écrites que personne ne voulait briser. S'agissant d'un lieu extrêmement sélect, où l'on n'admettait que l'élite (j'ai dit que Norton, avocat sans renom, constituait une exception), le fait que des avocats appartenant à de grands cabinets croisent les juges qui instruisaient leurs affaires n'avait rien d'exceptionnel. Dans ce cas de figure, les uns et les autres s'évitaient courtoisement jusqu'à la fin du procès. Le regard discret est celui qui ne se voit pas, et quand deux hommes veulent s'éviter ils s'évitent.

Un beau jour, Norton se fit servir un cognac. Il voulait s'asseoir à une table ronde au-dessus de laquelle était suspendu un lustre de deux cents kilos. Ses relations avaient l'habitude de s'y réunir. Mais, voyant que le juge de l'affaire Garvey occupait l'une des chaises, il s'arrêta et fit immédiatement demi-tour. Il n'eut pas le temps de s'éloigner :

— Ah, Norton ! dit le juge. Asseyez-vous, s'il vous plaît. Je comprends que vos réserves professionnelles vous éloignent de moi. Mais je sais qu'en dehors de la profession d'avocat vous écrivez également des livres. Et même si nos compagnons de table ne supporteraient pas une conversation sur la paperasse juridique, je ne crois pas que quiconque nous reproche de parler littérature, l'art d'écriture le plus élevé auquel puisse se consacrer l'être humain après la jurisprudence.

C'était une très grande table et toutes les personnes présentes, parmi lesquelles on comptait un député et trois lords, claquèrent deux doigts, ce qui était la façon d'applaudir des membres de ce club tellement sélect.

— Je suppose que vous avez déjà tous eu le plaisir de lire l'excellent ouvrage parrainé par M. Edward Norton, ici présent, dit le juge.

Et pendant vingt minutes il se livra à un éloge prononcé du livre, Norton comprit comme un message chiffré que Marcus serait absous. Mais le juge fut encore plus explicite ; au moment où Norton pensa qu'il avait fini, il s'étendit sur un cas de philosophie juridique :

— Chers amis, vous connaissez le cas de la planche grecque ? Parmi l'assistance se répandit un murmure négatif et le juge poursuivit : C'est un vieux dilemme qu'ont déjà dû affronter les tribunaux de l'Athènes antique. Imaginons un naufrage en haute mer. Seuls survivent deux marins, qui flottent sans défense sur les eaux. Ils trouvent une grosse planche en bois. Malheureusement, le bois peut soutenir le poids d'un seul homme. Les naufragés luttent et finalement le plus fort s'impose à l'autre et le tue. Quelle sentence mérite cet homme ?

Norton, en tant que juriste, connaissait la réponse. Mais il se tut. Et le juge n'était pas pressé de la rendre publique. Il but une gorgée de whisky avant de répondre :

— Il y a des lieux, messieurs, où le droit n'a pas de droits. Il y a des actes qui sont au-delà de la juridiction humaine, poursuivit le juge. Nos lois exigent des citoyens qu'ils soient honnêtes. Mais aucune loi ne peut exiger d'aucun homme qu'il soit un héros.

Il fit une nouvelle pause. Il prit une inspiration et dit, sur un ton indigné :

— Et maintenant, imaginons le cas d'un homme qui doit lutter dans un contexte qui se trouve au-delà de la morale, de la géographie. Imaginons, de surcroît, que ses actes sauvent le genre humain d'une menace plus grave que la variole ou l'artillerie allemande. Devrions-nous le condamner pour le fait que dans cette lutte confuse il ait perdu deux de ses camarades ?

Le juge se carra dans son fauteuil. D'après Norton, il regardait le plafond du club de la même façon que Moïse devait regarder les nuages quand Yahvé lui remit les tables de la Loi.

— Je proclame, dit-il, et je le reconnais sans problème publiquement, que tant que je serai juge aucun homme ne sera condamné pour un acte de cette nature.

Et les participants à cette table ronde applaudirent avec les doigts comme une vague de grillons. A compter de ce jour, Norton n'eut plus qu'un objectif : se montrer lors des séances publiques, de façon que l'absolution de Marcus constituât un grand succès professionnel.

Norton me raconta tout cela peu après, quand nous sortîmes du tribunal. Mais à ce moment, pendant que le juge prononçait sa fameuse phrase "Et l'accusé peut s'en aller librement dès cet instant", notre joie aurait pu nous valoir une belle contrariété. J'en fus en quelque sorte l'un des responsables. Le livre m'avait coûté tant d'efforts, la liberté de Marcus nous avait semblé si improbable, que je ne pus éviter de bondir par-dessus la rampe qui me séparait du banc des accusés.

— Oh, Marcus, mon garçon ! lui dis-je en serrant ce corps si menu entre mes bras.

Je l'étreignais et ce faisant je m'aperçus que je ne l'avais jamais fait, que c'était la première fois que j'avais un contact physique avec lui. Mon bond prit de court les deux policiers qui l'encadraient. Ils ne s'y opposèrent pas. De plus, ils ne pouvaient pas. Marcus était maintenant un homme libre et n'importe qui pouvait le serrer dans ses bras.

Dans cette étreinte se mêlaient de nombreux sentiments en grande partie contradictoires. Que sommes-nous, les hommes ? Un point dans le temps et l'espace. Et vers ce point du temps et de l'espace aussi petit et aussi contrefait, vers ce point appelé Marcus Garvey, convergeaient des significations qui me touchaient directement.

Je voulais croire que ma lutte intérieure avec la rédaction du livre avait eu une finalité extralittéraire : la liberté de Marcus Garvey. Mais, objectivement, ce succès m'éloignait d'Amgam. Il ne fallait pas être très intelligent pour deviner l'étape suivante du couple. A sa place, j'aurais fui vers une île volcanique et heureuse, où le contact avec l'humanité serait suffisamment sporadique pour que personne ne posât de questions sur la peau et les yeux d'Amgam. Cependant, je n'étais pas triste. En serrant Marcus dans mes bras, je me rendis compte que le bonheur que je ressentais d'avoir contribué à sa libération était supérieur à la tristesse que me causait la perte d'Amgam. Et je me dis que peut-être, en fin de compte, le livre avait un autre objectif que la libération de Marcus Garvey : faire de son auteur quelqu'un de meilleur qu'il ne l'était avant de l'avoir écrit.

Mais laissons ce que je ressentais de côté. Quand le juge déclara Marcus innocent, une clameur euphorique se propagea dans la salle. Et comme j'avais sauté la barrière qui me séparait de Marcus, la masse n'y réfléchit pas à deux fois et me suivit. On interpréta mon élan comme une autorisation de m'imiter, tout le monde voulait toucher le héros du jour. Le problème venait de ce que l'enthousiasme provoquait une marée humaine. Rappelons que la salle était pleine, si pleine que des centaines de personnes avaient suivi les dernières séances de l'extérieur. Le procès était fini et on avait ouvert les portes. Et au lieu que les gens de l'intérieur sortent, les gens de l'extérieur entrèrent.

L'enthousiasme avait rendu la situation réellement dangereuse. Comme au cours d'un glissement de terrain, l'humanité de la salle se jetait sur ceux d'entre nous qui étions au fond. Il n'y avait que quatre huissiers et une paire de *bobbies* escortant Marcus. Que pouvaient-ils faire devant cette marée de chair et d'os ? Le juge frappait de petits coups avec son maillet. Quelle image ridicule. Ce petit marteau était une représentation parfaite du pouvoir judiciaire. Maintenant que personne ne voulait, ou ne pouvait, lui obéir, il manifestait son insignifiance. Quel était après tout le grand attribut d'un juge ? Un petit maillet en bois qui, hors de la salle, ne servirait même pas à casser des noix.

Nous étions de plus en plus comprimés contre le mur. Si quelque chose ou quelqu'un n'y remédiait pas, nous allions tous mourir asphyxiés par la pression. Même la grande table où le juge présidait les séances fut renversée sous la poussée humaine. Marcus, le juge et moi allâmes donner avec nos corps contre ce meuble massif en acajou vrillé. La table flottait parmi les corps comme un canot de sauvetage en plein naufrage, et nous eûmes par chance la possibilité de nous hisser dessus. Autour de nous, il n'y avait que des corps en train de se noyer qui réclamaient de l'aide, trop serrés pour bouger ne fût-ce qu'un bras. Je vis qu'au fond les gens ne comprenaient pas le risque. Ils continuaient à pousser avec l'obstination de moutons qui cherchent refuge à la bergerie. Tous agissaient comme des animaux irrationnels. Tous ? Non.

Au moment où l'hécatombe semblait désormais inévitable, on entendit une voix se hausser pardessus les autres. C'était Norton. Il ne parlait pas, il chantait. Je ne croyais pas que quelqu'un d'aussi sobre se consacrât à cela, chanter au milieu d'une catastrophe. Je m'aperçus qu'il entonnait l'hymne national et mon incrédulité grandit encore si possible.

Norton chantait le *Dieu sauve la reine* entouré d'un océan de corps !

Il savait ce qu'il faisait. Ce fut d'abord une grosse femme, celle qui passait son temps à faire du crochet pendant les séances. Elle décida d'accompagner Norton avec une voix beaucoup plus délicate que son corps. Puis un enfant, qui avait certainement appris les paroles pendant la guerre. Norton bougeait un bras comme s'il ramait, encourageant tout le monde à le seconder. Il y parvint. Rapidement, ce tourbillon furieux s'arrêta, et la masse excitée se transforma en chœur musical. Le danger n'était pas tant la masse que son mouvement. Et la musique nous obligeait à nous arrêter. Tout le monde chantait. Moi aussi ! A ma grande surprise, je m'aperçus que j'avais le cou gonflé et que le chœur chantait *Dieu sauve la reine* avec une passion que je n'avais jamais éprouvée auparavant ni pour Dieu ni pour la monarchie.

Marcus était debout sur la table renversée, au-dessus de tous et à la vue de tout le monde. Il était le point de mire de cinq cents paires d'yeux. Les muscles de son visage étaient comprimés et il pleurait comme une Madeleine. Le danger s'évanouit de la même façon qu'un démon exorcisé sort d'un corps, en s'évaporant. Je dois dire que je pleurais. Parce que cette salle, si pleine, représentait en ces instants bien plus qu'une dépendance de l'administration judiciaire. C'était le lieu où mille personnes déversaient leurs sentiments les plus nobles. Il y avait là des hommes, des femmes, des enfants et des vieux. Et parmi eux, des riches et des pauvres, des saints et des ivrognes. Il se peut même qu'il y ait eu des espions allemands qui s'ennuyaient. Nous étions tous unis par un hymne qui représentait en ces instants un peu plus que la royauté britannique, beaucoup plus. Tout le monde chantait, et ce qu'ils disaient en chantant était que l'instinct le plus honorable de l'être humain est l'amour des faibles. Ce jour-là, chose étrange, l'amour des faibles avait obtenu une victoire imprévue sur les plus grands pouvoirs de l'univers. Je fus si ému que je faillis me moucher dans la perruque du juge, qui se trouvait à côté de moi, sonné et qui avait perdu sa dignité.

Dès qu'on entendit la dernière note, Norton leva une main. Il monta sur la table, serra Marcus dans ses bras et je crois qu'il lut la pensée générale lorsqu'il dit dans son style brillant et synthétique :

— Maintenant nous devons sortir d'ici avec sérénité. Et, une fois que nous serons à la maison, quand la porte se refermera derrière nous, nous nous réjouirons d'être rentrés chez nous comme des citoyens meilleurs que nous ne l'étions en sortant.

Et, effectivement, les mille personnes quittèrent la salle avec la même sérénité que si elles sortaient d'un temple après l'office. Norton, Marcus et moi attendîmes qu'elle se vidât. Puis nous sortîmes ensemble. Quand nous fûmes devant la porte du bâtiment, et avant de descendre les gigantesques marches de l'entrée, nous prîmes congé de Marcus. Je ne pus m'empêcher de lui demander ce qu'il comptait faire de sa vie.

— Le monde est très grand et moi très petit. Maintenant que je suis libre, j'aimerais le parcourir un peu, dit-il. Et il ajouta sur son ton le plus candide et sincère : Après tout, c'est le monde que j'ai sauvé, non ?

Norton et moi nous mîmes à rire. Marcus fit un geste et descendit les marches en pierre, cyclopéennes, avec ses petites jambes en fil de fer. Je savais que ces petites jambes l'emmenaient la retrouver. Personne, jamais, n'a été plus envié. Je tournai la tête.

Je restai quelques minutes de plus en haut du perron. Norton me raconta l'histoire du club et du juge. Puis nous nous séparâmes. Tandis qu'il mettait son chapeau, j'écoutai un Edward Norton froid et rationnel jusqu'au délire. L'idée de chanter l'hymne lui revenait, de sorte que je le félicitai de nous avoir sauvés par cette heureuse initiative.

— Tout est une question de style, dit-il. Cela constitue la partie utile des hymnes : ce sont de magnifiques outils de cohésion de groupe. En cas d'urgence, ils servent à transformer les bêtes féroces en troupeaux dociles. Et pendant qu'il calait son chapeau et descendait l'escalier, il prit congé : Bonne chance, monsieur Thomson.

En me rendant à la maison, je ne pouvais chasser de ma tête l'image de Marcus et Amgam s'embarquant vers un pays tranquille et lointain. Une lune de miel plus longue que la vie les attendait. Je pensai à une nouvelle dont le héros était la mystérieuse Mme Garvey. Pendant la traversée en bateau, elle ne sort jamais de sa cabine et finit par éveiller les soupçons du reste des passagers, qui insistent pour savoir qui se cache à l'intérieur.

Malheureusement, Poe avait écrit une nouvelle très semblable. Je le découvris par la suite. Je ne convaincrais jamais les critiques que mon récit n'était pas un plagiat. En réalité, c'étaient deux histoires antithétiques. Dans le récit de Poe, le mari transporte le cadavre de sa défunte épouse : la mort. Dans le mien, Garvey voyage avec Amgam : la vie. Dans la nouvelle de Poe, les passagers font irruption dans la cabine de l'homme qui transporte le cadavre et sont horrifiés. Dans mon histoire, ils découvrent une femme née sous un ciel de pierre. Mais Amgam est Amgam. Et la foule, au lieu de la lyncher, se transforme en une humanité plus tolérante, plus digne.

Bon, peu importe. Personne n'aurait cru que mon récit était une idée originale, et je finis par le jeter dans la corbeille. Mais mon conte était meilleur que celui de Poe. Que cela soit au moins mentionné ici.

29

Un jour, au cours d'une séance, Marcus me raconta une dispute pseudo-scientifique qu'avaient eue les frères Craver. Cela se passa pendant la période la plus ennuyeuse à la clairière, avant l'apparition des Tectons. Je ne me rappelle pas les termes exacts de la controverse. Je crois qu'elle avait un lien avec la rotation de la planète. D'après Richard, un tireur qui tirerait précisément à la verticale ne courrait jamais le risque d'être blessé par cette balle. Dans le bref laps de temps que le projectile consacrerait à la montée et à la descente, la terre aurait bougé, et le projectile tomberait sous un certain angle par rapport au canon de l'arme. Je dis que je ne me rappelle pas la discussion, ni la divergence d'opinions exacte. Mais Richard finit par tirer au ciel avec son arme, dans la position de celui qui donne le départ d'une course d'athlètes.

Cette balle se dirigea vers les ciels du Congo. Cette triste balle parvint même plus haut que Marcus et Amgam quand ils grimpèrent sur le grand arbre de leur amour. A un moment donné, la force de l'ascension et la force de gravité durent s'équilibrer. A cet instant précis, si la balle avait eu des yeux, elle aurait vu le Congo d'une perspective plus élevée que celle de n'importe lequel des personnages impliqués dans le drame de la clairière. Sa chute avait été la plus douloureuse : qui a vu le plus perd le plus, et plus ce que nous avons vu est formidable, plus il nous en coûte d'y renoncer.

D'une certaine façon, j'étais cette balle. Et, comme cette balle, je ne pouvais plus retomber au point exact d'où j'étais venu. Mais la chute me blesserait.

Les jours suivants, je pensai juste à diriger ma vie vers un objectif constructif. Grâce à cette succession d'événements, le directeur du *Times of Britain* m'avait promu dans la hiérarchie interne de l'hebdomadaire. En réalité, ma nouvelle position n'avait rien d'extraordinaire, mais je laissai le travail m'absorber, m'y consacrant avec l'énergie démesurée de ceux qui sont arrivés prématurément à un emploi. Le premier problème que je dus affronter portait un nom propre : Hardlington.

Les années n'ont fait que me confirmer ce que le cas Hardlington exposait à une lumière diaphane : les situations odieuses sont plus fréquentes que les hommes odieux, et vivre avec des personnes humiliées finit par nous humilier. Effectivement, dès lors que les rapports hiérarchiques entre Hardlington et moi s'inversèrent, cet homme passa de la condition de despote à celle de spectre. Je ne pouvais supporter son air de contrition perpétuelle, que je trouvais moralement intolérable, aussi l'abordai-je un jour. J'aurais pu lui donner rendez-vous dans mon bureau. Je préférai m'approcher de sa table, afin que tous en fussent témoins.

— Cher monsieur Hardlington, dis-je : je crois que nous devrions avoir un bref entretien sur les principes littéraires fondamentaux.

Quand toutes les machines de la salle se furent arrêtées, je poursuivis :

— J'ai lu votre œuvre complète – c'était faux, il n'aurait plus manqué que ça, mais cela faisait bien de le dire – et je pense que vous commettez une erreur, une seule, mais définitive. Vous êtes un grand lecteur des classiques, mais juste des classiques. Réfléchissez à la chose suivante : aucun des auteurs qui le sont devenus ne souhaitait être comme les classiques qu'on lisait à leur époque. Ils les admiraient, oui, mais ils ne les imitaient pas. D'autre part, monsieur Hardlington, il est évident que les meilleurs ne peuvent être comparés entre eux. Si nous voulons mesurer la valeur d'un bon auteur, en réalité, nous devons le comparer aux mauvais.

Je tenais un livre à deux mains ; je tendis les bras vers Hardlington comme s'il s'était agi d'une offrande. C'était un de mes vieux produits, le pire de tous : *Pandore au Congo*, la première commande du docteur Luther Flag.

— Je pense, monsieur Hardlington, qu'un bon auteur doit suivre son propre chemin, très en marge de celui qu'ont ouvert les classiques. Un auteur ne devrait jamais s'intéresser aux livres qu'il veut imiter, mais à ceux auxquels il ne veut pas que ses œuvres ressemblent.

Et j'achevai :

— A mon avis, monsieur Hardlington, un bon écrivain doit avoir un seul objectif dans sa vie narrative, un seul : ne jamais écrire ce livre.

Les choses s'arrangèrent. Etant donné que j'avais écrit *Pandore au Congo*, et que j'avais publiquement permis à Hardlington de me critiquer, son humiliation fut mitigée. Il reprit même un brin de son ancienne pétulance. Mais comme il n'avait plus aucun pouvoir, d'odieux il devint pittoresque, et la cohabitation s'améliora.

Il s'écoula encore quelques jours. Mon salaire ayant soudain augmenté, je pouvais me permettre le luxe de faire des projets pour l'avenir. Je ne savais comment remercier le couple MacMahon de son hospitalité. Pendant ce temps, MacMahon décida de lire l'histoire de Garvey. Il n'avait jamais lu un livre, je pouvais donc considérer cela comme un honneur et aussi comme un défi. Allait-il le lire de A à Z, ou finirait-il par s'en servir pour caler les pieds du lit ?

La réponse ne tarda pas. Deux nuits plus tard, MacMahon était parvenu au point culminant de sa lecture. Je dormais quand je sentis une main me secouer l'épaule.

— Tommy, Tommy ! Réveille-toi, mon garçon !

Je fis un bond, convaincu que nous subissions un nouveau bombardement, mais avant que j'aie pu sortir du lit MacMahon me demanda :

— Qui sont ces gens ?

— Quels gens ? Mais de quoi me parlez-vous ? fis-je.

— Les Tectons ! Qu'allons-nous faire s'ils décident de nous envahir ? Les Tectons sont pires que la guerre, Tommy !

A sa façon de parler, on aurait dit qu'il y en avait un sous son lit.

— Monsieur MacMahon, un livre ne s'achève qu'à la dernière page, l'informai-je en me frottant les yeux.

Et je dois dire que lorsque MacMahon eut fini de lire le livre il était plus content que moi quand j'avais fini de l'écrire. C'était un dimanche matin.

— J'ai terminé un livre ! J'ai terminé un livre ! disait-il, brandissant l'exemplaire comme un trophée.

Il faisait de petits bonds dans la salle à manger et sa tribu d'enfants dansait autour de lui sans comprendre la raison d'une telle joie, mais très contente d'y participer.

Le même jour, après le déjeuner, nous étions encore à table lorsque MacMahon me demanda :

— Je peux te poser une question sur le livre, Tommy ? Je suis très curieux.

— Autant que vous voudrez, monsieur MacMahon, répondis-je.

Il approcha sa tête de la mienne et me demanda sur un ton confidentiel :

— Tu te souviens du chapitre où Garvey et Amgam sont sur cet arbre ? Il baissa la voix avec un sourire complice sur les lèvres : Oui, mais oui, quand ils sont en haut de cet arbre gigantesque à se faire des mamours et des cochonneries.

— Je me rappelle parfaitement, monsieur MacMahon, lui dis-je. J'ai écrit ce livre.

MacMahon demanda :

— Où faisaient-ils caca ?

Après un silence déconcerté, je protestai :

— C'était ça, votre grande question ? fis-je en fronçant le nez.

— Eh bien, j'en ai d'autres. Mais celle-ci est importante, tu ne crois pas ? Ecoute, Tommy, j'ai fait des calculs – et en disant cela il me montra une feuille de papier couverte d'équations. J'ai multiplié la quantité quotidienne de matière fécale que peuvent produire deux personnes en sept jours, à peu près la période où d'après le livre Garvey et Amgam sont restés ensemble sur l'arbre. Et je trouve un volume de crotte très important ! La question est : comment ont-ils pu résister à cette puanteur ? Si l'arbre était si haut et dense, les excréments du couple devaient bien se déposer sur les branches inférieures. La chaleur ambiante devait produire une odeur terrible ! Comment leurs narines pouvaient-elles le supporter ?

— Je ne sais pas ! protestai-je. Le Congo est une immense cuvette humide, les pluies sont torrentielles. Cela nettoyait peut-être toutes les saletés !

— Non, non, non, insista M. MacMahon avec une constance de termite. J'ai consulté l'*Encyclopédie britannique*, et à l'époque où Marcus était au beau milieu du Congo, c'était la saison sèche. Il ne pleuvait pas, ou alors très peu ! Et il faisait une chaleur épouvantable ! La putréfaction environnante aurait dû leur interdire toute pratique amoureuse !

Je me fâchai :

— S'il vous plaît, monsieur MacMahon ! Que gagnons-nous à détruire une aussi jolie scène en invoquant la misère humaine ?

M. MacMahon capitula. Ou plutôt : il laissa courir. Comme il faisait une tête de lecteur déçu, je lui suggérai de me poser d'autres questions. Mes précisions seraient peut-être plus satisfaisantes et nous nous en tiendrions là. Ici, MacMahon m'exposa une quantité incroyable de vices de forme. Par exemple : page tant, Richard se plaignait de ne plus avoir de tabac, et plus loin il fumait un cigare. Ce genre de choses.

— Oui, je sais, me défendis-je. Les expériences du Congo ont provoqué l'effondrement émotionnel de Marcus. Je crois que nous devrions être un peu indulgents sur les aspects mineurs. Toute personne luttant pour sa vie, son amour et la liberté de l'humanité tout entière aurait également été incapable de retenir dans son cerveau des détails aussi insignifiants que ceux que vous me citez.

Là, je convainquis MacMahon. Mais je ne m'étais pas convaincu moi-même. Je commençais à me sentir comme si un procureur m'avait interrogé, un procureur mille fois plus incisif que celui qu'avait dû affronter Norton. MacMahon tourna quelques pages. Puis il remplit ses poumons, grands comme des tonneaux, avec un soupir de baleine, et dit avec sa naïveté candide :

— Tommy, pourquoi les Noirs ne s'enfuient-ils pas ? Tu comprends ça ?

— Mais monsieur MacMahon, alléguai-je avec un sourire triomphant, on leur avait attaché le cou avec des fers spécialement conçus pour retenir les porteurs. Vous ne vous rappelez pas ?

— Non, non, me corrigea-t-il. Je veux parler de la deuxième étape, quand ils les transforment en mineurs.

Cela m'inquiéta. J'avais peur que ma description de la mine n'ait pas été assez claire. J'expliquai à MacMahon que l'intérieur de la mine était un espace sphérique avec un trou supérieur comme unique sortie.

— Imaginez une sorte de lucarne, dis-je en désignant du doigt le centre du plafond. Nous aurions beau escalader les murs, il nous serait impossible de parvenir à la sortie, parce que nous ne pourrions nous accrocher nulle part.

— C'est parfaitement clair, dit MacMahon. Mais dans le livre on affirme que la nuit personne ne surveillait cette sortie, également appelée "fourmilière".

— Effectivement. C'était inutile. Il suffisait de retirer l'échelle d'accès. Une solution aussi simple qu'ingénieuse. Vous ne trouvez pas ?

Mais MacMahon feuilletait le livre et remuait la tête :

— Non.

— Non ? fis-je.

— Non, insista-t-il.

Il continuait à feuilleter le livre avec une moue, comme si cela avait été au livre et non à moi de résoudre ses interrogations. Il finit par relever la tête, me regarda de ses petits yeux de chien errant et dit :

— Voyons, Tommy, pourquoi ces garçons n'auraient-ils pas pu monter les uns sur les autres ? Avec une simple tour humaine, ils auraient pu parvenir à la "fourmilière". Tu ne crois pas ? Ensuite, ils se seraient aidés mutuellement. Et en un clin d'œil, tous dehors !

Je ne sus que répondre. Et soudain, je me surpris à faire un geste que je ne connaissais que trop bien : je regardai des deux côtés de la table. Et je ne le faisais pas parce que j'avais un doute, mais parce que je devais gagner du temps avant d'inventer quelque chose pour m'en sortir. Je remarquai une sorte de terreur qui flottait dans l'air. Une horreur indécente, si l'on peut donner des adjectifs à l'horreur. MacMahon agita un doigt qui disputait précisément quelqu'un :

— Tu sais pourquoi les deux frères n'y ont pas pensé ? Et il fournit lui-même la réponse : Parce qu'ils étaient anglais. Je le sais parce que je suis irlandais. Les Anglais croient qu'ils dominent l'Irlande parce qu'ils sont plus intelligents que les Irlandais. Ce n'est pas vrai. Ils commandent parce qu'ils sont plus forts. C'est pour cette raison qu'ils n'ont pas pensé qu'une poignée de Noirs pourraient concevoir une manœuvre d'évasion aussi simple. Parce qu'ils considéraient les Noirs comme des idiots. Mais ce n'étaient pas des idiots. Juste des esclaves.

MacMahon réexamina le livre, en le regardant à contre-jour comme s'il devait trouver la solution écrite à l'encre sympathique. Et il conclut, toujours sans me regarder :

— Mais alors pourquoi est-ce que les Noirs ne s'enfuyaient pas de la mine ?

Je n'avais pas de réponse. Je n'avais en fait aucune réponse aux questions que MacMahon m'avait posées ce matin.

— Eh bien, dis-je, la bouche sèche et avalant ma salive, moi aussi je suis anglais, monsieur MacMahon, et je n'ai rien contre l'intelligence des Irlandais. Ni des Africains.

— Oh, bien sûr que non, Tommy ! s'excusa MacMahon. On peut être anglais et quelqu'un de bien ! Je dis juste que les Anglais, bons ou mauvais, pensent comme des Anglais. C'est-à-dire qu'ils ne pensent jamais comme des opprimés parce qu'ils n'ont jamais subi l'oppression qu'ils exercent sur les autres.

MacMahon tourna quelques pages supplémentaires et ce fut comme si on lui allumait une petite lumière. Il me regarda les yeux grands ouverts et dit :

— Maintenant que j'y pense, tu as interviewé Marcus Garvey.

— Oui. Souvent.

— Eh bien, toi, qui es une bonne personne anglaise et qui tiens en haute estime l'intelligence des Africains, tu lui posais certainement souvent la question. Que t'a dit M. Garvey là-dessus ?

Je ne pouvais pas supporter d'être comparé aux frères Craver. Ou peut-être que ce que je ne supportais pas était le fait de ne pas avoir de réponse à des questions aussi simples. Ou de ne jamais avoir eu besoin de poser une question aussi évidente à Marcus Garvey. Je sortis de la pension sous le prétexte de faire un tour, en colère, après avoir répliqué sèchement et méchamment. Pauvre M. MacMahon. Je me déteste encore pour avoir fait ça.

Je me promenai dans le quartier, si perturbé que j'allumais cigarette sur cigarette. Je voulais écarter la question de MacMahon de mon esprit et je ne pouvais pas. Pourquoi les Noirs n'avaient-ils pas fui la mine ?

Avant de rentrer à la maison, je ne pus éviter de m'arrêter devant la vieille pension, toujours en ruine. Le bâtiment ressemblait à un gâteau raté, et dans un angle supérieur on pouvait toujours voir, transformée en losange, la fenêtre de ma chambre. Je pensais à des sottises quand je sentis un doigt me toucher l'épaule gauche :

— Excusez-moi, vous ne vous appelez pas Thomson, Thomas Thomson ?

C'était le facteur du quartier, avec sa gibecière, sa casquette à visière plate et son inséparable bicyclette. Je confirmai ses soupçons, et l'homme s'expliqua avec un grand sourire :

— Je me souviens très bien de vous, oui. Vous êtes le jeune homme qui maudissait le Kaiser le jour où les zeppelins ont bombardé cette maison, dit-il en désignant la pension en ruine. Je suis arrivé juste à ce moment pour vous remettre une notification. Vous étiez vraiment indigné ! Il est difficile d'oublier un jeune homme comme ça.

— Eh bien, oui, c'était moi, me rappelai-je, lui rendant son sourire.

Vue avec la distance des survivants, l'anecdote devenait plus drôle qu'elle ne l'était en réalité.

— Excusez-moi de vous déranger, poursuivit le facteur, peu après, j'ai dû distribuer une lettre qui vous était également destinée, monsieur Thomas Thomson. Malheureusement, la maison avait été évacuée et je ne pouvais deviner quelle était votre affectation militaire. Malgré ça, j'ai conservé la lettre au dépôt central. Je me suis dit qu'un garçon aussi effusif et décidé que vous, s'il apprenait que quelqu'un lui avait envoyé une lettre, viendrait la chercher. Un jour.

Je haussai les épaules :

— Merci pour votre intérêt. Mais je n'ai pas de famille ni tellement d'amis, dis-je. Je ne crois donc pas que cela ait été important.

— Ça l'était, insista le facteur. Ça venait d'une prison et l'expéditeur attendait la mort. Je le sais parce que c'était un nom très connu.

L'homme remonta sur sa bicyclette. Et en s'éloignant vers le bas de la rue, il dit :

— Bien, comme vous voudrez. Si cela vous intéresse, la lettre vous attend encore au siège central de la poste. Vous savez, il y a des lettres qui ont attendu des dizaines d'années d'être remises à leur destinataire.

Pourquoi avais-je croisé ce facteur compatissant ? Quand la bombe allemande brûla le livre, il était inévitable que quelqu'un comme Tommy Thomson hurle son indignation au milieu de la rue. Et mes simagrées rendaient inévitable que le facteur se souvînt de moi, ce qui rendait pratiquement inévitable que je croise le facteur tôt ou tard.

Pourquoi ce zeppelin allemand nous avait-il bombardés ? Parce que nous étions en guerre avec l'Allemagne. Et pourquoi étions-nous en guerre avec l'Allemagne ? A cause des colonies, parce que les colonies enrichissaient les pays et les hommes. C'est pour cette raison que les frères Craver étaient partis aux colonies : pour s'enrichir. Et s'ils n'y étaient pas allés, je n'aurais jamais rien écrit. Tout est très simple et à la fois très compliqué. Je déduisis des paroles du facteur qu'il s'agissait d'une lettre de Marcus. "Peut-être Marcus m'a-t-il écrit après mon incorporation", me dis-je. Je n'avais même pas pu lui dire au revoir. A cette période, je disposais de beaucoup de temps libre, et ne fût-ce que pour cette raison je passai la récupérer.

Je me trompais. La lettre n'était pas de Garvey. Elle était de Casement, le consul.

Casement ne pouvait savoir que pendant qu'il écrivait ces lignes j'endossais déjà l'uniforme qu'il avait si souvent combattu et que, par conséquent, la lettre resterait classée pendant deux ans. Rappelons qu'elle me parvenait à l'automne 1918, et que Casement avait été exécuté en 1916, pendant que j'étais au front. Mon Dieu, cette lettre ! Je ne l'ouvris pas au bureau de poste. Je me rappelle que j'arrivai à la pension, me dirigeai vers la salle à manger et m'assis dans un fauteuil qui tournait le dos à la fenêtre. Dans le fauteuil qui me faisait face était assis Modepa, comme d'habitude. Il feuilletait le dernier numéro du *Times of Britain*, auquel nous étions abonnés gratuitement grâce à mon poste.

Jamais aucune autre lecture ne m'a autant ému. Soixante ans ont passé et je pourrais encore la réciter par cœur.

Voici ce qu'elle disait :

Cher monsieur Thomas Thomson,

Quand vous lirez ces lignes, mon corps aura déjà servi à arrêter vingt-quatre balles. Il me reste donc peu de temps, et je ne veux pas le perdre en lamentations. Pendant les quelques instants que nous avons partagés, vous et moi, vous m'avez semblé être un jeune homme doté d'une qualité qui se détachait de toutes les autres : l'amour de la vérité brillait dans vos yeux. De toute façon, ces lignes ne sont pas écrites pour vous convaincre, monsieur Thomson, de tenter de modifier la sentence qui pèse sur moi – tâche impossible –, mais celle d'une autre affaire judiciaire dans laquelle nous partageons des intérêts.

L'affaire Garvey, qui a commencé avant la mienne, s'achèvera également plus tard. Rappelez-vous que j'ai été l'un des moteurs pour recueillir des signatures parmi la colonie européenne à Léopoldville. Tous ces bons citoyens, belges et anglais, ont signé un texte qui insistait sur le caractère criminel de Marcus Garvey. Je sais ce que vous pensez : que ce sera désormais très facile pour la défense de Garvey de détruire ma crédibilité. Peu importe. Si mes calculs sont exacts, Marcus n'échappera pas aussi facilement à la justice.

Vous devez déjà avoir imaginé – et si vous ne l'avez pas fait, je déplore que vous me teniez en si piètre estime – qu'un individu tel que moi ne se contenterait jamais de livrer à un tribunal une simple liste de signatures. Je dispose également d'un témoin qui devrait servir à faire condamner Garvey. Mais lors de notre rendez-vous la révolte irlandaise était déjà en marche. Et mon destin, triomphe ou défaite, était écrit lui aussi. Ce fut la défaite.

Il m'est aujourd'hui impossible de m'occuper personnellement de ce témoin. Puis-je faire confiance à quelqu'un d'autre que vous ? Dans ma situation, je n'ai pas d'autre alternative. Sachez que ce témoin a reçu de moi l'instruction de se rendre à l'adresse que vous m'avez fournie. J'espère que vous lui offrirez la protection que je ne peux lui assurer. Faites-le monter sur l'estrade et déposer. Je ne vous en demande pas davantage. Je sais que vous travaillez pour l'avocat de Garvey. Mais je crois également que dans ce conflit d'intérêts entre la hiérarchie et la justice vous choisirez la vérité.

Dernier point : l'homme que je vous envoie est une âme fidèle, sûre et disciplinée. Je lui ai ordonné de se rendre à votre pension et de ne pas en bouger avant que quelqu'un le reçoive en bonne et due forme. Et croyez-moi, je lui ai demandé de ne pas bouger, il ne bougera donc pas. Qu'il pleuve, qu'il fasse soleil ou que mille ans s'écoulent. (Je vous demande donc de guetter son arrivée.) Qui plus est, notre homme a reçu l'ordre impératif de ne pas s'identifier et de ne parler de l'affaire Garvey que devant la personne concernée. Et comment s'identifiera cette personne (c'est-à-dire, vous) ? Avec un mot de passe. Le voici :

Le Congo est le Congo est le Congo est le Congo.

Répétez trois fois cette formule. Au total, douze fois le mot Congo. *Je regrette de ne pas être très original avec les mots de passe. Mais si un mot peut identifier mon témoin, c'est celui-là. Et le sens commun me recommandait la simplicité afin d'éviter la censure postale ; je serai bientôt un cadavre comme n'importe quel autre, mais d'ici là je ne suis pas un homme comme n'importe quel autre.*

P.-S. : Après avoir lu cette lettre, les autorités qui me retiennent, très indulgentes, ont constaté qu'elle ne contient pas de politique et l'ont approuvée. Elles n'exerceront donc aucune censure et elle sera remise à l'adresse que je leur ai indiquée.

Vivez longtemps et que la justice croisse autour de vous comme une forêt touffue.

J'avais achevé la lecture mais la lettre restait vivante, sur le siège d'en face, sous la forme humaine de M. Modepa.

— Vous ne vous appelez pas Modepa, n'est-ce pas ? fis-je.

Avant d'avoir achevé ma phrase, je m'aperçus que "Modepa" était la traduction phonétique de l'expression française *mot de passe*, c'est-à-dire, "consigne". Quand il m'entendit, Modepa écarta le *Times of Britain* de ses yeux du même geste brusque avec lequel j'avais posé la lettre.

— Vous êtes Pepe. Il me regardait attentivement et je dis : Vous devriez être mort.

Il analysa minutieusement mon affirmation et conclut :

— Non. Je suis vivant.

Je me levai, lui tendis la main et, sans pouvoir dissimuler un léger tremblement, je dis :

— Monsieur Godefroide : ce serait un immense honneur pour moi si vous me permettiez de vous inviter à boire un verre.

Je l'emmenai hors de la maison. Pourquoi ? Certainement parce que, dans le fond, je connaissais la vérité et que je cherchais un délai pour ne pas l'entendre. Nous nous rendîmes à la taverne irlandaise de MacMahon, qui y avait un box réservé.

La scène suivante démontra que les moments les plus dramatiques de notre vie peuvent aussi être les plus ridicules. Je connaissais le véritable nom de Godefroide, et donc son identité. Il était par conséquent inutile de prononcer le mot de passe. Mais il insista avec une persévérance fanatique. Il avait ordre de ne parler que lorsque la personne en question l'aurait prononcé, et s'il avait attendu deux ans, il pouvait bien en attendre deux de plus.

Ainsi donc, je devais réciter le mot de passe en entier, mais cette succession de répétitions du mot "Congo" me semblait totalement dérisoire. Si Casement, où qu'il fût, nous voyait, il devait être mort de rire. Godefroide collaborait avec toute sa bonne volonté. "Courage, courage", me disait son visage chaque fois que je prononçais un "Congo". La chose devint grotesque lorsque après cette litanie de "Congo" Godefroide regarda au plafond avec une attitude réfléchie et dit :

— Excusez-moi, vous pourriez répéter ? J'ai perdu le compte...

Nous y parvînmes ainsi. Et quand tout fut en ordre, Godefroide se révéla être un grand bavard :

— M. Casement m'a dit de me rendre à l'adresse de l'ancienne pension. D'après lui, apparaîtrait tôt ou tard une personne qui m'offrirait le logement, et tôt ou tard quelqu'un me demanderai le mot de passe. Et ce fut le cas – il but une gorgée de whisky et poursuivit : mais au lieu d'un bâtiment je trouvai une montagne de décombres, de sorte que je m'assis et, quand quelqu'un venait, je répétais : "Mot de passe ? Mot de passe ?" Mais personne ne le prononçait. Jusqu'à aujourd'hui. Pourquoi avez-vous mis aussi longtemps ?

J'avais eu beaucoup de mal à prononcer le mot de passe à cause d'un sens élémentaire du ridicule. Et maintenant que je pouvais formuler la seule question utile, je n'étais pas très sûr de vouloir en connaître la réponse. Mais en réalité je n'avais pas le choix. C'était un miracle de me trouver là, avec

Godefroide assis en face de moi et disposé à me parler. J'avais passé quatre ans à écrire un livre, en me basant toujours sur des personnages invisibles, et maintenant il en surgissait un. Il suffisait de lui poser une question, une seule :

— Godefroide, que s'est-il passé dans la jungle ?

Au début, le récit de Godefroide fut très similaire à celui de Marcus. Il avait été engagé par des Blancs comme assistant d'une expédition minière : celle des frères Craver. Ils quittèrent Léopoldville avec cent porteurs. Ils s'engagèrent dans la jungle à travers un tunnel qui se frayait un passage dans la végétation la plus agressive de la planète.

— Un jour, poursuivit Godefroide, quand nous étions loin, vraiment loin dans la forêt, la caravane s'arrêta dans une clairière. Le jeune M. Richard était convaincu qu'il y avait là une grande mine de diamants.

— Des diamants ? Vous en êtes sûr ? l'interrompis-je. Vous avez trouvé une mine d'or, ou de diamants ?

— De diamants. Le jeune M. Richard disait que l'or se voit et que les diamants se sentent. Et il flairait les diamants, dit Godefroide sans hésiter : on établit le campement dans la clairière. Les frères Craver dormaient sous une tente, Marcus et moi sous une autre. La vérité, c'est qu'ils ne trouvèrent que deux diamants. Mais quels diamants ! Chacun d'eux était aussi gros que le poing fermé d'un nouveau-né. La nuit où on les découvrit, Marcus était très nerveux, il ne parvenait pas à dormir. Il n'arrêtait pas de se retourner sur sa couche, en rouspétant : "Bon Dieu, pourquoi est-ce que ces deux-là doivent se retrouver avec les deux diamants et moi sans un seul ?" Et je lui disais : "J'ai sommeil, monsieur Garvey, dormons." Mais il insistait : "Bon Dieu, pourquoi est-ce que ces deux-là doivent garder les deux diamants et moi aucun ?" Et je lui répétais poliment : "J'ai sommeil, monsieur Garvey, dormons."

Les réitérations de Godefroide commençaient à m'énerver. Je le saisis d'une main à l'avant-bras, en ajoutant :

— Godefroide ! Que s'est-il passé d'autre ?

Il ouvrit démesurément les yeux. Dans ce visage si noir, et avec des rétines si jaunes, les yeux ressemblaient à deux œufs au plat. Godefroide poursuivit :

— Eh bien, à ce moment, M. Marcus m'a dit : "Tais-toi, saleté de nègre", il est sorti de la tente avec une lanterne et un revolver et il s'est dirigé vers la tente des jeunes MM. Craver. Il a lancé la lanterne à l'intérieur, n'importe comment, pour mieux les voir, et je l'ai entendu tirer les six balles de son arme. Moi aussi j'étais sorti de la tente. Je pouvais voir les deux silhouettes des jeunes MM. Craver se découper sur la toile. William était plus mince et Richard plus corpulent. Je pouvais également les entendre. Ils étaient blessés. Ils gémissaient, pleuraient et suppliaient M. Garvey de ne pas les achever. Mais M. Garvey, qui était debout devant la tente, rechargeait très tranquillement son arme avec six autres balles. Il tira à nouveau sur les frères Craver à bout portant. Les six balles. Je crois qu'elles atteignirent toutes leur but. Mais il ne les avait pas encore tués. M. William pleurait comme un chaton, en miaulant très tristement. M. Richard faisait des bruits très étranges, comme s'il s'étouffait. M. Garvey rechargea son arme et tira six autres balles. Il répartissait très équitablement, une fois William, une fois Richard, une fois William, une fois Richard, une fois William, une fois Richard. Il vida ainsi le troisième barillet. Quand il se fut assuré de leur mort, M. Garvey se retourna, vit que je me trouvais derrière lui et dit : "Qu'est-ce que tu regardes, saloperie de nègre ?" Mais il changea d'attitude et reprit : "Attends un moment, Pepe, je veux qu'on parle un peu." M. Garvey, quand il était de bonne humeur, ne m'appelait pas "saloperie de nègre", il disait Pepe. Mais il n'était presque jamais de bonne humeur. Je me rendis compte qu'il voulait être aimable, mais qu'en même temps il rechargeait son revolver avec la même tranquillité. Pourquoi avait-il besoin de le recharger, puisque les jeunes MM. William et Richard étaient déjà morts ? Cela ne pouvait signifier qu'une chose, qu'il allait me tuer moi aussi, et comme je ne le voulais pas, je m'enfuis comme une âme emportée par le diable. Monsieur Thomson !

Godefroide venait de voir que ma paume saignait. Je m'étais moi-même planté les ongles dans la chair. J'étais si absorbé par le récit que je ne m'en étais même pas rendu compte. Je mis du whisky sur la blessure et la bandai avec un mouchoir.

— Godefroide, dis-je. Pourquoi ne me racontes-tu pas tout ?

— Tout ? Que voulez-vous dire, monsieur Thomas ?

— Tout, c'est tout, fis-je.

— Bien sûr, tout, obéit Godefroide. Je parvins à regagner Léopoldville, mais je ne savais que faire. J'étais horrifié par l'idée de revoir M. Garvey là-bas, et j'avais peur qu'il ne m'accuse de l'assassinat. Comme je suis noir et lui marron, les Blancs l'auraient cru lui et pas moi. Et, en effet, un jour je le vis se promener dans les rues de Léopoldville ! J'eus peur, tellement peur que je me confessai à un missionnaire belge. J'avouai mes péchés, mais surtout ceux de M. Marcus Garvey. Le missionnaire me connaissait depuis longtemps, et il connaissait aussi M. Casement. Le missionnaire me mit en contact avec M. Casement, et celui-ci me crut et me dit de me taire, que si nous voulions la justice nous devions agir avec astuce, beaucoup d'astuce. M. Casement ne faisait pas confiance aux tribunaux belges. Mais quand il apprit qu'on avait arrêté M. Garvey en Angleterre il m'envoya de l'argent pour faire le voyage en bateau. Je devais aller témoigner au procès. Malheureusement, ce procès ne venait pas. Ensuite la guerre éclata et mon voyage fut reporté plus d'une fois, parce qu'il n'était pas facile d'embarquer. Le reste de l'histoire, vous le connaissez. Quand je pus prendre le bateau, M. Casement m'envoya un message. J'avais une adresse où aller et où l'on me donnerait le gîte. Mais je ne devais pas témoigner avant d'avoir entendu le mot "Congo" douze fois de suite dans la bouche de la même personne. M. Casement en avait décidé ainsi pour que je m'en souvienne plus facilement : le mot "Congo", où je suis né, et douze fois, comme les douze apôtres du bon Seigneur.

— Et quoi d'autre ? Où est le reste de l'histoire ?

Godefroide ne comprenait pas mon impatience. Il regarda au plafond, me regarda et me dit d'une façon lapidaire :

— C'est tout. Il y a autre chose que je devrais savoir ?

— Et les hommes blancs ?

— Tous les hommes blancs de l'expédition sont morts, excepté M. Garvey, qui est marron et les a tués. Godefroide était sincèrement affligé lorsqu'il me dit : Je n'ai peut-être pas été assez clair ? M. Garvey est un assassin et on doit le juger. Monsieur Thomson, votre main saigne toujours.

Je détestais être appelé "monsieur". Il le savait. Mais il ne servait à rien d'insister. Godefroide faisait partie de ces hommes disposés à donner leur vie pour leurs supérieurs, mais incapables de changer d'habitudes, même si Jésus en personne le leur ordonnait. La musique traversait les murs en bois de la pièce et nous parvenait nettement. Je ne savais pas que la musique irlandaise pût être aussi triste. Godefroide m'avait pris la main. Il dénouait son foulard et le trempait dans son whisky. En refaisant le bandage, il poursuivit :

— J'étais mort de peur, et quand je me suis enfui je n'ai pas regardé derrière moi. Je suis rentré seul, à travers la forêt, et j'ai survécu par miracle. Je mangeais des champignons qui poussaient sur l'écorce des arbres, et des sauterelles que je voyais bondir au-dessus des broussailles. Je devais me cacher des sauvages, parce que, à l'aller, nous leur avions fait des choses horribles. Vraiment horribles, monsieur Thomson, vous ne pouvez pas imaginer ! M. Garvey était un sale type. A l'aller, il aimait lancer de la dynamite sur les villages, juste pour s'amuser. Les jeunes MM. Craver, qui voulaient des porteurs en bonne santé, le disputaient souvent parce qu'il exagérait et en lançait bien plus que nécessaire. Il fit lui aussi le voyage de retour seul, comme moi, mais armé de fusils et de bâtons de dynamite, et je suppose que personne n'osa s'approcher de lui. Il a dû bombarder jusqu'aux lézards qu'il a croisés en chemin !

— Ce ne sont pas tes compatriotes qui ont tué William ? Ne l'ont-ils pas pendu la tête en bas pour que les rats lui mangent le cerveau ?

— M. William pendu la tête en bas ? rit Godefroide. Non, bien sûr que non ! Il est inimaginable que quelqu'un ait fait ça à M. William. Songez que c'était le châtiment que les frères Craver appliquaient aux porteurs désobéissants. Eh bien, l'idée originale était de M. Garvey, qui trouvait cela beaucoup plus amusant que de les attacher aux arbres.

— Et qu'a-t-il fait de la jeune fille blanche ? essayai-je à nouveau.

— De quelle jeune fille blanche parlez-vous ? Dans l'expédition, il n'y avait pas de femmes, et encore moins des Blanches.

— Rentre à la maison, Godefroide, dis-je abruptement.

A cet instant, les musiciens firent une pause. Mon changement de ton et le silence musical avaient déconcerté Godefroide.

— J'ai dit quelque chose qu'il ne fallait pas, monsieur Thomson ?

— Va-t'en.

Il partit. Il restait encore plus d'une demi-bouteille de whisky et je la bus. Au début, je me disais que je buvais parce que le whisky m'aidait à réfléchir. Mensonge. Je buvais parce que boire m'aidait à ne pas réfléchir.

Mes pensées et moi étions deux entités divorcées. Dans ma poitrine s'accumulaient, à parts égales, la peur et les larmes. Mes pensées voulaient dénigrer Godefroide, ou Modepa, ou qui que ce fût vraiment. Je me disais à moi-même : "C'est un imposteur, un déserteur, un piège de Casement, qui était un sodomite aigri, un Noir inculte, ne t'y fie pas." Mais la bouteille de whisky était finie, et je m'aperçus que sans combustible ces idées n'avaient aucune consistance. "Bien, alors, cherche du combustible", décidai-je.

Je voulais sortir de là. Mais au lieu de rentrer à la maison j'entrai dans un autre bar. Et quand il ferma, dans un autre. Chaque lieu était pire que le précédent. A la fin, il n'y avait plus rien d'ouvert. Mais j'insistais avec cette persévérance à la fois héroïque et bornée que peuvent avoir les ivrognes. Près des quais, je trouvai le dernier bar ouvert, le pire de tous. Ce n'était pas un local, c'était une tanière. Toutes les femmes étaient des prostituées et tous les hommes des voleurs, ou l'inverse. Je m'en fichais. Je pouvais obtenir à boire en échange d'argent.

Le local avait la forme d'une éprouvette, avec un col très étroit traversé par un comptoir et un rétrécissement à la fin. Il était si bondé, et l'acoustique si mauvaise, que tout le monde criait. Je dus crier à l'oreille du serveur pour me faire comprendre. Les corps se pressaient, et ne pouvaient bouger que comme s'ils avaient nagé dans une flaque de boue. Je voulais me distraire l'esprit, aussi m'interrogeai-je sur le pourquoi d'une architecture aussi peu pratique. Malgré les vapeurs d'alcool qui m'embrumaient la tête, il ne me fut pas très difficile de faire des recoupements. Je le compris et cela me fit rire.

C'était l'antre le plus abject, pervers et dégénéré, de Londres. La clientèle habituelle devait toujours être en attente des descentes de police. La forme de tube permettait de voir arriver la police de loin. L'entassement des corps devait empêcher les agents d'avancer vite. Pendant ce temps, les poursuivis pouvaient sauter par l'une des fenêtres qui s'ouvraient à l'autre bout du tube, où le rétrécissement de l'espace semblait conçu pour y danser.

J'avais trop bu. J'eus une pensée labyrinthique. Je pensai que l'Angleterre avait le plus grand empire du monde, ce qui faisait de mon pays le plus malveillant du monde. Je pensai que Londres en était la capitale, ce qui en faisait la ville la plus perverse du monde. Et comme j'étais dans le pire bar de la pire ville du pire pays du monde, ses clients devaient être, logiquement, les pires spécimens du genre humain. En suivant ce raisonnement, donc, les pires d'entre les pires des pires devaient être réunis au fond du tube, loin de la porte d'accès et près de la fenêtre. Je tendis le cou de là où je me trouvais, au milieu du comptoir, pour observer ces représentants du rebut humain et, naturellement, Marcus Garvey était là et les dominait tous.

Il dansait avec une vieille prostituée, maquillée comme un perroquet. La musique provenait d'un violon, des talons qui claquaient sur le sol en bois et des mains qui applaudissaient sans rythme, et de nombreuses voix torturées par le tabac. Marcus et la femme riaient. Elle riait comme une folle et Marcus riait d'elle. La robe de cette femme était entièrement maculée de taches, grandes et petites, anciennes et récentes. Je ne pouvais même pas imaginer la variété de liquides humains qui étaient intervenus dans la création de ces archipels. Parmi les danseurs, il y avait un homme tellement ivre qu'il ne tenait pas debout. Mais la foule l'empêchait de tomber. Il voyageait de dos en dos, appuyant la tête sur des épaules jusqu'au moment où deux bras le poussaient un peu plus loin, jusqu'à un autre corps.

Marcus se lassa de la prostituée et il l'échangea contre une pinte de bière. Sur la tête de la femme coulait un mélange de sang, de bière et de teinture blonde. Elle s'était évanouie, mais, comme l'ivrogne endormi, elle ne tombait pas à terre. Pendant un laps de temps indéfini, les têtes de l'ivrogne et de la prostituée exercèrent sur moi une fascination hypnotique. Ils flottaient tous deux sur une mer d'épaules, inconscients, tournant comme deux toupies. Ils se retrouveraient tôt ou tard sur une épaule et s'embrasseraient sans le savoir. Je me dis alors : "Réveille-toi."

Je me dirigeai vers Marcus. Se déplacer à travers cette forêt de poitrines et de dos n'était pas une tâche aisée. Je devais pousser sans ménagements, faisant levier avec les bras et piquant des côtes avec les coudes. Marcus me vit au moment où je n'étais plus qu'à trois mètres de lui. Mais dans ce lieu trois mètres constituaient une distance interminable. Il s'immobilisa comme un lézard au soleil. Il ne voyait maintenant personne d'autre que moi. Et c'était un autre homme : soudain, ses fameux yeux verts me semblèrent être un dépôt d'algues putrides. Je ne lui avais jamais vu cette expression. C'était une haine insolente, une haine dure, concentrée et dense comme une balle. Cela n'avait rien à voir avec le visage triste et abandonné de nos séances. Le vacarme nous empêchait de nous entendre, même si nous étions tout proches, de sorte que Marcus, articulant très lentement avec les lèvres pour se faire comprendre, me dit : "Fils de pute." Et il sauta par la fenêtre.

Je le suivis, bien sûr. Sa silhouette ridicule s'engageait sur les quais et, avant que le brouillard ne l'engloutisse, je courus derrière lui. Là, les marchandises déchargées formaient des sortes d'impasses labyrinthiques. Des ballots, des balles et des conteneurs de divers formes et volumes s'entassaient en créant des circuits aléatoires. Ses petites jambes couraient à une vitesse surprenante, comme poussées par un moteur séparé du reste du corps. Tout ce que je pouvais faire était courir et crier :

— Viens ici, salopard !

Je le poursuivis pendant un bon moment. Marcus n'était qu'une forme noire et fuyante, un scarabée humain. Je remerciais le pantalon et le pull noirs qu'il portait, car sans eux il m'aurait été impossible de l'apercevoir à travers ce brouillard, plus épais que du beurre. Malgré ça, il s'éloignait de plus en plus. Ces impasses constituées par des emballages étaient réellement diaboliques. Je tournais à l'angle d'une rue, et j'avais juste le temps de le voir avant de le perdre à nouveau au carrefour suivant. Parfois, le chemin se séparait en deux et Marcus n'apparaissait ni d'un côté ni de l'autre. Je décidais alors de suivre celui où il y avait le moins de rats, supposant que Marcus avait dû leur faire peur en passant. Je ne voulais pas abandonner. Mais ma nature décida pour moi.

Je courais, et soudain je m'aperçus que quelque chose se brisait entre mes côtes. Je ne savais pas ce qui m'était arrivé, mais je savais que c'était très mauvais. J'avais beaucoup de mal à respirer. Et le moindre mouvement me provoquait une douleur intolérable, comme si on m'avait transpercé la poitrine avec un fer chauffé à blanc. Je m'assis sur place, appuyant le dos contre un conteneur plus grand qu'un wagon. (Le lendemain, les médecins m'apprendraient que mes poumons s'étaient décollés. Ils dansaient dans ma poitrine comme deux allumettes dans une boîte vide. J'eus besoin d'un mois entier de repos pour qu'ils se recollent.)

J'ignore pendant combien de temps je restai là, assis de façon apathique. Sans le whisky que j'avais bu, qui me servait d'analgésique, j'aurais hurlé de douleur. Le froid de ce mois de novembre était particulièrement pernicieux. Et Marcus m'avait échappé.

Je remarquai soudain qu'il pleuvait. Mais c'était un filet d'eau trop compacte pour être de la pluie. Je levai les yeux. J'eus beaucoup de mal à comprendre que le liquide qui entrait dans mes yeux était l'urine de Marcus.

Il était sur le conteneur contre lequel j'étais adossé. Il pissa pendant un très long moment, se vidant tranquillement la vessie. Je n'avais même pas la force de me lever. Je me contentai de pencher le cou pour que le liquide me tombe sur la nuque et non sur le visage. Puis, pendant qu'il reboutonnait sa braguette, il me demanda :

— Je peux savoir pourquoi tu me suis ? Tu veux que je te tue ?

La buée qui sortait de sa bouche se mêlait au brouillard. Mais sa vapeur était plus grise et plus brillante. Et je pouvais la sentir. Chacune de ses paroles exhalait une puanteur différente. Cette voix ne ressemblait en rien à celle que je connaissais. Cette voix n'hésitait pas, ne suppliait pas, ne pleurait pas. C'était le ton du scélérat qui se sait invincible tant qu'il ne sort pas de son monde de microbes.

— J'ai parlé à Godefroide, dis-je, je vais faire rouvrir le dossier !

Mais Marcus ne semblait pas très impressionné :

— Mon seul délit a été de traiter des Anglais comme s'ils avaient été des Noirs. Il cracha dans le vent et ajouta : Et tu ne feras rien rouvrir, malheureux.

— Si, je le ferai, me rebellai-je. Tu seras pendu !

Il ouvrit les bras et se mit à rire :

— Moi ? Mais j'ai sauvé le monde ! Tu as oublié ?

Il émit quelques éclats de rire simiesques. Il les étouffa et lorsqu'il ouvrit la bouche sa voix était glacée :

— Si tu reviens par ici, je te mangerai les reins. Ensuite, je te tuerai. Tu n'as aucune idée de ce qu'est le Congo.

Il fit un bond et disparut par l'autre côté du conteneur. Je dis encore quelque chose, je ne me rappelle pas exactement quoi. Sa voix acide me répliqua. A travers le brouillard nocturne, je l'entendis prendre congé :

— Norton, quel idiot, ce Norton !

30

Le récit de la mort de Stanley, le grand explorateur de l'Afrique, a toujours éveillé en moi des sentiments contradictoires. Stanley était sur son lit de mort, d'où il pouvait entendre le son d'une cloche. Une nuit, après le dernier coup de minuit, il murmura :

— Eh bien, c'est ça, le temps… comme c'est étrange…

Ce furent ses dernières paroles.

Parfois, je devine l'intuition de Stanley : le grand pouvoir du temps tient au fait qu'il peut décider de ne pas être du temps. Il y a soixante ans, je me trouvais sur le sol en bois de ce quai, abattu, entouré de brouillard et de rats, les poumons décollés. Il y a soixante ans, et ça ne fait qu'un paragraphe.

Pendant une très longue heure, je fus incapable de décoller le dos du mur du conteneur. Je ne pouvais pas, je ne voulais pas. Tout m'était indifférent. Le froid, l'urine de Marcus qui me coulait dans les oreilles, jusqu'aux rats du port, qui s'étaient familiarisés avec ma présence et jouaient entre mes genoux. Je pensais à tout et je ne pensais à rien. Comme si ma tête avait été un désert : j'aurais pu marcher des jours encore à l'intérieur et le paysage serait resté le même.

Mais si Thomas Thomson a un jour fait une chose qui peut être considérée comme courageuse, ce fut cette nuit-là, quand il se leva et se dirigea vers le domicile d'Edward Norton. J'aurais pu rentrer à la pension. Je préférai aller au bureau de Norton. Je ne pouvais pas m'ôter de la tête le cri de Marcus, "Marcus, quel idiot, ce Norton !". Je me demandais maintenant si cette dernière phrase avait été criée par Marcus ou par le vent. Toujours est-il que Norton devait me raconter beaucoup de choses.

Je me contentai de me coiffer avec les mains et d'essuyer avec le coude des gouttes jaunes qui coulaient au bout de mon nez. J'agissais mécaniquement. Je devais rester debout et droit, comme si j'avais avalé un balai, une main me soutenant la poitrine et l'autre appuyée dans le dos. Sinon, la douleur était insupportable. Imaginons un thorax transformé en sac de clous. Quand j'y pense, je peux juste conclure qu'arriver au bureau de Norton fut un authentique prodige.

Le matin à la première heure, je m'étais planté devant la porte de Norton. Le soleil n'était pas encore sorti, mais une faible lumière commençait à conquérir la ville. S'il s'en tenait à ses horaires, tellement stricts, Norton devait être sur le point de transformer sa maison en bureau.

Il ouvrit la porte. Il était naturellement plus que surpris de me voir.

— Vous savez quelle heure il est ? me reprocha-t-il sur un ton neutre.

— Vous savez avec qui je viens de parler ? répliquai-je.

C'était un homme très intelligent. Il me regarda et il ne lui en fallut pas davantage pour savoir ce qui s'était passé.

— Entrez, monsieur Thomson, me dit-il avec son urbanité de manuel. Après tout, nous n'avons pas fêté le succès de notre entreprise.

— J'ai envie de vous tuer, dis-je quand Norton ferma la porte derrière moi.

— N'en faites rien, répliqua Norton placidement. On vous pendrait. Vous savez pourquoi ? Parce que le seul avocat capable de vous sauver serait mort.

Il m'examina sans parler. Et il conclut :

— Non, vous ne voulez tuer personne. Ce que vous voulez, c'est une explication.

Il tendit un bras, comme pour me dire : "Entrez." Je vis un fauteuil pourvu d'appuie-tête et je m'y enfonçai. J'étais en mille morceaux. Norton, quant à lui, avait été interrompu au moment où il se faisait beau. Il me tourna le dos pour ajuster sa cravate devant le miroir. Je l'observai et remarquai qu'il était encore mieux vêtu que d'habitude. Les attaches de ses chaussettes étaient en argent, et il avait fixé sa cravate avec une épingle en or. Norton portait toujours un beau gilet sur sa chemise, mais celui de ce matin faisait partie des plus chers.

— Comment me trouvez-vous ? me demanda-t-il en ouvrant les bras. Mon visage devait être expressif, car Norton s'empressa de dire : Soyez patient. Vous vouliez une explication. Nous allons bientôt l'avoir ici même.

— Non, vous vous trompez, dis-je. Pourquoi avez-vous fait ça, Norton ? Qu'avez-vous obtenu, exactement ? C'est tout ce que je veux savoir.

Mais Norton ne m'écoutait pas. Il surveillait la porte et la pendule murale.

— Maintenant, c'est à moi de vous poser une question : qu'est-ce qui meut le monde, monsieur Thomson ? me demanda-t-il sans me regarder.

Je ne répondis pas. Norton s'approcha de mon fauteuil, par-derrière. Bien que je fusse assis dedans, il le fit un peu glisser, le tournant face à la porte. Il se tenait près d'un appuie-tête. Il se pencha de façon à avoir la bouche à la hauteur de ma tête et chuchota :

— C'est une race extrêmement ponctuelle.

La pendule sonna sept heures du matin. Et le dernier coup, effectivement, coïncida avec la sonnette. Comme dans un rêve, j'entendis Norton dire :

— Entre, ma chérie, la porte est ouverte.

Je n'avais jamais réfléchi à une chose aussi élémentaire, le fait que, hormis Marcus Garvey et moi, une troisième personne connaissait toute l'histoire : Edward Norton lui-même. Pourquoi n'aurait-il pas été aussi, voire plus amoureux que moi d'Amgam ?

Une tour noire et mince s'avança vers nous. Son chapeau avait l'air d'un gâteau duquel pendait un voile noir qui ressemblait à un rideau de théâtre en miniature. Quand la femme me vit, elle s'arrêta net. Mais le bras galant de Norton lui désigna un fauteuil en face du mien en disant :

— Assieds-toi, ma chérie. C'est un ami.

J'aurais voulu mourir. Il ne m'était pas difficile d'imaginer les derniers mois. Si Garvey avait raconté l'histoire à Norton, son avocat, il était également logique qu'il lui ait facilité le contact avec Amgam. Pendant que je rêvais d'elle, fumant sur mon lit à la pension, Amgam partageait des heures de bureau avec Norton. La nuit, pendant que je souffrais à cause de la sentence qui n'avait pas encore été rendue, Norton dormait avec elle.

Norton abandonna sa place à côté de mon fauteuil et en occupa une autre, équivalente, à côté du sien. Il souleva son voile avec quatre doigts délicats, très lentement. Le monde s'arrêta. La seule chose qui bougeait était ce voile. Et quand il fut levé, Norton me demanda :

— Vous la connaissez, je me trompe ?

Je me recroquevillai un peu plus sur mon siège. Bien sûr que je la connaissais. Dans le *Times of Britain*, j'avais écrit les légendes de nombreuses photographies où apparaissait cette femme, accompagnée de son mari ou seule. C'était Berit Bergström, l'épouse de l'entrepreneur suédois emprisonné à cause de ses affaires louches. Ce n'était pas Amgam.

— Voilà votre réponse, dit Norton. C'est le prestige qui meut le monde. Et je suis maintenant l'avocat de l'affaire Garvey. L'affaire Garvey a fait de ce cabinet le plus réputé de Londres. Mes clients sont la crème de la crème du pays. Mme Bergström est un exemple des clients dont je m'occupe aujourd'hui. Elle a même assisté à quelques journées du procès pour s'assurer qu'elle avait engagé un bon avocat. Au fait, vous savez que le mari de Mme Bergström attend son jugement dans la même prison que Garvey ?

Il fit une longue pause satisfaite et finit par souligner :

— Le prestige, Thomas, le prestige. Les écrivains veulent avoir du succès pour avoir du prestige. Les avocats veulent avoir du prestige pour avoir du succès. D'une certaine façon, nous sommes complémentaires, vous ne croyez pas ?

Je ne pouvais détourner le regard de Mme Bergström, je ne pouvais pas.

— Je croyais que vous n'agissiez que pour l'argent, dis-je sans regarder Norton.

— Oui. C'est une question de facteurs, ou de leviers : j'aime l'argent et le prestige actionne l'argent. Si vous étiez un multimillionnaire connaissant de graves problèmes avec la justice, à quel cabinet feriez-vous appel ? Et combien seriez-vous disposé à payer pour échapper à la prison ?

Il laissa échapper un soupir heureux :

— Si quelqu'un veut devenir riche, il ne doit jamais courir derrière l'argent, il doit faire en sorte que ce soit l'argent qui coure derrière lui. Et vous voulez que je vous dise, monsieur Thomson ? La renommée est le berger du capital.

Ce fut une sorte de curiosité intellectuelle qui me poussa à affirmer :

— Marcus n'a pas inventé tout seul l'histoire des Tectons.

— Non, avoua Norton. Garvey était une personne incroyablement limitée. Il suivait mes instructions.

Il parlait de Marcus comme s'il n'existait pas, comme s'il avait disparu du monde il y avait bien longtemps. Pour Norton, pour qui la réalité était circonscrite aux dossiers judiciaires, c'était peut-être le cas. Norton regarda par la fenêtre. Un rayon de lumière solaire entra dans le bureau, annonçant un nouveau jour. Il s'assit dans un troisième fauteuil, en face de Mme Bergström. Il rejeta la tête en arrière et regarda au plafond. La concavité de sa nuque s'adaptait parfaitement au relief cylindrique du siège. Il parlait maintenant les yeux clos :

— Nous n'avions aucune possibilité de gagner l'affaire. Aussi ai-je conçu une stratégie extra-juridique. J'ai pensé à exalter l'opinion publique en notre faveur. Une possibilité lointaine, certes, mais la seule à notre portée. En ce sens, le livre fut le dernier recours auquel je songeai. J'expliquais l'histoire à Marcus chapitre par chapitre. Il les répétait dans sa cellule. Il répétait sans relâche, jusqu'au moment de se montrer devant vous. Enfin, dans sa cellule, il n'avait pas grand-chose à faire. Dans sa jeunesse, il avait été acteur, et je le convainquis d'être bon. Il jouait sa vie. Je lui expliquai très clairement que le livre représentait notre seule chance.

Norton ouvrit les yeux et, sans ciller, dit de la voix la plus inhumaine que j'aie jamais entendue :

— Si le livre n'obtenait pas le succès escompté et ne mobilisait pas l'opinion publique, on pendrait juste Marcus. S'il l'obtenait, je gagnerais l'affaire et la gloire juridique.

Je n'eus pas la force de lui répliquer. Je me sentais comme une tache d'huile sur l'océan. Et les taches d'huile ne parlent pas, elles se contentent de flotter. Je regardai notre accompagnatrice. La femme était allée voir son mari en prison. Elle se cachait sous des vêtements de deuil, parce que les gens n'aiment pas qu'on les reconnaisse quand ils font la queue devant une prison. Surtout les riches. L'ami mystérieux qui rendait visite à Marcus n'était pas Amgam, c'était Norton qui lui dictait les chapitres. Cette femme n'était pas Amgam. Marcus Garvey était un assassin. Norton, un avocat ambitieux, si ambitieux qu'il n'avait pas besoin des bénéfices limités d'un livre. Avec la réputation acquise grâce à l'affaire Garvey, les clients riches allaient le rendre riche. C'était tout.

Norton ouvrit les yeux. Il composa sa fameuse pyramide de doigts. Et il me dit avec une sincérité très étrange chez lui :

— J'éprouvais une grande admiration littéraire pour les chapitres que vous écriviez. L'histoire que je racontais à Marcus était caricaturale, insensée et incolore. Mais vous aviez une immense capacité à la doter de vigueur. Vous l'avez élevée à son plafond naturel. L'âme humaine est extraordinairement subjective. C'est ça, la littérature, je suppose : transformer les scories humaines en or. Cette affaire mériterait un essai.

J'aurais pu lui dire que l'essai était notre livre. Je ne le fis pas. Je n'éprouvais rien. Même pas d'animosité. Il ne m'avait peut-être pas laissé le temps de le détester. Ou peut-être étais-je trop épuisé après une nuit d'alcool, de poursuites ratées et de poumons décollés, pour attaquer quiconque. Norton fit un pas en avant, essayant de se défendre d'une accusation que je ne formulais pas :

— Sachez que je disposais de bons arguments. D'un côté, je suis réellement contre la peine de mort. Un tribunal anglais n'aurait jamais rendu la justice dans un cas tel que celui-ci. Et je crois qu'il faut exonérer tout Anglais de ce qui peut se passer sous des latitudes exotiques, comme le disait le juge. Quant au reste, je regrette de vous avoir menti, je ne pouvais pas vous raconter tout ça avant que vous ayez fini le livre. Vous deviez être enthousiasmé par l'histoire, sinon vous ne l'auriez pas rendue crédible. Et ma seule arme afin de m'assurer un rendement à deux cents pour cent était d'élever le livre à la condition de juste cause.

Mme Bergström toussa légèrement. Hormis cela, elle ne semblait pas être là.

— Et la jeune fille ? Amgam ? demandai-je.

Mais Norton était plongé dans son monde d'arguments. Il continua à s'expliquer et à réfléchir, me fuyant, regardant un mur comme s'il se défendait d'une accusation diffuse, sans axe, et pour cette raison d'autant plus difficile à réfuter.

— Vous ne m'avez pas laissé d'autre solution que de recomposer l'histoire de Marcus, affirmait-il. Ce jour-là, quand vous m'avez expliqué que vous en aviez remis un exemplaire au père des frères Craver, vous m'avez obligé à changer de stratégie. Jusqu'à l'apparition du Tecton, tout cadrait avec la vérité, plus ou moins.

Nous étions parvenus à un point où des principes tels que la justice, la vérité ou la liberté avaient très peu d'importance.

— Oui, mais, et la jeune fille ? insistai-je.

Il ne m'écoutait pas. Il méditait en se frottant le menton d'une main :

— Cela n'empêche pas que nous ayons laissé un assassin en liberté, bien sûr… D'autre part, c'était un assassin d'assassins à une époque d'assassins…

Norton avait tellement baissé la voix que ses dernières paroles furent pratiquement inaudibles. Soudain il se retourna vers moi, comme s'il se réveillait :

— La jeune fille ? Excusez-moi, quelle jeune fille ?

Et, avec une patience, une amabilité et une délicatesse qui me stupéfièrent moi-même, j'insistai :

— La jeune fille du livre. L'héroïne. D'où sort-elle ?

— Ah oui. La jeune fille, dit Norton, comme s'il avait retrouvé le fil, se passant les doigts sur un sourcil. Je l'ai ajoutée en cours de route.

Je me rappelle avoir légèrement bafouillé. Je voulais dire quelque chose, mais c'était comme si on m'avait injecté un liquide fumigateur dans la bouche. Je parvins miraculeusement à articuler.

— Un jour, on saura que tout est mensonge.

Norton hocha la tête en signe de dénégation :

— Les gens ne tiennent pas à ce que les faits s'ajustent exactement à la vérité, dit-il. Ce qu'ils veulent, c'est être émus.

— Mais on saura que tout est mensonge, insistai-je. Avant, après.

— Après quoi ? s'étonna Norton. Il n'existe pas d'après. L'affaire est classée.

Mais je ne capitulais pas :

— Un jour, on explorera tout le centre de l'Afrique, dis-je. Et on ne trouvera pas trace des Tectons.

— Oui, Tommy, un jour, dit Norton ; cette fois, il parlait avec une compassion grave : et ce jour-là c'est vous que l'on continuera à féliciter pour les mérites du livre, pas moi. Et si un jour, je ne crois pas, mais on ne sait jamais, on dénonce quelqu'un pour faux témoignage ou sources erronées, ce sera Thomas Thomson, pas moi. Parce que l'auteur, c'est vous.

Norton me regarda d'une autre façon. Il me rappelait un aigle repu qui observe un petit lapin de très haut. Il lissa sa petite moustache fine d'un doigt et dit :

— Je me rappelle que votre dernière visite a eu pour objet de me réclamer vos droits d'auteur légitimes. Je me trompe ?

Je ne pus même pas le détester quand il prononça ces mots. Je connaissais, de fait, une curieuse apathie morale, comme si la vérité avait eu la vertu de me libérer de toute passion. Je compris de surcroît que pour quelqu'un comme Norton la perfidie n'était qu'une des formes que revêtait le calcul. Il n'avait rien contre moi, bien entendu.

Je pouvais juste regarder Mme Bergström. C'était une Nordique de haute taille, qui ne présentait aucun autre intérêt. En l'observant, je me demandai si mon manque de dynamisme avait une autre origine que la fatigue et la douleur.

— Mais vous êtes un homme sans imagination, dis-je. Comment avez-vous pu concevoir une histoire aussi élaborée ?

— Qui ? Moi ? s'étonna Norton. Je n'ai rien conçu. Je suis un homme sans imagination, comme vous dites. En dehors de la paperasserie légale, je ne sais rien faire.

— Alors ?

— Eh bien, un jour vous m'avez parlé de la fonction primordiale des scénarios littéraires. J'ai donc développé un livre du docteur Flag, que j'ai utilisé comme scénario.

— Le docteur Flag ?

— Oui. *Pandore au Congo.*

Parfois, quand je me remémore cet instant, j'entends les sons de cloche de Big Ben. Cela se passa-t-il ainsi, ou est-ce ainsi que je me le rappelle ? Les cloches sonnèrent-elles juste au moment où Norton me révéla qu'il avait suivi un scénario secret, un scénario intitulé *Pandore au Congo* ? Je ne sais pas. Toute une vie s'est écoulée depuis cette scène, et je ne suis plus très sûr d'avoir retenu tous les détails, d'en avoir oublié ou ajouté.

— Le jour de notre premier rendez-vous, je vous l'ai montré, vous ne vous rappelez pas ? poursuivit Norton. Vous en étiez l'auteur. Il me sembla approprié de l'utiliser comme manuel. Je n'avais qu'à retoucher les personnages. J'adaptai Marcus à partir du missionnaire qui traversait une crise spirituelle. Simba le lion, l'ami du héros, devint Pepe. Les Craver sont les deux légionnaires qui défendent le campement jusqu'à la mort. Dans *Pandore au Congo*, les Pygmées vivent dans les arbres. Dans le livre, j'en ai fait des Tectons parce que je n'y connaissais rien aux tribus africaines, et je craignais que Garvey ne rapportât trop d'inexactitudes ethnographiques qui pourraient le trahir. Mais quelle race africaine choisir ? Aucune ! protesta Norton, subitement indigné. Toute tribu que je mentionnerais relèverait d'un anthropologue. Je consultai des encyclopédies, même les tribus les plus reculées du centre du Congo possédaient leur spécialiste, fût-il de salon. Je ne pouvais prendre le risque de laisser dire à cette grande gueule de Marcus des sottises qui pourraient être réfutées par un africaniste soupçonneux lors du procès. Et je me demandai : "Où puis-je cacher une tribu que personne, pas même ces foutus anthropologues, ne connaisse ?" Une seule réponse me vint à l'esprit : puisque les Pygmées vivaient dans les arbres, les Tectons vivraient sous terre. Et il réfléchit : Vous savez, monsieur Thomson, j'ai interrogé trop de témoins pour ne pas avoir appris une leçon singulière : le plus gros mensonge est généralement le plus crédible. Pourquoi me regardez-vous ainsi ?

Pour une raison quelconque, Norton s'était animé. Il s'était levé et gesticulait vivement. On aurait dit quelqu'un qui raconte à un ami les bons moments qu'il passe à se consacrer à son hobby.

— Tout à l'heure, vous m'avez posé une question sur la jeune fille. Dans *Pandore au Congo* apparaît une princesse. J'en ai parlé à Marcus, parce que je ne savais pas très bien que faire. Nous avions besoin d'une héroïne, pour suivre le scénario de Flag. Mais y incorporer une histoire d'amour me semblait un excès mélodramatique. J'hésitais, vous l'avez dit, je ne suis pas romancier, et je finis par dire à Garvey : "Ecoute, Marcus, fais sortir une jeune fille de la mine. Si elle plaît à Thomson, qu'elle vive. Et si tu vois qu'elle ne lui plaît pas, fais en sorte que les frères Craver la tuent sous un prétexte quelconque. Improvise." Et il me dit : "Oh, ne vous en faites pas, monsieur Norton. J'ai trouvé le truc, avec ce pauvre idiot. Le secret consiste à lui dire ce qu'il veut entendre. Chaque jour, quand nous commençons notre séance, je n'ai qu'à lui donner un peu de grain à moudre pour qu'il m'indique lui-même dans quelle direction il veut que parte l'histoire. Je lui raconte ce qui lui fait plaisir, c'est tout."

— C'est tout, dis-je.

Norton s'arrêta net. Si incroyable que cela paraisse, il n'avait pas encore compris ce que ses paroles pouvaient avoir d'offensant pour moi. Il se secoua, conscient de sa cruauté. Mais il ne put éviter un sourire timide, comme quelqu'un qui se rappelle un fait banal et agréable.

— Garvey se rebellait souvent, dit-il sans se départir de ce sourire. Un jour, je suis arrivé avec un paquet de feuillets que vous aviez déjà écrits et je lui ai dit : "Garvey, il y a là quelque chose qui ne va pas. Dans toutes ces pages, et il y en a beaucoup, on ne parle pas de la marmite des cannibales. Je veux une de ces marmites rondes et suffisamment grandes pour y faire cuire deux hommes." Garvey me répliqua qu'il n'avait jamais vu ce genre de marmites en Afrique. Au campement, ils utilisaient des marmites militaires en aluminium, assez grandes mais pas autant que celles dont je lui parlais. "Peu importe, dis-je, dans le livre du docteur Flag, il y a une marmite, faites-moi le plaisir d'expliquer à Thomson que vous en aviez une sur le campement." Mais Garvey s'y opposa en piquant une de ses colères d'enfant mal élevé. Il affirmait que l'expédition n'aurait jamais pu transporter une marmite ovale, en céramique lourde et aussi énorme, qu'ils étaient déjà assez chargés comme ça. Il disait que dans notre histoire les Africains apparaissaient tout juste comme des figurants. Et qu'au Congo il n'avait même pas entendu parler d'anthropophages. Alors d'après lui, pourquoi devaient-ils faire la cuisine dans une foutue marmite pour les cannibales ? "Comment veux-tu écrire un roman africain sans une marmite de cannibales ? Ou tu parles à Thomson d'une marmite géante ou tu peux aller te chercher un autre avocat !" dus-je lui intimer.

Je l'écoutais attentivement. Il se sentit obligé d'en dire plus. Son regard fit de moi un objet transparent. Norton réfléchissait.

— Vous ne le saviez pas, mais nous formions une bonne équipe. Par exemple, l'un des problèmes littéraires fut le personnage de Pepe. Dans *Pandore au Congo*, le lion Simba revient sauver le héros *in extremis*. Eh bien, j'ai fait en sorte que

Pepe revienne dans la clairière pour sauver Marcus. Alors que, comme vous devez parfaitement vous en souvenir, dans *Pandore au Congo* Simba finit dans un zoo à Londres. Pour des raisons évidentes, nous ne pouvions pas permettre que Pepe finisse en Angleterre. Je ne savais pas quoi faire. Marcus se chargea de trouver une fin pour le personnage. Dans son style : en le torturant et en l'assassinant.

Norton fit une pause. Comme je restais muet, il commenta :

— Garvey était une créature cruelle. On peut mettre les hyènes en cage, mais on ne pourra jamais les apprivoiser. Nous nous disputions souvent. Nous perdîmes trois séances entières, par exemple, à parler exclusivement de ses prouesses sexuelles supposées avec l'héroïne. Je le réprimandais – et ici Norton désigna le vide comme si Marcus s'était trouvé devant lui : "Reste correct, Garvey ! Le docteur Flag attache ses héros à des pieux séparés pour leur éviter les tentations de la chair. Et regarde ce que tu fais, toi ! Ne dévie pas du scénario, suis ce maudit scénario !" Mais il riait de ce rire maléfique si caractéristique, me montrant les dents de sa mâchoire inférieure, et il me disait : "Taisez-vous, vous ne savez pas à quel point la vie est ennuyeuse en prison ! Laissez-moi m'amuser un peu avec ce pauvre diable de Thomson."

— Vous avez dit auparavant que les avocats et les romanciers étaient complémentaires, l'interrompis-je brusquement. Il existe une différence : les mensonges des journalistes ne feront jamais de mal à personne.

Norton ouvrit les bras et contre-attaqua :

— Bon Dieu, vous ne comprenez pas ? Cela fait de votre livre une authentique œuvre littéraire. Jusqu'à présent, vous n'étiez qu'un vague chroniqueur, un journaliste aux sources secondaires. Quand il sera consacré comme œuvre de fiction, ce sera un roman dans tous les sens du terme.

Là, je voulus répliquer, mais chaque fois que je tentais de dire quelque chose il m'arrêtait juste au moment où mes paroles étaient sur le point de passer la frontière de mes lèvres. Norton respectait mes silences, avec davantage de malice que de patience. Je ne pouvais pas parler. J'avais bu et mes poumons tombaient, il était évident que je ne parviendrais pas à m'exprimer avec l'ampleur qu'exigeait le moment. Norton sourit. Sa spécialité était de laisser sans voix ses adversaires sur le plan dialectique. Je devais faire des efforts pour me soutenir, même assis dans mon fauteuil. Je conservais une main sur la poitrine et l'autre dans le dos, tentant d'empêcher mes poumons de s'agiter. Comment aurais-je pu parler ? Mais cette fois Norton se trompait. Je fus enfin capable de concentrer toute la question en quatre mots. Et, comme un enfant qui rejette un morceau qui a failli l'étouffer, je vomis :

— Vous m'avez trompé.

Le visage de Norton rétrécit comme une éponge. Pourquoi accordait-il tant d'importance à mes accusations ? Je ne sais pas très bien. Peut-être lui gâchais-je la résolution de l'affaire Garvey, qui était magistrale, une conspiration légale parfaite. Ou peut-être ne voulait-il pas entendre de voix qui lui rappelât l'essence fondamentale de son métier.

Il se rassit. Sous ce calme apparent, se cachait une contrariété mal dissimulée. Je l'avais réellement offensé, et il était maintenant prêt à m'écraser. Son corps était encastré dans le siège. Je n'y avais jamais fait attention, mais c'était un homme aux extrémités très longues. Ses bras couvraient les bras du fauteuil. Les bouts de ses doigts s'accrochaient au velours. Dans cette posture, il ressemblait à un pharaon sur le point d'émettre une sentence. Il se tut, puis s'exprima :

— Les histoires d'amour, si belles soient-elles, génèrent toujours des problèmes, une multitude de problèmes. En revanche, quand une histoire d'amour est parfaite, elle ne présente qu'un seul et unique problème : le fait que ce soit un mensonge.

Norton souhaitait vraisemblablement que je l'interrompe, que nous parlions de n'importe quoi d'autre. Mais je ne le fis pas. Je ne voulais pas lui épargner la sentence.

— Vous êtes une personne intelligente, talentueuse et bien élevée, poursuivit-il. Maintenant, répondez le cœur sur la main à une seule et unique question.

Il lui en coûtait beaucoup de la formuler. J'étais très jeune, et je ne savais pas encore que les vainqueurs sont généralement des hommes indulgents. Par conséquent, donc, Norton ne voulait pas me faire davantage de mal que le strict nécessaire. Mais je persistais dans mon silence. Il ne lui resta finalement pas d'autre solution que de contracter les doigts sur les bras de son fauteuil et de me lancer :

— Dites-moi, monsieur Thomson : vous n'avez jamais douté de la crédibilité de Garvey ? Vous avez vraiment cru à toute cette histoire de races souterraines, de bâtards héroïques et de femmes à la couleur fromage et à la peau chaude ? Norton édifia pour la dernière fois la pyramide de doigts qui lui arrivait sous le nez : Vous avez cru à l'histoire de Garvey parce que vous vouliez le sauver, ou parce que vous aviez besoin d'écrire un roman ? L'héroïne : vous l'aimez à cause de ce qu'on peut lire d'elle dans le livre ? Ou elle est aussi adorable dans le livre parce que vous vouliez aimer une femme comme elle ?

Je ne répondis pas. Ou plutôt, je ne voulus pas répondre. Je peux juste dire que plus de soixante ans ont passé et je n'ai pas encore pu répondre à la question de Norton. La réponse, en fait, c'est ce livre.

Je voulais me lever de mon fauteuil. J'avais du mal à rester en équilibre, comme un boxeur qui ne veut pas reconnaître qu'il est K.-O. Norton se leva lui aussi. Il était à nouveau l'amphitryon aimable qui raccompagne les invités à la porte. Et, les mains dans les poches, détendu et tranquille, il dit :

— Tommy, je peux vous poser une question ?

Je n'avais pas la présence d'esprit de lui refuser quoi que ce soit. Je pouvais à peine repérer la porte, qui tournait devant moi comme une toupie.

— Dans *Pandore au Congo*, il y a un concept que je ne comprends pas, dit-il. Je n'ai jamais osé vous le demander par crainte de vous voir associer ce livre avec l'histoire de Garvey. Eh bien, je suppose que maintenant ça n'a plus d'importance. Il fronça le sourcil, sérieux et absorbé, fit tourner un doigt en l'air et me demanda : En quoi consiste la théorie des spores ?

Je ne me rappelle rien d'autre de ce dialogue criminel. Pas même comment je sortis de là. Je me rappelle seulement qu'en passant la porte je pensai à haute voix :

— Vous imaginez que les lois universelles ont été écrites ainsi ? Les déclarations d'indépendance, les testaments des rois, nos livres saints. Vous imaginez que tout soit l'œuvre d'un nègre, et que derrière ce nègre il n'y ait absolument rien ? Au mieux, un médiocre scénariste.

Norton me passa un long bras autour des épaules. Il voulait être affectueux. Je veux dire qu'un médecin peut administrer du chloroforme de façon mécanique et être guidé en même temps par une compassion sincère. Ce bras me consolait et me poussait hors de chez lui :

— Croyez-moi, les gens comme vous ne devraient pas penser à ça, dit Norton.

Une fois que je fus dans la rue, il ajouta :

— Tout est une question de style. Et avant de fermer la porte : Adieu.

La lumière du jour me blessa la rétine. Je pris conscience de mon allure. J'étais dans un état terrible, sale, ivre et les poumons décollés. Mes joues ressemblaient à du papier de verre abîmé. Ma propre haleine sentant le tabac me dégoûtait. Je ne pensais qu'à elle, à elle. Cesse-t-on d'aimer une personne quand on apprend la nouvelle de sa mort ? Pourquoi devrait-on cesser de l'aimer quand on sait qu'elle n'est pas née ?

Je marchais dans des rues qui se ressemblaient toutes. Au début, ce fut une rumeur lointaine. Après, des cris encadrés par des tambours et des trompettes qui se précisaient. Sans le vouloir, attiré par le son, je m'approchai de la source musicale. Je parvins à une grande avenue. Avant de m'en rendre compte, j'étais déjà submergé par une foule immensément heureuse.

C'était l'armistice, la guerre était finie. Les gens chantaient, poussaient des acclamations et embrassaient toute personne en uniforme. La guerre était finie et avec elle s'évanouissait la douleur du monde. La foule m'attrapa comme un poulpe.

Les gens étaient heureux. Norton était heureux. Garvey était heureux. Tout le monde était heureux. Je voulais rentrer chez moi. Que peut-il y avoir de plus solitaire qu'un homme triste dans une foule qui fête une victoire ?

Le Congo. Un océan vert. Et, sous les arbres, rien.

OUVRAGE RÉALISÉ
PAR L'ATELIER GRAPHIQUE ACTES SUD
ACHEVÉ D'IMPRIMER
SUR ROTO-PAGE
EN JUIN 2007
PAR L'IMPRIMERIE FLOCH
A MAYENNE
POUR LE COMPTE DES ÉDITIONS
ACTES SUD
LE MÉJAN
PLACE NINA-BERBEROVA
13200 ARLES

DÉPÔT LÉGAL
1re ÉDITION : SEPTEMBRE 2007
N° impr. : 68650
(Imprimé en France)